Kelly Rimmer

LES ORPHELINS DE VARSOVIE

Roman

Traduit de l'anglais par Élisabeth Luc

CHARLESTON

De la même autrice :

Tout ce que le cœur n'oublie jamais, 2021

Titre original : *The Warsaw Orphan*
Publié pour la première fois en langue anglaise par Graydon House

Traduit de l'anglais par Élisabeth Luc

76, boulevard Pasteur
75015 Paris – France
www.editionscharleston.fr

ISBN : 978-2-38529-003-0

Maquette : Patrick Leleux PAO

Pour ma tante Lola.

1

Roman

28 mars 1942

L'ESPRIT HUMAIN RELÈVE DU MIRACLE. Il n'y a rien de plus puissant en nous : s'il plie parfois sous la pression, il ne rompt que rarement. Quoique emprisonné dans un corps faible et faillible, il demeure indomptable. Telles étaient mes réflexions en cette fin d'après-midi printanière. Mon frère et moi nous dirigions vers l'étal d'une marchande ambulante de la rue Zamenhofa, dans le ghetto de Varsovie.

— Il y en avait là-bas, déclara-t-il en désignant une rare brèche dans la foule massée sur le trottoir.

Je me contentai d'acquiescer de la tête. Si Dawidek éprouvait le besoin de me raconter sa journée de labeur, il n'attendait pas de moi le moindre commentaire. Heureusement, car ce rituel durait depuis des mois et je ne savais toujours pas quoi lui dire.

— Dans cette ruelle, il y en avait un sur les marches d'un immeuble. Il n'était même pas sur le trottoir ! Carrément sur les marches…

Je glissai une main dans ma poche pour m'assurer que le bout de savon que m'avait remis mon beau-père s'y trouvait encore. Dans le ghetto, c'était une denrée rare. Avec la surpopulation et l'absence d'eau courante, le terrain était propice aux maladies. Mon beau-père avait installé un cabinet dentaire de fortune dans le salon de notre appartement. Plus encore que les autres, il avait besoin de savon. Or le besoin de nourriture de ma mère surpassait tout le reste, d'où la mission qu'il avait confiée à Dawidek et moi. Par tradition, c'étaient plutôt les femmes qui allaient au marché. Hélas, Maman devait économiser ses forces et Samuel nous avait envoyés voir une marchande à la sauvette qui travaillait à une certaine distance de chez nous.

— Hé, Roman ! Il y en avait un autre derrière une énorme poubelle.

Dawidek hésita et fit une moue avant de reprendre :

— Sauf qu'hier, on l'a raté, celui-là, je crois.

Comment en était-il arrivé à cette conclusion ? Je me gardai de le lui demander car sa réponse risquait de me démoraliser davantage. Parfois, j'avais l'impression qu'une colère sourde grondait en moi sous la surface. Contre mon frère de neuf ans et le reste de ma famille, qui n'étaient pourtant responsables de rien, contre Sala, mon patron, à l'atelier de la rue Nowolipki, alors que c'était un homme bon qui, plus d'une fois, nous avait aidés. Contre chaque maudit Allemand que je croisais. Toujours eux. Surtout eux. À l'époque, la moindre de mes interactions était empreinte d'une rage implacable. Quoique concentrée sur ces Allemands qui avaient bouleversé notre univers, ma colère se distillait dans mon entourage avant de revenir à son point de départ.

— Hier, il y en avait un ici, en plein milieu de la rue, à l'entrée du marché !

Dawidek m'en avait déjà parlé, de celui-là, mais je ne l'interrompis pas. J'espérais que cette parole lui épargnerait les ruminations délétères et néfastes avec lesquelles j'étais aux prises. J'enviais son aisance quand il évoquait sa journée, même si les détails me rongeaient d'une culpabilité que j'étais capable de supporter car elle était sans doute méritée. Ce qui m'effrayait, c'était cette rage qui grondait en moi. J'avais l'impression de perdre le contrôle de moi-même. Il aurait suffi d'un rien...

L'étal se profila parmi la foule. La rue restait bondée jusqu'à la dernière limite, avant le couvre-feu de dix-neuf heures, surtout en été. Dans les appartements du ghetto régnait alors une chaleur oppressante qui provoquait des malaises chez certains. La surpopulation n'était pas plus supportable à l'intérieur des logements qu'à l'extérieur. Combien de personnes étaient confinées au sein du ghetto ? Je l'ignorais. Un million, d'après Samuel. Mme Kuklinški, qui occupait la chambre voisine de la nôtre, était persuadée qu'il y en avait bien davantage. Quant à ma mère, elle penchait plutôt pour cent mille. Quoi qu'il en soit, notre appartement conçu pour une seule famille en abritait à présent quatre, ce qui était monnaie courante. Hélas, des tas de gens vivaient dans des conditions bien pires. Si nos effectifs étaient un sujet de conversation récurrent, je n'y accordais guère d'importance. Ma vue et mon odorat m'indiquaient que nous étions bien trop nombreux au sein du ghetto.

En m'approchant de l'étal, je sentis mon cœur se serrer. La marchande était en train de remballer. J'étais déçu mais nullement étonné qu'il ne reste plus rien. Quelles chances avions-nous de trouver à manger si tard dans la journée ? Encore moins de la nourriture que quelqu'un accepterait d'échanger contre un malheureux bout de savon... Dawidek et moi étions passés devant une boutique qui vendait des œufs, réglables uniquement en *złoty*.

— Attends-moi ici. J'en ai pour une minute, murmurai-je à mon frère.

Sans protester, il s'assit sur le perron d'un immeuble. J'aurais pu l'emmener. Hélas, notre famille était tombée si bas, au fil de ces années d'occupation, que je refusais qu'il me voie mendier. Notant mentalement l'endroit où je l'avais laissé, je fendis la foule amassée sur les derniers mètres de trottoir me séparant de la marchande. Avant même que je n'aie prononcé un mot, celle-ci secoua la tête :

— Désolé, jeune homme. Je n'ai rien à te proposer.

— Je suis le fils de Samuel Gorka.

Mieux valait simplifier la situation afin qu'elle m'identifie.

— Il y a quelques mois, il vous a soigné une dent, vous vous souvenez ? Dans son cabinet de la rue Mila.

Je lus dans son regard qu'elle se le rappelait sans me faire totalement confiance.

— Ma reconnaissance envers Samuel ne change rien. Il ne me reste aucune nourriture.

— Mon frère et moi... on travaille durant la journée. Samuel aussi. Vous savez combien il est occupé à aider les gens. Le problème, c'est que quelqu'un est malade, chez nous, et on n'a pas...

— Petit, je respecte ton père. C'est un homme bien, un excellent dentiste. Je t'aiderais volontiers. Hélas, je n'ai rien à te donner.

Pour souligner ses propos, elle désigna sa caisse vide.

— Vous étiez ma dernière chance. Vous ne pouvez pas refuser ! Moi, je me coucherai sans manger, ce soir, ce n'est pas grave. En revanche, je ne peux pas laisser…

Ma voix s'éteignit. Au désespoir, j'allais rentrer à la maison sans la moindre nourriture à donner à ma mère. Les répercussions de mon échec m'horrifiaient à tel point que j'eus envie de me recroqueviller sur moi-même en pleine rue. Le désespoir était dangereux car il s'accompagnait toujours d'une autre émotion, plus subie, qui incitait à des actes généralement désastreux. Je crispai le poing sur mon bout de savon et le tendis à la marchande. Son regard passa de ma paume à mon visage, puis elle poussa un soupir exaspéré.

— Je te dis que je n'ai plus rien à vendre, aujourd'hui, me souffla-t-elle. Si tu veux trouver à manger, il faut venir plus tôt dans la journée.

— Cela nous est impossible. Vous ne comprenez donc pas ?

Il faudrait que l'un de nous ne travaille pas. Samuel tenait à peine le coup. Il arrachait des dents du matin au couvre-feu et était rarement rémunéré. Ses patients, des gens modestes, n'avaient plus un sou. Son travail était vital, et pas seulement parce qu'il procurait un semblant de réconfort à des gens qui, par ailleurs, souffraient énormément. De temps à autre, Samuel rendait service à un membre de la police juive ou même à un soldat allemand de passage. Il était persuadé que, un jour ou l'autre, ces gestes de bonne volonté joueraient en sa faveur. De plus, si Samuel cessait d'exercer, il serait contraint de regarder notre situation en face et sombrerait dans le même désespoir que moi.

— Tu n'as que ce bout de savon ? s'enquit soudain la marchande.

— Oui, c'est tout.

— Reviens demain à la même heure, je te garderai à manger, mais ce sera léger pour un aussi petit bout de savon, fit-elle en secouant négativement la tête, les lèvres pincées. Essaie de trouver autre chose à troquer.

— On n'a plus rien, fis-je, la gorge nouée par l'angoisse.

Elle afficha une expression de compassion.

— D'accord, je ferai de mon mieux, promis-je. À demain.

Cela valait-il la peine de passer me renseigner sur les œufs ? Mon malheureux bout de savon n'aurait pas suffi à en acheter un seul. Même pas la moitié d'un. Les commerçants prenaient toujours plus cher que les vendeurs des rues. Une coquille, peut-être ? Nous l'aurions réduite en poudre avant de la mélanger à un peu d'eau. Nous l'avions déjà fait une fois. Cette bouillie, qui ne valait pas de la vraie nourriture, permettait de passer la nuit. En tout cas, elle ne ferait pas de mal à Maman.

Submergé par une poussée d'adrénaline, je retournai en direction de notre appartement. Je trouvai Dawidek là où je l'avais laissé. Deux agents de la police juive se tenaient devant lui. Comme moi, mon frère était grand pour son âge. Nous tenions de notre grand-père maternel. Dawidek était bien trop jeune pour être acculé à l'entrée d'un immeuble par deux agents. En une fraction de seconde, la situation risquait de virer au bain de sang. Les kapos étaient imprévisibles, tour à tour bienveillants ou d'une violence meurtrière. Comment jauger ceux qui avaient abordé Dawidek ? Le cœur battant, je me frayai un chemin vers eux, conscient qu'ils n'hésiteraient pas à m'abattre pour être intervenu.

Après ce que j'avais traversé, seule ma famille me maintenait à flot, surtout Dawidek, l'être que j'aimais le plus au monde. Un ange d'innocence au cœur du mal absolu. Certains soirs, en jouant ou en discutant avec lui, j'éprouvais une forme de sérénité relative, mes seuls instants de répit. Vivre sans lui ? Je n'essaierais même pas.

— Dawidek ! appelai-je.

Les deux kapos se tournèrent vers moi. Celui de gauche, le plus élancé, me toisa d'un air méfiant. Comme si un garçon de seize ans émacié et désarmé constituait le moindre danger... L'attitude intelligente aurait été de laisser Dawidek négocier pour se tirer de ce mauvais pas. Du haut de ses neuf ans, il avait l'habitude de se défendre dans l'environnement toxique du ghetto. Toute la journée, il travaillait de son côté. Il fallait rester en alerte pour survivre ne serait-ce qu'une heure et je devais croire en son aptitude à se débrouiller.

Hélas, je ne parvins pas à faire preuve d'intelligence, quitte, au mieux, à me faire tabasser. Et pourtant, les kapos m'accordèrent une seconde chance de m'éloigner en m'ignorant pour reporter leur attention sur mon frère.

— Hé ! m'écriai-je assez fort pour que des dizaines de passants se retournent. Ce n'est qu'un gosse. Il n'a rien fait de mal !

J'anticipais déjà la suite. Je ferais un scandale, jusqu'à bousculer un kapo, peut-être, et dès qu'ils commenceraient à me frapper, Dawidek pourrait s'enfuir. La douleur physique constituait parfois une diversion efficace à l'angoisse, qui était selon moi la pire des souffrances. Peut-être décocherais-je un coup de poing, ce qui me défoulerait. Hélas mon frère s'avança vers moi en disant :

— Ce sont mes surveillants, Roman. Des surveillants de mon équipe. On discutait, c'est tout.

Mon sang bouillonnait dans mes veines, j'avais les mains moites, le visage écarlate de honte et de stress.

Au terme d'un silence interminable, les deux kapos échangèrent un regard narquois. L'un donna une tape amicale à Dawidek, puis ils s'éloignèrent en se moquant ouvertement de moi.

— Pourquoi tu as fait ça ? s'emporta Dawidek d'un air furibond. Tu crois que tu pourrais m'aider même si j'avais des ennuis ?

— Excuse-moi, j'ai perdu la tête…

— Tu perds toujours la tête, marmonna-t-il.

Il m'emboîta le pas dans le sillage des kapos.

— Tu devrais écouter Papa, faire profil bas, travailler dur en espérant t'en tirer au mieux. Arrête tes bêtises ! Tu es trop intelligent pour ça.

Mon petit frère ne faisait que répéter les propos pleins de sagesse de son père, sur le même ton et avec la même impatience sous-jacente. Ivre de soulagement, je me contentai de lui ébouriffer les cheveux en riant au lieu de m'agacer.

— Tu es drôlement avisé, pour un garçon de neuf ans.

— Suffisamment pour savoir que tu n'as rien trouvé à manger pour Maman.

— On est arrivés trop tard, répondis-je, la gorge à nouveau nouée. Cette femme m'a dit qu'elle reviendrait demain. Elle va nous mettre quelque chose de côté.

— Faisons un détour par la rue Smocza. Les poubelles sont parfois intéressantes, là-bas.

Nous n'étions pas les seuls habitants du ghetto à avoir épuisé nos ressources, loin de là. Les gens crevaient de faim et le moindre reste de nourriture était précieux, même s'il provenait d'une poubelle. Je n'étais pas pressé de regagner notre appartement surpeuplé, de croiser le regard réprobateur de mon beau-père, de lire la faim dans celui de ma mère. Je suivis donc Dawidek sans discuter. De temps à autre, il faisait un commentaire.

— On en a ramassé un ici... et un autre là-bas... Et là, Mordechai m'a donné un coup de main.

En débouchant dans une rue calme, je me rendis compte que les deux surveillants de Dawidek marchaient à quelques mètres devant nous.

— Faisons demi-tour, grommelai-je. Je ne veux pas avoir d'ennuis avec ces types-là.

— Ils m'aiment bien, affirma Dawidek. Je travaille dur et je ne leur pose aucun problème. Si tu ne cherches plus à te faire tuer, ils nous laisseront tranquilles. Ils ne nous remarqueront même pas.

À cet instant, le plus petit des deux regarda vers le trottoir de droite et s'arrêta net. Il fit signe à son collègue et sortit quelque chose de sa poche, puis il s'agenouilla. J'étais bien trop loin pour entendre ce qu'il disait, mais je perçus chez lui une certaine tristesse. Enfin, il se redressa et courut rejoindre son collègue. Lorsque mon frère et moi arrivâmes à l'endroit où le kapo s'était arrêté, je compris pourquoi.

Cela faisait presque deux ans que nous étions enfermés dans le ghetto. Dès le départ, les conditions avaient été difficiles et chaque jour était marqué par de nouvelles épreuves. J'avais appris à porter des œillères pour ne plus voir la souffrance flagrante de mes compagnons d'infortune. J'avais parcouru toutes les rues du ghetto, le « petit ghetto » avec ses appartements spacieux où les membres de l'élite et les artistes semblaient vivre dans un confort relatif, et le « grand ghetto », où s'entassaient les familles modestes qui peinaient à survivre. La passerelle de la rue Chłodna reliait ces deux parties. Ainsi, les habitants du ghetto marchaient au-dessus des Polonais dits aryens et même des Allemands, en contrebas. Chaque fois que je traversais, l'ironie de la situation me faisait presque rire.

Il m'arrivait même d'emprunter la passerelle pour me remonter un peu le moral.

Je connaissais donc le ghetto comme ma poche et je remarquais le moindre changement, même si j'ignorais l'horreur autant que possible. Je savais qu'il ne fallait pas réagir quand un vieillard m'agrippait la main dans l'espoir d'obtenir à manger. J'avais appris à ne pas broncher quand quelqu'un se faisait abattre sous mes yeux. Et surtout, il ne fallait pas regarder un malheureux gisant sur le trottoir. Le seul moyen de survivre était de rester en alerte, en regardant loin devant, comme si l'immédiat était transparent. Le seul moyen de contenir la rage qui bouillonnait en moi était de l'enfouir le plus profond possible.

Néanmoins, ce kapo avait attiré mon attention sur une scène poignante, devant une ancienne boutique de vêtements qui n'avait plus rien en stock depuis longtemps et hébergeait désormais plusieurs familles. La vitrine était obturée par des sacs en toile de jute. Devant, sur le trottoir, une enfant allongée sur le ventre agonisait.

Les gamins des rues étaient nombreux dans le ghetto. Les orphelinats étant bondés, ceux qui n'étaient pas recueillis par des proches se retrouvaient livrés à eux-mêmes. Je les croisais sans les voir. D'ordinaire, j'aurais croisé cette petite sans m'arrêter. Je n'arrivais même pas à assurer la sécurité et le bien-être de ma propre famille, alors mieux valait passer mon chemin et m'épargner la douleur de mon impuissance. Cependant, je me demandais ce que le kapo avait donné à cette malheureuse enfant. Qu'est-ce qui avait pu attirer son attention ? Qu'avait-il posé à terre ?

La faim perturbait la croissance et le développement des enfants. Celle-ci pouvait avoir deux ou trois ans et affichait la même expression hantée que tous les autres, à ce stade. Elle avait perdu des touffes de cheveux. Son ventre nu et ses jambes étaient enflés. Quelqu'un lui avait volé ses vêtements, ne lui laissant qu'une culotte en lambeaux. Je comprenais pourquoi : cette petite ne passerait pas la nuit. Quand ils étaient trop faibles pour mendier, ils ne survivaient pas longtemps. Ses prunelles brunes n'exprimaient que tristesse et douleur.

J'observai ses mains, ses paumes levées vers le ciel. L'une était vide. Dans l'autre, il y avait un morceau de pain. Le kapo avait posé un quignon de pain dans la main de l'enfant. Il ne franchirait jamais mes lèvres, mais j'en eus l'eau à la bouche. C'était une véritable torture. Hélas, il m'était plus facile de regarder ce pain que de plonger dans le regard de cette fillette.

Derrière moi, Dawidek ne disait pas un mot. En pensant à ma mère, je m'accroupis près de la petite.

— Bonjour, lui dis-je, gêné.

Pas de réaction. Ses pommettes saillantes, ses yeux trop grands, ses cheveux crasseux, plaqués sur son crâne… Naguère, quelqu'un avait dû les brosser, les tresser, quelqu'un avait dû la baigner, la border dans son lit, lui murmurer des paroles tendres à l'oreille. Elle était aimée, choyée.

À présent, face à ses lèvres gercées, couvertes de croûtes et de sang séché aux commissures, j'avais toutes les peines du monde à retenir mes larmes.

— Tu devrais manger ton pain, soufflai-je.

Ses yeux esquissèrent un mouvement, puis elle cligna des paupières avant de les fermer. Elle prit alors une inspiration qui fit trembler sa minuscule cage thoracique et émit un râle d'agonie. Une larme amère coula le long de ma joue. Je fermai les yeux à mon tour et son visage m'apparut.

Voilà pourquoi je portais des œillères, pour me protéger des souffrances qui risquaient de me gagner. Cette fillette faisait désormais partie de moi et son martyre était aussi le mien.

Je savais qu'elle ne pouvait plus manger ce pain. Le geste du kapo, quoique bienveillant, arrivait bien trop tard. Si je ne prenais pas ce quignon, quelqu'un d'autre le ferait sans tarder. Dans la vie, il y avait toujours un prix à payer. Je prendrais ce pain, l'enfant succomberait dans la nuit et cela ne changerait rien à la tragédie du ghetto qui, à bien des égards, n'en était qu'au début.

Je m'essuyai la joue du dos de la main et, avant que ma conscience ne m'en empêche, je m'emparai du morceau de pain pour le glisser dans ma poche. En me redressant, j'évitai de regarder l'enfant et me remis en route avec Dawidek.

— Les petits, c'est plus facile, commenta-t-il. Je n'ai pas besoin de demander à un grand de m'aider à les soulever. Ils ne pèsent pas lourd. Avec elle, ça devrait être facile, non ?

Il poussa un long soupir.

— Demain matin, j'arriverai à la soulever tout seul, c'est sûr. Ce ne sera pas plus facile, en vrai… ajouta-t-il, philosophe.

Par chance, j'avais trouvé du travail dans l'une des quelques usines du ghetto. Elle était dirigée par un Juif bienveillant et non un homme d'affaires allemand ne cherchant qu'à exploiter une main-d'œuvre réduite à l'esclavage. Quand les kapos étaient venus me chercher pour me faire ramasser les cadavres dans les rues, chaque matin avant l'aube, la dernière personne valide de la maison était mon frère. Dawidek avait été enrôlé pour cette tâche ingrate.

J'avais bien songé à démissionner pour lui épargner ce calvaire, mais le ramassage des cadavres n'était pas rémunéré. De plus, à l'usine, j'avais droit à un repas chaud, de sorte que ma famille se partageait mes rations. La petite fille mourrait dans la nuit et, à l'aube, mon frère la chargerait dans une charrette. Une équipe d'enfants et d'adolescents travaillant sous la surveillance de kapos tirerait ensuite la charrette vers le cimetière où les cadavres seraient jetés dans une fosse avec des dizaines d'autres.

Une rage intense troubla soudain ma vision et je sentis cette terrible injustice pulser dans mes veines. Dawidek croisa mon regard et m'adressa un sourire plein de bravoure qui dissipa ma rage.

Il fallait que je garde le contrôle. Je ne pouvais permettre à ma fureur de me détruire car ma famille comptait sur moi. Dawidek avait besoin de moi.

— Maman sera contente d'avoir du pain, dit-il, une lueur d'enthousiasme dans ses grands yeux sombres. Et Eleonora aura un meilleur lait demain, pas vrai ?

— En effet, répondis-je, impassible. Ce morceau de pain est une bénédiction.

2

Roman

— BRAVO, LES GARÇONS ! Vous êtes très forts, déclara ma mère en serrant le quignon de pain dans sa main libre.

De l'autre, elle soutenait ma petite sœur qui tétait désespérément son sein.

— Comment avez-vous réussi ? C'est la marchande des rues qui vous l'a vendu ?

— Elle s'est montrée très compatissante, répondis-je prudemment entre vérité et mensonge.

J'avais discuté avec Dawidek de la nécessité de lui cacher la véritable provenance de ce pain. Ce ne fut pas nécessaire.

Maman nous adressa un large sourire. Mon beau-père, qui était assis à côté d'elle sur le matelas posé à même le sol dans notre chambre, sourit fièrement, lui aussi. Plus tard, je devrais lui avouer que j'avais toujours son bout de savon. Dès que ma mère aurait mangé son pain, il s'inquiéterait de ce que nous trouverions pour elle le lendemain. À moins que je ne lui dise que j'avais un plan… Pour l'heure, je me contentai du plaisir de déceler ce petit bonheur dans son regard.

— Un miracle, commenta ma mère. Aujourd'hui, nous sommes bénis.

Avant la guerre, ma famille occupait cet appartement spacieux de la rue Mila, qui disposait de trois chambres à coucher, au cœur du quartier juif de Varsovie. Le cabinet dentaire de mon beau-père se trouvait à quelques encablures et ses parents habitaient au-dessus de chez nous. Nous n'étions pas riches, mais nous menions une existence confortable. J'avais sauté plusieurs classes de primaire et je traversais Varsovie en tramway pour me rendre au lycée. Dawidek fréquentait une école juive du quartier. Ma mère restait à la maison et était bénévole dans une soupe populaire durant son temps libre.

Notre appartement hébergeait dorénavant, outre notre famille, les parents de Samuel, leurs amis M. et Mme Kuklinśki, un couple âgé, et les familles Frankel et Grobelny. Ces derniers vivaient auparavant au même étage que les parents de Samuel, au-dessus de chez nous. Lors du premier afflux de réfugiés, ils avaient commis l'erreur de descendre nous voir en laissant leur porte ouverte. Lorsqu'ils étaient remontés chez eux, deux autres familles avaient envahi leur espace, qu'ils n'ont jamais récupéré. Ils étaient cinq, à l'époque. Quelques semaines plus tard, M. Grobelny fut abattu en pleine rue. L'hiver suivant, leurs deux premiers enfants moururent de la grippe. Mme Grobelny étant anéantie de chagrin, les autres adultes prirent en charge Estera, sa fille, qui marchait à peine.

Les Frankel étaient issus de la minorité tzigane de Hongrie. Il y avait Laszlo et Judit, les parents, et leurs jumeaux de sept ans, Imri et Anna. L'automne précédent, nous étions déjà à l'étroit quand Grand-Père les avait ramenés à la maison. Il s'était confondu en excuses, bien qu'il fasse figure de chef non officiel du foyer. Il avait vu Laszlo mendier dans la rue tandis que Judit et les enfants se protégeaient du vent glacial derrière des poubelles.

— Il n'est pas bon que ces petits dorment dans la rue alors que nous pouvons leur trouver une petite place chez nous.

Nous avions fait de notre mieux pour répartir équitablement les espaces de l'appartement : les Grobelny dans la salle à manger, ma famille entière dans l'ancienne chambre parentale, les Frankel dans ma chambre et les grands-parents dans celle de Dawidek, avec les Kuklinśki. Le salon abritait désormais un semblant de cabinet dentaire. Dans chaque logement s'entassaient plusieurs familles car les Allemands faisaient venir des gens de toute l'Europe pour les enfermer avec nous derrière l'enceinte du ghetto.

Depuis la construction du mur, l'eau était coupée et nous ne pouvions nous en procurer qu'au robinet de la gare. Maman s'occupait d'Eleonora, les Kuklinśki étaient âgés et fragiles et les autres travaillaient durant la journée. Il revint donc à Judit de ravitailler le foyer en eau. Matin et soir, elle effectuait l'aller-retour un seau dans chaque main. C'était loin d'être suffisant. Comme le reste, l'eau était précieuse et on n'en gaspillait pas une goutte. Judit était la reine de la débrouillardise. Elle faisait par exemple bouillir des restes de nourriture pour les ramollir, puis utilisait la même eau pour la lessive puis, enfin, dans les toilettes.

Comment en étions-nous arrivés là ? Naguère, je prenais une douche chaude par jour et je n'imaginais même pas que la faim provoquait des spasmes de douleur. Au bout de deux ans et demi d'occupation allemande, dont presque deux ans au sein du ghetto, le quotidien était si surréaliste que j'en venais parfois à me convaincre que nos vies brisées n'étaient qu'un cauchemar. Une telle déchéance en si peu de temps était inimaginable. J'en étais réduit à prendre un quignon de pain dans la main d'une enfant mourante pour l'offrir à ma mère... qui avait versé des larmes de joie en le recevant.

Je m'efforçais de ne pas penser au regard de cette petite fille, aux commissures de ses lèvres, maculées de sang séché. Hélas, son visage me hantait chaque fois que je posais les yeux sur ce morceau de pain. Pour penser à autre chose, je proposai à Maman de prendre le bébé. Elle me sourit et confia momentanément le pain à Samuel pour me tendre Eleonora.

Ce bébé miracle compliquait nos vies déjà difficiles. Tant de femmes étaient contraintes d'interrompre leur grossesse ou étaient abattues en pleine rue uniquement parce qu'elles étaient enceintes. Les SS tuaient même les nouveau-nés sous les yeux de leur famille.

Lorsque le ventre de Maman s'était arrondi, Grand-Mère s'était occupée de récupérer les rations de la famille, une épreuve terrible. Sous la surveillance étroite des Allemands, les kapos déposaient dans notre gamelle une « portion familiale » de bouillie d'avoine. En réalité, il y avait à peine de quoi nourrir un seul adulte.

D'après Samuel, il était miraculeux qu'elle ait mené à terme cette grossesse, compte tenu de son état de malnutrition. Une preuve que Dieu voulait nous faire don d'un enfant. Si j'aimais Eleonora, sa présence m'inspirait des sentiments contradictoires. L'allaitement puisait les dernières forces de ma mère qui ne produisait pas suffisamment de lait. Depuis sa naissance, six semaines plus tôt, les périodes de calme du nourrisson étaient de plus en plus longues, après un moment d'agitation, ce qui était inquiétant.

Tous les bébés étaient ainsi, non ? Je me berçais d'illusions. Ce quignon de pain providentiel ne nous apporterait qu'un peu de répit avant le drame qui allait frapper à notre porte. En attendant, Dawidek devrait placer le cadavre de la fillette dans la charrette et j'avais envie de tout casser.

Au-delà de ma lutte quotidienne pour trouver à manger, gagner un peu de temps, j'étais totalement impuissant.

— Aujourd'hui, j'ai arraché une dent à une femme, raconta Samuel tandis que ma mère grignotait son pain par petites bouchées. Elle a eu vent d'une rumeur affirmant que l'on va tous être déplacés vers l'est. Et bientôt.

— Vers l'est ? répéta ma mère, la mine soucieuse. Qu'y a-t-il, dans l'Est ?

— Un camp de travail. À Treblinka, près de la forêt. Il paraît que les Allemands ont construit de grandes usines où nous travaillerons *tous* pour produire des biens pour eux, et pas seulement les quelques-uns d'entre nous ayant un permis de travail.

J'attendis la suite, mais je la devinais aisément. Les rumeurs allaient bon train et Samuel en était le premier informé car, comme Dawidek, il était sympathique et enjoué. Toutes les deux ou trois semaines, nous avions la même conversation, même si les nouvelles évoluaient. Samuel soupira, puis il sourit et étreignit ma mère d'un bras rassurant.

— Tu vois, Maja, c'est bien ce que je te disais. Les Allemands ont compris l'erreur qu'ils ont commise en nous imposant ces conditions terribles. Bientôt, ils nous déplaceront vers la forêt où il y aura assez d'espace, de nourriture et d'eau. Et nous gagnerons notre vie convenablement. Ils ont besoin de notre main-d'œuvre, non ? Il est logique qu'ils nous mènent vers un lieu où nous serons plus forts.

Samuel regarda Dawidek jouer par terre avec des cailloux en guise de petites voitures.

— Tu verras, Roman. Les choses vont s'arranger. Ce n'est qu'une question de temps.

Ma mère prit une autre bouchée de pain et rassembla les miettes tombées sur sa jupe. Puis elle se lécha les doigts et mangea les miettes. Enfin, elle posa sur moi un regard éloquent. Elle en avait assez de l'entêtement de Samuel à nier l'évidence : nous étions bel et bien condamnés. Elle n'en parlait que rarement. Depuis sa grossesse et la naissance d'Eleonora, elle s'exprimait de moins en moins sur l'objectif potentiel des Allemands. Aux débuts de l'enfermement, elle était combative et cherchait une issue. Hélas, ses réserves morales et physiques étaient épuisées. Elle n'était plus que l'ombre d'elle-même. Samuel s'en rendait compte, lui aussi. Se lançait-il dans ces tirades optimistes pour atténuer le désespoir ambiant ?

— Et si le sort qui nous attend dans la forêt n'était pas meilleur mais pire, au contraire ? reprit ma mère avec prudence.

— Pire ? répétai-je, incrédule.

Je n'imaginais rien de pire. C'était déjà l'enfer sur terre.

— Dawidek, chéri, veux-tu aller me chercher un gobelet d'eau dans le seau pour accompagner ce pain délicieux ? demanda-t-elle d'un ton doux.

Mon frère posa ses cailloux sur le parquet et quitta la pièce.

— Les rumeurs ne manquent pas, me dit-elle en me regardant droit dans les yeux. Il ne faut pas que tu cèdes à la panique. Judit m'a confié aujourd'hui que, au marché, elle a entendu parler d'un homme qui s'est évadé du camp de Chełmno. Il aurait des preuves que les Allemands ont l'intention de se débarrasser de nous.

— De combien d'entre nous ? m'étonnai-je.

Maman se détourna avant de murmurer :

— De tous, peut-être.

— C'est absurde, commenta Samuel. Ils ont besoin de notre main-d'œuvre ! Pourquoi nous tuer s'ils ont besoin de nous ? Ils cherchent à étendre le Reich en Europe. Ici, dans le ghetto, les usines produisent assez de vêtements pour leur armée entière, sans parler des munitions. Pourquoi nous auraient-ils laissés vivre jusqu'à maintenant ? Et comment veux-tu qu'ils nous éliminent tous ? C'est impossible. Quelle idée ridicule !

— Vraiment ? s'emporta ma mère. Après ce qu'ils nous ont déjà infligé, comment peux-tu ne pas les en croire capables ?

— Ce sont des êtres humains, Maja !

Dawidek revint, tenant un gobelet d'eau devant lui, les yeux écarquillés. Nul ne broncha malgré le frisson de peur qui me parcourut. Depuis que Samuel était entré dans ma vie, je ne l'avais vu lever la voix que deux fois : lorsqu'il avait poussé un cri de joie en apprenant que ma mère attendait Dawidek, puis quand il s'était disputé avec elle juste avant que les Allemands ne murent le ghetto. Ma mère voulait fuir la ville et Samuel était persuadé qu'il pourrait exercer dans son cabinet dentaire et qu'il subviendrait ainsi aux besoins de la famille.

— Ils n'ont rien d'humain, Samuel, énonçai-je, la gorge nouée. Tu ne peux croire une chose pareille après ce qu'on a vu !

Il ferma les yeux et, dans la pénombre, je le vis crisper les poings. Au bout d'un moment, il soupira.

— J'ai besoin de croire qu'il existe un fond d'humanité chez ces hommes qui nous torturent car, sinon, il n'y a plus aucun espoir. Et pas seulement pour nous, Roman. Pour le monde entier car, quand tout sera terminé, le mal risque de ressurgir encore et encore.

Dawidek tendit enfin le gobelet à notre mère. Elle le remercia dans un murmure, avec un petit sourire triste. Mon frère se remit à jouer avec ses cailloux. La conversation semblait terminée. Aussi fus-je surpris d'entendre Samuel ajouter :

— Tu as entendu quelque chose ?

Je levai les yeux pour voir à qui il s'adressait. Étonnamment, c'était à moi.

— Comment aurais-je pu entendre quelque chose ?

— Tes collègues d'atelier ne parlent pas ?

Non, mes collègues ne parlaient pas. Je ne m'adressais à eux que si je ne pouvais pas faire autrement. Au début, c'était différent. Sala avait embauché une dizaine d'entre nous le même jour. Je m'étais fait trois amis dans le groupe : Leonard, Gustaw et Kazimierz. Nous avions appris à manipuler les machines ensemble et j'appréciais mon travail. Leonard avait un humour féroce et Gustaw voulait devenir avocat, lui aussi, si nous pouvions un jour reprendre nos études. Lui et moi échangions sur un tas de sujets, histoire de faire travailler notre esprit. Kazimierz, qui avait des relations, trouvait à manger au marché noir entre autres sources.

Leonard fut le premier à partir. Il contracta le typhus et succomba en quelques jours. Quant à Gustaw, il disparut purement et simplement. En voyant qu'il ne se présentait plus au travail, j'étais allé chez lui. Malheureusement, ses parents n'avaient aucune idée de ce qu'il devenait. Le plus dur fut de perdre Kazimierz. Notre bande de quatre était réduite à deux depuis des mois quand la Gestapo avait débarqué dans l'usine pour l'arrêter. Il s'était débattu comme un beau diable. Conscient de la souffrance des parents de Gustaw, qui n'avaient aucune nouvelle de leur fils, j'étais allé voir la mère de Kazimierz pour lui relater l'arrestation. Par la suite, je ne m'étais plus lié d'amitié avec quiconque. Si la solitude était difficile à vivre, le chagrin d'un deuil était infiniment pire.

Depuis plus d'un an, je travaillais sur une machine à coudre, en face d'un garçon de mon âge qui avait maintes fois essayé d'engager la conversation. Je ne connaissais pas son vrai nom. Les autres le surnommaient Pigeon. Était-ce une insulte ou un compliment ? Je ne voulais pas sympathiser avec lui à cause des rumeurs : à l'instar de beaucoup d'autres garçons de l'usine, il fricotait avec la Résistance. J'avais déjà vu un ami se faire embarquer par la Gestapo. Si elle devait revenir, je préférais que ce soit pour un inconnu.

J'étais solidaire des résistants. J'avais songé à les rejoindre, mais ce n'étaient que des fantasmes puérils et je savais que je ne franchirais jamais le pas. Aucune action de résistance ne pouvait épargner à ma famille les épreuves qu'elle endurait. Je risquais même de leur infliger des souffrances supplémentaires. Chaque fois que le sujet était évoqué, Samuel me faisait promettre de ne pas m'engager. Il ne réprouvait pas la Résistance d'un point de vue philosophique. Il était simplement incapable d'affronter la réalité.

Si Samuel avait raison et si, tôt ou tard, les Allemands rectifiaient les conditions infernales qu'ils nous imposaient, à quoi bon risquer sa vie pour les combattre ?

— Je ne parle à personne, au travail, déclarai-je soudain.

Eleonora commençait à s'agiter dans mes bras. Je me mis à la bercer en imitant les gestes de ma mère.

— Tu devrais peut-être te renseigner autour de toi, dit-elle avec un regard implorant. Quelque chose se prépare, Roman. Le cousin de Mme Grobelny fait partie du Conseil, comme tu le sais, et il affirme que les choses vont bientôt changer. Je sais qu'on ne peut pas faire grand-chose, mais si au moins nous savions ce qui nous attend…

Sa voix s'éteignit, puis elle ajouta doucement :

— Si nous savions ce qui nous attend… nous pourrions au moins dormir, la nuit. Même si c'est grave, je préfère savoir.

Pigeon me vint aussitôt à l'esprit. La requête de ma mère était simple et je ne pouvais la lui refuser.

3

Emilia

Je n'ai jamais été rebelle de nature. J'étais curieuse, certes, peut-être un peu têtue… et j'étais complètement perdue, à Varsovie, à des centaines de kilomètres de mon village d'origine.

Rebelle, non. Ce n'était pas mon tempérament. Si on m'avait demandé pourquoi je me rebellais, j'aurais répondu d'un regard vague sans avoir la moindre idée de ce dont il était question. Il s'agissait plutôt d'une tromperie innocente, si tant était que ce fût possible. J'avais perdu le contrôle de chaque aspect de ma vie et, à quatorze ans à peine, j'étais à la fois mûre pour mon âge et psychologiquement meurtrie, incapable de gérer ni même de comprendre mes émotions troublées. Je commençais à avoir un tel besoin d'autonomie que j'en recherchais même l'illusion. Chaque jour, je prenais des dizaines de petites résolutions sous l'œil attentif de Truda et Mateusz, mes parents adoptifs. Sauf celles que je prenais entre dix-sept heures trente et dix-huit heures, le moment béni où je laissais Truda préparer le repas pour descendre dans le hall de l'immeuble. J'ouvrais alors la porte de la cour réservée aux résidents.

Truda n'aimait pas que j'y aille et m'interdisait d'y descendre durant la journée. Elle donnait sur une ruelle empruntée par ceux qui se rendaient au marché voisin. Notre appartement ne se trouvant qu'à quelques rues du quartier juif emmuré, des soldats allemands passaient parfois. À dix-huit heures, le marché était fermé et il n'y avait presque plus de piétons dans la ruelle. Si Truda et Mateusz étaient déterminés à assurer ma sécurité, même Mateusz voyait que je ne pouvais vivre enfermée au troisième étage.

— La protéger est une chose, avait-il déclaré, mais notre devoir est aussi d'assurer sa santé mentale. Elle a besoin de sortir, d'avoir un peu d'indépendance.

Il fut donc établi que je descendrais dans la cour chaque soir. J'étais satisfaite, même si Mateusz avait cru bon de m'informer que c'était un privilège et non un droit.

— Tu es consciente des dangers, alors sois prudente. Profite du calme de la cour, ne parle à personne et remonte directement, c'est compris ?

— Promis, avais-je répondu, déterminée à me montrer digne de leur confiance.

Sauf que… au bout d'une semaine, avec pour toute compagnie un pommier et un jardinet envahi par les mauvaises herbes, je m'ennuyais à mourir. Je me mis donc en quête de distractions. Dès que la porte de l'appartement se refermait derrière moi, je tournais à droite pour rendre visite à Sara, qui occupait l'unique autre appartement du troisième étage.

De temps à autre, je me demandais si Truda verrait un inconvénient à ce que j'aille chez Sara. N'était-elle pas une femme accomplie, à la fois infirmière et assistante sociale ? Si j'ignorais son histoire, je savais qu'elle vivait seule et j'avais l'impression que mes visites lui faisaient plaisir. De plus, elle me donnait des leçons de sciences grâce à ses manuels de soins infirmiers. Je l'aidais pour ses ouvrages de broderie ou de tricot. Ces moments partagés étaient innocents et je n'avais aucune raison de les garder secrets, mais j'aimais cette heure passée à l'insu de mes parents. Sara me parlait comme à une adulte et elle répondait volontiers à mes questions, même les plus gênantes. Sara m'avait informée de l'imminence de mes premières règles juste avant qu'elles n'arrivent et elle m'avait expliqué certains aspects techniques de la sexualité.

Ce lien improbable que nous avions tissé en quelques mois était devenu trop précieux pour que je le mette en péril.

Aussi, chaque après-midi, j'attendais que Truda se mette au fourneau et je m'habillais pour sortir. Je lançais un « à plus tard » et, très vite, je sortais la clé de Sara d'un tiroir, au cas où elle rentrerait en retard de son travail.

C'était au moins une chose sur laquelle j'avais un certain contrôle, une responsabilité, un petit pouvoir. Et il me suffisait.

Rien ne suggérait que cette soirée serait différente de toutes celles que j'avais passées en compagnie de Sara. Nous avions détricoté un pull afin d'en réutiliser la laine. Nous avions discuté de ses goûts littéraires. Elle m'avait proposé de me prêter un exemplaire corné de *Nuits et jours* de Maria Dąbrowska, son auteure préférée. Comment expliquer la présence de l'ouvrage dans ma main en rentrant à la maison ?

— Tu pourras me l'emprunter plus tard, avait-elle suggéré face à mon silence prolongé.

Lorsque la vieille pendule du salon avait sonné dix-huit heures trente, j'avais posé ma pelote de laine et Sara m'avait raccompagnée à la porte. Il fallait que je parte à l'heure car Mateusz était très strict sur les horaires. Il rentrait entre dix-huit heures trente-cinq et dix-huit heures quarante.

— À demain, avais-je conclu en ouvrant la porte.

Quelle n'avait pas été ma surprise de voir mon père adoptif sur le palier, un petit paquet à la main, aussi abasourdi que moi.

— Elzbieta, dit-il, utilisant la fausse identité que j'avais endossée en arrivant à Varsovie.

Tant de mois plus tard, je détestais toujours ce prénom. Ma mère biologique était morte en me mettant au monde, mais mon père m'avait raconté un jour qu'elle avait toujours souhaité m'appeler Emilia. Répondre au nom d'Elzbieta me donnait l'impression de la trahir, même si je n'avais pas le choix. En cet instant, c'était le cadet de mes soucis car Mateusz nous observait tour à tour.

— Je m'étonne de te trouver là, déclara-t-il, la mine plus soucieuse que jamais.

— Je... Je passais juste...

Pour une fois, j'étais à court d'arguments. Comment expliquer ma double tromperie ? Me justifier auprès de Mateusz sans révéler à Sara que je n'étais pas supposée être chez elle ?

— Ah, c'est le paquet de Piotr ? Merci, Mateusz. Je lui avais demandé de me trouver du sucre, avait déclaré Sara en prenant le paquet.

Elle avait alors reporté son attention sur moi et interprété mon silence gêné.

— Dis-moi, jeune Elzbieta... Tu n'étais pas censée être là, il me semble...

J'avais rougi violemment et, prise de panique, j'avais filé me réfugier dans ma chambre.

— Qu'est-ce qui t'a pris, Elzbieta ?

— Je ne sais pas.

— Pourquoi faire une chose pareille ?

— Je ne sais pas.

— Tu ne comprends donc pas combien la moindre désobéissance est dangereuse ? s'écria Truda, ses yeux noisette embués de larmes. Après tout ce qu'on a fait pour toi, tu nous trahis de la sorte ?

Si cette scène de Truda ne m'impressionnait guère, ses propos outranciers recelaient une part de vérité. En quittant notre village de Trzebinia, Truda, Mateusz et moi étions d'abord allés à Łódź. Mateusz n'avait pas vu son frère Piotr depuis des années, mais nous étions désespérés. Grâce au contremaître d'oncle Piotr, nous avions découvert qu'il montait une nouvelle entreprise à Varsovie. Nous étions donc venus le retrouver dans la capitale. J'avais déjà séjourné plusieurs fois à l'hôtel avec mon père biologique, avant la guerre. Il fallait être riche pour y vivre à demeure ! Piotr m'avait aussitôt adoptée en tant que nièce et, sans hésiter, il avait loué un appartement pour nous quatre. Ensuite, par quelque tour de passe-passe, il m'avait obtenu de faux papiers afin que je vive en sécurité à Varsovie.

Devais-je absolument vivre sous un faux nom ? Nous l'ignorions. Oncle Piotr avait été formel : mieux valait prévenir que guérir.

Mateusz avait trouvé du travail dans un cabinet comptable pour un salaire de misère. Oncle Piotr nous entretenait depuis notre arrivée. Si les reproches de Truda et Mateusz me faisaient de la peine, la réprobation de l'oncle Piotr aurait été bien plus douloureuse. Jovial, le sourire facile, il était prompt à déboucher une bouteille de vodka pour célébrer la moindre occasion. Je ne l'avais jamais vu en colère et je ne l'en croyais même pas capable. Or il me fixait par-dessus ses lunettes à monture métallique, la mâchoire crispée.

Les bras croisés, la tête baissée j'étais rouge de honte depuis que Mateusz m'avait surprise chez Sara, une heure plus tôt.

— Il paraît que tu lui rends visite presque tous les jours depuis des semaines. Si tu veux une amie, tu n'as qu'à jouer avec Katarzyna ! s'exclama Truda.

C'était la fille d'un collègue de Mateusz. Elle avait douze ans. Elle était gentille, mais je la trouvais terriblement immature.

— Elle est ennuyeuse ! rétorquai-je. C'est une enfant !

— Toi aussi, me rappela Mateusz d'un ton posé, même si son regard exprimait une rage égale à celle de Truda et oncle Piotr.

— Quand on a croisé le regard de son frère mort, on n'est plus une enfant ! Quand on a vu son père innocent mourir sous les yeux de tout le village, on n'est plus une enfant !

L'espace d'un instant, ils me regardèrent fixement, dans un silence pesant. Soudain, leurs reproches firent place à de la pitié.

— Nous connaissons à peine Sara, reprit Truda en se radoucissant. Ce n'est pas parce que tu l'apprécies que tu peux lui faire confiance.

— Il serait plus raisonnable qu'Elzbieta fréquente Katarzyna. Cependant, Sara ne représente aucun danger, intervint prudemment oncle Piotr.

— Sauf ton respect, Piotr… fit Mateusz.

— Crois-moi, coupa-t-il. Sara ne collaborerait pas avec les Allemands. C'est une femme bienveillante et généreuse, une infirmière qui travaille au ministère des Affaires sociales et de la Santé.

— C'est mon amie. Elle m'a appris un tas de choses… y compris sur…

Dans ma détermination à défendre Sara, je faillis préciser qu'elle m'avait donné des leçons d'anatomie. En croisant le regard de Truda, je compris que ma mère adoptive ne verrait pas cela d'un bon œil.

— … sur le tricot, le point de croix.

— Je regrette, Elzbieta. Je vois que tu t'es liée d'amitié avec Sara, mais tu nous as désobéi, tu as trahi notre confiance. Il faut absolument que tu nous obéisses, énonça lentement Mateusz.

Je me levai de table. Pourquoi avais-je le cœur brisé ? La perspective de perdre le seul aspect de ma vie sur lequel j'avais un tant soit peu de contrôle me dévastait. Je fis donc ce que la plupart des adolescents font lorsqu'ils sont gênés, honteux, déçus ou frustrés : je m'en pris aux personnes qui tenaient le plus à moi.

— Je vous déteste ! Vous avez gâché ma vie ! Je voudrais…

— Emilia… intervint oncle Piotr.

J'avais si peu l'habitude d'entendre mon vrai prénom que je fus déstabilisée. L'expression de l'oncle Piotr se radoucit.

— Je vais te prodiguer un conseil, mon enfant. Ne dis jamais sous le coup de la colère ce que tu regretteras une fois calmée. Va dans ta chambre. Il faut que je parle à Truda et Mateusz.

Je quittai la pièce au bord des larmes et me jetai sur mon lit, l'esprit en émoi. Et si je fuguais ? Je chassai vite cette idée. Et si je rendais visite à Sara en secret ?

Non plus. Au vu de l'expression de Truda et Mateusz, c'en était terminé de mes périodes de liberté.

Ma frustration et ma honte firent alors place à des regrets amers. Truda et Mateusz n'avaient pas gâché ma vie, ils l'avaient sauvée, au contraire et, ce faisant, c'était la leur qu'ils avaient gâchée. Mon père avait été exécuté au début de la guerre. Le même jour, Truda et Mateusz m'avaient recueillie sous leur toit. La vie était difficile à Trzebinia. Or mes parents adoptifs avaient réussi à m'offrir une existence tranquille, même en temps de guerre. Comme l'oncle Piotr, Mateusz avait hérité de leur père une usine de textile qui lui procurait des revenus confortables. À Trzebinia, nous habitions une grande maison et nous avions beaucoup d'amis.

Hélas, l'année précédente, mon frère Tomasz avait débarqué en pleine nuit et, le lendemain, à midi, plus rien n'était pareil. Tomasz aidait des Juifs à se cacher, un crime passible de la peine de mort pour lui et sa famille. Mon frère si brave et si brillant était recherché et, pour sauver sa fiancée, il devait se rendre, ce qui signifiait une mort certaine. En tant qu'ultime membre de sa famille, je risquais gros, moi aussi. Nous ignorions si les Allemands étaient au courant de mon existence, s'ils me recherchaient, s'ils savaient qui m'avait adoptée. Et pourtant, Truda et Mateusz avaient choisi de fuir comme si ma vie était en péril. Ils avaient renoncé à une existence confortable pour assurer ma sécurité. Sans la bienveillance de l'oncle Piotr, nous serions ruinés car nous avions tout laissé à Trzebinia.

Lorsque Mateusz frappa à ma porte et entra dans ma chambre, je pleurais à chaudes larmes. Dès qu'il s'assit au bord de mon lit, je me jetai à son cou.

— Emilia, même si c'est très dur, pour toi, il est essentiel que tu ne nous mentes pas. Tu comprends l'importance du secret.

— Cela fait des mois, sanglotai-je. On peut se détendre un peu, maintenant, non ?

— À la seconde où l'on baissera notre garde, on le regrettera.

Percevant ma tension, Mateusz resserra son étreinte.

— Il faut que tu sois paranoïaque. C'est le seul moyen d'assurer ta sécurité. Truda et moi t'aimons plus que nous ne saurions l'exprimer. Grâce à toi, nous avons la famille dont nous rêvions. En te protégeant, ce sont nos cœurs que nous protégeons. Sara et toi avez sympathisé et Piotr m'assure qu'elle est digne de confiance... et que tu lui apportes du réconfort.

— Je crois qu'elle se sent très seule, fis-je en chassant mes larmes. Et moi aussi, peut-être.

— Dans ce cas, continue à passer du temps avec elle, mais promets-moi de respecter nos règles. Je ne veux que ton bien. Je croyais... j'espérais que nous avions fait nos preuves.

— C'est le cas et je vous en suis très reconnaissante. C'est juste que, parfois...

— Alina te manque.

L'entendre prononcer son nom me serra le cœur. Je considérais la petite sœur de Truda comme la mienne car elle était la fiancée de Tomasz. Juste avant de se rendre aux Allemands, Tomasz avait aidé Alina à fuir la Pologne, cachée à l'arrière d'un camion. Par chance, elle était en sécurité en Angleterre. Si je m'en réjouissais, je regrettais aussi qu'elle ne soit pas restée. Saurais-je gérer ce grand bouleversement sans elle ?

— Alina me laissait toujours parler, fis-je, la gorge nouée par l'émotion. Elle m'écoutait, même quand je lui posais des questions auxquelles elle ne pouvait pas répondre. Elle me laissait m'exprimer et je me sentais mieux ensuite.

— Et Sara en fait autant pour toi ?

— Eh bien, non, puisque je ne peux pas lui dire qui je suis vraiment et pourquoi nous sommes là. On ne parle pas des Allemands. On discute de livres, de travaux d'aiguilles, de musique et elle m'a appris pas mal de choses dans le domaine… scientifique.

J'avais interrompu ma scolarité en primaire et Truda essayait de me faire l'école avec plus ou moins de succès. Sa propre instruction était limitée car sa famille n'avait pas eu les moyens de l'envoyer au lycée. Mateusz, lui, était allé à l'université. Il comprenait ma soif de connaissances.

— Très bien, Elzbieta, murmura-t-il, tu auras le droit d'aller voir Sara chaque soir, à condition que tu me promettes de ne plus jamais mentir. Et de ne pas lui révéler la vérité sur notre famille.

— C'est promis.

J'étais sincère. Je m'estimais heureuse d'avoir le droit de voir Sara et je ne comptais pas prendre de risques supplémentaires. Cette amitié était mon unique lueur dans cette existence morne.

4

Roman

— SALUT, dis-je à Pigeon, qui travaillait en face de moi sur une machine identique à la mienne.

Je cherchais depuis des heures une occasion d'engager la conversation et j'avais perdu l'habitude d'échanger des banalités.

— Moi ? fit-il en pointant un index vers lui-même.

Je me renfrognai.

— À qui veux-tu que je m'adresse ?

Il m'adressa un sourire ironique.

— Roman, on travaille face à face depuis plus d'un an et tu ne m'as jamais parlé. Pas une fois. Connais-tu au moins mon nom ?

— Pigeon.

— Aussi étonnant que cela puisse paraître, Pigeon n'est pas mon vrai nom, répondit-il en riant.

Gêné, je baissai les yeux vers ma machine pour régler la tension du fil, histoire de me donner une contenance. J'avais honte de ma maladresse qui semblait au moins amuser mon collègue.

— Je m'appelle Chaim, dit-il avec entrain, et je suis ravi de faire enfin ta connaissance.

Je hochai la tête et me remis au travail. L'usine de Sala produisait des *Stiefelriemen*, des brides que les soldats allemands utilisaient pour resserrer leurs bottes autour de leurs chevilles. Le cuir de qualité étant de plus en plus rare, les militaires devaient se débrouiller avec les bottes qu'on leur fournissait quelle que soit leur pointure. Nos brides leur permettaient de porter des bottes trop grandes pour eux et de marcher sans avoir trop d'ampoules. Ils pouvaient ainsi assener des coups de pied dans le ventre d'un Juif innocent en toute quiétude.

Chaque fois que je finissais une pièce, je maudissais son futur utilisateur. Les autres ouvriers étaient dans le même état d'esprit, même s'ils n'en parlaient pas. Nous étions plus d'une vingtaine de jeunes répartis en trois équipes. Derrière nous, nos collègues découpaient le cuir, puis Chaim et moi et plusieurs autres cousions les extrémités d'une pièce pour former une boucle. Plus loin, un groupe de huit perçait des œillets et fixait des attaches. Sala vérifiait la qualité de chaque produit avant de l'expédier.

Pendant quelques heures, Chaim et moi travaillâmes en silence. Depuis le temps, je n'avais plus mal au dos à force de me pencher sur ma machine. J'avais acquis la capacité de me mettre dans un état second et de laisser mes pensées vagabonder. Je ne pouvais pas demander à Chaim de but en blanc s'il avait des renseignements sur le sort des habitants du ghetto. Je décidai donc de m'en tenir à ces salutations dans l'immédiat. Cependant, à l'heure du déjeuner, au réfectoire, Chaim s'assit à côté de moi. Je le gratifiai d'un signe de tête avant de me concentrer sur ma bouillie d'avoine.

En quittant l'usine, je vérifiai que mon bout de savon se trouvait encore dans ma poche et me mis en route vers la rue Zamenhofa pour voir la marchande. J'étais tellement perdu dans mes pensées que je mis un moment à remarquer que quelqu'un m'avait emboîté le pas. Je reconnus les bottes usées de Chaim, qui parut s'amuser de ma distraction.

— Tu as besoin de quoi ? me demanda-t-il.

Face à mon air éberlué, il afficha un sourire patient. Il était un peu plus petit que moi, mais ses larges épaules suggéraient que, en d'autres temps, il aurait été trapu et musclé. Ses cheveux noirs étaient décoiffés et trop longs. J'aurais été dans le même état de négligence si ma mère n'insistait pas pour que je sorte bien coiffé. Ses parents étaient-ils encore de ce monde ?

— De quelque chose au marché noir ? reprit-il. D'aide pour résoudre un problème ? Ou simplement d'informations ?

— Depuis plus d'un an je suis impoli, et c'est ainsi que tu entames une conversation avec moi ?

— Si tu m'as enfin salué, ce n'est pas par bonté d'âme. Par les temps qui courent, les gens me parlent tous de la même chose : le bon vieux temps, le gâchis qu'est notre existence. On croise parfois une perle rare... le genre de personne que je préfère.

Il marqua une pause, puis me sourit :

— La perle rare qui veut parler de l'avenir. Tu ne vis pas dans le passé car, dans ce cas, tu serais plus enjoué.

J'acquiesçai d'un grommellement. Il fallait l'admettre, je ne respirais pas la joie de vivre.

— J'ai aussi l'impression que tu n'es pas du genre à te laisser consumer par la réalité actuelle. Ces gens-là se plaignent bien plus que toi. J'en conclus donc que tu as engagé la conversation soit parce que tu as besoin d'aide et que tu n'as pas d'autre solution, soit parce que tu as eu vent des rumeurs sur des changements imminents et que tu veux savoir quelle version est la bonne. Je me trompe ?

— Même si des changements se préparaient, fis-je avec prudence, personne n'en saurait rien.

— Certains d'entre nous sont au courant, répondit-il en haussant les épaules.

— Qu'est-ce que tu sais ?

— Ils vont nous déporter vers des camps.

— J'ai entendu cette rumeur, marmonnai-je.

— Ce n'est pas une rumeur, c'est la vérité. Et quand nous serons là-bas, ils nous tueront.

Il s'exprimait sans la moindre émotion.

— D'après mon beau-père, ils ne nous tueront pas car nous représentons une main-d'œuvre gratuite. Il paraît que les Allemands ont construit de grosses usines à Treblinka et que chacun d'entre nous aura un travail et de meilleures conditions de vie.

Chaim éclata d'un rire sans joie.

— Tu crois aux contes de fées ou tu préfères que je sois honnête ?

— Tu n'en sais pas plus que moi. Par quel miracle serais-tu au courant ?

— Je ne peux pas te le dire, mais je peux te révéler ce que je sais. En janvier, un homme s'est évadé du camp de Chełmno. Il a vu de ses yeux des prisonniers être exécutés par centaines à la fois. D'après lui, c'est un programme d'extermination très organisé.

— Comment peuvent-ils tuer tant de personnes ? Et pourquoi se donner cette peine ? On ne meurt pas de faim assez vite, selon eux ?

Je m'impatientais. Je tenais à fournir à ma mère et mon beau-père des renseignements fiables et la simple pensée que ces rumeurs puissent être fondées me rendait malade.

— Non. C'est absurde.

— Qu'est-ce que tu voulais, Roman ? insista Chaim.

Il s'arrêta brusquement au moment de tourner à gauche alors que je tournais à droite. Je le regardai une dernière fois et le cataloguai parmi les imbéciles avides de ragots. Il était hors de question que je rapporte cette conversation à ma famille.

Finalement, ce que je voulais, c'était un démenti aux rumeurs.

— Tu veux sauver quelqu'un, c'est ça ? Une petite amie, peut-être, ou bien ta famille.

— Je te l'ai dit, je ne veux rien de toi.

— Roman…

Je le foudroyai du regard.

— Quand tu sauras ce que tu veux, demande-le-moi. Je connais du monde.

Avec un soupir agacé, je poursuivis mon chemin vers l'étal de la marchande. En échange de mon bout de savon, elle me remit des épluchures de navet et des fanes de carotte pour ma mère. En rentrant chez moi, j'évitai avec soin la rue adjacente où j'avais trouvé du pain, la veille.

— Salut, l'ami !

Chaim me saluait ainsi chaque matin, désormais. Il me parlait la journée entière puis tenait à m'accompagner sur une partie du chemin, en sortant de l'atelier. J'étais un peu bougon, quand je ne l'ignorais pas franchement, mais il ne s'en offusquait pas. Je repoussais toute amitié depuis si longtemps que je me pensais capable d'ignorer les mains tendues de Chaim. Or au bout de trois semaines, j'étais déjà très attaché à lui.

— Bonjour, soupirai-je en m'asseyant devant ma machine.

— Tu as bien dormi ?

— Tu crois qu'il y a des gens qui dorment bien, par les temps qui courent ?

— Tu vis avec ta famille ?

— Tu n'arrêtes jamais de poser des questions ?

Mon ton gentiment boudeur était devenu si acerbe que Chaim arqua les sourcils. L'espace d'un instant, je crus l'avoir suffisamment offusqué pour le décourager d'être mon ami. À ma grande surprise, je fus envahi d'un sentiment proche du regret. En le voyant s'esclaffer, je fus vite soulagé.

— On dirait que mon nouvel ami s'est levé du pied gauche.

Plus tard, alors que nous marchions côte à côte, en sortant du travail, je cédai à une impulsion soudaine :

— Où habites-tu ?

— Rue Twarda, me répondit-il.

C'était loin de chez moi mais je n'avais rien à échanger contre de la nourriture, ce jour-là, et pas d'autre projet que la fouille des poubelles. De plus, la rue Twarda se trouvait dans le petit ghetto, où vivaient les familles plus aisées, un terrain de chasse prometteur. Ainsi, au croisement, je tournai à gauche. Chaim ne réagit pas. Au bout de quelques centaines de mètres parcourus en silence, il murmura :

— Mes parents sont à Londres. Ils sont allés rendre visite à ma sœur juste avant l'invasion. Je suis resté à

Varsovie parce que je venais de commencer mes études à l'université et qu'ils ne s'absentaient que pour un mois. Ma mère ne voulait pas y aller. Elle redoutait qu'Hitler n'envahisse la Pologne. Ma sœur venait d'avoir un bébé. Mes parents ont dû choisir entre me protéger d'un danger et aider ma sœur qui était souffrante. Je m'inquiète pour eux, surtout parce que j'ai reçu des lettres de ma mère, au début. Elle est rongée par la culpabilité de m'avoir laissé. Quoi qu'il en soit, je suis content qu'ils soient en sécurité.

— Tu parles beaucoup.

— Et toi, mon ami, tu ne parles pas assez. Je ne sais pas si tu t'en rends compte, mais tu es plus maussade que de coutume.

Mon froncement de sourcils le fit rire.

— Tu es seul, toi aussi ?

— Et toi, tu vis avec qui ? Comment t'en sors-tu ? lui demandai-je, ignorant sa question.

— Je fais partie des chanceux, admit Chaim. Des amis de mes parents m'ont recueilli. Étant le plus jeune, j'ai le privilège de dormir dans la salle de bains. Je vis comme un roi.

— Et pour la nourriture ? L'argent ?

— Quand ils nous ont déplacés ici, j'ai pris ce que j'ai pu. Je ne manque pas de ressources. Je me débrouille.

— Ce que tu m'as dit sur Chełmno… c'était vrai ? Tu en sais davantage ?

— Tout est vrai.

— Ce n'est pas la première fois que mon beau-père a vent de rumeurs.

— Moi aussi, j'en ai entendu qui se sont révélées fausses, donc je comprends que tu sois sceptique. Cependant, je suis certain de cette information. J'ai des amis communs avec l'évadé de Chełmno. Je tiens ces renseignements d'une source indirecte de toute confiance. Si ta question est de savoir ce qu'il faut faire, je peux t'aider.

— Je ne peux pas.

— Tu n'as pas envie de lutter ?

— Bien sûr que si ! m'exclamai-je, en me figeant sur place.

Chaim se tourna vers moi.

— Mais je dois aussi protéger la seule chose qui me reste, la plus importante.

— Ta famille.

— Absolument.

— Je respecte ton point de vue.

Il désigna le trottoir et se remit en marche, comme si je n'avais pas refusé de mordre à l'hameçon.

— Allez, l'ami, avance ! Si j'avais su que tu étais aussi lent pour marcher que pour coudre à la machine, je ne t'aurais jamais permis de me raccompagner.

5

Emilia

À Varsovie, la vie était différente à tous les points de vue, mais je ne m'autorisais à y penser que la nuit. Trois ans après la mort de mon père, je m'accrochais toujours au souvenir de ma chambre d'enfant, dans l'appartement situé à l'arrière de son cabinet médical. Il y avait des rideaux roses. La mère que je n'avais pas connue les avait cousus avant ma naissance. Je revoyais le papier peint vert et blanc, le tapis moelleux et, surtout, j'entendais mon père ronfler dans son lit, de l'autre côté du couloir. Ma chambre chez Truda et Mateusz me manquait aussi. Cette belle maison, je ne l'avais considérée comme mon foyer qu'au moment d'en partir.

L'appartement que l'oncle Piotr louait pour nous était atypique, avec une chambre en duplex aménagée dans les combles. Quoi que je fasse, la pièce sentait l'humidité. Mon matelas était trop mou et les draps me grattaient. Les bombardements du début de la guerre avaient endommagé la toiture et la fenêtre en ogive. À notre arrivée, oncle Piotr avait bouché les trous. Hélas, les matériaux de construction étant denrée rare, il avait dû recycler de vieilles briques dépareillées et renforcer le mortier avec de la paille, dont quelques brins apparaissaient çà et là. Parfois, je me demandais si des rats ne tiraient pas sur ces brins de paille. Le toit finirait peut-être par s'écrouler sur moi. La dernière chose que je verrais avant de mourir serait ces rats…

N'en déplaise à mon imagination fertile, j'étais à l'abri mais je n'étais pas chez moi. Je n'avais plus de chez-moi et j'étais la seule survivante de ma famille de naissance. Il m'arrivait de me réveiller en pleine nuit, et avant même que je me souvienne où j'étais, l'odeur de la pièce me rappelait mon statut d'enfant « perdue ».

En ville, les sons étaient différents. À Trzebinia, un silence de mort régnait sur notre petit village, la nuit… quand des cris ou des coups de feu ne venaient pas troubler le calme.

À Varsovie, il n'y avait pas de silence. Les détonations, les hurlements, les aboiements, le bruit permanent m'empêchaient de dormir, au début. Je m'y étais accoutumée mais, le soir précédant mon quatorzième anniversaire, pas moyen de fermer l'œil.

Ce n'était pas l'impatience qui m'empêchait de dormir. Cet anniversaire ne me réservait aucune surprise. Oncle Piotr avait pris sa journée et m'avait promis à demi-mot une sortie. Je savais exactement ce qu'il avait prévu car j'avais entendu Truda et Mateusz se demander s'ils devaient me permettre d'y aller après mes mensonges. Mes manigances étaient apparues au grand jour la semaine précédente et ils étaient encore meurtris.

Oncle Piotr envisageait de m'emmener sur la place Krasiński où se déroulait la fête du dimanche des Rameaux. J'ignorais la nature de ces festivités, mais un événement validé par les Allemands ne pouvait être valorisant pour les Polonais. Et pourtant, j'étais choquée que Truda et Mateusz envisagent de m'empêcher d'y aller.

Mon père disait que les gens n'étaient pas toujours cohérents. Plus je grandissais, plus je comprenais cette vérité. L'interdiction potentielle de Truda et Mateusz rendait cette sortie terriblement attrayante, une tendance troublante de plus en plus manifeste.

Je passai donc une nuit agitée à me retourner dans mon lit en pestant, irritée de ne pouvoir chasser les pensées qui me hantaient. C'est peut-être la raison pour laquelle je mis un certain temps à déceler le son. Épuisée mais parfaitement réveillée, je remarquai peu à peu un nouveau bruit au cœur de la cacophonie habituelle. Un chaton, peut-être ? Je me levai et m'approchai de la fenêtre, exaltée par cette hypothèse. Naturellement, nous ne pouvions adopter un chat. S'il vivait sur le toit, je parviendrais peut-être à l'attirer avec un peu de nourriture pour le caresser. J'ouvris donc la fenêtre avec précaution. Le son était étouffé, mais plus fort. Hélas, il n'évoquait plus un chat. Je m'efforçai d'identifier sa nature et son origine, puis je compris : il provenait de la chambre d'amis de Sara, située au-dessus de son appartement, juste à côté de la mienne.

Je refermai la fenêtre pour plaquer une oreille contre le mur. En vain. Je fixai longuement le papier peint en lambeaux, tandis que le son enflait et retombait.

Ma curiosité finit par l'emporter. Le cœur battant, je descendis l'escalier à pas de loup. Oncle Piotr, Mateusz et Truda dormaient. Nul ne bougea. Dans l'entrée, je pris la clé de l'appartement sur le crochet et la glissai dans ma poche, puis je fouillai le tiroir de la console en quête de la clé de Sara.

Retenant mon souffle, j'ouvris la porte d'entrée en maudissant les gonds qui grinçaient. Dès que j'émergeai sur le palier, je perçus un mouvement du coin de l'œil et tendis la main vers l'interrupteur. À mesure que mes yeux s'habituaient à la clarté soudaine, je vis une silhouette filer vers l'escalier de l'immeuble, une jeune fille de mon âge, voire plus jeune. En agrippant la rampe, elle se tourna vers moi et nos regards se croisèrent furtivement. Le sien brillait d'une terreur que je n'avais connue qu'une fois, le soir où j'avais plongé dans les yeux de mon frère mort en me demandant comment survivre dans un monde qui n'avait plus aucun sens, le jour de notre fuite de Trzebinia.

— Tu vas b… ? murmurai-je, mais elle disparut avant que je ne finisse ma phrase.

J'entendis ses pas légers sur les marches, puis la porte d'entrée se referma. Restée seule dans la cage d'escalier, je remarquai des gouttes et de petites flaques sur le plancher, ainsi qu'une odeur tenace, très désagréable, que je ne parvenais à pas identifier. Je me tournai vers ma porte. J'aurais dû enfiler mes chaussures ! En m'avançant dans le couloir, mes orteils nus foulèrent une eau sale dont je préférais ne pas connaître l'origine. Je voulus me convaincre que Sara avait un problème de plomberie. Hélas, cela n'expliquait pas la présence de cette inconnue dans la cage d'escalier. Devais-je retourner dans mon lit et faire comme si je n'avais rien vu ? Je chassai vite cette pensée. Quoi qu'il ait pu se passer, Sara serait contente que je lui donne un coup de main pour le nettoyage, surtout si les traces s'étendaient jusqu'à l'entrée de l'immeuble. M. Wójcik, du deuxième étage, était très à cheval sur l'entretien des parties communes. Sara ne voudrait pas avoir des ennuis avec lui.

Je m'enhardis. Devant la porte de Sara, j'étais convaincue que, loin de désobéir en rôdant dans l'immeuble en pleine nuit, je faisais preuve de charité chrétienne en aidant mon prochain.

— Sara ? soufflai-je en tournant la clé dans la serrure.

Dès mon entrée, je fus assaillie par la même odeur que sur le palier, bien plus forte, au point que j'eus un haut-le-cœur. Au bord de la panique, je portai ma main à ma bouche et balayai les lieux du regard. Mes illusions s'envolèrent. Si Sara avait un problème de plomberie, c'était dans les toilettes. J'avais les pieds maculés de matières douteuses.

— Sara ? répétai-je en refermant la porte.

En haut, j'entendais le bruit qui m'avait alertée, plus proche. Des pleurs d'enfant.

J'en eus la chair de poule. Mon cœur s'emballa. Le sang pulsait dans mes oreilles. Je fus tentée de faire demi-tour et de traverser le palier en courant pour regagner mon lit. Quel était le rapport entre cette odeur d'égout, les souillures du plancher de la cage d'escalier, cette jeune fille inconnue et les pleurs d'un enfant ?

Je gravis les marches menant à la chambre du dessus, suivant les traces de pas. Arrivée en haut, je plaquai une oreille contre la porte close. J'entendis des murmures sans comprendre les paroles. Il y avait au moins deux voix distinctes et je crus reconnaître le ton rassurant de Sara.

Prenant mon courage à deux mains, je frappai à la porte.

— Sara ?

Les voix se turent soudain, puis Sara répondit d'une voix trop stridente :

— Elzbieta ? N'entre pas !

Il y eut de l'agitation dans sa chambre. J'aurais dû lui obéir et m'éloigner, mais ma curiosité naturelle et mon instinct m'incitèrent à ouvrir la porte. Plusieurs détails attirèrent aussitôt mon attention : un tas de vêtements pleins de boue, une flaque d'eau sale se répandant vers la descente de lit et Sara, les mains sur les épaules d'une enfant à moitié dévêtue qu'elle poussait dans le placard. Elle referma la porte si vivement qu'elle faillit lui coincer les doigts. Puis elle s'adossa au placard et redressa la tête, les bras croisés.

— Que fais-tu ici à cette heure tardive ? me demanda-t-elle.

Je n'en croyais pas mes yeux. C'était arrivé si vite... Avais-je vraiment vu une fillette ? C'était impossible. Pourquoi Sara aurait-elle une enfant cachée dans le placard de sa chambre d'amis ?

— C'est une enfant, fis-je en la dévisageant.

— Pas du tout ! rétorqua-t-elle en s'avançant vers moi. Tu as rêvé. Retourne te coucher.

Le placard la trahit car j'entendis un sanglot étouffé provenant de l'intérieur. Sara m'implora du regard de ne pas réagir, ce que je m'empressai de faire.

— Laisse-la sortir ! m'exclamai-je en me précipitant vers elle.

— Elle va bien, assura Sara avec un soupir résigné. *Ils* vont bien.

Elle ouvrit le placard en murmurant des paroles apaisantes pour faire sortir quatre bambins. Deux étaient complètement nus et maculés de boue et de crasse. Seul un garçonnet était habillé. En guise de chaussures, il avait les pieds enveloppés de toile de jute et de bouts de ficelles. La petite fille que j'avais entendue pleurer était pieds nus, vêtue d'une simple robe. Je les observai tour à tour.

Jusqu'à cet instant, je croyais savoir ce que signifiait « avoir peur ». Je découvrais qu'il existait des degrés que je n'imaginais pas. Ces enfants émaciés et crottés semblaient sur le point de mourir de terreur.

Je me frottai les yeux comme si je pouvais les faire disparaître, mais il ne s'agissait en rien d'une hallucination. En dépit de ma fatigue et de mon choc, l'odeur qui flottait dans la pièce était tenace.

— Tu comptes rester plantée là, bouche bée, ou bien aller me chercher des serviettes ? me demanda Sara.

Je retrouvai mes esprits et filai vers l'armoire à linge. En évitant de glisser dans une flaque, je remontai vite les poser sur le lit. Sara entreprit d'essuyer le visage de la plus petite fille, qui sanglotait toujours.

— Elzbieta, fit-elle sans me regarder, va faire couler un bain, avec de l'eau la plus chaude possible. Il nous faudra du savon. Il y en a un paquet neuf sous l'évier de la cuisine. Emporte-le dans la salle de bains puis retourne te coucher.

— Je ne comprends pas… qui sont ces enfants ?

— Je joue les nounous pour une amie.

— Dans ce cas pourquoi les cacher dans le placard ? Et pourquoi sont-ils couverts de… ?

Je ne parvins pas à prononcer le mot.

— Pourquoi sont-ils aussi sales ?

Sara posa sur moi un regard vague. Il devait y avoir une explication rationnelle, du moins voulais-je m'en convaincre. Au moment où elle allait reporter son attention sur les enfants, je décelai une lueur de panique dans ses yeux.

— Tu me mens.

— Écoute, c'est très compliqué et…

— Je ne suis plus une gamine.

Sara m'adressa un regard amusé.

— Tu as treize ans. Tu es une enfant.

— J'aurai quatorze ans demain, Sara. Et je suis mûre pour mon âge, comme tout le monde, par les temps qui courent.

— C'est vrai… soupira-t-elle avant de me regarder droit dans les yeux. Mon amie a eu un problème chez elle, un accident, et les enfants se sont retrouvés exposés au contenu des égouts, ce qui est très dangereux. Elle m'a demandé de m'occuper d'eux le temps de réparer les dégâts. Tu as d'autres questions ?

— Pourquoi les cacher ?

— Tu m'as prise au dépourvu.

— Au point d'enfermer quatre enfants dans un placard minuscule ? fis-je, incrédule.

Le regard de Sara semblait me défier d'aller plus loin.

— Il est tard, je suis fatiguée et je n'ai pas réfléchi, dit-elle enfin.

La fillette hoquetait. Sara la souleva dans ses bras et lui murmura à l'oreille avec une telle douceur que je ne saisis pas ses paroles, mais un détail fit naître en moi une soudaine tension.

Sara s'exprimait en yiddish. Soudain, la scène qui se déroulait sous mes yeux faisait sens.

— Elzbieta, il faut que je rassure cette petite et que je fasse leur toilette. Toi, retourne te coucher.

La fillette posa la tête sur l'épaule de Sara et me dévisagea. Elle avait le visage émacié, ses yeux immenses étaient rougis. Le pire était son teint gris, cireux, visible depuis que Sara avait ôté la boue de ses joues.

— Qu'est-ce qu'elle a ? demandai-je en m'avançant machinalement.

Sara ferma furtivement les paupières, puis elle observa les autres enfants, pétrifiés et terrifiés.

— Sara ? insistai-je, n'obtenant aucune réponse.

— Elle ne va pas bien. Non pas à cause d'une maladie : elle souffre de négligence. Cette petite ne mange pas à sa faim.

— On pourrait lui donner…

J'allais suggérer qu'oncle Piotr nous trouve de la nourriture, voire admettre ce que je refusais de voir jusqu'alors : oncle Piotr avait une capacité irréelle à dénicher l'introuvable. Les denrées les plus rares apparaissaient dans notre cuisine. Plus d'une fois, je l'avais entendu discuter au téléphone d'objets de contrebande, de postes de radio, de papiers d'identité. Il m'en avait trouvé très rapidement. Avant que je puisse dire un mot, Sara reprit la parole :

— On ne peut pas y remédier avec un seul repas, Elzbieta. Cette petite doit trouver un nouveau foyer. Ils ont tous besoin d'un nouveau foyer.

Le silence s'installa entre nous. Je rechignais à prononcer les mots, comme si le fait de les énoncer allait intensifier le danger dans lequel nous étions tous.

— Ce sont des enfants juifs, n'est-ce pas ? murmurai-je.

Elle émit un rire forcé.

— Bien sûr que non…

— Sara, ne me mens pas. Je ne suis pas une imbécile.

Enfin, elle perdit patience :

— Ces enfants ont rampé dans les égouts pour arriver ici, Elzbieta. Ils sont épuisés, sales, terrorisés. Si je ne les lave pas, ils vont mourir.

— Mourir ?

— Le typhus est présent dans les égouts, m'expliqua-t-elle. Ils sont couverts de bactéries pendant que nous bavardons. Je dois les décrasser, laver leurs vêtements et leur faire quitter cet appartement avant l'aube. Je n'ai pas le temps de t'expliquer, pas maintenant. Laisse-moi faire ce que j'ai à faire. Demain, on en discutera, c'est promis.

— Je veux t'aider.

— Si ta famille se réveille, ton absence sera remarquée…

— En sortant sur le palier, ils trouveront des traînées de boue jusqu'à ta porte et ils frapperont chez toi.

— La cage d'escalier est sale ? demanda Sara en grimaçant.

— Moins qu'ici, mais il y a des traces évidentes.

Sara parut perdre courage. J'en profitai pour passer à l'action.

— Je m'occupe du bain, ensuite j'irai nettoyer la cage d'escalier.

Sara semblait si abattue que j'eus de la peine pour elle. Elle se contenta de me regarder.

— Je t'en prie, implorai-je. Je n'arrive pas à dormir de toute façon.

— D'accord, soupira-t-elle. Il ne faudra faire aucun bruit. Nul ne doit t'entendre, car si quelqu'un sort pour voir ce qui passe…

— Je leur dirai que tu as une fuite dans tes toilettes.

— C'est bien. Et commence devant ma porte, tu veux bien ? Ensuite, tu descendras. Mieux vaut effacer la moindre trace menant à eux…

Il me fallut plus d'une heure pour nettoyer la cage d'escalier, du seuil de chez Sara à la porte d'entrée de l'immeuble. J'avais dû progresser lentement pour ne pas faire de bruit. Lorsque je remontai chez moi, le sol était presque sec. Je pris le temps d'examiner mon œuvre.

Les leçons de Truda m'avaient été utiles. J'avais bien travaillé. Cette activité domestique nocturne et inattendue m'avait fait plus de bien que toute autre chose depuis des mois. Ce n'était pas le ménage en lui-même, mais l'aide apportée à mon amie. Mon père et mon frère en auraient fait autant.

Je trouvai Sara sur le divan, la tête dans les mains. Il faisait une chaleur étouffante, avec le fourneau allumé et la porte du four ouverte. Les vêtements lavés des enfants étaient accrochés un peu partout pour sécher. Dès que je posai la serpillière et le balai, elle leva les yeux vers moi et m'offrit un sourire las.

— Où sont les enfants ? demandai-je, hésitante.

Sara désigna l'escalier.

— Ils dorment. Va vite dans la salle de bains te laver les mains et les pieds avec soin, avec ce qui reste de savon.

Elle se leva péniblement.

— Pendant ce temps, je nous prépare du thé.

Je frottai ma peau avec une telle vigueur qu'elle rougit. Dans la cuisine, je vis deux tasses de thé fumant posées sur la table. Je la remerciai doucement et m'assis près d'elle.

— Je sais que tu es curieuse et j'aimerais pouvoir t'expliquer cette histoire si complexe. Hélas, c'est trop dangereux. Tout ce que je peux te révéler, c'est qu'une passeuse emmenait ces enfants vers un lieu sûr. Il y a eu un imprévu et elle a dû improviser une alternative.

— Ils s'échappaient du quartier juif, c'est ça ?

Sara ne me répondit pas. Je soufflai sur mon thé et tentai à nouveau ma chance.

— Je suis au courant que le quartier juif a été entouré d'un mur, insistai-je.

— Il est peut-être interdit d'utiliser le mot « ghetto », à Varsovie, à présent, mais dans cet appartement, on dit la vérité. C'est un ghetto, il faut appeler les choses par leur nom.

Je me sentis un peu coupable car j'avais souvent éludé la vérité chez Sara. Et j'avais entendu oncle Piotr et

Mateusz évoquer le quartier juif et le règlement relatif au mot « ghetto », sans vraiment réfléchir à sa justification.

— Les Allemands aiment passer pour des gens corrects. Ils veulent que le monde entier voie en eux la race supérieure, des êtres plus intelligents, plus dignes que nous autres. Ils cherchent aussi à masquer leur cruauté derrière leurs grands airs, comme si les mots pouvaient modifier la réalité de leurs crimes…

Elle s'interrompit soudain.

— Je suis imprudente, soupira-t-elle. Je suis trop fatiguée pour jouer le jeu. Un groupe d'égoutiers et de passeurs escortaient les enfants vers un lieu sûr. Hélas, les Allemands les attendaient à l'une des sorties et ont arrêté une de leurs accompagnatrices. Elle sera torturée par la Gestapo et avouera certainement quelques informations sur ses activités de sauvetage. La plupart des enfants ont été capturés avec elle. Heureusement, l'autre passeuse a réussi à s'échapper avec ces quatre-là. Elle a paniqué et me les a amenés sachant que je les hébergerais pour la nuit.

— Je peux te demander comment elle te connaît ?

— Surtout pas.

— Les enfants sont maigres… murmurai-je.

— En effet. Cela fait des mois, voire des années, qu'ils ne mangent pas à leur faim. Ils n'ont pas de réserves, rien que la peau et les os. Les rations des Juifs représentent la moitié des nôtres. La moitié ! Imagine ce à quoi tu as droit sans les petits extras de ton oncle. Derrière ce mur, les gens crèvent de faim.

— Eh bien… tu m'as dit qu'il y avait le typhus dans les égouts et… les Allemands affirment que les Juifs sont enfermés parce qu'ils ont le typhus…

C'était ce que proclamaient les affiches, aux abords du ghetto, et ce que les Allemands voulaient nous faire croire. En vérité, je n'avais guère réfléchi à ce mur ou aux Juifs enfermés derrière. Depuis mon arrivée à Varsovie, j'étais trop absorbée par mes propres problèmes. Il ne m'était pas venu à l'idée de songer à ceux qui souffraient encore plus.

— Tu crois vraiment que les Juifs sont plus sales que nous ? me demanda Sara rageusement, avant de se ressaisir. Elzbieta, cela te pose-t-il un problème que ces enfants soient juifs ?

— Tu m'as dit de me laver les mains...

— À cause des égouts ! Pas parce que les enfants sont juifs !

Elle ne m'avait jamais parlé sur ce ton. Je rougis de honte. J'étais fatiguée et la réprobation de Sara m'angoissait autant que le danger qui nous guettait.

— Je... je sais.

J'avais envie de lui avouer que j'étais en réalité Emilia Slaski, née au sein d'une famille qui aimait ses voisins, qu'ils soient juifs, catholiques ou autres. Que mon père avait été tué par les Allemands sous mes yeux, que mon frère Tomasz était mort parce qu'il avait aidé des Juifs.

Si je n'avais pas été prise récemment en flagrant délit de désobéissance, je me serais peut-être confiée à Sara ce soir-là. Hélas, Truda m'avait prévenue. Ce n'était pas parce que j'appréciais Sara que je devais lui faire confiance. Je savais désormais qu'elle avait des secrets. Était-elle digne de confiance ? Je n'avais pas la force de répondre à cette question.

Puis je me rappelai certaines histoires que j'avais entendues sur les Allemands, sur leur sournoiserie pour démasquer les ennemis du Reich. La situation dramatique de cette nuit, chez Sara, était peut-être un piège destiné à évaluer si j'étais capable d'activités interdites.

Mateusz voulait que je sois paranoïaque et je l'étais, en cet instant, tout en étant soucieuse du regard acéré de Sara. Entre conserver l'approbation de mon amie et faire ce que j'étais supposée faire, le choix était difficile.

— Tu ne devrais pas cacher des enfants juifs dans ton appartement, dis-je avec conviction au cas où il s'agirait d'un piège.

Sara baissa les yeux et pinça les lèvres, extrêmement contrariée par mes propos. J'avais fait ce qu'on attendait de moi, mais je m'en voulais de la décevoir. Les joues en feu, je me levai, soudain désireuse de partir loin de ces enfants souffreteux et de mon amie si chère que je ne connaissais pas si bien, finalement.

— Je sais que les Juifs ne sont pas sales, bredouillai-je. Ce sont des gens comme toi et moi. Ma famille avait beaucoup d'amis juifs là-bas… là d'où on vient. J'ai juste peur pour toi. C'est très dangereux d'avoir des enfants juifs sous ton toit, même pour une nuit.

— En effet, admit-elle. Savais-tu que j'avais un enfant, un fils ?

J'écarquillai les yeux. C'était la première fois qu'elle évoquait sa vie avant la guerre.

— Tu as été mariée ?

— Oui. Je ne parle pas de lui parce que ça me fait trop mal, mais je pense à lui chaque jour.

— Que s'est-il passé ?

— Il s'appelait Janusz. Il avait trois ans. Il avait mon sourire et les yeux de mon mari… il était ce qui m'était arrivé de mieux dans la vie. Ce jour-là, ma mère le gardait. C'était le premier jour des bombardements. Je suis allée à l'hôpital avec mon mari, qui était médecin, pour soigner les blessés. Une bombe est tombée sur notre immeuble quelques heures après mon départ. Les blessures de ma mère étaient atroces. Elle est sans doute morte sur le coup. En revanche, mon fils…

Elle s'interrompit, les lèvres tremblantes, et prit une profonde inspiration. Puis elle but une gorgée de thé avant de reprendre :

— Je ne pouvais pas atteindre l'immeuble parce que les rues étaient barrées. À l'hôpital, c'était la frénésie. Chaque fois que j'essayais de partir, on m'amenait un blessé… je me répétais que Janusz était avec ma mère et qu'ils allaient certainement bien. Je me trompais. Deux jours plus tard, à mon retour, j'ai constaté que l'immeuble avait été détruit. Je n'oublierai jamais l'image de Janusz coincé sous une poutrelle. En la dégageant, j'ai vu qu'il gisait dans une mare de sang. Il avait gratté la poutre si longtemps qu'il avait la peau des doigts arrachée.

— Oh, Sara…

— Le pire, c'est que ce quartier de Varsovie grouillait de monde tandis qu'il agonisait. L'immeuble se trouvait dans une rue animée. Des milliers de gens sont passés devant lui lors de leur évacuation. Quelqu'un a dû l'entendre pleurer. Un tas de gens. Je comprends qu'ils aient été terrifiés, pressés de sauver leur peau et celle de leur famille. Personne ne s'est arrêté. Personne n'a voulu prendre ce risque. Mon petit est mort seul et terrifié.

Les larmes se mirent à couler sur ses joues. Elle leva les yeux vers moi pour me défier d'affronter cette douleur immense.

— Quand il se faisait mal, il m'appelait toujours. Au fond de moi, je sais qu'il m'a appelée avant de mourir. Peut-être s'est-il senti abandonné, s'est-il demandé pourquoi je ne venais pas m'occuper de lui.

— C'est terrible…

Il n'y avait pas de mots, mais c'était mieux qu'un silence pesant.

— Savoir que mon fils a souffert, qu'il est mort seul sans que personne ne lui vienne en aide m'a transformée. Je suis allée au-delà de la folie. Chaque jour, je prends des décisions insensées car je suis incapable de dormir si je n'ai pas fait de mon mieux pour aider des enfants. Un jour, je mourrai sans doute pour un enfant. J'ai accepté cette idée. Et je suis apaisée de t'en avoir parlé, même si, il y a encore une minute, tu m'as donné l'impression que tu étais peut-être de ceux qui croient la propagande allemande sur l'infériorité supposée des Juifs.

— Je ne crois pas cela, balbutiai-je en secouant la tête avec vigueur.

La réprobation de Sara était bien plus effrayante que la mort elle-même, en cet instant.

— J'avais peur. J'ai peur. J'ai cru que tu me tendais un piège.

— Un piège ? répéta-t-elle, incrédule.

— Les Allemands sont si sournois, fis-je, la gorge nouée, honteuse d'avoir douté d'elle. J'ai cru que c'était peut-être une ruse, que si je ne disais pas ou ne faisais pas ce qu'il fallait, tu me dénoncerais.

Une fois encore, l'expression de Sara se radoucit.

— On vit une période difficile. Savoir à qui l'on peut se fier n'est pas une science exacte, alors que la trahison peut rapporter gros. Il est tard et la journée a été longue… pour toi aussi. Tu devrais rentrer te coucher.

Je posai ma tasse vide sur la table.

— Et ton mari… où est-il ?

Elle poussa un long soupir.

— Ils ont bombardé l'hôpital. J'y étais aussi, mais dans l'abri du sous-sol. J'en suis sortie indemne. Wojciech était en chirurgie. Il est mort sur le coup. Je l'ai perdu le lendemain. Maintenant… je me retrouve seule.

En balayant les lieux du regard, je compris pourquoi je croyais qu'elle ne s'était jamais mariée.

— Tu n'as aucune photo d'eux.

— Elles étaient dans l'appartement. L'immeuble entier a été détruit, murmura-t-elle.

Quelques minutes plus tard, je me recouchai sans que Truda, Mateusz et Piotr ne se doutent de quoi que ce soit. Je restai éveillée durant des heures, à penser à Sara, à ce qu'elle avait perdu, au mur qui entourait le quartier juif, aux personnes emprisonnées derrière. Pour la première fois, je pensai à ce qui se déroulait autour de moi, à Varsovie, pendant que j'étais centrée sur moi-même.

6

Emilia

NOTRE IMMEUBLE se trouvait dans la vieille ville de Varsovie, à mi-chemin entre deux éléments phares de la ville, le palais de Krasiński, à l'ouest, et la Vistule, à l'est. Jusqu'à mes quatorze ans, la situation de notre quartier n'avait aucune importance à mes yeux, en partie parce que je quittais rarement mon bâtiment. J'aurais aussi bien pu vivre sur la lune. J'étais déjà passée sur la place Krasiński, sans visiter le palais. Ce matin-là, oncle Piotr ouvrait la marche. Au loin, j'eus la surprise de voir se profiler une véritable fête foraine, avec des stands et des attractions. Mon regard fut attiré par deux grandes roues qui dominaient la place. Si l'une portait une pancarte « en panne », l'autre tournait lentement. De nombreux promeneurs patientaient pour faire un tour sous le soleil printanier.

C'était un spectacle magnifique, jubilatoire, avec pour toile de fond l'horreur : derrière la fête se dressait un mur d'au moins trois mètres, constitué de briques de diverses origines et surmonté de barbelés. En le reconnaissant, je m'arrêtai net. Les édifices que je distinguais au-delà appartenaient au quartier juif.

Si j'avais déjà aperçu ce mur à plusieurs endroits de la ville, je ne l'avais jamais vu sous cet angle. Ce fut comme si les événements de la nuit m'avaient enlevé mes œillères. Je m'efforçai de ne pas sembler ébahie parmi ces centaines de personnes bien habillées et souriantes. J'observai tour à tour la foule et le mur.

— Allez, viens ! lança oncle Piotr avec entrain. Par quoi veux-tu commencer ? Et si on t'achetait des fleurs ? Et on va grignoter quelque chose, bien sûr. Des confiseries, peut-être ? Je sais que tu adores les bonbons. Et n'oublions pas la grande roue ! Tu as déjà fait un tour de grande roue ? C'est très amusant.

Je ne parvenais pas à arracher mon regard du mur. J'avais envie de prendre le bras de mon oncle pour lui crier : *Tu ne le vois donc pas ? Il est là, juste là ! Que font ces gens, à s'amuser au soleil pendant que des enfants crèvent de faim à quelques mètres de nous ?*

— C'est quoi, tout ça ? demandai-je, la gorge nouée.

Oncle Piotr fronça les sourcils.

— Que veux-tu dire ?... décidément, nous t'avons gardée enfermée trop longtemps dans cet appartement. C'est la place Krasiński.

— Elle n'est pas toujours ainsi.

— Non. Il se trouve que ton anniversaire correspond cette année au dimanche des Rameaux. Les Allemands ne nous permettent guère de pratiquer notre religion mais, de temps à autre, ils nous accordent un petit moment de joie.

Il m'adressa un sourire radieux, puis se mit à rire, se méprenant sans doute sur ma réaction.

— Allez, viens, chérie ! On va bien s'amuser.

Je jouai le jeu en ignorant de mon mieux ce mur qui m'attirait tel un aimant. Je me promenai de stand en stand dans le sillage de l'oncle Piotr qui semblait déterminé à me gâter, à réaliser mes rêves les plus fous. Je riais quand je sentais que c'était la réaction qu'il attendait de moi, je feignis même l'impatience en faisant la queue pour monter sur la grande roue, me disant que, si j'avais les entrailles nouées, c'était par exaltation et non par angoisse.

J'avais peur de monter si haut, non par crainte de tomber, mais par appréhension de ce que je verrais depuis le sommet. L'attraction surplombait le mur du ghetto. Les Allemands ayant validé cette fête, cette proximité n'était-elle pas délibérée ? J'imaginais quelque commandant jubilant à l'idée que les Juifs emprisonnés dans le ghetto voient cette grande roue symbole d'une liberté perdue depuis longtemps. Si la vie du côté aryen n'était ni confortable ni libre, ces deux notions étaient très relatives.

Quand oncle Piotr et moi montâmes enfin dans une cabine et que la roue géante s'ébranla, il posa une main sur la mienne. Je plongeai dans son regard, m'attendant à quelque plaisanterie sur ma peur. Au contraire, il affichait une mine grave.

— J'ai quelque chose à te demander.

— Quoi ?

— Ne regarde pas dans cette direction, dit-il d'un ton désinvolte, en désignant le mur. On est là pour s'amuser et, de ce côté-là, il n'y a que du malheur. Admire le panorama et la ville en général, mais ne regarde pas au-delà du mur.

Dans l'intimité de notre appartement, oncle Piotr n'avait jamais caché sa haine des Allemands. Cependant, je connaissais pas mal de personnes qui détestaient les Allemands et méprisaient les Juifs, jusqu'à leur reprocher d'être responsables de l'occupation nazie. Une logique qui m'échappait.

Lors de ce tour de grande roue, je compris qu'il me serait insupportable de découvrir qu'oncle Piotr était de ceux-là. Je m'abstins donc de lui poser les mille questions qui me venaient à l'esprit. Mon oncle était bienveillant. Si, quelques mois plus tôt, j'étais une étrangère pour lui, je faisais maintenant partie de sa famille. Il voulait me donner une lueur d'espoir, un aperçu de l'enfance que j'aurais dû vivre.

J'eus beau tout faire pour respecter sa consigne et garder les yeux rivés de notre côté du mur, j'étais sans cesse attirée vers le quartier juif. Je ne voulais pas qu'oncle Piotr me surprenne, d'autant qu'il semblait déterminé à me distraire avec ses commentaires sur les différents monuments. Je n'eus donc que quelques aperçus furtifs du ghetto.

Je vis des bâtiments pas si différents des nôtres et de nombreuses personnes dans la rue. Un monde fou. Je voulais les considérer comme une masse, une entité à laquelle je pourrais tourner le dos. Je me dis que je n'étais qu'une enfant et que ce groupe de personnes n'était pas mon problème. D'ailleurs, que pouvais-je faire pour eux ? Je n'avais rien à offrir.

Le contraste était une véritable gifle : le gris des rues pavées, le noir des toitures, le brun des briques, le beige du ciment. Même les vêtements étaient ternes.

De mon côté, c'était un véritable arc-en-ciel de couleurs et de vie. En ce début de printemps, les stands regorgeaient de fleurs, perce-neige blancs, crocus jaunes et violets, de branches de saule en fleur et en bouton. Autour de moi, tout n'était que verdure et renouveau. Les femmes portaient des robes bleu vif et les hommes des chemises d'un blanc immaculé. Les vieilles dames avaient sorti leurs ombrelles dans les tons verts, dorés et roses.

Lorsque la roue s'arrêta, oncle Piotr descendit de la cabine et me tendit la main. Soudain, un cri retentit, suivi d'une détonation et d'un hurlement de douleur à glacer les sangs. Puis ce fut le silence complet.

En une fraction de seconde, les activités reprirent sur la place Krasiński. Le responsable de la grande roue nous souhaita une bonne journée. Les vendeurs des stands poursuivirent leurs transactions et les clients profitèrent à nouveau du soleil printanier.

— Il est temps d'acheter un bouquet, déclara oncle Piotr d'un ton faussement enjoué.

Il m'entraîna vers une marchande de fleurs. Tandis qu'il tentait d'attirer mon attention sur diverses compositions, je me détournai vers la grande roue et au-delà.

Sans que j'aie pris la décision de marcher vers le mur, je me retrouvai bientôt en train d'effleurer les briques du bout des doigts. Je ne fermai les yeux qu'un instant, mais les sons me parvinrent soudain clairement : les chevaux, les charrettes sur les pavés, les conversations en yiddish, en polonais. En inspirant, je crus déceler quelque chose d'oppressant. La mort ? Les égouts ? D'autres stigmates d'une souffrance collective ?

Je n'ai pas décidé de venir en aide aux Juifs. Non. C'était tacite depuis ma naissance au sein d'un foyer qui considérait ses voisins, quelles que soient leurs origines ou leur religion, comme des proches. Peut-être avais-je des raisons valables de n'avoir rien fait jusqu'alors. J'étais très jeune, traumatisée, perdue, totalement ignorante. Pourtant, des enfants plus jeunes que moi s'impliquaient dans la Résistance et l'effort de guerre. J'en avais eu la preuve la nuit précédente.

— Elzbieta ! hurla frénétiquement Piotr, derrière moi.

En me tournant vers lui, je croisai son regard fou. Il fit un pas vers moi, puis recula et me fit signe de m'éloigner du mur. Je surgis de ma rêverie et retournai vers lui. Je sentais encore le contact des briques, comme si leur forme s'était gravée sur ma peau.

— Qu'est-ce qui te prend ? persifla Piotr.

Il me prit le bras d'une main tremblante.

— Pourquoi diable as-tu éprouvé le besoin de le toucher ? Si un soldat était passé par là, tu aurais été soupçonnée de vouloir aider quelqu'un à s'évader ou de jeter de la nourriture par-dessus le mur. Tu aurais été abattue sur-le-champ !

Il parlait assez bas pour ne pas être entendu des badauds, mais il était furieux et choqué par mon geste. Je me confondis en excuses en lui assurant que je ne me rendais pas compte de ce que je faisais et je lui promis d'être plus prudente à l'avenir.

Pourtant, je commençais déjà à élaborer un plan dans ma tête.

— Sara ! lançai-je en entrant dans son appartement, en fin de journée.

Tenant une tranche épaisse de gâteau au pavot sur une assiette, j'étais prête à livrer bataille.

— Par ici, Elzbieta ! Entre !

Je la rejoignis au salon. Elle posa son tricot dans une corbeille.

— C'est ton anniversaire ! s'exclama-t-elle en ramassant une petite boîte à ses pieds.

Elle me tendit mon cadeau que j'acceptai avec un cri de joie. Je lui remis ma part de gâteau en échange, puis je pris place à côté d'elle. La boîte était étonnamment lourde. Je me mis à la secouer, impatiente de savoir ce qu'elle contenait. Visiblement ravie, Sara avait les yeux rivés sur le gâteau. Nos regards se croisèrent alors, ce qui déclencha notre hilarité.

— Vas-y, me dit-elle.

— Toi aussi, répondis-je en désignant la part de gâteau.

Sara en prit une bouchée et poussa un gémissement d'extase.

— Truda est une magicienne, commenta-t-elle. Comment a-t-elle pu accomplir cette prouesse ?

Ayant déjà dévoré deux parts, je savais qu'il n'avait rien d'exceptionnel. Il était un peu sec, un peu fade et, selon les critères d'avant-guerre, il méritait à peine le nom de gâteau. Néanmoins, j'étais consciente des efforts que Truda avait dû déployer et de la rareté d'un tel luxe. Cette journée avait été jalonnée de petits miracles. Un gâteau, un bouquet de fleurs, des bonbons, un tour de grande roue, sans parler de ma révélation…

— Cela faisait des semaines qu'elle mettait des ingrédients de côté. De plus…

Notre confiance mutuelle était une nécessité. La veille, Sara avait été contrainte de se fier à moi et je tenais à présent sa vie entre mes mains. Si les choses évoluaient comme je l'espérais, je devrais lui accorder ma confiance, moi aussi. Il existait une solution évidente. Sara croyait que Truda et Mateusz étaient mes vrais parents et j'avais promis à Mateusz de ne pas trahir ce secret. Or j'entendais honorer cette promesse. Il fallait donc que je partage autre chose avec Sara.

— Oncle Piotr traficote parfois avec le marché noir, lui confiai-je sur le ton de la conspiration.

— Ah bon…

Je la dévisageai en quête d'une réaction.

— Ouvre vite ton cadeau. J'ai hâte de savoir ce que tu en penses.

En soulevant le couvercle, j'eus le souffle coupé : des fusains, des pastels, des crayons et deux carnets à dessin. Je n'avais pas vu autant de fournitures depuis longtemps. Je n'aurais pu me les procurer à Trzebinia.

— Tu t'es souvenue… murmurai-je.

J'avais évoqué ma passion pour le dessin, mais cela remontait à un certain temps. En réalité, j'étais incapable de dessiner depuis la mort de Tomasz. C'était pour moi l'activité d'une version enfantine et innocente de moi-même. En découvrant le cadeau de Sara, je sus que j'allais utiliser ces fournitures précieuses, que je les chérirais. Mes doigts brûlaient déjà de saisir un fusain.

— Comment as-tu fait ?

Sara afficha un sourire ironique.

— Moi aussi, je traficote avec le marché noir, de temps en temps.

Elle posa son assiette sur la table basse et je me levai d'un bond pour l'embrasser.

— Merci !

La gorge nouée par l'émotion, je ne voulais pas pleurer, car le but de cette visite était de persuader Sara que j'étais assez mûre pour l'aider dans ses activités secrètes. Dans ce geste généreux, je voyais l'ombre de ma chère Alina, qui m'avait encouragée à dessiner. J'étais à la fois soulagée et reconnaissante de découvrir que quelqu'un me comprenait enfin.

Au bout d'un moment, je pris mon courage à deux mains pour aborder un sujet délicat. Je m'écartai d'elle et me rassis. Hélas, au moment de lui demander comment je pouvais me rendre utile, je perdis courage. Mon regard se posa sur le reste de gâteau.

— Tu ne le finis pas ? demandai-je avec un peu trop d'empressement.

— Je n'ai plus faim. Mange-le, toi. Ce serait dommage de le gaspiller.

Son mensonge était peu convaincant. Sara était si altruiste qu'elle tenait à partager ce petit plaisir. Je me gardai de le lui faire remarquer. Pour gagner un peu de temps, je me mis à grignoter.

Je me retrouvais dans une situation absurde : j'avais le ventre plein pour la première fois depuis des mois et je continuais à manger. Au bout de quelques secondes, tourmentée par ma conscience, je tendis l'assiette à Sara.

— Il faut que tu manges. Et que tu me permettes de t'aider.

Sara sembla perplexe.

— Je viens de te dire que je n'avais plus faim. Tu veux m'aider à tricoter ? J'adorerais…

— Non, pas à tricoter.

Elle évita mon regard. Je m'efforçai de donner une impression de maturité et d'assurance.

— Tu sais très bien de quoi je parle, repris-je.

— Pas du tout.

Nos regards se croisèrent enfin. L'espace d'un instant, je me demandai si les événements de la nuit avaient vraiment eu lieu. Il était tard… c'était un peu irréel…

— Et… les enfants ? bredouillai-je.

— Quels enfants ?

— Tu… il y avait… Hier soir, souviens-toi ! dis-je en désignant l'étage.

— Hier soir, on a fait des pelotes de laine et tu es rentrée chez toi.

— Oui… mais…

— Elzbieta, tu te sens bien ? me demanda-t-elle d'un ton doux.

Elle se pencha pour poser une main sur mon front.

— Tu as les joues rouges. Sans doute as-tu pris trop de soleil. Piotr m'a dit qu'il t'emmenait à la fête. Tu ferais mieux de rentrer te reposer. Tu te sentiras mieux demain matin… moins perturbée.

Si elle m'avait presque convaincue, je décelai dans le ton de sa voix une forme de mise en garde. Je la dévisageai avec attention lorsqu'elle ôta la main de mon front, puis je repris la parole :

— Hier soir, il y avait quatre enfants juifs dans ta chambre d'amis. Je n'ai pas rêvé et je ne suis pas perturbée, Sara. J'ai l'intention de t'aider.

Sara ne put masquer sa frustration. Soudain, elle se leva et me prit par le bras pour me faire monter dans la chambre de l'étage. Claquant la porte derrière nous, elle m'agrippa les épaules. Jamais je ne l'avais vue dans un tel état de rage. L'espace d'un instant, elle me fit peur.

— Ce n'est pas un jeu ! Tu t'es peut-être mis en tête d'être une héroïne, mais c'est totalement puéril et stupide ! Rentre chez toi et fais comme s'il ne s'était rien passé. Tu n'es qu'une enfant toi-même, Elzbieta. Tu es trop jeune pour t'engager dans ces histoires sordides et compliquées.

— Quel âge avait l'accompagnatrice ou la passeuse ? insistai-je, incrédule. La fille que j'ai aperçue dans le couloir…

Sara s'empourpra de plus belle.

— Sa situation n'a rien à voir avec la tienne.

— Douze ans ? Treize ?

Je n'étais pas loin de la vérité car Sara eut l'air coupable.

— Il y a bien quelque chose que je puisse faire, ajoutai-je en soutenant son regard. Je passe mes journées enfermée dans cet appartement, je ne peux même pas aller à l'école ! Ce que j'ai fait de plus intéressant, ces derniers mois, c'est regarder des images d'organes avec toi ! Ma vie est inutile. Tu perds ton temps avec moi. Je pourrais faire n'importe quoi. Sache que je comprends les enjeux.

— Je t'assure que je compatis, dit-elle tristement. Néanmoins, il est impossible de t'impliquer sans te mettre en danger. Je ne peux trahir la confiance de tes parents et encore moins celle de ton oncle. C'est mon ami et il a tant fait pour moi, depuis un an. Il ne me pardonnerait jamais de t'embarquer là-dedans.

— Je ne peux pas vivre ainsi ! m'exclamai-je. Je ne peux pas vivre dans un bel appartement, avec des rations que l'on peut économiser pour faire un gâteau, dans un foyer aisé, avec un oncle capable de nous procurer tout ce que nous voulons, alors que, à quelques rues d'ici, des enfants rampent dans les égouts pour ne pas crever de faim ! Et je n'arrive pas à croire que tu me repousses.

— Les choses ne sont pas si faciles, pour toi, objecta Sara avec calme. Même si Truda a réussi à garder un peu de farine pour faire ton gâteau, les rations ne sont pas généreuses. Sans ton oncle, vous arriveriez à peine à vous en sortir. Et on ne peut pas dire que vous meniez la grande vie malgré son soutien.

— Mais on survit, au moins, murmurai-je au bord des larmes. Sara, je n'en peux plus. Once Piotr m'a emmenée place Krasiński, aujourd'hui, et j'ai vu le mur. J'avais envie de le faire tomber à mains nues. J'ai besoin de t'aider parce que ce sentiment…

Je pointai un index sur mon cœur pour tenter d'exprimer la rage qui grondait en moi depuis la veille.

— … il va me détruire si je ne m'en sers pas pour faire le bien. Il ne s'agit pas de choisir entre la sécurité et le danger. Je suis sans doute déjà en danger !

J'en avais trop dit. Face à l'air inquiet de Sara, je m'empressai d'ajouter :

— Tout le monde est en danger, dans cette ville. La cruauté des Allemands est aléatoire.

— Raison de plus pour rester tranquille, Elzbieta.

Elle semblait abattue, soudain. Les émotions de la nuit se lisaient sur son visage et dans ses yeux cernés.

— Ta volonté est admirable quoique irréalisable.

— D'accord, fis-je, sincèrement dépitée.

Je m'éloignai pour quitter la chambre.

— Tu as des suggestions ? demandai-je.

— Des suggestions pour quoi ? s'étonna-t-elle.

— À qui dois-je m'adresser ? Je ne connais personne d'autre, à Varsovie. Puisque tu refuses de m'impliquer, j'irai rue Miodowa et je demanderai aux passants s'ils peuvent me mettre en contact avec ceux qui viennent en aide aux Juifs...

— Elzbieta !

— Je vais le faire. Si tu ne trouves pas un moyen de m'intégrer, je m'adresserai à quelqu'un d'autre.

Sara s'efforçait de garder son calme, mais il y avait une lueur d'admiration dans son regard.

— J'ai besoin d'y réfléchir, concéda-t-elle au terme d'un long silence. Et si je te trouve des tâches, ce ne sera pas en première ligne. Il y a tant à faire ! Une grande partie du travail est en coulisses.

Je m'étais imaginée portant des enfants agonisants dans les égouts... Malgré ma déception, j'étais prête à me contenter de ce qu'on me donnerait.

7

Roman

— PARFOIS, je ressens ta haine, Roman. Sache que je comprends ce que tu ressens et que je ne t'en veux pas.

Samuel avait réussi à prendre un après-midi de liberté et nous étions allés voir la marchande de la rue Zamenhofa afin de la remercier pour son aide des dernières semaines. Depuis que j'étais allée la voir pour la première fois, elle avait conservé des épluchures de légumes qu'elle remettait à Dawidek ou moi-même quand nous passions après le travail. Maman et Eleonora n'étaient pas en grande forme, mais elles étaient en vie. Sans ces épluchures, elles ne seraient peut-être plus là.

Samuel et moi retournions chez nous un peu plus tard qu'il ne l'aurait fallu. Nous devions nous hâter pour franchir la porte de l'immeuble avant le couvre-feu de dix-neuf heures. Nous marchions en silence quand Samuel m'avait fait cette déclaration. Je posai sur lui un regard inquiet. Il avait le visage fermé et regardait droit devant lui.

— Non ! Pourquoi dis-tu une chose pareille ? protestai-je.

— Nous le savons tous les deux très bien, répondit-il. C'est ma faute si tu es là.

— C'est *leur* faute si nous sommes *tous* là, répliquai-je.

— Oui et non.

Comment en parler ? Nous n'avions jamais abordé cette vérité, un non-dit auquel je ne pensais que si j'y étais contraint. Je n'avais même pas les idées claires et Samuel remuait la boue pour mettre cette histoire sordide sur le tapis !

— Ta mère voulait fuir, me rappela Samuel. Je l'ai convaincue de rester.

— Tu as fait ce que tu croyais bon pour nous.

— Ensuite, elle a voulu t'obtenir de faux papiers pour que tu te caches avec tes camarades d'école, mais j'ai aussi repoussé cette idée. J'étais certain qu'il valait mieux que nous restions ensemble.

— Je ne serais pas parti de toute façon, Samuel. Notre seule consolation, dans la tourmente, c'est d'être ensemble.

Nous marchions toujours, sans nous regarder.

— Je ne te reproche rien, déclarai-je, un peu hésitant. Jamais je ne pourrais t'en vouloir.

— Tu aurais pu t'échapper, Roman. Tu ne mérites pas d'être ici.

— Personne ne mérite ça ! m'exclamai-je en m'arrêtant soudain, les poings crispés.

Samuel se retourna et scruta les alentours de peur que j'aie attiré l'attention, puis il afficha un air peiné.

— Je voulais simplement dire…

Samuel, si sage, si calme, était à court de mots. Abattu, il haussa les épaules.

— Je voulais dire que tu aurais pu éviter cet enfer. Tu aurais pu vivre à la vue de tous en dehors de ce mur.

Pour une fois, le ghetto était silencieux. Je cherchai désespérément comment mettre fin à cette conversation une fois pour toutes. Je détestais en parler presque autant que je détestais que Samuel souffre de ses erreurs d'appréciation.

— Cela me brise le cœur que tu penses que je...

Je pris une profonde inspiration, très gêné, avant de bredouiller :

— Je t'aime. Si j'ai de la haine, elle n'est pas dirigée contre toi.

— Tu es mon premier fils, Roman. Tu es le garçon qui m'a appris à être un père. Je t'aime, moi aussi.

J'étais au bord des larmes. Nous étions en retard mais, contrairement à quelques instants plus tôt, j'avais envie que ce moment se prolonge. Si seulement je trouvais les mots pour exprimer combien Samuel comptait pour moi, combien je lui étais reconnaissant ! Hélas, j'en étais incapable sans me mettre à pleurer. Je gardai donc les yeux rivés sur les pavés.

— Parfois, je ne sais pas comment je tiens le coup, avouai-je. C'est trop dur. J'ai peur de ne pas en avoir la force.

— Il faut avancer pas à pas, fiston. On nous a tout pris. Il ne nous reste plus que notre famille. Nous devons veiller les uns sur les autres. Comment faire autrement ? Sinon, l'amertume nous tuerait.

L'amertume. Je la sentis sur ma langue en l'entendant prononcer ce mot qui traduisait les sentiments toxiques qui m'étreignaient. Hélas, Samuel ne se doutait pas à quel point il avait raison. L'amertume me rongeait un peu plus chaque jour.

*

À dix-neuf ans, ma mère avait rencontré Florian Abramczyk dans un parc, par une chaude journée d'été. D'après sa version de l'histoire, elle lui avait ri au nez lorsqu'il lui avait proposé un rendez-vous. Elle était certaine que ses parents la tueraient s'ils savaient qu'elle sortait avec un catholique, or Florian était charmant et persuasif. Ce jour-là, lorsqu'elle et ses amies avaient quitté le parc, elle avait accepté de le revoir le week-end suivant.

Leur histoire d'amour naquit cet été-là. Quand vint l'automne, les parents de ma mère découvrirent l'existence de Florian, mais Maman était déjà amoureuse. Mes grands-parents étaient si horrifiés qu'ils menacèrent de mettre leur fille à la porte. La légende voulait qu'elle ait rompu avec Florian puis sombré dans la déprime, si bien que, au bout de quelques semaines, ses amies l'avaient convaincue de revoir Florian. Aussitôt, mon père l'avait demandée en mariage. Ils s'étaient mariés peu après et j'étais né un an plus tard.

Le choc de mes grands-parents s'évapora dès qu'ils me prirent dans leurs bras. Alors, tout avait été pardonné, à défaut d'être oublié.

J'avais quatre ans quand Florian mourut des suites d'une brève maladie sans doute liée à des tumeurs abdominales. Au fil du temps, mes souvenirs de lui s'atténuèrent, mais j'ai toujours entendu cette histoire. Des années plus tard, ma mère me parlait de lui si souvent que je gardais précieusement ces bribes de souvenirs partagés. Florian était fort et courageux, bel homme et très intelligent. Il était avocat et avait réussi à la force du poignet. Orphelin, il avait travaillé durant ses études. C'était en outre un fervent catholique qui ne manquait la messe et la communion sous aucun prétexte dans sa paroisse Saint-Casimir. Maman me racontait que nous deux et l'Église étions ce qu'il y avait de plus important dans la vie de Florian.

Florian mourut à vingt-cinq ans, quelques mois après avoir versé un acompte pour l'achat d'une maison, à l'aube de sa carrière. Ma mère et moi nous retrouvâmes vite en difficulté financière. Mes grands-parents essayaient de nous aider. Hélas, ma mère était issue d'un milieu modeste.

La seule personne de notre entourage à avoir les moyens de nous soutenir était Samuel. Maman et lui étaient amis d'enfance. Il avait toujours fréquenté notre famille. Au début de la maladie de Florian, Samuel lui avait promis que, quoi qu'il arrive, il s'occuperait de ma mère et moi.

Samuel tint parole.

D'abord, la régularité de ses visites me réconforta. Quand Maman était triste, Samuel lui remontait le moral. Si elle s'inquiétait, il apaisait ses tourments. Quand le garde-manger était vide, il nous apportait des provisions, sans oublier des friandises pour moi.

Au fil du temps, je me suis retrouvé aux premières loges de leur relation naissante. Au départ, leurs regards appuyés me troublaient, les gloussements de Samuel à la moindre plaisanterie de ma mère m'intriguaient. Un soir, je les trouvai assis côte à côte sur le canapé, main dans la main, à écouter la radio. Je grimpai sur les genoux de ma mère, puis me glissai entre eux deux.

Quand j'eus six ans, ma mère m'annonça que Samuel et elle allaient se marier. Nous nous sommes installés dans l'appartement de Samuel, dans le quartier juif, mais j'allais toujours à l'école catholique. Samuel et ma mère faisaient de leur mieux pour que je fréquente la paroisse Saint-Casimir, comme Florian l'avait souhaité.

Même confiné dans le ghetto, j'allais de temps en temps à la messe. Des milliers de catholiques d'ascendance juive étaient pris au piège derrière le mur et nombreux étaient ceux qui fréquentaient l'une des trois paroisses catholiques du ghetto. Quand nous en avions encore le droit, mes parents respectaient les fêtes juives, auxquelles je me joignais également. J'aimais cette diversité de notre vie familiale. Si j'étais heureux que ma mère et Samuel aient décidé de respecter les souhaits de mon père et de m'élever dans sa religion, j'adorais aussi le rythme de la culture juive. À l'église, je communiais alors que ma carte d'identité était jaune et portait le tampon « J » indiquant ma qualité de juif. Je portais le brassard marqué d'une étoile de David avec fierté, alors que les Allemands ne cherchaient qu'à nous humilier en nous l'imposant.

Samuel avait dit vrai : ma mère voulait que nous partions avant que le mur ne soit érigé. Ensuite, elle s'était battue farouchement pour que je m'enfuie seul. Si un soldat allemand me voyait marcher dans la rue côté aryen, il ne m'aurait jamais soupçonné. Et en cas de doute, il aurait vérifié si j'étais circoncis. Je ne l'étais pas, car ma mère et Florian avaient choisi pour moi la religion de mon père.

Samuel et moi étions déterminés à ce que je reste au sein de la famille, même lorsque les conditions de vie se dégradèrent dans l'enceinte du ghetto. Je n'avais aucun regret. Dans un sens, j'étais un prisonnier volontaire, à cause d'un entêtement stupide, sans doute, ou par loyauté envers ma famille, mais surtout par terreur à l'idée d'être séparé des miens.

Finalement, mon pire cauchemar était cette séparation éventuelle et non les épreuves du ghetto.

J'aurais enduré la torture, la faim et même la mort pour rester avec ma famille. Il n'y avait rien de plus important au monde à mes yeux.

8

Emilia

Un soir, après le dîner, Sara invita Truda et Mateusz à boire le café. Sur le palier séparant nos appartements, mes parents étaient très perplexes.

— Je me demande pourquoi elle veut nous voir, marmonna Truda.

— Sans doute pour nous rassurer quant à son amitié avec Elzbieta. Je ne pense pas qu'il faille s'inquiéter, répondit Mateusz.

— Je suis contente qu'elle vous ait invités. C'est une amie chère, dis-je en toute innocence car je connaissais les motivations de Sara.

Comme nous l'avions prévu la veille, mes parents s'attablèrent dans la salle à manger, devant des tasses de vrai café. À l'époque, on ne buvait que des *ersatz* de piètre qualité à base de chicorée ou de glands torréfiés, voire de graines de blé, dans le pire des cas. Sara avait demandé à oncle Piotr de lui procurer des grains de café, afin de marquer le coup.

— Je tenais à vous rencontrer pour mettre les choses au point et pour vous connaître un peu mieux, déclara-t-elle. Nous tenons à Elzbieta. Nous avons cela en commun. De plus, en ces temps difficiles, il est bon de se faire de nouveaux amis.

Si Mateusz hocha la tête en souriant, Truda fronça les sourcils.

— Nous sommes ravis de te connaître. Piotr nous dit beaucoup de bien de toi.

Sara s'empourpra légèrement. Cela lui arrivait souvent quand on évoquait Piotr. J'enfouis cette constatation au fond de mon esprit pour y réfléchir plus tard.

— C'est un bon ami... je dois vous avouer que j'ai quelque chose à vous demander, ce soir. Vous savez peut-être que je travaille pour la commission de la Santé publique de la municipalité de Varsovie. Nous avons beaucoup de travail. Il y a tant de gens qui souffrent ! J'ai la tâche difficile mais noble de gérer les soupes populaires de plusieurs quartiers. Aussi j'ai pensé à Elzbieta. Elle est très intelligente. Quel dommage de gâcher un esprit vif comme le sien alors qu'il y a tant de choses à faire ! J'ai donc parlé à ma responsable et nous nous demandions si, peut-être, Elzbieta aimerait intégrer notre équipe. Après tout, sans l'occupation allemande, elle serait lycéenne à l'heure actuelle. Elle serait apprentie, en quelque sorte, ou stagiaire dans mon équipe.

Le silence s'installa. Truda et Mateusz nous observèrent tour à tour. Truda semblait de plus en plus méfiante. Sara poursuivit néanmoins :

— Aucune loi ne stipule qu'une jeune fille vive d'esprit ne peut se former sur le tas, par le travail. J'ai moi-même débuté en tant que stagiaire alors que j'étais à peine plus âgée qu'Elzbieta. Je sais qu'elle n'a peut-être pas pris les décisions les plus sages, dernièrement. C'était surtout par ennui. Je suis sûre que vous savez ce qui est de son intérêt. Bref, je me demandais si vous accepteriez de réfléchir au fait qu'un travail utile constituerait une meilleure stratégie qu'une punition. De plus, elle tromperait son ennui.

— Je ne crois pas que ce soit une bonne idée, intervint Truda à voix basse à l'intention de Mateusz.

Il m'observa avec attention, d'un air pensif, puis il se tourna vers Sara :

— Que ferait-elle, au juste ?

— J'ai une montagne de dossiers à classer, dans un premier temps. Ensuite, elle pourrait répondre au téléphone. Quand les dossiers seront à jour, je demanderais à une collègue dactylo de lui apprendre à taper à la machine afin qu'elle rédige mes fiches. Il y a tant de tâches à accomplir bien à l'abri dans un bureau ! Et elle apprendra beaucoup de choses sur la santé publique, sur ce que fait la municipalité pour nos concitoyens. Ce n'est pas à proprement parler un poste d'infirmière ou d'assistante sociale, mais ce sera une expérience utile et de bonnes bases si elle décide de devenir infirmière après la guerre.

Sara s'interrompit et fit une moue.

— J'ai vraiment besoin d'aide, reprit-elle. Les dactylos ont un retard fou. Il faut patienter des mois avant qu'elles ne tapent mes notes et, quand elles s'y mettent, je peine à relire mes pattes de mouche.

— Cela me semble assez anodin, déclara Mateusz, sans se détendre vraiment. Reste le problème du transport. Je n'aime pas l'idée qu'elle se déplace seule en ville.

— Elle prendrait le tramway avec moi. C'est sans danger, du moment qu'elle a ses papiers sur elle. Et je vous assure que mon bureau est un lieu aussi sûr que votre appartement, voire davantage car elle serait moins tentée de faire des bêtises.

J'aurais volontiers protesté contre leur façon de parler de moi, mais je mourais d'envie de travailler. Ces journées au bureau de Sara ne seraient guère plus palpitantes que de regarder par la fenêtre de ma chambre. En revanche, la perspective de contribuer à une cause plus noble m'enthousiasmait. Si classer des dossiers accordait à Sara plus de temps pour sauver des enfants juifs, j'étais déterminée à faire de mon mieux.

— Il va falloir en discuter, décréta Truda, tendue, le regard perçant.

— Naturellement, concéda Sara, conciliante. Je comprendrais qu'Elzbieta ne soit pas d'accord. J'ai eu cette idée parce que nous nous entendons bien. La ville fourmille de jeunes filles intelligentes qui n'ont rien à faire, en ce moment. Je trouverai facilement quelqu'un d'autre. Bon, assez discuté affaires ! Parlez-moi plutôt de votre région d'origine. Vous venez de Morawica, c'est ça ?

Ce n'était pas le cas, mais depuis notre arrivée à Varsovie, c'était la version officielle. Mateusz relata donc à Sara les détails de notre passé fictif. Je demeurai silencieuse pendant que les adultes parlaient. En regagnant notre appartement avec Truda et Mateusz, je retins mon souffle, guettant leur réaction à la proposition de Sara. Dans l'entrée, Mateusz se tourna vers moi.

— Tu veux le faire ?

— Plus que tout ! répondis-je avec franchise. Je m'ennuie tellement... Je sais que je ne mérite pas votre confiance... je vous serais tellement reconnaissante si vous me laissiez travailler !

Il hocha la tête. Son regard doux m'indiqua qu'il était prêt à accepter. Truda serait plus difficile à convaincre. Pourvu que Mateusz y parvienne !

— Monte te coucher ! m'ordonna-t-elle avec un regard appuyé.

Une demi-heure plus tard, Mateusz entrouvrit la porte de ma chambre.

— Tu ne dors pas ?

— Non, répondis-je en me redressant, pleine d'espoir.

— Tu peux travailler avec Sara.

— Vraiment ?

— Une fille intelligente mérite une chance d'apprendre et de se rendre utile. Mais ne nous déçois pas.

À l'hôtel de ville de Varsovie, le bureau de Sara se trouvait au rez-de-chaussée, à l'arrière du bâtiment, au cœur d'un labyrinthe de couloirs et de pièces grouillant de travailleurs sociaux et d'employés administratifs. Son équipe était entièrement constituée de femmes, sous la direction de la redoutable Matylda Mazur. Malgré sa petite taille, elle s'imposait par sa seule présence. Je venais d'arriver quand elle entra dans le bureau et referma la porte.

— Toi, me dit-elle en brandissant un index accusateur, tu as surpris Sara avec des enfants juifs.

Prise au dépourvu, je ne sus que répondre.

— En effet, déclara Sara à ma place.

Derrière son énorme bureau en merisier, elle ôta son chapeau et le suspendit à une patère. Les piles de dossiers me permettaient à peine de la distinguer. Elle n'avait pas exagéré.

— Sais-tu que notre travail ne se limite pas aux soupes populaires et aux inspections d'hygiène ? reprit Matylda face à mon air un peu hébété. Tu fais désormais partie de notre cercle de confiance. Si tu nous trahis, il y aura des morts. Tu en es bien consciente ?

— Absolument, répondis-je d'une voix brisée.

— Tant mieux. Alors voilà : nous dirigeons une dizaine de soupes populaires dans la ville entière et elles réclament du ravitaillement. Notre budget n'est pas suffisant pour répondre aux demandes. Et même s'il l'était, nous n'obtiendrions pas les denrées. Le téléphone sonne sans arrêt. Tu nous aideras à répondre à ces sollicitations. Je te préviens, il faut t'habituer à décevoir les gens.

Matylda guetta ma réaction. Je hochai vivement la tête.

— C'est bon. Je répondrai au téléphone.

— Bien. Dans mon équipe, tout le monde jongle entre deux rôles, dont l'un n'est absolument pas validé par la municipalité. Tu sais déjà qu'il ne faut en parler à personne en dehors de ce bureau et même à l'intérieur, si la porte est ouverte. On ne sait jamais. Certains ont les oreilles qui traînent. En collaborant avec nous, tu entendras des choses… Sara refuse que tu t'impliques dans cet aspect de notre mission. Mêle-toi donc de ce qui te regarde, c'est bien compris ?

— C'est promis.

Sur ces mots, elle s'éclipsa vers un autre bureau en claquant la porte derrière elle. Je me tournai vers Sara, qui réprimait un sourire.

— Matylda est comme ça. Tu vas t'y habituer.

— Elle est terrifiante.

— C'est une femme merveilleuse, très investie dans sa mission.

— Puisque j'ai le droit de t'interroger sur cet autre travail quand la porte est fermée, dis-je soudain, que sont devenus les orphelins que j'ai vus chez toi ?

Sara s'assit à son bureau et eut un sourire triste.

— J'aimerais pouvoir affirmer le contraire. Hélas, nous n'avons pas trouvé de solution et ils ont dû regagner le ghetto.

— Oh non !

J'avais beaucoup pensé à ces enfants, depuis cette nuit-là, mais je les croyais en sécurité, bien nourris et en bonne santé. Les malheureux avaient enduré ce périple dans les égouts pour rien. J'en avais le cœur serré.

— Je sais, c'est terrible. Nos lieux sûrs étaient compromis et nous n'avions nulle part où les conduire.

— Ils ne pouvaient pas rester chez toi ?

— Non, Elzbieta. Cela aurait été trop dangereux. Il a fallu se résoudre à les raccompagner de l'autre côté du mur.

— Vous ferez une nouvelle tentative ?

— Dès que nous aurons une destination, mais cela prend du temps à organiser. Assez parlé de ça. Tu as du travail. Viens, je vais t'expliquer ce qu'il faut faire.

Je m'efforçai de comprendre le désordre qui régnait sur le bureau de Sara. Le téléphone ne cessait de sonner. Au terme de la première journée, j'avais un aperçu des besoins et des problèmes de notre côté du mur. J'étais heureuse d'aider Sara. Matylda avait raison, je passais mon temps à rejeter des requêtes impossibles.

Néanmoins, au bout de plusieurs journées bien remplies, Sara m'annonça qu'elle allait s'absenter du bureau quelques heures par jour.

— Inutile de dire à tes parents que je ne serai pas en permanence à tes côtés. J'ai besoin de reprendre mon rythme habituel. Il y aura d'autres assistantes sociales, y compris quand Matylda et moi serons sur le terrain.

— Où vas-tu ?

— Dans le cadre de notre travail, Matylda et moi ainsi que certaines autres infirmières effectuons des contrôles d'hygiène. Les Allemands ont une peur bleue du typhus, de sorte que nous pouvons nous rendre dans certains endroits interdits aux autres.

— Dans le ghetto ? demandai-je, impressionnée.
— Oui. Six jours par semaine.
— Qu'est-ce que tu y fais ?
— Je détecte les cas de typhus.
— Mais…
— Les Juifs ne sont pas plus enclins à attraper le typhus que les autres. En revanche, quand on regroupe de nombreuses personnes dans un espace restreint, qu'on les prive d'eau courante et de savon, le typhus se développe.
— Donc… tu risques de l'attraper ?
— Je suis vaccinée.
— Tu peux aider les Juifs ? Tu peux les vacciner ?
— On fait ce qu'on peut, Elzbieta. Ce n'est pas grand-chose, mais c'est déjà ça.

Le travail de Sara me fascinait. Au fil des semaines suivantes, chaque fois que la porte du bureau était close, je la bombardais de questions sur ce qu'elle avait vu, sur ses activités. Elle n'entrait jamais dans les détails, ce qui ne me décourageait en rien.

Le matin, à sept heures, je retrouvais Sara dans l'entrée de l'immeuble, puis nous prenions le tramway pour traverser la ville. Nous travaillions dans le bureau pendant environ une heure, voire plus, puis elle m'assignait mes tâches administratives de la journée.

Lorsque j'avais insisté pour aider Sara, j'avais des aspirations plus nobles, mais je finis par être soulagée de faire des choses bien moins dangereuses. En rentrant à la maison, je m'attablais dans la cuisine avec Truda qui m'interrogeait sur ma journée. Je me réjouissais de plus en plus de pouvoir lui dire la vérité. Si j'avais toujours pour objectif d'aider les Juifs, j'étais beaucoup moins bravache.

Matylda me terrifiait toujours autant. Elle n'avait pas de temps à perdre en banalités. Elle était sans cesse en mouvement. Elle entrait en trombe dans le bureau de Sara plusieurs fois par jours, pour hurler :

— Où est Sara ?

Je lui répondais d'une petite voix, puis elle grommelait et tournait les talons. Je l'entendais alors aboyer dans le bureau voisin, puis le suivant, parfois. Je finis par comprendre que quand elle cherchait Sara, c'était parce qu'elle avait trouvé une nouvelle famille dans le besoin, souvent un petit enfant cherchant un foyer. Sara avait raison : si toute l'équipe était dévouée à la cause et faisait de son mieux, Matylda était véritablement obsessionnelle.

— À elle seule, elle a sauvé des centaines d'enfants. C'est elle qui m'a obtenu un laissez-passer pour que je puisse franchir les postes de contrôle du ghetto. Quand je rends visite à une famille pour voir si je peux faire quelque chose pour l'enfant, c'est parce qu'elle a eu vent de son cas. Elle a même créé un réseau qui veille sur les enfants que nous avons sauvés et elle garde des dossiers afin que, après la guerre, les enfants puissent retrouver leur famille. C'est la femme la plus vive et la plus courageuse que j'aie rencontrée. J'aimerais lui arriver à la cheville, me confia Sara un jour.

En dépit de cette admiration évidente, je percevais une forme de tension dans leurs échanges. Plus d'une fois, je les avais entendues se quereller à voix basse, dans le couloir ou dans le bureau de Matylda. Parfois, elles prononçaient mon nom. Compte tenu de la froideur de Matylda à mon égard, j'en conclus qu'elle avait autorisé mon embauche à contrecœur.

Je faisais de mon mieux pour me rendre utile, mais cela ne fit qu'intensifier leurs querelles de plus en plus fréquentes.

À la commission de Santé publique, les services sociaux de la ville de Varsovie, certaines journées étaient calmes, d'autres étaient frénétiques ou tendues de façon inexplicable. Un jour, Matylda surgit dans le bureau de Sara et l'entraîna dans le couloir. À son retour, Sara ferma la porte et, après un instant d'hésitation, la verrouilla.

— Tu vas bien ? lui demandai-je.

— J'ai besoin d'un petit moment de solitude.

S'il s'agissait d'une façon détournée de me demander de la laisser tranquille, elle m'échappa complètement.

— Elle est en colère contre toi aujourd'hui ?

— Elle est en colère contre le monde entier, soupira Sara.

Elle s'assit à son bureau et s'adossa dans son fauteuil, les mains croisées derrière la tête, les yeux levés vers le plafond.

— Aujourd'hui, une de nos protégées a failli se faire prendre avec sa nouvelle famille, de ce côté-ci du mur, déclara-t-elle d'un ton presque distrait.

— Oh non !

— C'est très ennuyeux. Tu te souviens des enfants que tu as vus chez moi ?

— C'était l'une de ceux-là ?

— Non. Malheureusement, c'est toujours le même problème et c'est pourquoi nous renvoyons ces enfants. Il existe diverses méthodes pour les faire sortir du ghetto, aucune n'est très reluisante. Heureusement, nous avons des ressources. Il y a même des gens qui nous procurent de faux papiers pour eux. Mais ce n'est que la moitié de la bataille. Il y a un orphelinat franciscain, rue Hoza, qui recueille la plupart d'entre eux juste après le sauvetage. Les sœurs leur apprennent que, en dehors du ghetto, ils doivent parler uniquement polonais. La plupart ont coutume de s'exprimer en yiddish, ce qui les trahit.

Aujourd'hui, cette petite fille parlait polonais. Pourtant, un détail dans son apparence a éveillé les soupçons d'un soldat. Il lui a demandé de réciter ses prières.

— Comment cela, ses prières ? m'enquis-je.

— Une enfant juive ne connaît pas les prières catholiques.

— Ah…

— Il n'y avait pas de place pour elle à l'orphelinat, alors nous l'avons confiée directement à une famille. Elle sortait avec ces gens sans maîtriser parfaitement ses prières. Par chance, la mère a eu la présence d'esprit de dire que la petite était arriérée mentalement.

— Pourquoi Matylda est-elle fâchée ?

— Elle est frustrée, plutôt. Nous avons discuté de préparer les enfants avant qu'ils ne quittent le ghetto mais… cela prendrait du temps. Si nous attendions qu'ils connaissent tous les prières catholiques avant de quitter le ghetto, nous en sauverions bien moins.

Sara ferma les yeux et reprit d'une voix chargée d'émotion :

— Quand nous sauvons un enfant, je ne dors pas mieux la nuit, car je sais que des milliers d'autres attendent. Nous essayons de développer notre action. Hélas, chaque nouvelle recrue constitue un risque considérable. Matylda porte le poids du monde sur ses épaules, surtout maintenant. Depuis un moment, des rumeurs circulent selon lesquelles les habitants du ghetto vont être déportés et nous avons l'impression que ce moment approche.

— Où vont-ils être emmenés ?

— Nul ne le sait avec certitude, mais je peux te dire une chose, Elzbieta… ce ne sera pas bon pour eux.

9

Roman

CHAQUE MATIN, Chaim et moi nous retrouvions au bout de la rue pour marcher ensemble vers l'atelier. À midi, nous déjeunions côte à côte. Parfois, il me raccompagnait chez moi.

— Cela te fait un sacré détour, déclarai-je la première fois qu'il me le proposa.

— Je dois faire un saut au centre pour la jeunesse, non loin de chez toi, admit-il. Je dors parfois dans un appartement situé au-dessus. Cela ne me pose donc aucun problème de te raccompagner ces jours-là.

Je ne lui posais jamais de questions sur ses activités, car je me doutais qu'elles étaient liées à la Résistance. Quand il rentrait chez lui dans le petit ghetto, je le suivais et il m'aidait toujours à fouiller les poubelles.

C'était étrange d'avoir à nouveau un ami. J'avais l'impression de prendre un gros risque, mais j'appris à faire confiance à Chaim, même si nos conversations demeuraient quelque peu déséquilibrées. S'il était décontracté et affable, je semblais avoir oublié comment m'exprimer librement et de façon fluide. Malgré le bruit des machines, nous parvenions à échanger des anecdotes sur notre passé, du moins celles qui nous semblaient inoffensives. Je n'arrivais pas à me faire une idée de lui. Il semblait désireux d'avoir un ami. Et s'il se sentait seul, pourquoi paraissait-il bien plus heureux que moi ? J'avais de la peine pour lui. Je ne m'imaginais pas enfermé dans le ghetto sans famille, à des milliers de kilomètres de mes parents.

Un jour, je sentis une onde de choc parcourir l'usine. Des nouvelles se répandaient le long des rangées d'ouvriers et cheminaient vers notre table. Alors qu'elles parvenaient derrière nous, Sala nous rappela que nous avions un quota à respecter et que nous devions nous concentrer. Chaim et moi nous remîmes au travail en silence en attendant une occasion de parler. Sala poursuivit son chemin, exhortant les autres à accélérer la cadence. Chaim en profita pour interroger nos collègues.

J'appris le démarrage des déportations en voyant l'expression de mon nouvel ami. Quand il se pencha vers moi, je me préparai au pire. Dans un environnement tel que le ghetto, l'horreur était notre lot quotidien. Je croyais avoir surmonté les affres de la peur. Je me trompais. Il suffit de quelques mots pour que le spectre qui me terrifiait depuis si longtemps se dresse devant moi.

— Les déportations ont commencé.

— Quoi ? soufflai-je, pétrifié. Quand ?

— Ce matin. Des gens ont été déplacés vers l'Umschlagplatz.

Le quai de chargement, rue Stawki, à quelques rues de chez moi.

— Combien de personnes ? demandai-je, posant les mains sur la table. Et qui ?

Pourvu que ce ne soient pas nous.

— Des milliers. Apparemment au hasard, pour l'instant. Des passants dans la rue.

— Où les emmènent-ils ?

— Dans un camp, paraît-il.

Le ton sec de Chaim me rappela la rumeur qu'il m'avait confiée, un mois ou deux plus tôt, sur les exécutions de masse de Chełmno. Pris de panique, je consultai l'horloge. Même s'il me restait plusieurs heures de travail à effectuer, je songeai un instant à quitter l'atelier pour prendre des nouvelles de ma famille en me faufilant dans les rues.

— Roman ! lança Sala, de l'autre côté de la pièce.

Les machines se turent. Dans le silence assourdissant, je me rendis compte que j'étais debout et que j'avais fait un pas. Les autres me regardaient fixement.

— Ne t'en va pas, fiston. Je sais que tu as peur, mais si tu sors prendre des nouvelles de ta famille, tu seras raflé dans la rue. De plus, si on n'atteint pas notre quota de la journée, on n'aura plus de travail demain. Rassieds-toi et remets-toi au boulot.

Je ne pouvais me le permettre. J'obéis donc, les mains tremblantes.

*

Ce jour-là, je ne flânai pas sur le chemin du retour. Je courus à toutes jambes, comme la plupart de mes collègues. Chacun fila jusque chez lui. Je sentis Chaim sur mes talons.

— Tu n'as pas à venir, pantelai-je.

Chaim se contenta d'un haussement d'épaules. Pour une fois, c'était lui le plus laconique.

En atteignant enfin l'appartement familial, j'hésitai sur le pas de la porte et scrutai la rue en quête d'un signe indiquant que ma famille avait échappé à la rafle. Je ne vis que des preuves irréfutables que même si les Allemands avaient embarqué des milliers d'entre nous, des centaines de milliers étaient encore là. La rue était aussi animée que de coutume. Le groupe habituel d'enfants affamés qui mendiaient, vêtus de haillons, tendant la main vers les passants pressés. Des adultes échangeaient des messes basses un peu partout. À quelques portes de chez moi, une vieille femme pleurait en se balançant d'avant en arrière sur le pas de sa porte. Sur le trottoir d'en face, un homme entre deux âges était assis derrière une table de fortune couverte d'ustensiles de cuisine. Il brandissait une cuillère en suppliant les gens de la lui acheter.

Les horreurs habituelles de la rue Mila, qui ne présageaient en rien de ce que je verrais à l'intérieur de l'appartement. Je fus saisi d'une nausée. Je n'osais ouvrir la porte de peur de trouver la maison vide ou, pire encore, pleine à part la pièce que je partageais avec Samuel, ma mère, Dawidek et Eleonora. Une main se posa lourdement sur mon épaule. Chaim m'offrit un sourire triste.

— Tu veux que j'entre le premier ?

D'instinct, je fus tenté de refuser, car ma famille ne le connaissait pas et nos colocataires non plus. Que penseraient-ils en voyant ce jeune homme inconnu envahir leur espace ? Et pourtant, la perspective d'entrer seul me rendait malade. Après une brève hésitation, j'acquiesçai donc. Dès que Chaim ouvrit la porte, je vis Dawidek, assis par terre, avec Anna, la petite fille de Judit et Laszlo. Ils jouaient à s'envoyer une balle. Depuis le seuil, les yeux rivés sur Dawidek, je sentis monter les larmes.

Même si les autres sont partis, je pourrai survivre pour lui.

Dawidek ayant été épargné, j'étais en mesure d'affronter ce qui m'attendait. Pour lui, j'aurais du courage. Tandis que je suivais Chaim à l'intérieur, il tourna la tête vers moi.

— Je rentre chez moi ?

Ma mère apparut avant que je ne puisse lui répondre. Elle tenait Eleonora et était entourée de Grand-Mère et Judit. En me voyant, ma mère courut vers moi et m'étreignit de son bras libre, en larmes, la tête sur mon épaule.

— Mon petit... Tu vas bien ! On a eu très peur. Ils laissaient partir ceux qui avaient un permis de travail, mais on ne sait jamais, n'est-ce pas ?

— Allons, Maman. Je vais bien, oui. Les autres aussi ?

Je balayai la pièce du regard, puis demandai, un peu hésitant :

— Mme Kuklinśki... ?

— Elle est partie chez son cousin pour voir s'il avait des nouvelles. Tout le monde va bien, fit-elle en posant une main sur ma joue. Pour l'instant, ça va, mais qu'allons-nous devenir ? Il paraît que les déportations vont continuer.

— On trouvera une solution, assurai-je, alors que je n'en croyais pas un mot.

Chaim avait ôté son chapeau qu'il tripotait nerveusement. Je m'extirpai de l'étreinte de ma mère pour serrer la main de mon ami.

— Merci à toi, lui dis-je, la gorge nouée, en espérant qu'il lise dans mon regard ce que je ne parvenais pas à énoncer :

Merci d'être là. Je n'aurais pu affronter cette épreuve sans toi. Je suis heureux de t'avoir pour ami.

*

Ce soir-là, ma mère coucha Eleonora et Dawidek puis rejoignit les adultes au salon, devenu un lieu d'échange de rumeurs. Nous étions tous avides d'informations et surtout d'une lueur d'espoir.

— Il y avait des soldats sur le toit, murmura Laszlo. Ils pointaient leurs fusils sur la rue. J'ai entendu dire qu'ils avaient fermé les postes de contrôle pour éviter toute évasion. Au début, les kapos prenaient les gens au hasard dans la rue. Le quota était élevé, des milliers par jour, paraît-il. Mon ami qui habite rue Stawki m'a raconté que, à midi, les kapos poussaient des groupes de gens vers le quai de chargement. Certains ont réussi à négocier pour ne pas partir, mais pas beaucoup.

— Tant d'agitation pour rien ! dit soudain Mme Grobelny avec l'assurance d'une personne bien informée.

Elle avait un cousin au Conseil juif qui la renseignait régulièrement, que ce soit vrai ou non. J'avais découvert que Mme Grobelny survivait en croyant uniquement ce qui l'arrangeait.

— Ils ne prennent que les très jeunes orphelins et les personnes âgées et les emmènent vers un camp de travail. Ce ne peut être pire qu'ici, donc nous n'avons rien à craindre.

— Si notre destination est un camp de travail, pourquoi embarquer les enfants et les vieillards ? bougonna Grand-Père.

Cette réflexion fit mouche. Mme Grobelny demeura bouche bée, puis elle se redressa fièrement :

— Ils sont peut-être plus faciles à déplacer, persista-t-elle.

Ce jour-là, M. Kuklinški avait dépensé ses dernières économies pour acheter un permis de travail délivré par les Allemands pour une de leurs usines. Le prix de ces permis avait triplé du jour au lendemain, mais il était persuadé d'avoir effectué un bon investissement.

— Le frère de mon ami a entendu dire que ceux qui ont un emploi sont exemptés, ainsi que leur famille.

Il se tourna vers sa femme et prit ses mains dans les siennes.

— Tu vois ? Cela valait la peine, même si je dois m'installer dans les logements de l'usine Schutz tandis que tu resteras ici.

Il cherchait manifestement à s'en convaincre lui-même, aussi personne ne releva le point faible de sa logique : *les familles ne pouvaient être exemptées puisqu'elles étaient séparées du détenteur de permis. Si ce document pouvait les sauver tous, ladite famille resterait groupée. Si les familles étaient exemptées, les Allemands devaient croire les gens sur parole, auquel cas M. Kuklinśki avait dépensé ses économies pour rien, car il aurait pu se contenter de mentir et d'affirmer qu'il avait un permis de travail.*

— Ne perdons pas les enfants de vue, dit soudain ma grand-mère. On sait qu'ils ont pris de nombreux enfants, aujourd'hui. Si nous ne restons pas avec eux, ils seront emmenés sans nous et je ne supporte pas l'idée…

— Nous ne les laisserons pas sortir de l'appartement, coupa Judit. L'un d'entre nous restera en permanence à la maison. Nous nous débrouillerons.

J'étais assis à côté de Samuel, dans la même posture que lui, adossé au mur, les jambes repliées. J'assistai au débat sans intervenir. Il affichait une mine impassible, trop abasourdi pour participer.

Je pensais sans cesse à ma décision de rester à l'atelier. Si j'étais parti, j'aurais laissé tomber Sala et j'aurais perdu mon travail. En revanche, j'avais aussi trahi mes valeurs. Ma famille était tout ce qu'il me restait et j'aurais dû prendre de ses nouvelles sans tarder.

Autant admettre la vérité : je n'avais aucun contrôle sur la suite des événements, même si des événements similaires se déroulaient le lendemain, je serais en proie au même dilemme.

Lorsque chacun regagna ses quartiers, je ne trouvai pas le sommeil. Dans la pénombre, je voyais mes parents endormis. Je gravai l'image des quatre membres de ma famille, car je ne pouvais plus trouver le repos avec la certitude qu'ils étaient en sécurité.

— Je suis soulagé que ta famille aille bien, déclara Chaim en me rejoignant au coin de la rue, le lendemain matin.

Je me contentai d'un hochement de tête et me mis en marche à côté de lui.

— Hier, ce n'était que le début, pas la fin, souffla-t-il. Tu l'as bien compris, j'espère.

— On n'en est pas sûrs.

— Si ! objecta Chaim. Moi, j'en suis sûr.

Je regardai droit devant moi.

— Pigeon, dis-je soudain, sais-tu ce qui pourrait les protéger ?

— Tu as de l'argent ? s'enquit-il sans hésitation.

— Non. Mais je dois sauver ma famille, coûte que coûte. Je ferai n'importe quoi.

— Roman… soupira Chaim.

— Je t'en prie. Il faut que je fasse quelque chose. C'est insupportable.

Il hésita.

— Tu m'as parlé de ton frère, pas du bébé. Ta mère a l'air malade.

— Il est difficile de trouver à manger pour qu'elle puisse l'allaiter, admis-je. C'est pourquoi je fouille les poubelles. Chaque jour est un nouveau combat.

— Tu sais que je me rends parfois au centre pour la jeunesse. C'est une vaste organisation où on croise des centaines de personnes. Ils viennent d'ouvrir une soupe populaire. Je connais l'un des organisateurs qui me donne parfois quelques petits extras à manger. On pourrait lui demander d'en faire autant pour toi.

— Merci. Et pour les déportations ?

— Les seuls à s'échapper de cette prison sont ceux qui ont des richesses en réserve ou des ressources de l'autre côté du mur, mais…

— Mais quoi ?

— Il y a peut-être une solution. Je m'en occupe. Laisse-moi faire, d'accord ? Je vais voir ce que je peux trouver.

10

Emilia

Un jour, Sara revint de sa visite dans le ghetto plus tôt que prévu, dans un état de détresse manifeste. Voûtée, la tête baissée, elle s'assit à son bureau et se mit à parcourir ses documents. Je la connaissais suffisamment pour deviner qu'elle ne ferait rien de productif car elle avait l'esprit ailleurs.

— Mauvaise journée ? demandai-je au bout d'un moment.

Elle me regarda comme si je venais d'apparaître dans la pièce.

— Excuse-moi, Elzbieta. Je ne t'ai même pas dit bonjour.

— Ce n'est rien. Tu sembles… fatiguée.

C'était un doux euphémisme pour qualifier son apparence. Elle était épuisée, mais elle ne m'expliquerait son désarroi que lorsqu'elle serait prête à le faire. À ma grande surprise, je vis ses yeux s'embuer de larmes. Je me détournai, ne sachant que dire.

— La semaine dernière, j'allais évacuer un enfant, murmura-t-elle. Il avait quatre ans et le plus adorable des sourires. J'ai d'abord fait partir son petit frère, qui était malade. Je pensais que le grand aurait un peu plus de temps à passer avec sa mère, avant… enfin, avant. Aujourd'hui, quand je suis allée le chercher, il était…

Sara s'interrompit soudain pour sortir un mouchoir de son sac à main. Elle s'essuya les yeux et se moucha avant de reprendre :

— Je suis arrivée trop tard.

— Il était mort ?

— Il était parti.

Le son familier des talons de Matylda foulant le plancher se fit entendre dans le couloir, de plus en plus proche. Elle apparut sur le seuil, un dossier sous le bras.

— Les documents que tu m'avais demandés, annonça-t-elle doucement, avant de fermer la porte derrière elle. Seigneur Sara ! Tu es au courant ? reprit-elle, au désespoir.

— Oui… Le petit garçon de la rue Dzielna a été déporté ce matin, murmura Sara.

Les deux femmes semblèrent oublier que je me trouvais dans la pièce. Je demeurai silencieuse durant leur conversation, abasourdie par ce que j'entendais. Leur flot de paroles me submergea. Elles auraient dû faire sens mais, au vu du contexte, cela semblait impossible : *rafle… quai de chargement… plusieurs milliers… montés dans des wagons… disparus.*

— Andrzej m'a dit qu'ils les prenaient au hasard, aujourd'hui… les gens inaptes à travailler… ceux qui n'avaient pas de permis de travail, les malades, les faibles, les infirmes, les vieillards…

Les yeux de Matylda s'embuèrent de larmes.

— Les petits. Parmi les déportés, il y avait de nombreux enfants des rues, faciles à débusquer et incapables de résister.

Ces derniers mots restèrent en suspens. Je m'imaginais ce que cela signifiait. Je savais encore si peu de choses sur le ghetto. La gravité des deux femmes m'indiquait que l'horreur venait de monter d'un cran derrière le mur.

— Où ces trains les emmènent-ils ? demandai-je, hésitante.

— Nul ne le sait avec certitude, déclara brutalement Matylda. D'après les rumeurs qui circulent depuis un moment, les Allemands ont l'intention de déporter tous les Juifs du ghetto pour les exécuter.

— Quoi ? murmurai-je.

Je me tournai vers Sara, espérant un démenti. Elle se contenta de baisser la tête.

— Tous ? Mais...

— C'est si affreux qu'on ne peut y croire, je sais, souffla Sara.

— Si les rumeurs sont fondées, ce sera de plus en plus fréquent, reprit Matylda. Nous irons chercher des enfants et découvrirons qu'ils sont déjà partis. Le cauchemar de cette journée deviendra bientôt notre quotidien. Ne pas croire en une escalade serait se bercer d'illusions. Qui sait combien de temps encore nous aurons le droit d'entrer et sortir grâce à nos laissez-passer ? Tôt ou tard, le ghetto sera coupé du monde. Nous avons déjà eu de la chance d'y avoir accès. Vous pouvez me croire, les filles, chaque risque que nous ne prendrons pas maintenant restera gravé dans notre conscience à jamais. Nous devons intensifier notre action.

— Que faire de plus ? s'enquit Sara. Il y a tant de facteurs à prendre en compte. Nous avons exploité tous les prétextes imaginables. Notre équipe ne peut augmenter le nombre de visites sans éveiller les soupçons.

— Tu es d'accord avec moi ? Chaque enfant compte ? demanda Matylda à Sara à voix basse.

— Bien sûr !

— Et toi ? fit Matylda en posant les yeux sur moi.

— Elle est trop jeune.

— Beaucoup de nos correspondants sont encore plus jeunes et nous faisons appel à eux chaque jour.

— Ce n'est pas la même chose ! Elzbieta est…

— Elle est quoi ? Chrétienne, donc non sacrifiable ?

— Comment oses-tu me dire une chose pareille, après tout ce que j'ai fait ?

— Risquer sa propre vie est une chose. Je sais que tu es prête à mourir car tu as l'impression de ne plus avoir de raison de vivre. Non, le plus grand sacrifice, pour toi, serait de mettre ton amie en danger. C'est pourquoi je te demande jusqu'où tu es prête à aller pour aider les enfants du ghetto. Tu la laisses effectuer ton travail administratif alors qu'elle pourrait jouer un rôle essentiel sur le terrain. Qu'en dis-tu, Elzbieta ?

— Je ne comprends pas ce que tu attends de moi, répondis-je, hésitante.

— Les correspondants sont déjà en danger, bredouilla Sara en se penchant en avant sur son bureau pour souligner ses propos. Qu'ils accompagnent des enfants dans les égouts ou qu'ils dorment dans leur lit au sein du ghetto, leur destin est scellé. Pour Elzbieta, ce n'est pas le cas. C'est une enfant et elle est déjà en sécurité.

— Personne n'est en sécurité dans ce pays, objecta Matylda.

— Je ne suis plus une enfant. J'ai quatorze ans !

Ma voix tremblait tant que Sara me fit signe de me taire.

— Il est hors de question que je trahisse tes parents en te permettant de nous rejoindre sur le terrain.

— Quelle attitude noble ! persifla Matylda d'un ton amer. Tu accordes plus d'importance à l'opinion de ce couple catholique qu'à la vie de dizaines d'enfants juifs.

— Tu es injuste !

— Vous voulez que je fasse passer des enfants dans les égouts ? demandai-je.

N'était-ce pas ce que je voulais faire depuis le départ ? À présent, la perspective de mettre ma vie en péril pour des inconnus me rendait malade. En voyant Matylda secouer négativement la tête, je ressentis un soulagement intense.

— Ce serait du gâchis. Tu as des compétences plus précieuses qui peuvent nous servir. Tu es catholique, non ?

— Oui.

— Tu connais tes prières ?

— Bien sûr.

— Tu pourrais passer un moment avec chaque enfant pour lui enseigner les rudiments de la religion et lui faire travailler la langue polonaise. On en caserait quelques-uns directement dans une famille en évitant le passage par le couvent.

— Mais j'irais quand même dans le ghetto avec vous ?

Matylda acquiesça.

— Avec Sara, je pense.

— Comment ?

— Mon contact t'obtiendra un laissez-passer. Tu franchiras les postes de contrôle sans problème. Ce sera presque aussi sûr pour toi que de rester assise à ce bureau.

— Ne lui mens pas, Matylda ! s'insurgea Sara. Si tu lui demandes de faire cela, dis-lui au moins la vérité.

Intriguée, j'observai Sara, qui m'implora du regard :

— Franchir les postes de contrôle fera partie des pires expériences de ta vie, Elzbieta. Chaque journée apportera de nouveaux dangers. Si notre mission est découverte, tu risques d'être arrêtée, torturée... voire exécutée. Je ne peux pas te demander une chose pareille.

— Toute personne qui connaît notre véritable mission contribue à la lutte. Elzbieta a mis ton secret au jour et nous a prouvé qu'elle était digne de confiance.

— Elle a quatorze ans, plaida Sara. De plus, la soupe populaire est importante également.

— Naturellement, mais l'urgence, ce sont les milliers d'enfants qui risquent la mort, rétorqua Matylda avec vigueur.

Les deux femmes se turent. Seul le souffle court de Matylda rompait le silence. Elle avait les joues empourprées, le regard féroce et les poings crispés.

— Elle pourrait travailler au centre pour la jeunesse, reprit-elle, dans l'arrière-salle où Andrzej organise ses réunions. Tu pourrais l'accompagner là-bas et, pendant tes visites à domicile, elle préparerait les enfants. Elle pourrait aussi faire entrer un morceau de pain sous ses vêtements, de quoi permettre à un enfant de tenir un jour ou deux de plus. On pourrait aussi l'équiper d'une de tes brassières pour faire entrer d'autres doses de vaccin contre le typhus ou des pilules de cyanure.

— Des pilules de cyanure ? répétai-je en blêmissant. Pourquoi les Juifs voudraient-ils des pilules de cyanure ?

— Parfois, le seul salut qui s'offre à nous est une mort rapide, murmura Matylda.

Je sentis mes entrailles se nouer d'angoisse. Mon père n'avait pas connu une mort paisible. Mon frère non plus. Aurais-je eu le courage de les aider à l'obtenir, si j'en avais eu le pouvoir ? Je m'imaginai entrant dans le ghetto avec Sara, les poches pleines de précieuses pilules. Mon père et mon frère auraient été si fiers !

— Je le ferai, annonçai-je.

— J'en étais sûre ! se réjouit Matylda en me tapotant la main. Sara, je m'occupe du laissez-passer. Trouve-lui des vêtements plus adaptés.

Sur ces mots, Matylda sortit en refermant la porte derrière elle. En levant les yeux, je croisai le regard de Sara, qui était au bord des larmes.

— Ce serait trahir tes parents et ton oncle. Et la confiance qu'ils ont en moi.

— Quel est le pire péché ? demandai-je. Trahir leur confiance ou laisser des enfants mourir ?

Elle pinça les lèvres, puis secoua la tête.

— Tu mourras sans doute. Tu le comprends, au moins ? Matylda ne s'embarrasse pas de considérations morales. Elle est prête à tout pour sauver des vies. Pour elle, aucun risque n'est trop grand car elle n'a rien à perdre. Je suis dans le même bateau. Ma famille est déjà partie. Je fais cela parce que, quand je me ferai arrêter, quand je me ferai tuer, je ne manquerai à personne. Ce n'est pas ton cas ! Même si tu survivais, les choses que tu aurais vues dans le ghetto te hanteraient jusqu'à la fin de tes jours.

— J'ai été témoin de la cruauté des Allemands, déclarai-je amèrement. Rien de ce que tu me montreras ne me surprendra.

— Ma chérie, je suis sûre que ton parcours n'a pas été facile, mais les souffrances des habitants du ghetto vont au-delà de ce qui est concevable.

— Raison de plus pour que j'apporte ma contribution, non ?

Toujours contrariée par ce projet, Sara finit par accepter de m'emmener. Cet après-midi-là, je reçus ma première dose de vaccin contre le typhus et Matylda fit appel à son contact pour m'obtenir un laissez-passer.

*

Une semaine plus tard, je quittai la maison à sept heures avec Sara, comme d'habitude. Le trajet se déroula en silence. En arrivant, je la suivis dans le bureau de Matylda.

Leur première action fut de défaire ma tresse pour laisser mes cheveux bouclés cascader sur mes épaules. Matylda épingla quelques mèches sur le dessus de ma tête. Je ne m'étais jamais maquillée, aussi eus-je du mal à tenir en place tandis qu'elle soulignait mon regard d'un trait de crayon avant de m'appliquer du fard à paupières d'un ton plus clair. Enfin, elle me mit du rouge à lèvres et Sara me tendit un sac.

— Va te changer aux toilettes. Ensuite, on y va.

Sara m'avait choisi une tenue d'adulte. Il y avait une brassière dont les bonnets étaient rembourrés et une blouse à pois noirs, boutonnée sur le devant, avec une jupe grise qui m'arrivait aux genoux et une paire de chaussures plates en cuir. En me regardant dans la glace, j'eus l'impression de voir une femme. Non seulement je faisais plus que mon âge, mais j'avais l'air sérieux de Sara, Matylda et les autres assistantes sociales. Lorsque je regagnai le bureau de Matylda, celle-ci hocha la tête d'un air satisfait.

— Parfait. Tu as l'air d'avoir dix-sept ou dix-huit ans. Si on te pose des questions, réponds que tu es l'assistante de Sara, c'est compris ?

Celle-ci se leva à contrecœur et prit son sac avant de faire un pas en direction de la porte.

— Il y a autre chose que je dois savoir ? demandai-je, inquiète. Tu m'expliqueras ce que je dois faire ou dire ?

— Le plus important à savoir, c'est que tu dois rester à côté de moi sur le chemin du centre pour la jeunesse et au retour. Accroche-toi à moi au besoin, soupira Sara. Il y a beaucoup de monde, un monde fou. Si tu me perds, tu ne me retrouveras pas, alors ne me perds pas.

— C'est tout ?

— En arrivant au poste de contrôle, aie l'air sûre de toi, murmura Matylda. Les gardes vérifieront tes papiers et ton laissez-passer. Si tu es sûre de toi, ils te feront signe de passer. Cache ton angoisse et, quoi qu'il arrive, ne cède pas à la panique.

— Pas de panique, répétai-je, les mains moites. D'accord. Autre chose ?

— Le reste, tu le verras de tes propres yeux, conclut Sara en se tournant une dernière fois vers Matylda. Pour l'amour du ciel, j'espère que tu sais ce que tu fais.

En marchant vers le poste de contrôle, je gardai les yeux rivés sur la pancarte indiquant « Zone contaminée par le typhus. Accès interdit aux personnes non autorisées ». Depuis notre départ du bureau, j'étais nerveuse, une angoisse étrange, pas déplaisante, une poussée d'adrénaline mêlée de curiosité et d'exaltation à la perspective de faire enfin quelque chose de courageux. Mon père et mon frère m'observaient-ils, de là-haut ? Discutaient-ils avec les saints de la jeune femme extraordinaire que j'étais devenue ? Comment réagirait Alina quand j'irais la voir en Angleterre pour lui raconter mes exploits ?

— Prépare ton laissez-passer, ordonna Sara à voix basse. Et tes papiers.

Mes papiers. Je les avais toujours sur moi. Cela dit, je quittais si rarement l'appartement que je n'avais jamais eu à les montrer. Dans la frénésie de cette expédition dans le ghetto, j'avais complètement oublié que je vivais sous un nom d'emprunt et que mes papiers d'identité étaient faux. Ils étaient assez convaincants, mais passeraient-ils un contrôle attentif ? Le pire, c'était que j'avais obéi à mes parents en cachant cette information à Sara. Elle ignorait donc que nous étions sur le point de nous présenter à un poste de contrôle allemand avec de faux papiers. Je réprimai un cri de panique. Sans ralentir le pas, Sara murmura :

— Lève la tête. Sois sûre de toi. Tu as dit que tu y arriverais, alors si tu cèdes à la panique maintenant, je t'étrangle.

Je me mis à prier frénétiquement. En arrivant au poste, je tremblais comme une feuille.

— Sara, fit un garde d'une voix chaleureuse qui me noua les tripes. Vous êtes venue avec une amie, aujourd'hui.

— Bonjour, capitaine Fischer. Voici mon assistante, Elzbieta, répondit Sara.

Elle se montrait à la fois polie et ferme, étonnamment détendue.

— Elzbieta, montre ton laissez-passer au capitaine, s'il te plaît.

Dès que je voulus tendre la main, Sara me prit les documents pour les remettre au garde.

— Elle me semble un peu nerveuse, dit-il en observant tour à tour mes papiers et mon visage.

Je me sentis pâlir. J'éveillais déjà les soupçons ! Soudain, le garde éclata de rire.

— Je serais nerveux, moi aussi, si j'entrais là-dedans, avec ces bêtes immondes.

Il me rendit mes papiers et porta son attention sur Sara.

— Je vais fouiller votre sac, madame Wieczorek.

Sara afficha un sourire forcé et lui tendit sa trousse d'infirmière. Il semblait éprouver un malin plaisir à nous retarder. Il examina chaque article, même les plus anodins. Il aurait pu effectuer ce contrôle en quelques secondes car la trousse était presque vide, mais Fischer prit son temps. J'avais l'impression d'être là depuis des heures. Sara patienta sans sourciller. Il lui remit son sac pour se tourner vers moi.

— Vous comptez revenir ?

— Oui, répondit Sara à ma place.

— Laissez-la s'exprimer, Sara, fit le capitaine d'un ton presque taquin, sans cesser de me regarder.

— Je...

Je me raclai la gorge puis songeai aux conseils de Sara. Je me redressai donc fièrement pour déclarer :

— Oui, monsieur, je reviendrai.

Sans un mot, il nous fit signe d'avancer. Dès les premiers mètres, je fus assaillie par une vague sensorielle. Les odeurs d'urine, d'excréments, de sueur, de crasse et de chair en décomposition étaient si intenses que je parvenais à peine à respirer. Sur le trottoir d'en face, une vieille femme gisait sur le dos, la peau grise, la bouche flasque, les yeux fermés. Les passants l'enjambaient comme si elle n'existait pas.

— Regarde droit devant toi, ordonna Sara.

— Mais...

— Regarde devant toi, nom de Dieu !

Je découvrais un nouvel aspect de mon amie, une certaine dureté, une concentration, une détermination. Il émanait de sa posture et son expression une force incroyable. Je n'avais pas réfléchi au courage qu'il fallait pour mettre sa vie en péril chaque jour et à plusieurs reprises. Difficile de ne pas s'endurcir en affrontant l'inhumain, à moins d'être surhumain. Je voulais être héroïque, à l'image de mon père, mon frère et Alina. En posant à nouveau les yeux sur le cadavre de cette vieille femme, je me rendis compte combien j'avais été stupide, combien je m'étais surestimée.

J'étais sur le point d'être confrontée à un niveau de souffrance que j'étais incapable de soulager quels que soient mes efforts. Pour agir, je devrais désormais franchir le poste de contrôle deux fois par jour et regarder droit dans les yeux des êtres condamnés et qui le savaient.

— Je crois que je n'y arriverai pas... fis-je d'une voix rauque, l'estomac noué.

Sara m'agrippa le bras et m'attira vers elle pour me faire contourner plusieurs passants, puis elle me plaqua contre la porte en verre d'un immeuble.

— Tu as un laissez-passer, persifla-t-elle à quelques centimètres de mon visage. Tu voulais participer, tu as l'obligation morale d'aller jusqu'au bout.

— Et si je n'y arrive pas ?

Elle m'écarta sans ménagement de la porte et me poussa vers la rue. Me serra le bras très fort, elle se mit à me secouer, puis elle murmura à mon oreille :

— Tous ces gens vont mourir. Chaque enfant que tu verras ici va mourir. Tu fais partie d'une poignée de personnes en mesure d'agir pour au moins un de ces enfants. Je te le dis tout de suite, Elzbieta : ils sont emprisonnés ici, mais toi, tu as le droit de sortir. Je peux t'escorter jusqu'au prochain poste de contrôle et tu rentreras chez toi en faisant mine de ne pas avoir insisté bêtement pour nous aider.

Cette solution était tentante. Je vis alors un enfant qui passait et ma conscience me tourmenta. Sara desserra son emprise et me fit pivoter vers elle.

— Si je fais cela, tu ne pourras plus jamais te regarder dans une glace, maintenant que tu es au courant.

Je tentai d'émerger de ma torpeur. Des images de cette entrevue terrifiante avec le garde défilaient dans ma tête. L'atmosphère était-elle aussi tendue à chaque passage de Sara au poste de contrôle ?

— Le garde, bredouillai-je, tu le connais ? Tu savais qu'il fouillerait ta trousse ?

— C'est un fou furieux, répondit-elle en me lâchant enfin. Il s'intéresse bien trop à moi et je l'évite comme la peste. Nous n'empruntons pas toujours les mêmes postes de contrôle et je parviens généralement à ne pas avoir affaire à lui. Mais, de temps en temps, je tombe sur lui.

— Tu transportes quelque chose d'interdit ?

— Elle a un double-fond, avoua Sara. J'ai apporté du pain et six doses de vaccin contre le typhus.

— Heureusement que je ne le savais pas ! soufflai-je, les entrailles nouées.

Elle soupira et m'étreignit furtivement.

— Ça va ?

— Pas vraiment, admis-je.

— Ressaisis-toi, on a du travail.

Elle sortit de sa trousse deux bandes de tissu. Je mis un certain temps à reconnaître la forme brodée dessus.

— L'étoile de David ? m'étonnai-je.

— Oui. Dans le ghetto, il faut porter un brassard.

— Mais nous ne sommes pas juives.

— Nous le portons par solidarité avec ceux qui le sont. Ils voient ainsi qu'ils peuvent nous faire confiance.

Elle me tendit un brassard que j'observai d'un œil soupçonneux.

— Et si les Allemands nous voient avec ?

— Tu as peur de le mettre, c'est ça ? Au cas où quelqu'un pense que ta place est ici ?

J'acquiesçai doucement.

— Très bien. Tu sais ainsi ce qu'ils peuvent ressentir. Allez, on y va.

11

Emilia

LE CENTRE POUR LA JEUNESSE se trouvait rue Mila, non loin de l'issue par laquelle nous étions entrées dans le ghetto et à quelques centaines de mètres de l'immeuble où Sara et moi vivions. En parcourant les rues en direction du centre, je peinai à retenir mes larmes. De petits détails me sautaient aux yeux. Il faudrait que je les dessine ou les peigne pour les extraire de ma conscience. Un vieillard tenant une coupelle dans une main et la main de sa femme dans l'autre, assis dans le caniveau, à mendier. Deux officiers SS marchant tranquillement de l'autre côté de la rue et qui, sans raison, firent tomber un homme à terre et l'assommèrent à coups de pied. Le mur d'une boutique était tapissé de plusieurs couches d'affichettes. En m'approchant, j'eus un frisson d'effroi en m'apercevant qu'il s'agissait d'avis de décès. L'ensemble formait une épaisse couche d'un papier mâché morbide.

— Regarde devant toi, ne cessait de me répéter Sara, même en arrivant au centre pour la jeunesse.

Elle m'ouvrit la porte. Mon attention était si concentrée sur la file de personnes qui attendaient la distribution de soupe qu'elle finit par m'entraîner par le bras. La salle était vaste. À en juger par la façade, il s'agissait d'un ancien magasin occupant plusieurs bâtiments attenants. La salle s'étendait même sur un pâté de maison. Des personnes de tous âges étaient attablées ou réunies en petits groupes.

— C'est un centre pour la jeunesse ? m'enquis-je intriguée.

— Au début, oui, mais les responsables ne se soucient plus de l'âge. Ils s'occupent de tout le monde.

Me tenant toujours par le bras, Sara me servit de guide. Elle salua plusieurs personnes sans s'arrêter, puis m'emmena dans une arrière-salle, au fond. Il n'y avait que quelques meubles et des livres. Je vis un homme élancé et un petit enfant.

— Tu as réussi à venir, dit l'homme en se levant à notre approche.

Il afficha un large sourire.

— Andrzej ! s'exclama Sara en lui serrant la main, avant de me désigner : Voici notre amie, ta nouvelle enseignante, Elzbieta.

— Heureux de te rencontrer, déclara Andrzej. Bienvenue dans notre centre. Nous sommes ravis que tu nous donnes un coup de main.

Il me rappelait beaucoup oncle Piotr, avec son sourire généreux et ses joues rouges. En revanche, il n'avait pas sa carrure, loin de là.

— Andrzej est le coordinateur de ce centre, un atout précieux pour notre cause, me souffla Sara.

— Tu me flattes, dit-il en lui adressant un clin d'œil taquin.

— Pas du tout !

— Elzbieta, nous faisons du bon boulot, ici, mais le plus important est de mettre des familles en contact avec Matylda et Sara et leur équipe.

Même lorsqu'il parlait sérieusement, il avait le regard pétillant.

— Que faites-vous d'autre ? m'enquis-je.

— Eh bien, nous hébergeons parfois des gens, et il y a la soupe populaire, bien sûr, et nous faisons un peu l'école, à petite échelle. Nous aidons les familles au mieux. À propos, j'aimerais te présenter quelqu'un.

Andrzej fit signe au petit garçon assis dans un coin de la pièce, avec un livre. Il se leva et s'approcha.

— Elzbieta, voici Icchak. Ses parents ne sont plus là et il attend une place en orphelinat depuis un moment. J'attends d'autres groupes d'enfants, plus tard, avec qui tu pourras travailler. La situation d'Icchak étant particulièrement urgente, nous avons pensé que tu pourrais commencer avec lui.

— Icchak n'a personne, renchérit Sara à voix basse. Il a vécu dans la rue. Tout seul.

— Tout seul ? répétai-je, alarmée. Quel âge as-tu, Icchak ?

Lorsque l'enfant ouvrit la bouche pour me répondre, Andrzej intervint :

— N'oublie pas qu'avec Mlle Elzbieta, on parle polonais, pas yiddish.

— J'ai six ans, dit l'enfant en se redressant. Mais je suis très intelligent. J'apprends vite.

— Je n'en doute pas, murmurai-je, émue aux larmes. *Six ans et seul au monde.*

— Il est très impatient d'apprendre avec toi, aujourd'hui, précisa Andrzej.

J'observai le petit garçon dont les yeux pétillaient d'espoir. Les vestiges de ma nausée se dissipèrent. En le regardant, je sentais presque mon courage revenir.

J'y arriverais. Il le fallait. Icchak avait besoin de mon aide et, surtout, il me faisait confiance.

— Dans ce cas, mettons-nous au travail. Tu veux bien apprendre une prière avec moi ?

Je passai la majeure partie de la journée au centre pour la jeunesse, dans l'arrière-salle, en compagnie d'Icchak, puis d'un défilé d'autres enfants. S'ils étaient désireux de bien faire et apprenaient vite, il me faudrait de multiples visites pour que chacun soit en mesure de réciter une prière.

Lorsque Sara revint me chercher, j'étais épuisée à la fois physiquement et mentalement. Je mourais d'envie de prendre un bain avant de m'écrouler sur mon lit. La sortie que nous devions emprunter se trouvait bien plus loin, mais Sara m'avait expliqué que varier les issues était plus prudent et permettait à l'équipe de poursuivre son action bien plus longtemps que prévu. Malgré la fatigue, il fallut sillonner les rues en silence. Je n'arrivais même pas à réfléchir suffisamment pour confier à Sara à quel point ce que j'avais vu m'avait choquée. Cependant, les questions se bousculaient dans ma tête :

— Que va devenir Icchak ?

— Les enfants sont pleins de ressources. Sinon, il n'aurait pas survécu aussi longtemps. La triste vérité, c'est que de nombreux adultes sont toujours en vie grâce à des enfants qui se faufilent du côté aryen pour rapporter de la nourriture, et ce depuis le début.

— Attends… il sait donc par où sortir ?

— En effet.
— Alors pourquoi ne… ?
— Dans le cas d'Icchak, le plus difficile n'est pas de le faire sortir. Le moment venu, nous lui dirons de se glisser dans une brèche du mur ou dans un conduit et de nous rejoindre à un poste de contrôle particulier. Non, soupira-t-elle, le défi sera de le maintenir en vie à l'extérieur.
— Comment ferons-nous ?
— Matylda et moi allons planifier son évacuation. Au cours des prochaines semaines, nous l'intégrerons dans notre réseau. Icchak fait partie de ceux qui ont la chance d'avoir les cheveux blonds et les yeux bleus. Ses traits ne sont pas typiquement sémites, ce qui facilite grandement notre tâche. S'il apprend ses prières et obtient un autre nom et des papiers, il passera sans problème de ce côté-ci, même si sa nouvelle identité doit être féminine.
— Pourquoi ?
— Dans la tradition juive, les garçons sont circoncis. S'il est placé dans une famille et qu'il éveille les soupçons, un soldat risque de lui demander de baisser son pantalon. Son secret sera alors dévoilé. Dans l'intérêt d'Icchak, nous l'habillerons en fille et nous lui attribuerons un nom féminin.
— Cela fonctionne ? demandai-je, hésitante.
— Ce système n'est pas parfait, mais c'est le seul possible pour certains de ces enfants. Quelle serait l'alternative ? Nous devons l'aider de notre mieux en priant pour qu'il fasse le reste.
Soudain, j'eus honte de ma panique du matin.
— Je suis désolée pour…
— Non, coupa Sara, qui avait retrouvé sa douceur et sa bienveillance amicale. C'est à moi de m'excuser.

Je savais que ce serait trop pour toi et que tu ne pouvais pas comprendre ce qu'il se passait ici. Le désespoir rend fou, parfois. Je me suis laissé convaincre par Matylda alors que je savais que ce n'était pas une bonne idée. Tu comprends désormais pourquoi elle était déterminée à te recruter. Si tu peux enseigner pendant mes visites aux familles ou, quand tu seras habituée à franchir les postes de contrôle, si tu peux faire passer un bout de pain et quelques médicaments, tu feras une grande différence. Je regrette que l'expérience ait été si dure pour toi. Les souffrances des Juifs du ghetto sont inconcevables et je cherche frénétiquement à faire le bien.

— Je ferai mieux demain.

Sara me prit par les épaules et me serra contre elle.

— Tu t'en es déjà bien sortie aujourd'hui.

— Qu'est-ce que tu dessines ?

Attablée dans la cuisine, je griffonnais distraitement dans un des carnets offerts par Sara. Je ne cherchais pas consciemment à capturer quoi que ce soit. Je voulais surtout apaiser mon esprit en émoi dans l'espoir de trouver le sommeil. Lorsque oncle Piotr me fit émerger de ma rêverie, je baissai les yeux vers ma page.

— Un enfant, dis-je.

Il était en haillons et ressemblait à Icchak, même si je n'avais pas encore tracé ses traits. Oncle Piotr s'assit face à moi et examina le dessin.

— C'est bien.

— Merci.

— C'est un dessin joyeux ou triste ?

— Je ne le sais pas encore.

Oncle Piotr se pencha vers le dessin et le tapota d'un index.

— Dans la main de cet enfant… il manque quelque chose. Il devrait tenir un jouet, par exemple, tu ne crois pas ?

Je me rendis enfin compte que c'était Icchak. Il avait la main vide, mais mon subconscient avait probablement eu l'intention d'ajouter le livre qu'il tenait au moment de notre rencontre. Soudain, cédant à une impulsion, j'esquissai une poupée dans sa main.

— Pourquoi une poupée ? s'enquit oncle Piotr.

— Cet enfant n'a peut-être pas de parents, fis-je, la gorge nouée.

Je pensai à Truda et Mateusz, qui lisaient dans leur chambre, et j'eus envie de me précipiter vers eux pour leur dire que je les aimais. Sans leur générosité, j'aurais été aussi perdue qu'Icchak.

— Ce malheureux n'a peut-être personne qui le rassure, la nuit. Il a peut-être besoin d'un objet réconfortant.

En achevant la poupée, je vis en pensée le visage de l'enfant. Je traçai les grands yeux d'Icchak et le contour de sa bouche en cœur esquissant un sourire. Si son regard était triste, ce sourire exprimait une quête de joie dans la tourmente.

— Attends-moi ici un instant, dit oncle Piotr avant de quitter la pièce.

Il revint un peu plus tard, tenant une petite pièce de bois et un canif minuscule. En silence, je le regardai sculpter le bois.

— Qu'est-ce que tu fabriques ? lui demandai-je.

— Ton jouet, répondit-il en désignant mon dessin. L'art est généreux, tu sais. Chaque œuvre possède sa propre énergie, mais elle n'est jamais isolée. Une pièce peut s'inspirer d'une autre et en inspirer, ainsi de suite. Chacune propage un genre différent de beauté, de pensée, de leçon aux personnes qui l'admirent.

En un rien de temps, oncle Piotr avait façonné la silhouette d'une poupée qu'il me remit.

— Elle n'a pas de visage, remarquai-je.

— Ça, c'est ton domaine, répondit-il en riant. Je sais sculpter, je ne sais pas dessiner.

— Tu as d'autres pièces de bois ?

— Quelques-unes, oui. Des déchets. Je peux m'en procurer facilement.

Je pris un fusain pour tracer quelques traits de visage sur la poupée, puis je montrai le résultat à oncle Piotr, qui sourit.

— Et si on réalisait un projet ensemble ? proposai-je.

— Pourquoi pas ?

— Peux-tu façonner d'autres poupées similaires ?

Une demi-heure plus tard, Truda et Mateusz émergèrent de leur chambre et découvrirent avec amusement la table jonchée de copeaux de bois et de minuscules figurines.

— Qu'est-ce que c'est ? s'enquit Mateusz.

Chacun d'eux prit une poupée en main.

— Je me suis dit que Sara pourrait distribuer ces jouets aux enfants qui fréquentent les soupes populaires, mentis-je. Ils manquent de tout. Je sais qu'ils apprécieraient de quoi se distraire.

— Tu veux donner des poupées *nues* à des enfants innocents ? s'exclama Truda d'un ton espiègle, en réprimant un sourire. C'est inadmissible. Je vais leur coudre des vêtements.

Le lendemain matin, en découvrant les figurines, Sara fut ravie. Nous avions réalisé une demi-douzaine de pièces différentes, que ce soit dans les traits ou les tenues confectionnées par Truda à partir de chutes de tissus.

— J'en donnerai certaines aux enfants que tu as croisés chez moi, m'expliqua Sara. Ils sont toujours dans le ghetto, mais nous avons trouvé des places à l'orphelinat Korczak. Ils devront patienter encore un peu avant d'être évacués et sont très déçus. Tu n'imagines pas combien une petite attention comme ces figurines peut remonter le moral d'un enfant.

Cela devint vite une habitude. Chaque soir, je fabriquais des poupées avec ma famille. Nous étions ainsi réunis pour partager une activité créative agréable. Le matin, je mentais à ces mêmes personnes et quittais la maison, officiellement pour aller travailler dans le bureau de Sara. En arrivant là-bas, je changeais de vêtements et je me maquillais.

Je franchissais le poste de contrôle avec un sac dont le double-fond dissimulait du pain ou des médicaments interdits, ainsi que le plus de figurines possible. Parfois, j'en distribuais aux enfants des rues que nous croisions sur le chemin du centre pour la jeunesse, mais je gardais la plupart d'entre elles. Certains des enfants dont j'étais chargée étaient récalcitrants. L'attrait d'un jouet constituait une excellente motivation.

Toute la journée, dans l'arrière-salle, j'enseignais les rudiments de la foi catholique. Plus l'enfant était grand, plus c'était compliqué. Si les petits considéraient cela comme un jeu, les grands comprenaient que c'était une question de vie ou de mort.

Telle est l'œuvre de Dieu, me disais-je les jours où je me sentais malade. Dans les bons moments, j'avais vraiment l'impression d'une intervention divine, comme lorsque Sara m'annonça que le sauvetage d'Icchak était un succès et qu'il s'adaptait bien à son nouveau foyer, chez des fermiers, à la campagne. Ou quand un enfant un peu buté comprenait enfin et que Sara le déclarait prêt à être évacué, car je jouais un rôle dans sa sécurité relative.

Lorsque nous ne pouvions faire autrement, j'accompagnais Sara dans ses visites, en général quand une famille habitait sur le chemin du poste de contrôle. Matylda se concentrait sur les enfants des rues ou faisait du porte-à-porte pour trouver des enfants à évacuer. Sara étudiait les cas soumis par Andrzej et son réseau. En théorie, c'était plus sûr que l'approche un peu brutale de Matylda pour identifier des familles à secourir. Ce n'en était pas moins dangereux. Travailler à faire sortir les orphelins du quartier juif était une chose, aller chez les gens et plonger dans le regard de parents désespérés pour les convaincre de nous laisser prendre leurs enfants en était une autre.

— Je me demande comment tu supportes de faire ça tous les jours, murmurai-je d'une voix tremblante après qu'un couple nous eut ordonné sans ménagement de partir de chez lui.

— Moi aussi, je me le demande, admit-elle avec un sourire désabusé. Il m'arrive de penser que j'ai atteint les limites de ma tolérance, mais il ne m'appartient pas de fixer ces limites, alors que ces pauvres gens n'ont pas le choix. C'est cette idée qui me permet de continuer.

12

Roman

Chaim me présenta le responsable du centre pour la jeunesse, un travailleur social du nom d'Andrzej Neeman. En apprenant la situation de ma mère, Andrzej me proposa un accord.

— Tu viendras ici après ton travail et tu donneras un coup de main aux cuisines, à la plonge. Si tu restes jusqu'au couvre-feu, enfin juste avant, je te donnerai un ticket que ta famille pourra échanger contre une ration alimentaire le lendemain. Tu pourras venir quatre fois par semaine maximum. Je dois être équitable. D'autres ont besoin d'aide. Et ce ne sera pas toujours un repas chaud. Il n'y aura parfois que des restes de légumes, de la farine ou de l'huile. Marché conclu ?

— Oh oui, volontiers, répondis-je avec empressement.

Les longues journées de labeur ne me faisaient pas peur, d'autant que cette nourriture supplémentaire faisait la différence, d'après ma mère.

— J'ai davantage de lait, m'expliqua-t-elle avec un large sourire, Eleonora sur son sein. Je suis si fière de toi, mon fils ! Tu es vraiment intelligent et capable.

Je ne constatais aucune amélioration de l'état du bébé, mais je crus ma mère sur parole. Il était bon de me rendre utile et mon travail pour Andrzej me fournissait un objectif positif chaque jour, un moment de répit face à l'angoisse des déportations désormais quotidiennes.

À l'aube, des milliers de personnes défilaient dans les rues en direction du quai de chargement. Certains se portaient volontaires car les Allemands leur avaient promis trois kilos de pain et un pot de confiture. Des affiches se mirent à fleurir dans le ghetto, nous exhortant à faire nos bagages avant d'être déplacés vers des nouveaux camps spacieux. Pour certains, cela prouvait que nous passions à une étape moins difficile de l'occupation.

— J'avais raison ! triompha Samuel. J'avais bien dit que les Allemands allaient desserrer la vis. Peut-être devrions-nous nous porter volontaires.

Ma mère et moi étions abasourdis.

— Ne me dis pas que tu y crois ! m'exclamai-je.

— Rien ne prouve que ce soit faux, objecta-t-il. Pourquoi alors s'obstiner à rester dans cet enfer alors que nous pourrions être confortablement installés dans un camp tout neuf à Treblinka ?

— Non, intervint ma mère d'un ton si implacable que la question fut aussitôt réglée.

Samuel n'en parla plus jamais.

Les gens ne furent pas dupes longtemps des belles promesses des Allemands et des kapos. Au bout de quelques jours, il n'y avait plus de volontaires. Comme il fallait évacuer un certain nombre de personnes du ghetto chaque jour, les rafles s'intensifièrent, de plus en plus violentes. À l'atelier, les ouvriers relataient des histoires terrifiantes d'exécutions sommaires en cas de résistance et de foules coincées sur le quai de chargement pendant vingt heures sans eau ni nourriture.

— Ce n'est pas normal, marmonnai-je un jour à Chaim. S'ils nous conduisent vraiment dans un camp confortable afin que l'on travaille pour eux à Treblinka, pourquoi tuent-ils ceux qui hésitent à partir ? Pourquoi laissent-ils les gens crever de faim et de soif sur le quai en attendant le train ?

— Tu sais ce que j'en pense. S'ils massacrent les Juifs à Chełmno, ils peuvent aussi bien le faire à Treblinka.

Apparemment, nous étions condamnés, que nous résistions ou que nous partions. Par chance, mon précieux permis de travail me protégeait, une notion relative au sein du ghetto, mais je devais rentrer chez moi à pied, chaque après-midi, et j'avais de plus en plus de mal à me forcer.

À présent, je me rendais directement au centre pour la jeunesse, sans m'arrêter en passant devant notre appartement. Je travaillais jusqu'à la dernière limite avant le couvre-feu. Je restais parfois plus que ne l'exigeait Andrzej, et tous les jours de la semaine, alors que je ne recevais un ticket de rationnement que pour quatre jours. Un jour, Chaim découvrit que nous avions accès au toit du centre et que nous pouvions marcher jusqu'à mon immeuble à l'insu des patrouilles. Je me mis à rester dehors, avec lui, bien après le couvre-feu.

— Tu comprends maintenant d'où me vient mon surnom, fit-il d'un air espiègle, un soir. J'ai toujours aimé me percher sur les toits. D'ici, tout est plus beau, il n'y a ni foule ni vacarme. Le vent balaie les odeurs. Ici, je me sens plus proche du paradis.

— J'ignorais que tu étais poète, raillai-je.

Il me lança une tuile cassée.

Certains soirs, nous restions pendant des heures sur le toit à bavarder, puis Chaim descendait dormir chez Andrzej, au-dessus du centre pour la jeunesse. Quant à moi, je parcourais les toits et j'entrais par une fenêtre dans la cage d'escalier de mon immeuble.

— Roman ! gronda un soir Samuel.

Ma mère était levée mais Dawidek et Eleonora dormaient.

— Tu nous as dit que tu travaillerais au centre quatre soirs par semaine et seulement jusqu'au couvre-feu. Tu rentres de plus en plus tard. Tu n'es jamais présent quand Dawidek est à la maison et tu lui manques. De plus, ta mère se fait du souci pour toi.

— Je ne fais rien de dangereux, marmonnai-je. Je passe simplement du temps avec un ami. Je ne suis même pas dans la rue.

— Tu manques à ta mère, Roman, insista Samuel, mal à l'aise. Pourrais-tu… rentrer à l'heure, demain soir, pour que nous dînions tous ensemble ?

— Tu sais bien que je ne dîne pas ici, rétorquai-je.

Samuel fronça les sourcils.

— As-tu *envie* de dîner ici ? Tu as droit à tes rations…

— Ce n'est pas ce que je voulais dire !

Notre chambre minuscule me parut soudain oppressante. Je n'avais nulle part où me réfugier, aucun moyen de remettre de l'ordre dans ma tête. J'étais conscient de faire de la peine à ma famille, mais c'était plus fort que moi. Il me semblait plus facile de les éloigner, d'apprendre à vivre sans eux, de repousser le moment de découvrir s'ils étaient là ou s'ils étaient partis. Je n'avais aucun espoir de l'expliquer à Samuel et Maman. Lorsqu'elle voulut lancer une conversation sur ma journée, je fis mine de m'endormir.

Le lendemain, les paroles de Samuel résonnaient encore à mon esprit. En quittant l'atelier, j'accompagnai

Chaim au centre pour la jeunesse, puis je revins sur mes pas pour rentrer à la maison.

Devant la porte, je m'arrêtai, comme d'habitude, le temps d'envisager le pire scénario : l'appartement était vide. Les mains moites, l'estomac noué, je poussai la porte pour me rendre compte que rien n'était normal.

Une inconnue était assise sur le divan des Grobelny, Eleonora sur ses genoux. Dawidek était à côté d'elle, un peu tendu.

Depuis des semaines, je redoutais de découvrir que mes parents avaient disparu. Apparemment, ce moment était venu. Je balayai la pièce du regard. *Cet appartement est toujours bondé, car nous sommes nombreux, or il ne reste plus que cette inconnue et les enfants. Mon Dieu, ils sont partis ! Mes parents sont vraiment partis.* Mon sang ne fit qu'un tour. Ma peur, ma fureur, mon chagrin m'abattaient et me rendaient plus fort à la fois. Je tenais à peine debout, obsédé par mon envie de tout casser et je m'en sentais capable.

— Qui êtes-vous ? demandai-je, le regard fou, les pensées en émoi.

Cette femme a trouvé ma sœur et mon frère dans la rue et est venue jusqu'ici, mais j'ai perdu mes parents partis dans un camp à Treblinka dont ils ne reviendront jamais. Je n'y arriverai pas, Maman. Pas sans toi, Samuel. Que vais-je devenir ?

La panique fut immédiate et violente. S'il ne me restait que mon frère et ma sœur, je voulais que cette inconnue s'éloigne d'eux. Je me précipitai vers elle pour lui arracher Eleonora des bras, remarquant à peine ses pleurs. La présence de cette femme absorbait toute mon attention. Elle devint la cible de ma rage. Deux petites voix se disputaient en moi. J'avais envie de la dépecer, de me défouler sur elle, à cause de son regard vague et parce qu'elle se trouvait *chez moi, avec mon frère et ma sœur.*

L'intruse leva vers moi de grands yeux verts pleins de terreur. En assimilant cette information dans un recoin de mon esprit, je m'efforçai de me calmer, de parler de façon rationnelle pour savoir ce qui se passait. Si les Allemands méritaient ma rage, ils ne se trouvaient pas dans cette pièce, contrairement à elle. Le monstre qui sommeillait en moi prit le dessus. Je me mis à crier en tremblant de la tête aux pieds :

— Comment ont-ils été séparés des enfants ? Vous les avez vus se faire embarquer ? Avez-vous au moins essayé de les aider ou bien les avez-vous juste regardés partir ?

La porte de notre petite chambre s'ouvrit soudain. Samuel et ma mère apparurent, abasourdis. Derrière eux se tenait une autre inconnue qui vint se poster entre moi et la femme assise sur le divan.

— Comment oses-tu lui parler sur ce ton ? s'écria la femme plus âgée.

Ma mère vint me prendre Eleonora. Totalement perdu, je balayai la pièce pour tenter de comprendre ce qu'il se passait. Je dus lutter pour ne pas laisser libre cours à mes larmes.

— Roman ! s'exclama Samuel. Qu'est-ce que tu fais ?

Je n'en avais aucune idée et c'était bien là le problème. Ma fureur commençait à se muer en d'autres émotions, la honte, la gêne, une humiliation écrasante, bien plus que mon soulagement. Les deux inconnues me dévisageaient. La porte de la cuisine s'ouvrit alors sur Judit et Mme Kuklinśki, et même Mme Grobelny. Enfin, mes grands-parents apparurent à leur tour.

Ils étaient tous là. Chacun d'entre eux.

Mon soulagement fut tel que mes jambes faillirent se dérober.

— Je… le…

— Qu'est-ce qui te prend ? demanda ma mère brutalement en serrant Eleonora contre elle.

À mesure que je me calmais, je remarquai enfin quelques détails. Ma mère avait pleuré, elle avait les yeux rouges et gonflés. Eleonora pleurait aussi, sans doute effrayé par mes cris. Dawidek m'observait avec effroi, serrant une poupée sur son torse. Les autres résidents de l'appartement semblaient tout aussi effrayés que l'inconnue assise sur le divan.

Je me tournai vers Samuel dans l'espoir d'obtenir des explications, mais il était adossé au chambranle de la porte, les yeux fermés, totalement abattu. À cause de moi ?

— Je vous croyais partis, dis-je à ma mère d'une voix brisée.

Son regard s'adoucit et elle s'approcha pour poser une main sur mon bras.

— Nous discutions avec l'assistante sociale. Elle est venue nous voir à propos d'Eleonora et Dawidek. Elle veut nous aider, Roman.

Mon regard se posa sur la femme assise sur le divan. Je me rendis compte que c'était une jeune fille. Elle était au bord des larmes. La plus âgée la prit par le bras et la fit lever, puis elle s'adressa à ma mère d'un ton ferme et posé.

— Je vous laisse réfléchir avec votre mari, madame Gorka. Je repasserai voir si vous souhaitez en discuter davantage.

En prenant congé, elle me foudroya du regard. La jeune fille s'éloigna les yeux baissés. Dès que la porte se fut refermée sur elle, j'interrogeai mes parents :

— Réfléchir à quoi ? En quoi veulent-elles nous aider ?

Ma mère regarda Dawidek et afficha un sourire forcé.

— Peu importe, nous en parlerons plus tard.

13

Emilia

En quittant l'appartement des Gorka, je tremblais comme une feuille. Chaque expédition dans le ghetto était déstabilisante, mais je n'avais jamais eu aussi peur pour ma sécurité.

— Ça va ? me demanda Sara dans la rue.

Nous étions en retard, ce jour-là. J'étais affamée et fatiguée. Je n'avais qu'une envie, rentrer chez moi me coucher et pleurer. Je hochai la tête en serrant les dents.

— Nous allons évacuer ces enfants ?

— C'est toujours la même histoire, soupira Sara. La mère était réceptive et le père voulait que la famille reste unie. Il veut se convaincre qu'il reste des raisons d'espérer. Difficile de trouver un optimiste dans le ghetto de Varsovie.

— Le bébé est malade.

— Sa mère n'a pas assez de lait. La petite ne se développe pas normalement. C'est un miracle qu'elle ait survécu. Si les Allemands étaient au courant de son existence, ils l'auraient déjà tuée.

— Un miracle gâché, marmonnai-je. Pourquoi Dieu fait-il naître un enfant pour la laisser crever de faim ensuite ?

— Elzbieta, ma chérie, quand on est en enfer, mieux vaut ne pas s'aventurer trop loin dans la théologie, déclara Sara, désabusée.

Je comprenais son point de vue. Les rues regorgeaient d'abominations. Que faisait Dieu dans tout cela ? Depuis la mort de Tomasz, je ne m'étais pas autorisée à mettre ma foi en question. Ce jour-là, je m'étais promis de ne plus prier. Comment croire en un Dieu qui permet qu'un homme bon tel que mon frère soit assassiné pour avoir été généreux ?

Cet aperçu d'une vie sans foi m'avait terrifiée. C'était un navire sans gouvernail. À la fin de cette journée, je priai de nouveau. À présent, je me demande si cela faisait sens. Si Dieu existait, ne voyait-il pas ce qui se déroulait dans le ghetto ? Ou bien était-il impuissant ? Peut-être voyait-il tout, pouvait-il intervenir, mais avait-il choisi l'inaction...

— Tu pries encore ? demandai-je à Sara, hésitante.

— J'ai arrêté à la mort de mon fils. Si Dieu existe, je refuse sa version de la justice.

— J'ai besoin de prier, fis-je d'une petite voix.

Chaque soir, je murmurais mes prières, certaine que Tomasz et Papa étaient avec moi, dans ces moments-là.

— Je t'envie. Je regrette le temps où je croyais que la vie avait un sens et une finalité, soupira Sara. Si tu pouvais faire une petite prière pour moi, ce soir...

14

Roman

Ce soir-là, avec mes parents, je regardai Dawidek s'endormir. Je n'avais pas prononcé un mot depuis le départ des deux femmes. Nous avions dîné en silence, dans une atmosphère tendue. Le soleil se couchait. Samuel alluma la lampe à pétrole et, dans la lueur dorée, je regardai frémir les paupières de Dawidek et ses cils effleurer ses joues. J'eus un tel élan d'affection pour lui que j'en eus les larmes aux yeux.

— Ces femmes étaient des assistantes sociales de la ville de Varsovie, déclara doucement ma mère. La plus jeune était stagiaire. Elle s'occupait des enfants pour que Samuel et moi puissions discuter avec sa responsable, qui s'appelle Sara.

— Que peuvent-elles faire pour nous ?

— Elles connaissent un de tes amis. Andrzej.

— C'est le directeur du centre pour la jeunesse. C'est lui qui me donne les tickets d'alimentation.

— C'est lui qui nous a envoyé ces femmes, Roman. À la demande de ton ami Chaim, je crois.

— J'ai demandé l'aide de Chaim pour trouver un moyen de sortir. Il m'a répondu qu'il connaissait quelqu'un, mais je n'imaginais pas... il a dû leur transmettre notre adresse.

— Cette visite nous a choqués. Je n'étais pas préparée. Et tu as déboulé en hurlant comme un dément... je ne m'attendais pas à ça.

Maman leva les yeux au ciel. Des larmes se mirent à couler sur ses joues.

— J'ai cru que les Allemands vous avaient embarqués, que la fille assise sur le divan avait trouvé les petits dans la rue, livrés à eux-mêmes, murmurai-je. Elles voulaient donc nous aider ?

— Elles font sortir des enfants du ghetto et les placent de l'autre côté du mur, surtout dans des familles catholiques ou des orphelinats. Elle a dit qu'elles pouvaient trouver un lieu d'accueil pour Eleonora et Dawidek.

Elle chercha mon regard, puis baissa les yeux.

— Eleonora est très carencée, ce qui explique son apathie.

Alarmé, je dévisageai ma mère.

— Dans ce cas, je te procurerai plus de nourriture, Maman. Il doit bien exister une solution. Ces femmes vous ont demandé de leur confier la moitié de notre famille ? fis-je, incrédule.

Je me promis d'étrangler Pigeon à la première occasion. Mes bras et mes épaules se crispèrent, comme si mon corps se préparait à la bagarre.

— On a refusé, intervint soudain Samuel. Les choses vont bientôt s'arranger, du moins il y aura moins de surpopulation avec les déportations. Cela signifie plus de nourriture et moins de maladies. Et... la guerre va peut-être s'arrêter. Nous pourrions être libérés d'un jour à l'autre. Nous devons rester ensemble.

Je me doutais qu'il trouverait une lueur d'espoir. Par le passé, l'optimisme obstiné de Samuel m'irritait mais, ce soir-là, j'en avais besoin. Je me laissai submerger par une vague de soulagement… jusqu'à ce que je voie ma mère. Les joues ruisselantes de larmes, elle fixait Eleonora d'un air affligé.

— Maman, dis-moi que tu n'y penses pas sérieusement ! Tu ne les enverrais pas loin de nous, n'est-ce pas ?

J'étais si hystérique que mes parents me dévisagèrent avec inquiétude. Je devais baisser d'un ton car les autres habitants de l'immeuble essayaient de dormir. De plus, mon frère et ma sœur se reposaient dans la même pièce que nous. Dawidek devait se lever avant l'aube pour travailler à la collecte des cadavres. Hélas, je ne me contrôlais plus.

— Comment ne pas y réfléchir ? répliqua ma mère.

Elle désigna la fenêtre et la rue.

— Quelle vie mène-t-on ici, Roman ? lança-t-elle. Et si quelqu'un frappait à la porte, un matin, dès le début de la rafle ? Et s'ils nous obligeaient à partir ? C'est arrivé dans certaines rues, tu sais. Ils font du porte-à-porte et embarquent tout le monde. Je respecterai la volonté de Samuel mais, pour ma part, j'aimerais dire oui à ces femmes. Je dormirais mieux, la nuit, si je savais que mes petits sont à l'abri de l'autre côté du mur. En sécurité, ensemble, avec de quoi manger à leur faim et survivre.

— On s'en sort très bien, objectai-je.

— *Très bien,* railla Maman en étouffant un sanglot. Eleonora devrait peser deux fois plus lourd, à son âge. Que connais-tu de la croissance normale d'un enfant ? C'est mon troisième bébé et je te garantis qu'elle ne va pas *très bien.*

— Ça suffit, intervint Samuel. Il ne sert à rien de se chamailler ou de ressasser ces questions. Ton ami est très gentil de vouloir nous aider, mais nous avons répondu à ces femmes que nous ne pouvions accepter leur proposition, point final. Mieux vaut que nous restions avec les enfants pour assurer leur sécurité. Tu remercieras Chaim pour sa sollicitude.

Comment être reconnaissant envers mon ami pour cette tentative ? Je n'étais pas certain de pouvoir me calmer et de ne pas me jeter sur lui en le retrouvant, le lendemain matin.

— Roman, dit soudain ma mère, aujourd'hui… en entrant dans cette pièce, j'ai cru que tu allais frapper cette femme. L'aurais-tu fait ?

— Bien sûr que non, rétorquai-je vivement. Jamais je ne lui aurais fait le moindre mal ! J'ai simplement cru…

Je me revis, persuadé que mes parents étaient partis. Je m'efforçai de chasser ce souvenir qui me donnait des frissons d'effroi.

— J'ai cédé à la panique. Sans doute ai-je cru à un danger. Je suis désolé.

— C'est sans doute à la jeune fille que tu devrais présenter des excuses, déclara Samuel.

Durant la journée, je décidai de ne pas m'en prendre à Chaim à propos de la visite de l'assistante sociale. Je restai tête baissée et ignorai ses tentatives de conversation. À midi, il avait laissé tomber. Le reste de la journée se déroula en silence. En partant, je me tournai enfin vers lui :

— Deux assistantes sociales sont venues chez moi, hier.

— Elles vont sauver les enfants ? s'enquit Chaim avec tant d'espoir que j'en fus irrité.

— Les sauver ? Elles veulent les emmener !

Il se tourna vers moi pour me dévisager.

— D'après toi, je pensais à quoi en te disant que je connaissais quelqu'un qui était susceptible de vous aider ?

— Pas à ça ! J'ai besoin que ma famille reste unie, pas qu'elle soit séparée.

— Roman, le seul espoir qu'il vous reste est d'éloigner les enfants, répondit-il. Rester dans le ghetto, c'est accepter la mort.

— D'après Samuel, les choses vont peut-être s'arranger. Avec les déportations, il y aura moins de monde et…

— Tu n'es pas assez stupide pour en croire un mot. Si tes parents ne veulent pas éloigner les enfants, tu dois les en convaincre.

Je crispai les poings.

— Tu ne comprends pas, rétorquai-je. Si ta famille était là, tu comprendrais que l'on ne peut que rester ensemble.

— Si tu crois qu'il vaut mieux que vous mouriez tous ensemble au lieu de sauver les enfants, tu es un imbécile.

Je saisis Chaim par le revers de sa veste, le visage à quelques centimètres du sien, mais il soutint mon regard sans broncher.

— Qui peut protéger nos enfants mieux que nous-mêmes ? demandai-je, aveuglé par ma rage, ivre de colère, les mains tremblantes.

Je n'étais pas certain de pouvoir me contrôler encore longtemps.

Or il s'agissait de Chaim, mon ami, l'un des seuls en qui j'avais confiance. Je finis par comprendre pourquoi sa trahison me faisait aussi mal.

— De l'autre côté du mur, on est en mesure de protéger ces enfants mieux que vous, affirma-t-il. Ici, tu es impuissant. Nos jours sont comptés, Roman.

— Tu n'en sais rien !

— Si, je le sais, insista-t-il en me repoussant d'un geste impatient. On n'a aucune nouvelle des dizaines de milliers de personnes parties pour Treblinka. Personne ne s'est échappé pour nous dire que tout va bien. Et il y en a qui sont partis pour la Résistance, uniquement pour témoigner. Tous ceux qui sont montés à bord de ces trains sont morts, Roman ! Tu m'entends ? Ils sont morts ! Tous jusqu'au dernier.

Sous le choc, je le dévisageai. Sa conviction était indiscutable.

— Toi et moi sommes condamnés, reprit-il. Les Allemands vont nous tuer, sinon ici, à Treblinka. Mais les enfants... ?

Il secoua la tête, visiblement frustré.

— Ces enfants pourraient survivre si tes parents les y autorisaient.

Sur ces mots, il s'éloigna, me laissant perplexe, sur le trottoir. Quelques minutes plus tard, je me dirigeai vers le centre pour la jeunesse pour travailler aux cuisines.

Chaim avait tort. Il ne pouvait en être autrement car l'alternative était inconcevable.

Si Chaim et moi étions toujours assis face à face, nous ne nous parlions plus. À plusieurs reprises, il tenta d'engager la conversation. Je me contentai alors d'un regard noir. Il ne m'attendait plus au coin de la rue pour aller à l'atelier et nous ne marchions plus côte à côte pour nous rendre au centre pour la jeunesse. Je ne passais plus mes soirées avec lui.

— Tout va bien ? me demanda Andrzej un soir.

Les mains dans les poches, il cherchait visiblement à lancer une discussion. Je n'avais pas envie de me confier et je n'étais pas en état de surmonter mon malaise. De plus, c'était Andrzej qui nous avait envoyé ces assistantes sociales. J'avais besoin de lui, de ses faveurs, mais s'il était disposé à déchirer ma famille, je ne pouvais plus lui faire confiance.

— Ça va, répondis-je en poursuivant ma vaisselle.

Le lendemain, en me rendant à l'atelier, je remarquai Chaim, à l'endroit habituel, au carrefour. Lorsque je voulus le croiser pour gagner mon poste de travail, il me retint par le bras.

— Arrête… fis-je avant de remarquer son expression. Qu'est-ce qui se passe ?

— Sala, fit-il d'une voix brisée.

Il me relâcha et poussa un soupir.

— Hier, après notre départ, lui et sa famille ont été déportés. L'atelier est fermé.

— Quand comptes-tu annoncer à ta famille que tu n'as plus d'emploi ? me demanda Chaim, plus tard, dans la cuisine du centre pour la jeunesse.

Nous faisions la plonge côte à côte. Nous y avions passé la journée, à nous rendre utiles, en essayant de digérer le départ de notre patron et sa famille.

— Je ne le leur dirai pas, avouai-je. Pour ne pas les inquiéter. Comment feras-tu pour manger ?

— Comme toi, répondit Chaim avec un sourire espiègle. J'obtiendrai ce que je peux d'Andrzej et je compléterai avec les délices trouvés dans les poubelles.

— On est vraiment deux pauvres malheureux, soupirai-je en lui tendant une casserole à essuyer.

— Au moins, tu me parles à nouveau. Les choses ne vont pas si mal.

Le lendemain, je quittai l'appartement à l'heure habituelle, déterminé à cacher à mes parents que je n'avais plus de travail. Chaim et moi nous étions donné rendez-vous au centre pour demander à Andrzej de nous aider à trouver à manger. Je marchais en rêvassant quand, à un carrefour, je vis Dawidek. Il passa devant moi, de son pas enjoué habituel, tenant la poupée que la jeune fille lui avait donnée quand elle était venue pour essayer de l'emmener.

Sauf que Dawidek n'était pas accompagné de son équipe habituelle et qu'il ne portait pas ses propres vêtements. C'était la première fois que je voyais cette tenue : un pantalon propre et bien repassé, une chemise impeccable, un ensemble bien trop coquet pour le travail qu'il exerçait. Il marchait au sein d'un important groupe d'enfants que je ne connaissais pas. Soudain, je me rendis compte que ce garçon ressemblait simplement à mon frère. Il s'agissait d'enfants de l'un des orphelinats sans doute en promenade.

Chaque enfant portait un baluchon de toile. Alors que la file s'étendait, je remarquai que certains avaient une poupée similaire à celle de Dawidek. Certains n'avaient pas plus de trois ou quatre ans et tenaient la main des plus grands.

Je souris malgré moi. À quelques mètres du carrefour, je m'arrêtai et m'adossai à un mur pour les observer. Ils étaient obéissants, silencieux, mais pas par contrainte. Où se rendaient-ils ? Le ghetto ne proposait guère de distractions pour la jeunesse. Autrefois, le spectacle d'enfants si bien habillés aurait suggéré une visite à la synagogue. Cette époque était révolue, bien sûr. Néanmoins, cette scène était touchante. Elle faisait du bien. Je pris une profonde inspiration en me concentrant sur la fraîcheur matinale plutôt que sur la puanteur oppressante.

Je repris presque espoir. Le regard de ces enfants avait quelque chose de pur. Ils observaient le ghetto comme s'ils cherchaient un détail digne d'intérêt. Pas étonnant que ce garçon m'ait rappelé Dawidek. Il affichait la même expression émerveillée, parfois, en dépit de tout ce qu'il avait vu et fait.

J'observais ces enfants depuis quelques secondes quand un groupe de kapos et d'Allemands apparut. Le véritable contexte de ce défilé devint évident. Ces enfants ne participaient pas à une sortie de loisir. Ils n'étaient pas flanqués uniquement d'infirmières et d'enfants plus grands. Ils étaient sous surveillance armée. En songeant à leur provenance et leur destination, je fus parcouru d'un frisson d'effroi.

Ils marchaient vers l'Umschlagplatz.

Des centaines d'enfants enjoués en marche vers la mort. Mû par une poussée d'adrénaline, je me précipitai en avant, mais un homme me barra la route.

— Ne fais pas ça, fiston, me prévint l'inconnu à voix basse, d'un ton désespéré.

En une fraction de seconde, j'étais passé d'un amusement tranquille à cette… violence, ce choc, cette horreur, cette fureur qui parcourait mes veines pour me faire vibrer de rage.

— Je dois les prévenir, dis-je en repoussant cet homme pour mieux voir la file d'enfants.

Ils semblaient venir de l'orphelinat de Janusz Korzcak, le plus grand du ghetto, célèbre pour sa bienveillance. Il était encore temps… en provoquant un scandale, peut-être…

— Fiston, insista l'inconnu, plus fermement, il n'y a rien que l'on puisse faire. Réfléchis… Si je te laisse courir vers eux, ils te fusilleront sous les yeux des enfants. Pour l'heure, les petits n'ont pas peur. Ils ne savent pas…

Sa voix se brisa. Je croisai son regard embué de larmes, malgré sa posture déterminée.

— Regarde comme ils sont calmes. On leur a sans doute raconté qu'ils allaient vivre une grande aventure. C'est bien qu'ils puissent quitter cet endroit paisiblement. S'ils sont apeurés, ce ne sera bon pour personne.

— Mais c'est terrible, suffoquai-je, les yeux rivés sur la file interminable.

— Tout est terrible, fiston, me répondit l'inconnu en me poussant en arrière. Ne te fais pas abattre sous leurs yeux. Il ne faut pas que ce soit la dernière chose qu'ils verront ici.

Je m'adossai à nouveau au mur. Cette fois, je comptai les soldats SS qui surveillaient la police juive qui, elle-même, surveillait les enfants. Un millefeuille d'oppression, comme si ces malheureux avaient la moindre chance de résister. Le directeur de l'orphelinat fermait la marche, entre deux enfants qu'il tenait par la main, la tête haute, le regard décidé.

En cet instant, j'avais de la haine pour le monde entier, surtout ces salauds d'Allemands qui faisaient défiler des centaines d'enfants dans les rues d'une prison avant de les charger dans des wagons à bestiaux et, si Chaim disait vrai, de les exécuter. Nous emprisonner était une chose, nous faire crever de faim en était une autre, nous torturer jour après jour pendant des années... j'étais peut-être devenu indifférent. En revanche, le meurtre de masse de centaines d'enfants d'un seul coup ? Je le savais en théorie car des enfants étaient raflés quotidiennement. En revanche, n'en ayant pas été témoin, je n'y croyais pas totalement.

Soudain, je me rendis compte que la rue s'était vidée autour de moi. Il ne restait que ceux qui marchaient sous la menace de gardes armés. Jurant dans ma barbe, je poussai plusieurs portes, qui étaient toutes verrouillées. Le cœur battant, je m'efforçai de réfléchir posément à mes options. Le centre de la jeunesse était proche, mais l'entrée se trouvait sur le trottoir d'en face. Je risquais d'attirer l'attention en traversant.

Je poussai frénétiquement la porte suivante, dont la serrure n'était pas très solide. D'un coup d'épaule désespéré, je parvins à la faire céder. Aussitôt, j'entrai et bloquai le battant à l'aide d'un fauteuil. Le logement était inoccupé. Je me forçai à ne pas penser aux propriétaires de ces meubles et ces vêtements épars. Je me dis que je ne devais même pas songer à piller les lieux... même s'ils ne m'appartenaient pas, ces articles me rapporteraient de quoi manger pendant plusieurs jours.

Tu y penseras plus tard, Roman.

Je ressentis le besoin étrange de regarder ces enfants le plus longtemps possible, de les graver dans ma mémoire afin que quelqu'un, n'importe qui, se souvienne d'eux quand ils seraient partis depuis longtemps. À l'étage, je découvris une chambre à coucher donnant sur le carrefour. Caché derrière un rideau, dans un appartement abandonné, je me mis à pleurer à chaudes larmes, secoué de sanglots comme jamais depuis mon enfance.

Quand le dernier orphelin eut disparu de ma vue, je me séchai les yeux à l'aide du rideau. Pouvais-je retourner au centre pour la jeunesse en toute sécurité ? De mon poste d'observation, je vis que les portes étaient closes. Les petits groupes qui patientaient généralement à l'extérieur pour obtenir à manger étaient invisibles.

Je levai les yeux vers le toit, là où j'avais passé de longs moments avec Chaim, à discuter et même à rire, tels des adolescents normaux menant une vie normale lors de soirées normales. Mon regard se porta alors vers l'appartement d'Andrzej, situé au-dessus du centre. À la fenêtre, plusieurs personnes regardaient en direction du carrefour.

Au milieu de ces visages qui ne m'étaient pas familiers, je la reconnus : la jeune fille assise sur le divan avec Dawidek et Eleonora que j'avais vue en rentrant du travail l'autre jour. En larmes, elle observait la rue, les yeux pleins de peur et de furie, comme moi.

Je connaissais cette expression. Je l'avais suscitée lorsque je l'avais effrayée. Cette prise de conscience me heurta de plein fouet. Samuel avait raison : mes actions, quelle que soit leur ampleur, avaient de l'importance. Si j'avais suscité chez cette jeune fille autant de peur et de tristesse que cette scène monstrueuse, il fallait que je m'en excuse.

Cet après-midi-là, au centre, je dénichai un bout de papier sur une étagère et m'installai à l'écart pour rédiger un message. Je dus recommencer plusieurs fois, de sorte qu'il me restait de moins en moins de papier.

Désolé ne suffisait pas. Il fallait que je m'ouvre, que je m'expose, que je me rende vulnérable. C'était le seul moyen pour qu'elle comprenne que mes excuses étaient sincères.

Je sais que je t'ai fait peur, la semaine dernière, et je tiens à te demander pardon. Ce n'est pas une excuse, mais j'ai cru que ma famille avait été raflée et j'ai perdu la tête. En vérité, cela m'est arrivé souvent, ces derniers temps. Je ne maîtrise pas ce qui se passe autour de moi et je refuse d'être une brute qui fait peur à une femme, quelles que soient les circonstances.

Je regrette et je te remercie de vouloir aider ma famille. Je vais essayer de convaincre mes parents de te parler à nouveau, ainsi qu'à ta collègue. Si tu reviens chez nous, je serai heureux de te présenter des excuses de vive voix.

Je pliai le message et partis en quête d'Andrzej. La jeune fille se trouvait peut-être encore chez lui, à l'étage, ou ailleurs dans le bâtiment. Il régnait une telle effervescence que je ne l'avais peut-être pas vue partir. Quoi qu'il en soit, j'avais trop honte pour croiser son regard, de sorte que je ne demandai pas à lui parler.

— C'est toi qui as organisé la visite des assistantes sociales chez moi ?

— Oui, répondit-il prudemment. J'ai cru comprendre que ta famille avait besoin d'aide. Je sais que vous avez décliné la proposition, mais…

— On n'aurait pas dû… bredouillai-je, la gorge nouée en pensant aux orphelins de la matinée. Je vais persuader mes parents de changer d'avis. Tu veux bien remettre ce message à la jeune fille ? Je lui ai fait peur et je tiens à m'excuser.

Il glissa le bout de papier dans sa poche.

— Il faut être fort pour s'excuser, Roman.

— Je ne sais pas… je ne me sentais pas fort, en tout cas.

— Et il faut de la sagesse pour comprendre que, dans notre situation, chaque jour peut être le dernier et qu'il ne faut pas laisser s'installer des griefs. Elzbieta revient demain et je lui remettrai ton message.

— Il faut éloigner les enfants.

J'avais attendu que Dawidek et Eleonora soient endormis pour aborder le sujet avec mes parents. La lampe à pétrole était éteinte et nous étions allongés dans le noir. Mes parents ne réagirent pas. Avais-je trop attendu pour parler ? En dépit des circonstances, Samuel avait un sommeil de plomb. Au bout d'un moment, ma mère se tourna vers moi.

— Pourquoi dis-tu cela ?

Je croyais pouvoir leur parler des orphelins sans pleurer, mais j'en fus incapable. À la fin de mon récit, mes joues ruisselaient de larmes. Mes parents s'étaient redressés. Il faisait chaud et l'air était lourd. J'avais tant besoin de réconfort que je me laissai aller dans leurs bras.

— On ne cesse d'espérer que les choses s'arrangent, fis-je d'une voix rauque. Hélas, elles ne font qu'empirer, au contraire. Et c'est sans fin. Nous avons l'occasion d'épargner tout cela à Dawidek et Eleonora, de les sauver de ce qui nous attend au-delà de l'Umschlagplatz.

Je cherchai le regard de Samuel dans la pénombre.

— Je t'en prie, laisse-les partir, implorai-je dans un souffle.

— La famille doit rester unie, répondit-il en me prenant par les épaules. Nous pouvons encore veiller les uns sur les autres.

— Tu es si sûr de toi, dans ton optimisme, que tu es prêt à jouer la vie d'Eleonora ? lui demanda ma mère avec amertume.

Elle s'écarta légèrement de moi pour se pencher vers Samuel.

— Roman a raison. Même si c'est un camp de travail qui nous attend à Treblinka, avec de la nourriture et de l'air pur, cela reste un camp ! La place de nos enfants n'est pas en prison ! Ces assistantes sociales les placeraient dans une famille.

— Tu m'as dit que tu étais d'accord avec moi, protesta-t-il. On en a parlé la semaine dernière, après leur départ. Tu étais d'accord avec moi ! Pourquoi as-tu changé d'avis ?

— Je n'étais pas d'accord avec toi, rétorqua-t-elle. Je comprenais simplement qu'il ne servait à rien de discuter avec toi. Je dois économiser mon énergie pour survivre,

Samuel. Chaque pensée, chaque émotion me permet à peine de passer la journée, de traîner les enfants une journée de plus dans cet enfer. J'économise mon énergie pour produire du lait, mais la petite décline.

Elle avait des larmes dans la voix. Je tendis la main vers elle. Elle la serra dans la sienne.

— Confier les enfants à l'assistante sociale est un risque, concéda-t-elle. Néanmoins, tu as raison, Roman : les garder ici est encore plus dangereux.

— Tu te rends compte qu'on ne les reverra peut-être jamais ? murmura Samuel désespérément. Nos enfants sont notre seule raison de vivre. S'ils partent, qu'est-ce qui nous fera tenir ?

Ma mère reprit la parole, d'une voix plus décidée :

— Nous saurons au moins que nous avons fait la seule chose en notre pouvoir pour leur accorder une chance.

15

Emilia

DANS LE GHETTO, il n'y avait pas de bonne journée, mais celle du départ des orphelins fut la pire de toutes.

Nous venions à peine d'arriver quand la nouvelle se propagea dans le centre pour la jeunesse : une procession défilait dans la rue Smocza. Sara et Andrzej suggérèrent de nous réfugier dans l'appartement d'Andrzej au cas où les ennuis viendraient frapper à la porte du centre. Je me retrouvai ainsi aux premières loges pour voir les enfants partir.

Les poupées. Ils avaient mes poupées. Les enfants emportaient mes poupées !

À la fin des rafles, Sara voulut partir. Je parvins à me ressaisir le temps de quitter le ghetto pour regagner les locaux des services sociaux. Dès que la porte se fut refermée, je m'écroulai sur le bureau de Sara. Matylda ne tarda pas à nous rejoindre, en état de choc, elle aussi.

— J'étais certaine que les enfants ne risquaient rien, là-bas. C'est l'orphelinat le plus réputé de Pologne ! J'étais sûre qu'ils ne s'en approcheraient même pas, murmura Matylda, le teint blême mais les yeux secs.

— Nous aurions pu faire quelque chose, non ? bredouillai-je. Nous aurions dû. Quelqu'un les a peut-être aidés. Ils avaient encore un long chemin à parcourir avant d'atteindre le quai de chargement. Il a pu se passer quelque chose... une intervention, et ils sont sains et saufs... nous ne pouvions rien faire, nous, c'est ça ?

Les deux femmes étaient murées dans le silence, le regard vide. J'avais désespérément besoin d'être rassurée, libérée du poids de la responsabilité.

Au bout d'un moment, Matylda alla chercher une bouteille de vodka. Elle servit trois verres et posa le plus petit devant moi.

— Matylda ! gronda Sara. Qu'est-ce que je vais raconter à ses parents si je la ramène saoule ?

— Dis-leur qu'elle a regardé deux cents enfants marcher vers la mort, rétorqua-t-elle, avant de soupirer. Il serait injuste de lui faire endosser des responsabilités d'adulte sans lui apporter des réconforts d'adulte.

Pour moi, la vodka avait un goût atroce, mais j'en bus une gorgée timide. Sara vida son verre d'une traite, puis elle se prit le visage dans les mains.

— Parfois, j'ai l'impression que ce n'est qu'un long cauchemar. C'est fou, non ? fis-je pour briser le silence pesant. Après ces années, c'est devenu une forme de normalité, sauf que rien n'est normal. Le matin, à mon réveil, il m'arrive d'oublier pendant quelques secondes. J'oublie tout ce que j'ai perdu. J'oublie qu'il ne nous reste guère d'espoir. Je me contente d'exister. J'aime ces instants de répit. En revanche, un jour comme aujourd'hui, je me demande si nous retrouverons jamais le bonheur de l'insouciance. Quand on a vu ces horreurs, peut-on reprendre une vie normale ? Même si la guerre s'arrêtait demain, je serais brisée pour le reste de mes jours, sans pouvoir me l'expliquer et encore moins le comprendre.

— J'espère que les enfants n'ont pas souffert, dit Sara, presque pour elle-même. De toute évidence, ils n'avaient pas peur, du moins pas les petits. J'espère que, jusqu'à la dernière minute, ils ont cru se rendre dans un endroit merveilleux...

Sa voix se brisa et elle fondit en larmes, ce qui déclencha une réaction en chaîne autour de la table. Les pleurs de ces deux femmes intensifièrent mon profond chagrin.

Le lendemain, à sept heures, je ne rejoignis pas Sara dans l'entrée pour prendre le tramway. Je restai recroquevillée dans mon lit, à penser à ces enfants qui marchaient avec leur poupée. Je n'avais pas fermé l'œil de la nuit tant cette image me hantait.

— Elzbieta, je sais que tu ne te sens pas bien, mais tu dois manger pour retrouver des forces, dit Truda en m'apportant une assiette de soupe, à midi. Sara a appelé du bureau. Tu leur manques et elles espèrent que tu seras de retour au travail demain.

— Peut-être, fis-je d'un ton morne. Je n'ai pas faim. Je peux la manger plus tard ?

Je passai la journée au lit, ce qui ne m'était plus arrivé depuis la mort de mon père. À certains égards, j'avais un deuil à rattraper. En cette journée pluvieuse, je m'offris donc ce luxe. Peu après dix-neuf heures, Sara apparut. Elle referma doucement la porte de ma chambre et s'assit au bord de mon lit.

— Tu boudes et je comprends pourquoi. Hier soir, j'ai fait la tête, moi aussi.

— Je suis *malheureuse.*

— Il y avait deux cents enfants dans cet orphelinat.

— Ils ont survécu ? demandai-je soudain, avec espoir, en me redressant.

— Hélas non, ma chérie, fit Sara avec une moue. Nul ne sait avec certitude ce qui se passe à la descente du train. En tout cas, ils ne reviendront pas. Écoute, j'ai besoin que tu comprennes qu'il y avait deux cents enfants, dans cet orphelinat, et qu'ils sont les victimes d'une tragédie d'une ampleur inimaginable. Réfléchis, Elzbieta ! Ce soir, il y a cinquante mille autres enfants dans ce ghetto. On n'a pas pu sauver ces deux cents-là, mais il y en a d'autres. Chaque vie sauvée compte. Tu dois absolument revenir travailler demain.

— Je ne peux pas, gémis-je en retombant sur mon oreiller. Désolée, Sara. J'en suis incapable.

— Je sais que l'on t'en demande beaucoup alors que tu es à peine sortie de l'enfance. Mais quand je pense à ce que les enfants du ghetto endurent... je ne culpabilise plus d'être aussi exigeante envers toi. Tu fais partie de notre cercle de confiance qui est très restreint. Chaque membre est précieux. De plus...

Elle sortit de sa poche un bout de papier plié avec soin et le posa dans ma main.

— Tu te rappelles les enfants Gorka, la semaine dernière ? Le bébé malade et le petit garçon ?

— Le grand frère enragé, dis-je, hésitante.

Elle acquiesça. Je frémis, au bord des larmes.

— Sara, je ne suis pas assez forte pour continuer. Je croyais l'être, je me trompais...

Sara reprit le message et le déplia, puis elle me le rendit.

— Les enfants Gorka ne sont pas perdus. En fait, Matylda a trouvé une mère d'accueil pour la petite, une femme qui a perdu son bébé et qui a encore du lait. Pour qu'elle puisse sauver le bébé des Gorka, nous devons poursuivre notre travail.

— Vous n'avez pas besoin de moi pour ça, murmurai-je. Je ne participe jamais à cet aspect des opérations.

— Tu verras, Elzbieta. Ton travail est aussi important que le mien. Je ne peux te laisser abandonner. Je t'attendrai demain matin dans l'entrée de l'immeuble.

— Non ! protestai-je.

Elle se leva, m'embrassa sur le front et murmura :

— Ma chérie, lis-le, ce maudit message.

Sur ces mots, elle prit congé. Je fixai l'écriture ferme et serrée qui exprimait de la rage. Et pourtant, ce jeune homme faisait preuve d'une grande humilité en m'écrivant. Je percevais la sincérité de ses remords. Je revis sa petite sœur au regard vide.

Aussi vide que celui de mon frère après sa mort.

Soudain, je compris la fureur de Roman Gorka, ce prisonnier du ghetto pratiquement condamné mais à qui il restait suffisamment d'honneur pour s'excuser. Il n'y avait rien qu'il puisse faire pour aider sa famille, à part convaincre ses parents de nous confier les petits.

Moi, j'étais en mesure d'agir. Je devais me ressaisir et retourner dans le ghetto pour apprendre à son petit frère les prières catholiques. Je quittai donc mon lit pour dîner en famille.

— Tu te sens mieux ? s'enquit Mateusz en m'ébouriffant les cheveux.

— Ça va, murmurai-je.

— Tu veux que l'on confectionne des figurines, plus tard ? demanda oncle Piotr avec entrain.

Je frémis en revoyant les poupées dans les mains des orphelins.

— Je suis encore fatiguée, bredouillai-je. Je vais me coucher de bonne heure.

Ces poupées étaient une idée innocente, un geste en faveur d'enfants innocents. Et pourtant, je ne dessinerais plus de visages sur ces figurines.

Je parviendrais peut-être à retourner dans le ghetto, mais je devrais apprendre à ne plus ramener le ghetto à la maison. C'était une question de survie.

Le lendemain, malgré mon aversion pour les visites à domicile, Sara insista pour que je l'accompagne chez les Gorka sur le chemin du retour. Elle voulait leur annoncer qu'elle avait trouvé une nourrice pour Eleonora.

— Merci d'être revenues, dit Maja avec un sourire timide.

Lors de la première visite, les autres familles de l'appartement étaient occupées dans la cuisine ou dans la cour. Ce jour-là, il y avait du monde partout. Comment autant de gens pouvaient-ils partager un espace aussi réduit ? Une femme âgée était assise par terre sur un coussin. Elle regardait trois enfants se disputer une balle. Deux vieux messieurs fragiles lisaient. Dans la cuisine, deux femmes entre deux âges bavardaient à table.

Dans le double-fond de mon sac, je n'avais que deux poupées. Je soupirai et vis Sara glisser une main dans son propre sac.

— J'ai besoin de vider mon double-fond, murmura-t-elle en me tendant un morceau de pain et trois figurines.

Je m'accroupis près des trois enfants.

— Bonjour. Vous voulez un petit cadeau ?

Je partageai le pain en trois parts que les enfants s'empressèrent de dévorer.

— Merci, madame, dit le petit garçon, la bouche pleine.

— Tenez, repris-je en distribuant les poupées. De la part de mon amie et moi.

Ils écarquillèrent les yeux. La plus petite porta le jouet à sa bouche comme pour le manger. La jumelle se mit à rire et l'en empêcha en lui murmurant quelques mots en yiddish. Elle parut comprendre et imita les autres en serrant la poupée contre son cœur.

Allongée sur une couverture, Eleonora fixait le plafond. Maja la prit et la serra dans ses bras avant de nous entraîner vers une chambre.

— Nos amies sont de retour, annonça-t-elle à son mari en refermant la porte.

Samuel était couché sur un matelas posé à même le sol. Il posa son livre et m'adressa un regard impassible.

— Nous sommes inquiets, avoua-t-il. Maja et moi apprécions votre proposition, mais nous n'accepterons que si nous avons la possibilité de retrouver nos enfants après la guerre.

— Mon équipe suit les familles d'accueil. Ma supérieure établit un dossier pour chaque placement. Il est essentiel que les familles puissent être réunies. Nous soutenons aussi les parents d'accueil financièrement. Vos enfants seront bien.

— Nous n'avons pas d'argent, déclara tristement Maja.

— Très peu de familles juives en ont, assura Sara avec un sourire de compassion. Nous trouvons d'autres solutions.

— Où iraient Eleonora et Dawidek ? demanda Samuel.

Je savais que cette conversation serait délicate. Dawidek n'était pas à la maison, ce matin-là, contrairement à la première fois. Son placement constituait un défi. Avec ses superbes yeux d'un brun profond, ourlés de longs cils et ses cheveux presque noirs, il ne ressemblait en rien à son frère au teint bien plus clair, le portrait de son père.

Il était inenvisageable de confier Dawidek à un orphelinat car, outre son type, il était trop grand et trapu pour passer pour une fille. Il ne pourrait vivre « ouvertement ». Il lui fallait une famille capable de le cacher, ce qui ne courait pas les rues. Comment Sara allait-elle l'expliquer à ses parents ? Elle n'y alla pas par quatre chemins :

— Hélas, ils ne seront pas placés ensemble.

Épouvantée, Maja porta une main à sa bouche.

— Vous allez les séparer ? C'est impossible ! Ils ont besoin l'un de l'autre…

— Il le faut, coupa doucement Sara. Eleonora n'est pas sevrée. Nous connaissons une femme qui a perdu son bébé. Malgré son chagrin, elle est déterminée à aider un autre enfant et peut encore allaiter. Mieux encore, son mari est médecin. Eleonora serait entre de bonnes mains. Elle aurait de l'espace, de l'air pur, elle serait bien nourrie. Les voisins ignorent que la petite fille de cette femme est décédée. Eleonora vivra sous un autre nom, avec un acte de naissance et un certificat de baptême authentiques. Nous avons beaucoup de chance.

— Ce serait merveilleux, murmura Maja, les yeux rivés sur le nourrisson.

Soudain, elle se tourna vers nous, affolée :

— Et Dawidek ?

— Il sera plus difficile à placer car cette famille-là ne peut le recueillir de peur d'éveiller les soupçons. Cela me fait de la peine, mais Dawidek ne passerait pas inaperçu. Nous allons réfléchir à une solution. Pour Eleonora, c'est à la fois plus simple et plus urgent. Madame Gorka, vous savez aussi bien que moi qu'elle souffre de malnutrition. De plus, chaque journée qu'elle passe ici est un risque supplémentaire pour vous tous.

— S'ils ne peuvent partir ensemble, ils resteront avec nous, intervint Samuel. Je vous remercie d'être venues…

— Monsieur Gorka, je vous en prie… implorai-je. Laissez-nous placer vos enfants. Vous avez eu vent des rumeurs. Vous devez savoir où vont les trains…

— Je ne séparerai pas notre famille sur de simples rumeurs ! Et…

— Samuel, intervint Maja.

Au bord des larmes, il se mit à se balancer nerveusement d'avant en arrière.

— Non. Je ne peux pas, Maja…

— Il le faut ! Eleonora n'a aucune chance de survivre, sinon.

— Comment peux-tu me demander une chose pareille ? chuchota-t-il. Il doit bien y avoir quelque chose à faire, ici, un moyen de te trouver davantage à manger pour que tu aies plus de lait…

— S'il existait, nous l'aurions déjà trouvé. Il faut la confier.

— Je ne peux pas… hoqueta-t-il. Maja, je ne peux pas…

— Dans ce cas, je le ferai pour nous deux, affirma-t-elle en se redressant. Quelle est la prochaine étape ? demanda-t-elle à Sara.

Samuel sanglotait dans un coin, recroquevillé sur lui-même, un spectacle poignant qui me laissa désemparée. Maja, elle, avait les yeux secs en aidant Sara à préparer le bébé pour son départ. Elle lui mit sa plus belle layette et la débarbouilla en murmurant des paroles en yiddish.

Je n'avais jamais assisté à cette étape du processus car Sara avait veillé à m'en exclure. Elle me fit signe de la suivre à l'extrémité de la pièce pour leur accorder un ultime tête-à-tête.

Mon amie ôta la paroi du double-fond de son sac et j'en fis autant. Elle me passa une série de remèdes, quelques malheureux flacons que je dissimulai au fond de mon sac. Sara en garda un et le posa à ses pieds, tout en calculant la dose à administrer à la petite.

— Les sédatifs sont denrée rare, murmura-t-elle en aspirant un peu de liquide dans une seringue. Chaque goutte est précieuse. Il est facile d'en injecter un peu trop à un enfant, ce qui peut lui couper la respiration. Mieux vaut en donner trop peu. En revanche, il faudra franchir le poste de contrôle avant qu'elle ne se réveille. Elle ne dormira qu'une heure. Aujourd'hui, nous devions sortir par un poste plus éloigné, mais le temps presse. Il ne reste plus qu'à espérer que le capitaine Fischer ne sera pas de service rue Muranowska.

— Et s'il l'est ?

Cette perspective m'épouvantait. Fischer nous arrêtait systématiquement pour fouiller nos sacs et prenait un malin plaisir à nous retarder. S'il n'avait pas repéré les doubles-fonds, nous n'avions encore rien transporté d'aussi lourd qu'un enfant.

— Pourra-t-elle respirer normalement ?

Sara me montra une minuscule ouverture dotée d'un rabat.

— Et si Fischer est là ?

— Au besoin, nous franchirons le pont.

Maja berça son enfant en chantonnant pendant que Sara lui injectait le produit. Le bébé réagit à peine. Au bout de quelques secondes, elle eut les paupières lourdes. Sara étala une pièce de mousseline sur le matelas afin que Maja dépose son enfant endormie dessus, puis elle l'embrassa sur le front. Samuel se ressaisit le temps de l'embrasser à son tour en murmurant d'une voix rauque. Je n'eus pas besoin de comprendre le yiddish pour deviner qu'il lui faisait ses adieux.

Les chances de survie de Maja et Samuel étaient minces. Dès que Samuel s'écarta, Sara prit sa place pour emmailloter le bébé avec soin, ne laissant que la bouche et le nez découverts. Enfin, elle déposa Eleonora au fond de sa trousse.

— Ce n'est pas dangereux ? hoqueta Maja, en larmes.

— Je l'ai fait souvent, assura Sara. Ma trousse est spécialement conçue pour cela. Elzbieta, aide-moi, s'il te plaît.

Dès que je me penchai vers elle, elle me murmura, affolée :

— Il faut faire vite. Donne-moi un coup de main.

Je remis le matériel médical par-dessus le bébé.

— Nous reviendrons vous parler de Dawidek dès que nous aurons trouvé une solution, dit Sara en se redressant.

Lorsque je voulus lui emboîter le pas vers la porte, Maja me saisit le bras.

— Prenez bien soin d'elle, surtout, murmura-t-elle, en larmes. Elle mérite une belle vie.

Pourquoi s'adressait-elle à moi ? Je me contentais de suivre Sara. Ne sachant comment réagir, je serrai sa main dans la mienne.

— Nous veillerons à ce qu'elle ne manque de rien, dis-je, un peu gênée.

— Merci. Merci de nous venir en aide.

Je songeai au message de Roman et regrettai de ne pas avoir pris le temps de lui répondre. Je finirais sans doute par enseigner les prières à Dawidek, mais je ne voulais pas perdre un temps précieux.

— Vous voulez bien dire à Roman que je ne lui en veux pas ? Il m'a écrit pour s'excuser de son éclat de la semaine dernière... J'aimerais qu'il sache que je l'ai bien reçu.

— C'est un gentil garçon. Je suis contente qu'il se soit excusé.

J'acquiesçai tristement avant de rejoindre Sara sur le trottoir.

— Dépêche-toi, souffla-t-elle. Plus vite on sortira d'ici, plus vite le bébé sera libre. Accélère, Elzbieta !

J'avais franchi les contrôles des dizaines de fois. Ce jour-là, sachant qu'un bébé était caché au fond du sac de Sara, mon angoisse était à son comble. Nous marchions d'un pas vif en direction du poste de la rue Muranowska, sans échanger un mot. Rien n'aurait pu nous distraire de notre objectif.

En débouchant dans une rue, à proximité du poste de contrôle, Sara s'immobilisa si brutalement que je faillis la bousculer.

— Arrête-toi, murmura-t-elle. Arrête-toi.

Je me plaquai contre le mur d'un bâtiment, le cœur battant, sur le point de défaillir, le souffle court. Si je tournais de l'œil, je serais un boulet, une diversion, et le bébé risquait de mourir.

Je perçus un mouvement à mes pieds. Sara avait posé son sac à terre et le poussait vers moi de son talon. Je m'en saisis et le fis glisser vers moi, sur le trottoir.

— Donne-moi ton sac, ordonna-t-elle.

— Mais pourqu... ?

— Il y a la queue au poste de contrôle, marmonna-t-elle depuis l'angle de la rue. Fischer est là. Il m'a vue, alors si je fais demi-tour, j'éveillerai les soupçons et il risque de me suivre. Tu vas devoir passer seule.

Mon cœur cessa de battre.

— Qu'est-ce que je dois faire ? chuchotai-je, affolée, en poussant mon sac vers elle.

— Le temps presse. La petite ne doit pas rester trop longtemps enfermée. Va jusqu'au poste de la place Krasiński, puis rends-toi à l'arrêt de tramway Muranowska.

— Toute seule ? m'étranglai-je.

Elle s'éloignait déjà du coin de la rue car la file avançait.

La trousse de Sara était plus lourde que prévu, quoique bien trop légère pour contenir un être humain. J'étais perdue, terrifiée. Je n'avais franchi les contrôles qu'avec Sara.

Et je me retrouvais seule responsable du sauvetage d'un nourrisson souffreteux.

J'entendais mon sang pulser dans mes oreilles. En prenant une profonde inspiration pour me calmer, je fus assaillie par l'odeur de la mort et de la souffrance. De l'autre côté du mur, l'air était frais, ce dont Eleonora avait grand besoin, mais j'étais pétrifiée.

Je n'y arriverai pas. Je ne suis pas assez forte. Je suis une enfant qui joue à un jeu d'adultes.

Au détour de la rue, je trouvai une ruelle fréquentée par quelques enfants livrés à eux-mêmes et un homme émacié endormi sous son manteau.

Je m'assis sur les pavés et regardai fixement ma trousse.

Et si je rendais le bébé à ses parents ? Ce serait logique. Sara et moi ferions une nouvelle tentative le lendemain. Si j'optais pour cette solution, Sara serait fière de moi car j'aurai gardé la tête froide. Elle-même avait cédé à la panique en voyant Fischer et n'avait pas envisagé cette solution.

Devais-je emmener le bébé au centre pour la jeunesse ? Andrzej m'aiderait. Il existait peut-être un tunnel dans lequel ramper avec la trousse. Cela m'éviterait de franchir le poste de contrôle seule.

Cependant, nous avions utilisé un produit sédatif précieux… De plus, il aurait été inhumain d'obliger ce couple à refaire ses adieux à son enfant. En vérité, j'avais simplement trop peur pour suivre les instructions de Sara.

Je ravalai mes larmes de détresse pour ne pas éclater en sanglots et me mis à prier :

Seigneur, que faire ? Tomasz, si tu m'entends, interviens en ma faveur. Papa, viens-moi en aide !

Cet argument fut suffisant. À ma place, mon père aurait ramassé cette trousse et franchi les contrôles la tête haute. Tomasz aussi. J'avais le courage dans le sang, non ?

Je n'avais qu'à le puiser au plus profond de moi.

Je pris le sac et mis le cap sur la place Krasiński. Je vérifiai que mes papiers étaient bien dans ma poche en évitant de croiser le regard des passants au cas où quelque désespéré aurait l'idée de me voler mon sac. Je marchai d'un bon pas, les yeux baissés.

Ils vont me demander pourquoi je suis seule. Depuis quand les jeunes filles de quatorze ans effectuaient-elles des visites sanitaires ? Le soldat n'aura qu'à m'interroger pour que je fonde en larmes. J'ai les mains moites… et si je faisais tomber le sac ? Et si le bébé était déjà mort ? Et si j'étais arrêtée et torturée ? Je dénoncerais tout le réseau. Je n'aurais pas la force de garder les secrets de Sara et Matylda. Je parviens à peine à garder les miens…

Le poste de contrôle se profilait devant moi. Un commerçant franchit la barrière sous le regard indifférent des gardes, dont l'un fumait une cigarette. Je tendis mes papiers.

J'attendis qu'il me demande pourquoi j'étais seule, qu'il fouille mon sac. J'allais être arrêtée, exécutée, comme mon frère et mon père. La mort serait-elle rapide ? Sentirais-je la balle pénétrer mon crâne ? Entendrais-je la détonation ? Ou bien entrerais-je directement au paradis, accueillie par mon père et mon frère ? Seraient-ils fiers que j'aie essayé d'aider ce bébé ou déçus que j'aie échoué ?

— Mademoiselle ? fit vivement le soldat.

— Oui, bredouillai-je, la gorge nouée.

Il m'observa d'un regard perçant. Ils m'avaient fait signe de passer mais j'étais pétrifiée de terreur. Je hochai la tête en m'efforçant d'avoir l'air d'une adulte et je me mis en marche.

Mon défi suivant était de trouver l'arrêt du tramway, ce qui se révéla plus compliqué que prévu. Quelle station emprunter ? La panique me désorientait. Je n'osais pas demander mon chemin. Soudain, je perçus un mouvement imperceptible venant de la trousse.

Eleonora se réveillait. Elle n'allait pas tarder à pleurer. J'en eus des sueurs froides. Des soldats allemands passaient dans les rues, sans parler des Polonais hostiles. Je cherchai désespérément un point de repère, puis je me rendis compte que j'habitais à deux rues de là. Sara aussi…

Une fois dans l'immeuble, je gravis les marches vers le troisième étage. Eleonora remuait de plus en plus. Je crus même entendre un petit cri de protestation. Je ne cessais d'essuyer mes mains moites sur ma jupe.

Comment expliquer à Truda pourquoi je portais les vêtements de Sara ? Et pourquoi j'étais maquillée ? Hélas, je n'avais pas le choix. Il fallait que je rentre chez moi pour récupérer la clé de Sara. En posant le sac devant ma porte, je me remis à prier.

Seigneur, j'ai besoin d'un miracle, un minuscule miracle. Faites que Truda soit en train de se reposer dans sa chambre ou de s'affairer dans la cuisine et qu'elle n'entende pas la porte s'ouvrir.

Je passai la tête à l'intérieur. Tout était calme et les pièces de vie étaient désertes. D'une main tremblante, je pris la clé et portai mon précieux fardeau chez Sara.

Je verrouillai la porte derrière moi et posai le sac sur le canapé pour soulever la paroi du double-fond. Je croisai alors les grands yeux bruns d'Eleonora Gorka. D'abord éblouie, elle gémit doucement.

Je reculai juste à temps, mais vomis sur le tapis de Sara. Nous n'étions pas encore tirées d'affaire. Que faire, à présent ?

Je pris le bébé et cherchai un dé dans la boîte à couture. Je le remplis d'eau et l'approchai des lèvres du nourrisson. Dans un premier temps, elle protesta, puis je parvins à la calmer. Dans son malheur, il valait mieux qu'elle soit trop faible pour pleurer très fort. Quand j'eus humecté ses lèvres, je la gardai dans mes bras pour téléphoner au bureau.

— Matylda ? bredouillai-je quand la standardiste m'eut passé son poste.

J'étais à nouveau en pleine panique mais je savais qu'aucun membre du réseau n'évoquait ses missions au téléphone à cause des oreilles indiscrètes. Je m'efforçai de me rappeler les conversations que j'avais entendues lorsque mes collègues appelaient les orphelinats. Elles parlaient de tout et de rien en transmettant des messages codés pour informer les nonnes de l'arrivée des enfants.

Sauf que, dans ces cas-là, les deux interlocutrices connaissaient le code.

— Elzbieta, fit prudemment Matylda. Comment vas-tu ?

— Sara et moi faisions une visite sanitaire, aujourd'hui, quand je suis tombée malade. Elle a dû continuer sans moi. Je t'appelle pour te prévenir que je suis rentrée chez moi. J'ai gardé la trousse d'infirmière de Sara et je sais qu'elle va en avoir besoin…

— Merci de m'avoir avertie, Elzbieta. Ne serait-il pas plus pratique de laisser la trousse dans l'appartement de Sara ? Ou bien veux-tu que j'envoie quelqu'un la chercher ?

— Eh bien… Sara va en avoir besoin très vite, répondis-je. Tu sais à quel point elle tient à son matériel. Elle n'est peut-être pas au courant que je suis rentrée à la maison. Elle se dirigeait vers un arrêt de tramway, après sa visite de recherche du typhus, pour regagner le bureau. Elle m'attend peut-être là-bas. Je me sentais tellement mal… j'étais désorientée.

— Écoute, Elzbieta, il fait si beau que je vais passer chercher les affaires de Sara moi-même. Il me semble qu'elle passe par l'arrêt Muranowska. Cela te dit quelque chose ?

— C'est bien ça ! m'exclamai-je, me sentant un peu stupide de l'avoir oublié. Tu crois que je devrais aller la rejoindre là-bas tout de suite ?

— Non, repose-toi. Je passerai devant l'arrêt de tramway en chemin au cas où Sara t'y attendrait. À dans une demi-heure !

En raccrochant, j'étais soulagée. Je pris alors conscience d'une odeur fétide. Eleonora s'était soulagée et le tapis était souillé de vomi. Je pris une serviette dans le placard et nettoyai le bébé du mieux possible, avant d'en faire autant pour le tapis.

Ensuite, je m'écroulai sur le canapé en dévisageant Eleonora. Elle s'était rendormie et respirait doucement. J'effleurai sa joue du bout du doigt.

Je sortis une feuille d'un tiroir et déversai sur le papier ma terreur, mon soulagement, mon trouble et mon courage. Je représentai le bébé en noir et blanc. En dessin, le monde faisait sens.

16

Roman

À MON RETOUR, ce soir-là, ma mère était assise sur le perron, le teint livide, les traits tirés. Il était rare qu'elle sorte de l'appartement depuis sa grossesse. Si j'étais soulagé de ne pas avoir à me demander s'il y avait encore quelqu'un chez moi, je compris que quelque chose n'allait pas.

— Roman, assieds-toi, me dit-elle en tapotant la marche.

Je lui obéis et, pendant un moment, le silence se prolongea tandis que nous observions la rue. Sur le trottoir d'en face, les enfants mendiaient, mais un couple âgé que j'avais coutume de voir sous un porche avait disparu. Étaient-ils partis ou simplement à l'intérieur ?

— Avant de rentrer, j'ai quelque chose à te dire.

La gravité de son ton m'alarma.

— Tu me fais peur, Maman.

— Tout le monde va bien, m'assura-t-elle. J'ai confié Eleonora aux assistantes sociales. Elles vont l'emmener dans une famille à la campagne. Son nouveau père est médecin et sa nouvelle mère a perdu un bébé. Elle aura du lait, des papiers et de l'amour. Eleonora va s'intégrer et nul n'en saura rien.

Comment pouvait-elle demeurer impassible ? Je décelais même une certaine joie sous la tension et le chagrin visibles sur son visage. Maman n'était pas seulement en deuil, elle était aussi profondément soulagée. Nous avions fait de notre mieux pour Eleonora.

— C'est triste, Maman…

— Elle me manque déjà, mais ce soir, je trouverai un repos dont j'étais privée depuis le début de ma grossesse, murmura-t-elle en ravalant enfin ses larmes.

Je pris sa main dans la mienne.

— Sache que je ferai mon possible pour que Dawidek et toi partiez d'ici. J'ai confiance en Samuel et je l'aime. Il croit en la bonté humaine, en dépit des preuves accablantes que nous avons sous les yeux. Nous ne pouvons plus rester là, à attendre d'être raflés. Nous devons nous échapper. Ce sera sans doute impossible pour Samuel et moi. En revanche, il faut que nos enfants s'en sortent.

L'idée d'être séparé d'eux m'était insupportable. Je n'étais pas prêt. D'abord, il fallait trouver une solution pour mon frère.

— Dawidek est notre priorité.

— Ce n'est pas si simple, avec ses cheveux, ses yeux… il faudra qu'il s'habitue à s'exprimer uniquement en polonais, lui qui privilégie le yiddish… soupira-t-elle. C'est ma faute. Nous devons l'obliger à parler polonais.

— Je peux m'en charger.

— Je sais.

— Donc…

Je me raclai la gorge, rouge de honte en pensant à cette jeune fille et à la peur que je lui avais inspirée en me mettant en colère.

— Était-ce la même assistante sociale ? Avec sa collègue ?

— La jeune fille s'appelle Elzbieta. Elle m'a confié un message pour toi. Sache qu'elle ne t'en veut pas. Tu lui as écrit un petit mot pour t'excuser ?

J'émis un grommellement vague. Ma mère me caressa la joue.

— Tu es quelqu'un de bien, Roman.

— Tu me dis toujours ça, répondis-je, pudique. J'ai tant d'émotions… et je ne prends pas toujours la bonne décision.

Elle pointa un index sur mon torse.

— Parfois, tu te laisses emporter, mon fils, mais tu as le cœur pur et, quand tu l'écoutes, je vois qui tu es vraiment. Un garçon bien, comme ton père. Comme tes deux pères.

Je serrai sa main dans la mienne.

— Comme ma mère, murmurai-je.

Ses yeux s'embuèrent de larmes.

— Je ne sais pas, fit-elle avec un sourire triste. En tout cas, te regarder grandir aura été une des plus belles périodes de ma vie. Si seulement Florian te voyait, à présent ! Il serait aussi fier que moi.

Gêné par tant d'émotion, je désignai la porte.

— Si on rentrait ?

— Puisque je n'ai plus besoin de nourriture supplémentaire, tu pourrais rentrer directement après l'atelier, non ? Tu passeras du temps avec Dawidek pour travailler son polonais.

— Bien sûr.

Cette requête résolvait un problème. Je pouvais travailler au centre pour la jeunesse dans la journée et utiliser mes tickets pour moi-même.

— Monte vite rejoindre Dawidek. Je ne vais pas tarder. J'aimerais profiter encore un peu de la lumière de l'après-midi.

En me levant, je scrutai la rue. Je ne vis que de la souffrance, la foule, la douleur, ainsi que quelques rayons dorés entre les bâtiments, un peu de ciel bleu au-dessus de ma tête. Sur le trottoir d'en face, deux enfants déguenillés jouaient et, de temps à autre, esquissaient un sourire.

Puis je vis ma mère, son châle serré sur ses épaules, ses cheveux bruns noués en chignon, les yeux fermés, les joues inondées de larmes, son sourire triste.

Sur son visage, il y avait du courage, de l'altruisme. J'eus envie de graver cette image d'elle dans ma mémoire, car je ne l'avais jamais trouvée aussi belle.

Le lendemain matin, lorsque j'arrivai au centre avec Chaim, Andrzej nous fit signe de le rejoindre près de la cuisine.

— Tu te rappelles la jeune assistante sociale ? fit-il avec enthousiasme. Elle a sauvé la vie de ta sœur, hier. Il y a eu un problème et elle s'est retrouvée séparée de sa supérieure, mais elle a réussi à faire franchir le poste de contrôle à ta sœur toute seule ! L'équipe est en ébullition. Tu savais qu'elle n'a que quatorze ans ?

— Une assistante sociale de quatorze ans ? fis-je, perplexe.

— On le dirait bien, répondit-il.

Je cherchais une réplique quand Andrzej désigna une arrière-salle.

— Elle est là-bas. Elle travaille avec des enfants. Je me suis dit que tu voudrais lui parler.

Je trouvai Elzbieta assise par terre, face à trois enfants. À mon entrée, elle leva la tête et, d'abord surprise, me reconnut. Je lui fis signe de continuer et me dirigeai vers la bibliothèque, au fond de la salle. Ils récitaient des prières qui m'étaient familières. Je m'attablai pour feuilleter un roman. Enfin, Elzbieta renvoya les enfants et s'approcha de moi.

— Bonjour… Merci pour ton message.

Ce fut comme si je la voyais pour la première fois. Ses yeux verts soulignés d'un trait noir, ses cheveux blonds et bouclés qui cascadaient sur ses épaules et dont quelques mèches étaient tirées en arrière…

— C'est vrai que tu as quatorze ans ? bredouillai-je.

Elle parut étonnée, puis elle hocha la tête et s'assit en face de moi.

— J'ai appris ce que tu as fait pour ma sœur. Merci.

— Je suis contente qu'elle aille bien.

— Elle est arrivée dans sa nouvelle famille ?

— Je n'en sais rien, admit Elzbieta à regret. Je ne suis qu'un maillon de la chaîne. C'est plus sûr au cas où je serais compromise. Quand j'ai confié Eleonora à ma responsable, hier, elle devait partir vers un nouveau foyer. Elle doit être en train de digérer son lait dans un berceau moelleux, dans une maison aussi sûre que possible.

Je souris malgré moi, mais je retrouvai vite mon sérieux en croisant son regard, qui me rappela la violence de notre première rencontre.

— Je regrette mon comportement, dis-je, le cœur gros. J'ai encore plus honte de t'avoir effrayée après ce que tu as fait pour ma famille.

— Je comprends.

— J'ai vu les orphelins partir, déclarai-je soudain.

Elle eut un mouvement de recul et baissa les yeux.

— J'étais caché dans un bâtiment, en face d'ici. Je t'ai vue pleurer chez Andrzej.

Pourquoi tenais-je à aborder ce sujet ? Je voulais qu'elle sache que j'avais assisté à cette scène, moi aussi. J'aurais aimé lui confier que j'avais pleuré également.

— C'était poignant, murmura-t-elle.

— Pourquoi viens-tu nous aider ?

— Ce que je fais n'est qu'une goutte d'eau.

Elle se trompait. Lorsque je voulus protester, elle poursuivit :

— Après le départ de ces orphelins, j'ai failli baisser les bras. Tu as remarqué que certains tenaient une petite poupée ?

— Oui. Tu en as donné aux enfants de mon appartement, aussi.

— Ma famille et moi les fabriquons. J'ai eu l'impression que ces orphelins emportaient une partie de moi. Je vais te sembler égoïste. Je te le dis uniquement parce que tu as parlé de honte dans ton message. Moi aussi, j'ai honte. J'aimerais être plus courageuse, plus forte, plus intelligente pour secourir davantage de personnes.

— Il reste si peu de raisons de vivre, si peu d'espoir, répondis-je, les yeux rivés sur la table. Hier, tu n'as pas simplement porté un sac. Tu as donné de l'espoir à ma famille. Tu as accordé à l'un d'entre nous la chance de survivre à cette guerre. Je t'en serai éternellement redevable.

Le silence s'installa entre nous. Il me fallut un long moment pour oser croiser son regard. Elle avait les joues inondées de larmes.

— Je suis désolé de t'avoir effrayée, murmurai-je, touché.

Elle esquissa un sourire tremblant et sécha ses larmes.

— Ne le sois pas. C'est gentil de m'avoir dit ça.

— Bon, je vais te laisser continuer…

Je m'interrompis en la voyant effleurer la table du bout des doigts. Elle m'observait attentivement.

— J'attends qu'Andrzej m'envoie d'autres élèves. Et si tu restais un moment pour me tenir compagnie ?

Au cours des semaines suivantes, une nouvelle habitude vint rompre la monotonie de mes journées. Je partais de bon matin pour faire croire à ma famille que je travaillais encore à l'atelier de Sala, et je me rendais au centre pour la jeunesse. Je passais du temps dans la grande salle, à lire ou bavarder avec Chaim, puis je travaillais à la cuisine. Parfois, je faisais la queue devant le centre en espérant obtenir une ration de soupe.

Et presque chaque jour, dès qu'Elzbieta avait un peu de temps libre entre deux leçons, je lui rendais visite. Je lui demandais des nouvelles d'Eleonora, mais elle n'en avait pas. Elle m'interrogeait sur ma journée. Je lui affirmais que tout allait bien, même si la vérité était bien plus complexe. Souvent, je m'enfuyais sans demander mon reste car je ne savais pas de quoi lui parler.

Elle m'attirait sans que je sache pourquoi. J'avais l'impression qu'elle appréciait mes visites, même si j'étais à court de sujets de conversation. J'aurais pu lui proposer de l'aider à enseigner les prières, mais il faudrait alors que je lui explique pourquoi je connaissais les rites catholiques, un sujet délicat. En apprenant que j'étais catholique, les gens me demandaient toujours pourquoi je n'essayais pas de sortir du ghetto. Hélas, je ne supportais pas l'idée d'être séparé de ma famille, surtout depuis le sauvetage d'Eleonora.

— Tu te rends souvent dans l'arrière-salle sans y rester très longtemps, plaisanta Chaim au bout de quelques jours.

Je me sentis rougir et feignis l'indifférence.

— Elle est gentille. Elle a beaucoup œuvré pour ma famille.

— Donc tu passes la tête à l'intérieur, tu lui dis bonjour et tu t'enfuis en courant ?

— Je n'arrive pas à lui parler, avouai-je.

— On ne peut pas dire que tu sois très loquace, c'est vrai, railla Chaim, ce qui lui valut un regard furibond de ma part. Mais il y a une qualité qu'on peut t'accorder : tu sais écouter. Et si tu la faisais parler d'elle-même ?

Le lendemain, je gagnai l'arrière-salle fort d'une nouvelle arme. Je la saluai comme d'habitude, puis m'assis en face d'elle.

— Avec qui vis-tu ?

— Mes parents et mon oncle.

— Pas de frères et sœurs ?

Le visage de la jeune fille se voila, puis elle secoua négativement la tête.

— Tu as toujours vécu à Varsovie ?

— Non. J'habitais... Morawica jusqu'au début de cette année. Nous sommes venus ici à cause du travail de mon père.

Ce sujet de conversation parut l'inciter à parler.

— C'est pour ça que nous vivons avec mon oncle. Il nous a loué un appartement commun, pas très loin d'ici, de l'autre côté de la place Krasiński, rue Miodowa, au-dessus du palais de Tepper.

— Je connais cette rue, répondis-je. Ce sont de beaux immeubles.

— Oh oui, le logement est très agréable. L'étage supérieur, où je dors, a été endommagé lors d'un bombardement, mais mon oncle a réparé les dégâts. Vu de l'extérieur, on remarque seulement que les briques sont disparates et que ma fenêtre est abîmée.

— À quoi ressemble cet étage ?

— Une chambre est aménagée dans les combles. C'est là que se trouve aussi la chambre d'amis de Sara, donc on peut considérer que j'ai un étage pour moi toute seule.

Soudain, elle s'interrompit et balaya la salle du regard.

— Oh…

— Ce n'est rien, assurai-je, gêné, moi aussi. Je sais que, en dehors du ghetto, les gens ont davantage d'espace. Ne sois pas embarrassée. Tu aimes vivre là-bas ?

— Oui, mais mon ancienne maison me manque, ma chambre, surtout.

— Je vis dans le même appartement depuis l'âge de six ans, donc je sais ce que tu ressens.

Chaim était un génie. Il me suffisait de lancer Elzbieta sur un sujet et elle était capable de parler la journée entière. La nuit, je réfléchissais désormais aux questions que je lui poserais le lendemain. Comment vivait-on du côté aryen ? Aimait-elle la musique ? Quelles étaient ses lectures ? Je la trouvais fascinante et, plus encore, sa présence m'apaisait. Ces quelques minutes partagées chaque jour atténuaient la rage qui me rongeait de l'intérieur. J'étais proche de la plénitude. Parfois, je me disais que si je pouvais rester dans cette pièce, avec elle, pour toujours, la vie serait presque supportable.

— Qu'est-ce que tu comptes faire après la guerre ? m'enquis-je un jour.

— Eh bien, dans un monde de rêve où la Pologne serait non seulement libérée mais aurait retrouvé sa gloire d'antan, je reprendrais mes études et je ferais les beaux-arts dans l'espoir de devenir peintre. Dans le monde réel, toutefois, mon travail auprès de Sara est censé constituer une forme d'apprentissage. Il est donc plus probable que je serai infirmière ou assistante sociale. Et toi ?

— Quand j'étais plus jeune, je voulais être avocat comme mon père. En fait, je voulais l'être avant même de connaître le sens de ce mot.

— Il existe plusieurs façons d'être avocat. Serais-tu de ceux qui se contentent d'un travail de bureau ennuyeux ou bien te battrais-tu pour la justice ?

— Malgré l'attrait du travail de bureau, raillai-je, je préfère la seconde solution. D'après ma mère, j'ai toujours eu un sens de la justice très développé.

— C'est encore le cas ?

Cette question me prit au dépourvu.

— Je crois toujours en la justice, mais il est impossible de se battre pour elle au vu de la situation.

— Tu le crois vraiment ?

— J'ai promis à mon beau-père de ne jamais m'engager dans la Résistance, avouai-je soudain.

Je songeai à Chaim, qui avait fait allusion à ses réunions. J'en avais conclu qu'une grande partie de ses liens avec la Résistance passait par le centre pour la jeunesse, notamment Andrzej. Au-delà de ces hypothèses, j'ignorais ses activités et ses objectifs. En dépit de ma curiosité, il était plus prudent de rester dans le vague.

— En découvrant les conditions de vie derrière le mur, je me suis dit que je devais absolument agir, me confia Elzbieta.

Elle se pencha vers moi d'un air déterminé et plongea dans mon regard.

— Mon travail avec Sara est éprouvant et terrifiant, mais je suis heureuse de le faire. Je ne sais pas si j'aurais pu vivre l'esprit tranquille si j'avais réprimé ce besoin viscéral de m'engager.

— Pour moi, ce n'est pas aussi simple ! m'emportai-je.

— Je ne cherchais pas à te dicter ta conduite, s'empressa-t-elle de préciser. Je sens chez toi une intense frustration et de la colère.

— Tu te demandes pourquoi ? fis-je avec un rire dur, en agitant les bras tel un dément.

— Ta colère est légitime, murmura-t-elle. Elle a besoin de sortir.

— J'ai envie de tout casser, mais à quoi bon ?

— Jouer un rôle dans la Résistance n'est peut-être pas une simple bataille à remporter, déclara Elzbieta après réflexion. Il s'agit de rester fidèle à ses valeurs, défendre ce en quoi l'on croit, ceux que l'on aime, même quand les chances de l'emporter sont minces.

Elle reprenait les paroles de Samuel avec des arguments inverses.

— Je vais voir s'ils ont besoin de moi en cuisine, marmonnai-je avant de m'éclipser.

Quelques heures plus tard, je pelais des pommes de terre quand je sentis une main sur mon épaule.

— Je suis désolée de t'avoir offusqué, déclara Elzbieta.

— Pas du tout.

Elle m'avait surtout déstabilisé. Depuis cette conversation, je ne pensais à rien d'autre. Sans un mot, elle glissa un bout de papier dans la poche de ma chemise, puis elle s'éloigna avec l'esquisse d'un sourire.

Je m'essuyai les mains à l'aide d'un torchon avant de déplier le message. Elle avait dessiné un poing serré, avec pour légende : *Il existe de nombreuses façons de lutter, mais la quête de la justice vaut toujours la peine de se battre.*

Le rythme des déportations s'intensifia. Les Allemands nous éliminaient peu à peu, à coups de rafles qui vidaient des bâtiments entiers. Parfois, ils bloquaient les deux extrémités d'une rue et allaient de porte en porte, de pièce en pièce pour extraire tous les occupants et les faire marcher vers les trains. Cette méthode me procurait au moins un motif de soulagement. Puisque je passais mes journées au centre pour la jeunesse, près de chez moi, je serais au moins déporté avec ma famille.

Les déportations étaient aléatoires ou particulièrement ciblées. Il n'y avait qu'une seule constante : la menace s'approchait un peu plus chaque jour. Après avoir passé plusieurs nuits de suite au centre pour ses « affaires », Chaim avait regagné le petit ghetto pour découvrir que son immeuble entier était vide. Les enfants qui mendiaient dans la rue, en face de chez moi, furent pris dans une rafle. Ma mère alla voir la marchande de la rue Zamenhofa pour troquer les vêtements d'Eleonora contre de la nourriture. La femme avait disparu.

Chaque soir, en rentrant chez moi, je m'arrêtais devant la porte en retenant mon souffle jusqu'à ce que j'entende du bruit à l'intérieur. Un jour, je trouvai mes parents et mes grands-parents avec Dawidek et les Kuklinśki au salon, en plein désarroi.

— Qu'est-ce que se passe ?

— Les Grobelny, murmura ma mère. Elles ont été prises dans une rafle, au marché. Je lui avais dit de laisser Estera avec moi, mais tu la connais : elle tenait à garder la petite avec elle après la perte de ses autres enfants. Mon Dieu… pauvre bébé.

— On ignore la destination des trains. Elles vont peut-être bien, intervint Samuel sans conviction, comme si lui-même n'y croyait plus.

Je poursuivis mes visites quotidiennes à Elzbieta dans l'arrière-salle. Lors de ces moments de répit, j'apprenais aussi à mieux connaître Sara. Aussi tentai-je de lier avec elle une amitié stratégique. Elzbieta n'avait aucun pouvoir de décision sur l'ordre dans lequel les enfants étaient évacués, contrairement à Sara.

— Dawidek attend toujours, lui rappelai-je chaque fois que je la croisais.

— Nous faisons notre possible, Roman. Nous lui cherchons un lieu sûr, mais plus la guerre s'éternise, plus les refuges sont rares, hélas.

— Je t'en reparlerai demain, concluais-je à chaque fois, ce qui me valait un sourire triste.

Fin août, Chaim était de plus en plus soucieux. Était-ce une impression ? En l'entendant réprimander un garçon de cuisine, je compris que quelque chose n'allait pas.

— Viens faire un tour, lui suggérai-je.

Il haussa les épaules et me suivit sur le toit.

— Pigeon, ton habitat naturel devrait te réconforter.

Nous étions assis côte à côte, au soleil, sous un ciel limpide de fin d'été.

— Je ne sais pas comment te demander ce qui ne va pas, avouai-je.

— Naguère, tu n'aurais même pas essayé.

C'était la vérité. Après cette tentative infructueuse, je laissai tomber un moment avant de revenir à la charge :

— Je peux faire quelque chose ?

— Tu pourrais nous rejoindre.

Il ne me l'avait pas demandé aussi franchement depuis longtemps.

— On recrute, précisa-t-il face à ma mine étonnée. On se prépare au combat.

— Qui ça, *on* ?

— Andrzej et moi sommes membres de l'Organisation juive de combat, l'OJC.

C'était la première fois qu'il se confiait ainsi. J'avais entendu parler de la Żydowska Organizacja Bojowa et je le soupçonnais d'en faire partie.

— C'est ce qui explique ta réserve ? Un soulèvement se prépare ?

Je retins mon souffle en attendant sa réponse. Mes amis allaient s'en prendre à l'armée allemande. Une telle révolte était vouée à l'échec.

— Te battras-tu à nos côtés ? me demanda Chaim.

— Tu sais bien que Samuel ne me le pardonnerait jamais…

— Roman, crois-tu que nous serons déportés ?

— Cela semble inévitable, oui.

— Tu ne veux pas savoir ce qui nous attend ?

— Tu le sais, toi ? m'étonnai-je. Quelqu'un est revenu témoigner ?

En posant les yeux sur lui, je compris que ce qu'il avait à me dire n'avait rien à voir avec de grands espaces, du travail, de la nourriture, un hébergement confortable. Incapable de supporter le chagrin et la peur que je lisais dans son regard, je me détournai.

— Tu tiens à le savoir ? s'enquit-il.

Ma mère m'avait dit que, même si les nouvelles étaient mauvaises, elle préférerait savoir. Allongé sur le toit avec Chaim, je songeai que ma mère était bien plus courageuse que je ne le serais jamais. J'avais la possibilité de connaître le destin qui nous était réservé, mais pas la force de l'entendre.

— Inutile de me le dire, murmurai-je en fixant le ciel bleu. Je le lis dans tes yeux.

De retour en bas, je gagnai l'arrière-salle pour interrompre Elzbieta dans sa leçon.

— Je reviens tout de suite, dit-elle aux enfants, avant de se tourner vers moi, alarmée. Qu'est-ce qui se passe ? Tu as besoin de quelque chose ?

Je la dévisageai longuement comme pour absorber sa bienveillance. *La vie est encore belle. La vie vaut la peine d'être vécue. Regarde, il existe encore de la beauté et de la bonté dans le monde.*

— Je voulais juste te voir avant ton départ, avouai-je.

Au moment où je tournai les talons, elle me retint par le bras, puis elle m'enlaça pour m'offrir la plus douce des étreintes.

En me relâchant, elle posa une main sur mon avant-bras et hocha la tête comme si, lors de cet échange silencieux, elle avait exprimé ce qu'elle avait à me dire.

17

Roman

20 septembre 1942

LA FRAÎCHEUR DE L'AUTOMNE s'installait peu à peu. Dans l'après-midi, je courus du centre de jeunesse à chez moi sous une pluie battante. Quelles stratégies désespérées devrions-nous déployer pour survivre à l'hiver ? En arrivant à l'appartement, je grelottais déjà. J'étais tellement obnubilé par mes vêtements trempés que j'oubliai de me préparer au pire, sur le pas de la porte.

L'appartement était si surpeuplé depuis si longtemps… Parfois, j'avais l'impression que j'allais devenir fou si je ne trouvais pas un peu de calme, tant je suffoquais dans la puanteur de cette promiscuité. Ce soir-là, au-delà de la porte d'entrée, au lieu du vacarme et de l'odeur, il n'y eut que le silence.

Souvent, un homme condamné appelle sa mère. Pour moi, ce fut mon frère.

— Dawidek ? murmurai-je d'une voix rauque.

Il pleuvait des cordes et je ne parvenais pas à entrer de peur de voir mes pires craintes se confirmer.

— Dawidek ?

Ma voix tremblait. Je dus m'appuyer sur l'encadrement de la porte pour me pencher vers l'intérieur. Pas de réaction. Je dressai l'oreille au cas où mon frère me répondrait d'une voix étouffée depuis quelque cachette. Je l'appelai encore et encore, puis je m'assis sur la première marche du perron de l'immeuble, incapable de me tenir droit.

Je songeai un instant à me rendre à l'Umschlagplatz. Les gens y attendaient pendant des heures. Ma famille s'y trouvait peut-être encore. Dans ce cas, je me joindrais à eux. Et même si je ne les trouvais pas, je risquais d'être exécuté rien qu'en déambulant dans les rues après le couvre-feu. Je redoutais ce moment depuis si longtemps... ce jour-là, je me dis que la mort serait une délivrance.

Je ne pouvais prendre ce risque avant d'être certain, et je devais pour cela fouiller l'appartement. La nuit commençait à tomber et la pluie redoublait d'intensité. J'étais dans un tel état de choc que je perdis toute notion du temps.

— Roman ?

Une main chaude se posa sur mon épaule. En me retournant, je vis Chaim.

— Ils ne répondent pas. Je les ai appelés, mais ils ne répondent pas. Pourquoi ?

— Entrons. Le couvre-feu est dépassé depuis longtemps. Si on te trouve ici...

— Et toi, qu'est-ce que tu fais là ?

— Andrzej a appris que plusieurs immeubles de cette rue avaient été vidés de leurs habitants cet après-midi. On voulait avoir de tes nouvelles.

J'étais trop abasourdi pour souffrir, trop perdu pour assimiler l'ampleur de ce que j'avais perdu. Je ne pensais qu'à Dawidek.

— Dis-moi la vérité, fis-je.

Lorsque Chaim voulut me pousser à l'intérieur, je le repoussai brutalement, comme si tout cela était sa faute. Il trébucha et heurta violemment la rampe, sans me quitter des yeux. Je haussai le ton :

— J'aurais dû te laisser me le dire, sur le toit ! Je suis lâche ! Dis-le-moi, à présent. Qu'est-ce qui nous attend après l'Umschlagplatz ?

Il posa une main sur mon épaule et me fit pivoter vers la porte d'entrée.

— Je ne t'ai jamais menti et je ne te mentirai jamais. En revanche, je refuse de te regarder te faire tirer dessus devant chez toi, alors rentre !

Chaim m'obligea à changer de vêtements avant de discuter avec moi. Mon choc commençait à s'atténuer car je ressentais le froid. Je tremblais si fort que je claquais des dents et je ne sentais plus mes orteils.

J'eus du mal à me dévêtir, pas seulement à cause de mes tremblements. Je ne voulais pas voir les affaires des membres de ma famille dans l'armoire. Si elles étaient rangées, cela signifiait qu'ils avaient dû être emmenés sans prévenir. Si elles étaient en désordre, ils savaient qu'ils allaient être emmenés et peut-être avaient-ils même fait leurs bagages, ce qui était encore plus violent. Qu'avait ressenti ma mère ? Samuel avait-il fait preuve de son optimisme forcené pour les rassurer, alors même qu'ils étaient extraits de chez eux ? Enfin, je pensai à Dawidek, et je m'écroulai.

En quittant la chambre, j'étais en larmes. Je me mis à courir dans tout l'appartement tel un possédé. Je trouvai Chaim dans la cuisine, attablé. Il avait allumé la lampe.

— Dis-moi ce que tu sais, implorai-je.

Il hésita. Je me séchai les yeux de ma manche, puis je frappai l'encadrement de la porte d'un poing rageur.

— Dis-le-moi !

— Roman, tu ne voulais pas le savoir, me rappela-t-il doucement.

Je ravalai un sanglot amer et tentai de m'expliquer à travers mes larmes :

— J'ai besoin de savoir, maintenant. Je t'en prie !

— À quoi bon ?

— J'ai besoin de m'imaginer les choses...

Chaim soupira et poussa vers moi une assiette de bouillie d'avoine. Je n'en croyais pas mes yeux. Je n'aurai plus jamais faim, surtout cette nourriture-là, qui appartenait à ma famille et nos colocataires. Si je mangeais leur ration et s'ils rentraient, ils auraient faim.

— Mange, dit Chaim. Mange et je te le dirai.

Je saisis la cuillère pour me forcer à avaler cette bouillie dont la texture et le goût me révulsaient. Satisfait, Chaim hocha la tête.

— Le mois dernier, un jeune homme s'est évadé et a rapporté des informations à l'OJC. Les trains vont d'abord à Małkinia, d'où ils sont aiguillés vers un quai spécialement aménagé dans la forêt. Sur le quai, un orchestre joue des chansons yiddish traditionnelles. Certains chantent à pleins poumons en descendant des trains. Un panneau souhaite la bienvenue aux déportés en expliquant qu'ils viennent d'arriver dans un camp de transit et qu'ils doivent remettre leurs effets en vue d'une désinfection. Ils échangent leurs affaires contre un reçu, puis sont menés vers des sanitaires où les femmes et les enfants sont séparés des hommes. Tout est propre et bien organisé. Il y a du savon, des serviettes… Ta famille se sentait en sécurité, sans doute soulagée de pouvoir se laver après la crasse du ghetto.

J'avais les yeux fermés pour mieux imaginer la scène. J'aurais aimé trouver du réconfort, mais le ton de sa voix démentait ses paroles. Le tableau qu'il décrivait n'était pas menaçant ni triste, or Chaim s'exprimait comme quelqu'un qui annonce la pire des nouvelles. En rouvrant les yeux, je vis qu'il avait la tête baissée.

— Et ensuite ?

— Jusqu'à la dernière minute, les déportés sont persuadés d'être dans un camp de transit. Les pancartes, l'orchestre, les douches… C'est bien mieux que prévu. La plupart sont soulagés. L'autre consolation, c'est que… cela se produit rapidement. Une heure ou deux après leur arrivée.

— Quoi ? Dis-le ! Qu'est-ce qui se produit rapidement ? Ils se font tirer dessus sous la douche ?

Je fondis à nouveau en larmes sans la moindre pudeur. J'étais au-delà de la honte.

— Il y a des chars, murmura Chaim, la gorge nouée. Le type qui s'est échappé a entendu des moteurs de char tourner, mais les véhicules n'avançaient pas. Il s'est caché dans la forêt et, plus tard, il a vu des prisonniers traîner des cadavres hors des douches. On pense que les Juifs sont asphyxiés par les gaz d'échappement à l'intérieur de la salle de douche. Ensuite, ils sont enterrés dans des charniers en pleine forêt.

— Des centaines de milliers d'entre nous sont partis. Ils n'ont pas pu les tuer tous !

Je parlais comme Samuel, ce qui ne fit que redoubler mes sanglots. Chaim fixait le plafond sans un mot. Je voulais me disputer avec lui, négocier, faire n'importe quoi pour qu'il admette que tout cela était faux. Hélas, je savais au fond de moi que le temps des illusions était révolu.

— Tu es sûr ?

Chaim soutint mon regard.

— Assez pour te conseiller de ne pas entretenir de faux espoirs. Le moment est venu de faire ton deuil.

— C'est ce qu'on fait quand on perd un être cher, or je ne les ai pas perdus, répondis-je amèrement. On me les a enlevés. C'est différent.

Plusieurs heures plus tard, nous étions au salon car je n'arrivais pas à entrer dans la chambre. Chaque siège ou divan de cet appartement avait été le lit de quelqu'un, de sorte que nous étions par terre, adossés au mur, en silence.

— Je ne ferai pas mon deuil.

— Il le faut, Roman. D'ailleurs, on ne choisit pas.

— Tu te trompes. Je vais transformer ma rage et mon chagrin en action. Dis-moi ce que je peux faire pour ton soulèvement.

— Réfléchis au moins pendant quelques jours. Au cours des derniers mois, je t'ai souvent tendu la perche pour que tu t'engages... il était manifeste que tu ne voulais pas prendre part à nos activités.

— Je devais protéger ma famille, répondis-je. Je n'ai plus rien à perdre, désormais.

18

Emilia

Lundi matin, lorsque je quittai mon appartement, Sara m'attendait sur le palier. Je compris aussitôt qu'un drame s'était déroulé. Elle me fit signe de la suivre chez elle.

— Qu'est-ce qui se passe ? demandai-je dès qu'elle eut refermé la porte.

— C'est affreux, Elzbieta... la famille entière de Roman a été déportée hier.

— Nous n'avions pas encore évacué Dawidek... murmurai-je, abasourdie.

— Je sais, soupira-t-elle.

— Roman est parti ?

— Non. Matylda a parlé à Andrzej. Roman se trouvait au centre quand les habitants de son immeuble ont été raflés.

J'aurais voulu être soulagée qu'il soit en vie, mais je savais qu'il serait inconsolable. Au fil de ses visites, je m'étais attachée à lui et j'avais au moins une certitude : Roman Gorka ne vivait que pour sa famille.

— Il ne s'en remettra pas, dis-je tristement.

— La rafle d'hier était bien plus importante que celles des derniers mois. Il paraît que beaucoup des jeunes qui restent envisagent de prendre les armes, murmura Sara.

— Roman avait promis à son beau-père de ne pas entrer dans la Résistance, expliquai-je d'une voix tremblante. Maintenant qu'il est parti…

— C'est horrible d'être le dernier survivant de sa famille, commenta Sara. Je sais exactement ce que l'on ressent quand on veut tout casser parce qu'on n'a plus rien à perdre.

— Moi aussi, avouai-je malgré moi.

Sara posa sur moi un regard étrange. Je sursautai en me rendant compte, un peu tard, de ma bévue.

— Je vais préparer du thé. Pendant ce temps, demande-toi si tu préfères que j'ignore ce que tu viens de dire ou si tu veux t'expliquer.

— … nous avons donc quitté Trzebinia pour Łódź. Oncle Piotr était ici, à lancer son entreprise, donc nous sommes venus le rejoindre. La suite, tu la connais.

— Donc tu es potentiellement recherchée par les Allemands mais tu leur montres ta carte d'identité chaque jour depuis des mois, résuma Sara, les sourcils froncés.

— Oh non ! C'est oncle Piotr qui m'a obtenu ces papiers. Mon vrai nom est Emilia Slaski, pas Elzbieta Rabinek.

Affligée, Sara ferma les yeux.

— Autrement dit, tu entres chaque jour dans le ghetto avec une fausse carte d'identité ?

— Je n'avais pas réfléchi au danger quand j'ai accepté, admis-je. J'ai pensé que c'était faisable. Oncle Piotr a de nombreuses relations influentes. Cette carte semble authentique.

— C'est sûr, il doit avoir des relations, marmonna Sara. Tu comprends ce que cela signifie, j'espère ? Je ne peux plus t'emmener là-bas.

— Quoi ? Mais…

— Elzbieta… Emilia… je comprends aussi bien que toi l'importance de nos visites dans le ghetto. Si j'avais su… je ne t'aurais pas permis de m'accompagner. Le problème n'est pas toi, c'est l'opération entière. Tu as les meilleures intentions du monde, mais tu nous mets tous en danger.

— Je leur ai aussi montré mon laissez-passer sanitaire et il n'est pas authentique non plus.

— Si. Matylda a obtenu ces laissez-passer grâce à un ami du conseil municipal. C'est un vrai médecin et il est responsable de la surveillance des épidémies. Nous ne chercherions pas à passer les contrôles avec un faux document. Si nous étions démasquées, ce serait fichu.

— Matylda te dira que non, affirmai-je d'un air obstiné.

Depuis le départ, Sara se montrait bien plus prudente que Matylda. J'étais donc certaine de remporter son adhésion.

— Elle te fera entendre raison, insistai-je. Je n'ai jamais eu de problème aux postes de contrôle. Je ne vois pas pourquoi cela changerait.

À notre arrivée dans les locaux de l'hôtel de ville, il fut d'abord question des rafles, puis Sara apprit à Matylda la vérité sur mon identité. Je la vis s'empourprer de colère.

— Tu es consciente de la stupidité de tes actes, j'espère !

— Je suis désolée, murmurai-je en baissant les yeux.

Je sortis la carte d'identité de ma poche et la leur tendis.

— Regardez ! Elle semble authentique, non ? Il n'y a aucun risque…

— Sais-tu combien d'enfants nous avons sauvés, Elzbieta ?

— Non…

— Je ne compte plus depuis un moment mais, la dernière fois que j'ai fait l'inventaire, ils étaient plus de deux mille.

— C'est formidable.

— En effet. Il faut que tu comprennes que nous avons sorti ces milliers d'enfants du ghetto pour les prendre en charge. Nous soutenons la plupart d'entre eux financièrement en aidant leurs nouvelles familles à se cacher quand c'est nécessaire. Parfois, nous leur fournissons à manger ou des articles de première nécessité. Tu n'as vu qu'un aspect de notre action, or il s'agit d'une grosse machine. Et si nous avons réussi, c'est parce que nous avons pris des risques, mais pas des risques inconsidérés. Te faire entrer dans le ghetto était un risque inconsidéré. Sara… moi-même… les autres assistantes sociales qui se rendent dans le ghetto ont de vrais papiers et un passé irréprochable. Si les Allemands ont des soupçons sur nous, ils ne trouveront rien de louche. En revanche, ils ne mettraient guère de temps à se rendre compte que ta carte d'identité ne correspond à aucun acte de baptême et encore moins à un acte de naissance. Nous serions tous exposés.

— Matylda…

— Tu veux toujours nous aider ?

— Bien sûr ! Plus que jamais !

— Et tu es prête à faire ce qu'il faut pour ça ?

— Tout ce que tu voudras, c'est promis.

— Bien, fit-elle, alors rentre chez toi retrouver ta famille et laisse-nous continuer le travail.

Je fis de mon mieux pour les infléchir, mais il parut vite évident qu'aucune des deux n'était disposée à me laisser continuer. Sara me raccompagna en tramway.

— Que vais-je dire à Truda et Mateusz ?

— Je m'en charge, répondit-elle. Je raconterai à Truda que le conseil municipal réduit les effectifs et que nous n'avons plus la possibilité de te diriger.

Pendant qu'elle s'entretenait avec Truda dans la cuisine, j'allai dans ma chambre et ouvris le premier tiroir de ma table de chevet pour chercher un dessin réalisé des semaines plus tôt.

L'esquisse d'un portrait d'Eleonora. J'avais songé à l'offrir à Roman ou Maja et Samuel, mais il était imparfait. J'étais dans un tel état de détresse, en dessinant, que c'était loin d'être mon plus beau portrait. À l'époque, je l'avais remisé dans ce tiroir, incapable de le regarder. À présent, avec un nouveau regard, ces imperfections étaient difficiles à déceler.

Lorsque Sara se prépara à partir, je la raccompagnai à la porte et lui remis mon dessin.

— S'il te plaît, tu veux bien lui expliquer mon absence ?

Elle m'embrassa tristement.

Après son départ, je pris conscience que je ne verrai plus l'intérieur du ghetto. J'eus un étrange sentiment de soulagement. Ma peur maladive lors des passages aux postes de contrôle et l'effroi face aux horreurs du ghetto ne me manqueraient pas.

Je fus submergée par une vague de tristesse car je m'étais beaucoup attachée à Roman Gorka. L'idée de ne plus jamais le revoir… sans avoir eu la possibilité de lui dire adieu… me brisait le cœur.

19

Roman

18 avril 1943

J'AVAIS PERDU MA FAMILLE DEPUIS SEPT MOIS et je m'étais tissé un réseau de frères et sœurs de cœur qui partageaient un objectif commun : mourir dignement.

Nul ne savait pourquoi les déportations avaient cessé en septembre. Le lendemain du départ de mes parents, les membres de la police juive et leurs familles furent déportés à leur tour. Ensuite, plus rien. Ces mois de tranquillité soudaine se révélèrent une erreur tactique de la part des Allemands, car nous savions où menaient les trains. En janvier, quand ils annoncèrent une nouvelle vague de déportations, évoquant une *réinstallation* volontaire, leurs appels furent largement ignorés. Ils tentèrent une rafle qui se heurta à une offensive d'un petit groupe de combattants de l'OJC. Pris au dépourvu, les Allemands abandonnèrent toute velléité de déportation au bout de quelques jours. Ils cessèrent aussi de nous fournir des rations.

Mes parents auraient pu échapper à la déportation et cette injustice me hantait, même la nourriture était encore plus rare. Sara et son équipe n'avaient plus accès au ghetto puisque les Allemands ne faisaient plus semblant de se soucier de notre santé.

Loin d'être résignés, nous étions encouragés par la capacité de l'OJC à surprendre les Allemands. Nous étions mobilisés pour muer notre mort annoncée en action, notre rage et notre chagrin en organisation.

Ayant rejoint Chaim et Andrzej à l'OJC, je consacrai chaque seconde de ces sept mois à préparer notre vengeance. Chaim et moi vivions désormais dans l'appartement situé face au centre pour la jeunesse, là où je m'étais réfugié le jour du départ des orphelins. Nous n'y allions que pour dormir car nous travaillions d'arrache-pied pour préparer la guerre totale.

Il fallut construire des bunkers, creuser des tunnels sous les maisons, dresser des barricades sur les toits. Avec l'aide de l'Armia Krajowa ou AK, l'armée intérieure polonaise, un mouvement de résistance, des armes furent introduites dans le ghetto par les égouts et groupées aux points stratégiques, prêtes à servir dès le début du soulèvement. Mon travail dans l'atelier de Sala m'avait habitué aux tâches répétitives. Je me servis de cette compétence dans un atelier de fortune pour fabriquer des engins incendiaires rudimentaires. Si d'autres membres de mon équipe se plaignaient de l'odeur des produits chimiques, de maux de tête, d'irritations oculaires, je me complaisais dans ces désagréments. Chaque fois que je remplissais une bouteille qui serait une arme contre les Allemands, je me concentrais sur le visage de ma mère ou sur des souvenirs de Samuel ou Dawidek. Je déversais mon chagrin et ma rage dans chaque projectile artisanal.

Pendant les deux ans qui avaient précédé leur mort, ma propre colère m'avait terrifié. Maintenant qu'ils n'étaient plus là, elle me faisait avancer. Près de mon lit, j'avais affiché deux images : le poing serré qu'Elzbieta m'avait dessiné, dont la légende était devenue mon mantra. *Il existe de nombreuses façons de lutter, mais la quête de la justice vaut toujours la peine de se battre.* L'autre était cette esquisse extraordinaire que Sara m'avait donnée le jour où elle m'avait appris qu'Elzbieta ne pourrait plus revenir dans le ghetto.

Eleonora, le dernier membre de notre famille, qui se trouvait quelque part dans le monde, loin de moi. Il ne m'en restait que ce portrait.

— Pourquoi Elzbieta ne peut-elle plus venir ? avais-je demandé, sous le choc, alors que j'étais encore accablé par mon deuil.

— Sa situation familiale s'est compliquée, m'avait simplement dit Sara.

— Tu peux lui remettre un message de ma part ?

— Je ne crois pas que ce soit une bonne idée.

Ce fut tout. Il ne me restait d'Elzbieta et d'Eleonora que ce dessin. Parfois, la nuit, allongé dans mon lit, je le contemplais en me demandant ce qu'elles faisaient de l'autre côté du mur pendant que j'étais enfermé dans ce qu'il restait du ghetto, à attendre que les Allemands lancent les hostilités de notre soulèvement.

La veille de la Pâque juive, Andrzej annonça qu'il avait prévu un seder, un repas pascal, pour notre unité de l'OJC.

— Vous serez étonnés par mes efforts, promit-il.

Chaim lui donna une tape dans le dos.

— Je m'étonne que tu aies fait quelque chose car tu travailles vingt heures par jour pour organiser le soulèvement, s'amusa-t-il.

— Ce sera une occasion spéciale, Chaim. J'ai trouvé une belle nappe blanche et des bougies. Ce matin, j'ai préparé la matza. Je nous ai dégoté une bouteille de vin et même un œuf, expliqua Andrzej d'un air satisfait, avant de retrouver son sérieux. Je sais que ce n'est pas parfait, mais au vu des circonstances, c'est important. Ce sera une pause, nous serons ensemble pour méditer sur le passage de l'esclavage à la liberté.

En fin d'après-midi, la nouvelle se répandit dans tout le ghetto : des déportations étaient prévues pour le lendemain matin.

— À quatre heures, précisa Chaim en nous rapportant l'information qu'il tenait d'une autre unité de l'OJC opérant à quelques rues de chez nous. Ils sont au courant de notre projet de soulèvement. Pourvu qu'ils ignorent à quel point nous sommes organisés !

— Ils ne s'attendent pas à cela, murmurai-je en me levant, incapable de tenir en place. S'ils s'imaginaient ce que nous avons prévu, ils seraient intervenus il y a longtemps.

— Le seder attendra, décréta Andrzej, raisonnable.

Comme si le repas de la Pâque pouvait être reporté à la fin de la rébellion… alors qu'aucun d'entre nous ne pensait s'en sortir en vie.

Nous serions bientôt affranchis de l'esclavage, mais pas dans cette vie. Si nous mourions avec courage, nous serions au moins libres quoique confinés dans l'enceinte du ghetto. J'étais enfin prêt à me battre pour la justice, même si je savais que je ne pouvais gagner.

Si le ghetto était plus calme, il n'avait jamais été plongé dans le silence. Nous étions assis, à patienter, et cette attente était insupportable. Dans le silence pesant, j'étais tellement en alerte que, à quatre heures du matin, je perçus un mouvement.

Notre unité était postée sur le toit, au-dessus du centre pour la jeunesse. Nous échangeâmes des regards interrogateurs car nous n'osions pas chuchoter. En contrebas, ce ne fut pas le défilé au pas de l'oie auquel nous nous attendions. Pendant des heures, les ombres se déplacèrent dans les rues.

À l'aube, seulement, un messager s'approcha et nous informa de ce qu'il se passait. La première vague d'Allemands était entrée dans le ghetto, au compte-gouttes, persuadée de pouvoir évaluer notre degré de préparation.

— Qu'est-ce qu'on fait ? demandai-je à Andrzej, brûlant d'utiliser le fusil qu'il m'avait confié.

— On attend. Quand le moment sera venu, on le saura.

Tandis que le soleil se levait, des chars parcouraient le ghetto, marquant la fin de notre veille dans ce silence inquiétant. Derrière les véhicules blindés, d'autres soldats allemands marchaient en colonnes denses dans les rues désertes.

C'était ce que j'imaginais, un bruit de bottes sur les pavés. En regardant par une fente de la barricade, je me crispai en voyant la détermination des militaires. De toute évidence, ils se croyaient vainqueurs, car nous les avions laissés se réunir sans tirer un coup de feu. À leurs yeux, nous avions baissé les bras avant même de commencer. Les soldats observaient à peine les alentours en défilant.

Je me trouvais au-delà de la peur. Plus rien ne comptait que mes valeurs. La vie dans le ghetto avait brisé mes espoirs et mes rêves et je me sentais libre de la pression de chercher un moyen de survivre. Je voulais simplement mourir avec honneur, peut-être même venger ma famille en partant. J'étais presque soulagé que le moment soit venu. Ce serait bientôt fini.

Notre unité resta sur le toit, à attendre le signal pour passer à l'action. Pendant ce temps, au carrefour duquel j'avais vu les orphelins marcher vers la mort, les Allemands avaient installé un poste de commandement sans se douter qu'ils étaient totalement encerclés.

Enfin, le signal nous parvint d'un responsable de l'OJC caché au rez-de-chaussée. Aussitôt, ce fut un déchaînement de violence. Des engins incendiaires artisanaux volèrent en tous sens. Des coups de feu retentirent depuis des fenêtres dans tout le quartier. Dans les rues, les soldats allemands sans protection tombaient comme des mouches. Un cocktail Molotov toucha la tourelle d'un char. Derrière une barricade, je vis le char s'enflammer, puis exploser.

— J'espère que c'était une des bouteilles de ma fabrication ! lançai-je.

Chaim me donna une tape dans le dos, impatient de se joindre aux hostilités.

— On peut y aller ? demanda-t-il à Andrzej, qui secoua la tête.

— Patience, Pigeon. C'est une course de fond, pas un sprint.

Les soldats et officiers allemands cherchaient désespérément à battre en retraite, mais d'autres unités de l'OJC, plus proches que la nôtre, l'avaient anticipé et entravaient leur recul. Et pourtant, nous patientions toujours sur le toit. Au bout de plusieurs heures, seule une poignée d'Allemands étaient toujours en vie, cachés derrière des matelas trouvés dans les logements du rez-de-chaussée. Andrzej emmena Chaim en mission de reconnaissance, me laissant avec le reste de l'unité. À leur retour, Chaim affichait un large sourire.

— Si on se dirige vers la barricade suivante, le long de la rue, on pourra les éliminer.

— Les gars, n'oubliez pas que, quoi qu'il arrive, vous ne devez pas être arrêtés vivants, rappela Andrzej en regardant tour à tour ses douze hommes dans les yeux.

Chacun hocha la tête. Nous en avions longuement discuté lors des préparatifs. Le principe était simple : si nous étions pris, nous serions torturés à mort, de toute façon. Andrzej fit une moue en livrant la dernière partie des instructions des hauts responsables de l'OJC.

— Et si vous parvenez à vous échapper du ghetto et à trouver refuge du côté aryen, faites profil bas et préparez-vous pour le soulèvement de la ville entière. Essayez d'entrer en contact avec les Szare Szeregi. Les scouts polonais passés dans la clandestinité étaient surnommés les « rangs gris ». Nous avions appris qu'ils préparaient une opération de grande ampleur. Comme je m'y attendais, Chaim leva les yeux au ciel en bougonnant.

— Personne ne s'en sortira vivant, dit-il.

— J'espère au moins qu'on aura la chance de mourir dignement, intervins-je.

Les autres murmurèrent leur approbation.

Nous étions presque tous du même avis. Une bande d'hommes et de femmes squelettiques et en haillons portant des armes de fortune pouvait-elle vraiment l'emporter sur les forces allemandes ? Nous ne rêvions même pas de sauver notre peau ou celle des femmes, des enfants et des vieillards toujours enfermés dans le ghetto.

L'objectif du soulèvement était simple : mourir avec dignité, venger les nôtres et partir avec courage.

— Cette année, nous sommes esclaves, l'année prochaine, nous serons libres, murmura Andrzej, citant la Haggada, le récit de la sortie d'Égypte, comme il était de tradition pour la Pâque juive. Ces paroles que j'avais entendues chaque année de ma vie n'avaient jamais eu cette résonance.

Alors que nous nous positionnions sur le toit, je constatai la sagesse de la décision d'Andrzej. Les Allemands s'étaient mis à l'abri des tireurs postés dans les bâtiments. En revanche, ils ignoraient notre présence. Chaim et moi étions derrière une barricade, un mètre ou deux derrière Andrzej et les autres. Je fus parcouru d'une poussée d'adrénaline. Mes mains ne tremblaient pas de peur mais d'impatience.

Bientôt, Dawidek. Bientôt, je vengerai ta mort.

— Regardez dans la fente de la barricade, les gars. Vous les voyez ? souffla Andrzej.

— Oui.

— Prenez les deux, au bout de la rue.

— Tu prends celui de gauche et moi celui de droite, murmura Chaim.

Cela faisait des mois que je m'entraînais pour ce moment. Mes mains cessèrent de trembler lorsque je levai mon arme pour viser. Au signal d'Andrzej, j'appuyai sur la détente sans hésiter. Ma cible s'écroula aussitôt. Chaim dut s'y prendre à plusieurs reprises, mais il finit par faire mouche. Au bout de quelques minutes, le silence retomba sur la rue. Des rigoles de sang s'écoulaient des cadavres, entre les pavés, avant de dégouliner dans les égouts.

Nous n'avions pas le temps de réfléchir à ce que nous venions de faire car le bourdonnement des moteurs d'avion était de plus en plus proche. Nous nous attendions à cette première vague de bombardements. Le moment était venu de battre en retraite derrière Andrzej.

— Comment tu te sens ? demandai-je à Chaim en descendant vers le sous-sol.

— Vivant.

Je le comprenais. Nous avions subi une oppression si insurmontable que voir couler du sang allemand nous faisait du bien. Étrangement, pour moi, cela ne suffisait pas.

Je pensais que, dès le premier tir, je serais soulagé. Hélas, la réalité était plus complexe. La frustration, la fureur, la violence m'envahirent. Je crispai la mâchoire malgré moi.

Il fallait qu'ils paient et je les ferais payer.

À quatorze heures, les Allemands avaient presque totalement quitté le ghetto. Nous n'avions perdu qu'une poignée d'hommes ainsi que quelques bâtiments lors du bombardement. Globalement, ce premier jour de soulèvement embarrassa beaucoup les Allemands. Pour moi, cela suffisait pour en faire un succès aussi retentissant qu'inattendu.

20

Emilia

— INCROYABLE ! Les Juifs ripostent !

Le lendemain des affrontements derrière le mur, la ville était en émoi. J'étais dans le tramway avec oncle Piotr. C'était le deuxième jour de violence et je ne supportais plus ce vacarme. La veille, j'avais prié si longtemps que mon rosaire m'avait meurtri les doigts. J'avais beau essayer de me boucher les oreilles, les explosions filtraient quand même. Truda était à bout de patience de me voir si agitée. Mateusz étant parti travailler, j'avais imploré mon oncle de m'emmener en promenade.

— La grande roue est de retour place Krasiński, m'annonça-t-il.

— Les Juifs sont en plein soulèvement de l'autre côté du mur !

— Je sais. De ce côté-ci, de nombreuses personnes sont curieuses de jeter un coup d'œil par-dessus, qu'ils aiment voir les Juifs humilier les Allemands ou les derniers Juifs du quartier souffrir, soupira Piotr, avant de retrouver son entrain. Nous pourrions faire un tour de grande roue et admirer les monuments de notre côté, comme l'autre fois. C'était agréable, non ?

— Surtout pas. Emmène-moi le plus loin possible du quartier juif.

Depuis que j'avais perdu mon pseudo-emploi, sept mois plus tôt, mon univers se limitait à l'appartement. Seules mes soirées avec oncle Piotr et Sara m'empêchaient de perdre la raison. Il était évident qu'ils s'étaient rapprochés. Sara m'assurait qu'ils étaient amis, mais il suffisait de voir les regards qu'ils échangeaient. Je trouvai adorable de voir deux « vieux » tomber amoureux. J'en fis part à oncle Piotr, qui me rappela sans mâcher ses mots qu'ils avaient à peine quarante ans, ce qui n'était pas « vieux ».

Bref, oncle Piotr accepta de m'emmener dans un café, de l'autre côté de la ville. Dans le tramway, je compris mon erreur. Si je n'entendais plus les coups de feu, les commentaires incrédules de nos compatriotes étaient assourdissants. Au gré des allées et venues de passagers, je fus assaillie par des bribes de conversation.

— Pourquoi maintenant ? demanda un homme à son voisin. Il paraît qu'il n'y a presque plus personne là-bas. Que la plupart d'entre eux ont été déplacés vers des camps de travail, en dehors de la ville, où il y a moins de surpopulation. S'ils étaient du genre à riposter, pourquoi avoir attendu aussi longtemps ? Les Allemands essaient de les aider à s'installer dans des hébergements plus confortables ?

Je me tournai vers oncle Piotr, qui lisait son journal, apparemment indifférent. Je serrai les poings si fort que mes ongles meurtrirent mes paumes. Si seulement cette douleur pouvait me faire oublier ces propos odieux.

Ces deux hommes n'avaient pas la moindre idée de ce qui se déroulait derrière le mur. De plus, ils avaient probablement souffert de l'occupation, eux aussi.

— Il paraît que les affrontements n'ont rien à voir avec les conditions de vie. Les Juifs ont peur de ne plus pouvoir gagner de l'argent dans les camps de travail. Tu sais combien ces gens-là aiment l'argent.

— Excuse-moi, oncle Piotr, soufflai-je.

— Pourquoi ?

Je me tournai vers les deux hommes.

— Le quartier muré est une prison horrible depuis le départ et ceux qui restent à l'intérieur ne partent pas vers un camp de travail mais vers un camp d'extermination. Vous devriez avoir honte ! persiflai-je.

Le silence se fit dans le tramway. Je scrutai désespérément les alentours au cas où il y aurait eu des militaires. Oncle Piotr et moi descendîmes à la station suivante. Dès que le tramway se fut éloigné, mon oncle poussa un soupir exaspéré.

— Tu sais à quel point ce que tu viens de faire est idiot…

— Je sais, répliquai-je en ôtant sa main de mon bras.

N'avait-il rien entendu ? Comment pouvait-il tolérer cette abomination ?

— Parler ne sert à rien. Tu crois que tu vas les faire changer d'avis ? Tu nous as mis en danger tous les deux.

— Donc tu restes assis en silence en les laissant raconter des bêtises sur des innocents ? fis-je en croisant les bras.

— Oui ! s'exclama-t-il, en colère. Tu me sembles bien informée des conditions de vie derrière le mur pour quelqu'un qui n'y a jamais mis les pieds.

— J'ai entendu des choses, bredouillai-je en fuyant son regard.

— Elzbieta, tu ne parles qu'à nous quatre. Ni tes parents ni moi ne t'avons mis ces bêtises en tête.

Il fronça les sourcils, puis reprit soudain :

— Attends… Ce n'est pas Sara qui t'a parlé ?

— Sara n'a rien à voir avec le quartier juif, répondis-je d'un ton nonchalant car Piotr ignorait que Sara avait un laissez-passer sanitaire.

— D'où viennent tes informations, alors ?

— J'ai trouvé un journal de la Résistance dans la cour, mentis-je. Je l'ai jeté après l'avoir lu, mais il était très crédible.

— Par les temps qui courent, il vaut mieux s'occuper de ses affaires, déclara oncle Piotr. Trouver des moyens de survivre, se débrouiller. On ne peut rien faire pour les habitants du quartier juif et tu ne peux pas convaincre ceux qui n'ont aucune compassion pour les Juifs et les épreuves qu'ils subissent, quelles qu'elles soient. Soucie-toi plutôt de ta propre famille. C'est le mieux que tu puisses faire.

— Tu as débité le même sermon à Sara ?

— J'ai essayé, soupira-t-il. Hélas il ne passe pas très bien.

Ce soir-là, tandis que les détonations résonnaient au loin, je me rendis chez Sara et lui relatai la conversation des deux inconnus dans le tramway et les commentaires de Piotr.

— C'était idiot, je sais, mais j'étais en colère. C'était insupportable, après tout ce que j'ai vu et les histoires que j'ai entendues.

— Je sais, Elzbieta. Les habitants de cette ville préfèrent fermer les yeux sur ce qui se passe derrière le mur et c'est parfois difficile à accepter. L'Histoire jugera les indifférents, ce qui n'est en rien une consolation. J'aimerais traîner certaines de ces personnes dans le ghetto pour les obliger à croiser les regards de ces malheureux. Tu comprends le problème, n'est-ce pas ? Ils ont réussi à se convaincre que les Juifs ne sont pas comme nous. Quand on arrive à persuader les gens qu'un groupe de personnes n'est pas humain, ils vous permettent de les maltraiter à loisir. Si ces passagers du tramway ou ton oncle avaient la possibilité de voir l'humanité des prisonniers du ghetto, ils ne toléreraient pas ces exactions.

— C'est oncle Piotr qui me déçoit le plus, admis-je.

— C'est un homme compliqué avec des principes compliqués, c'est sûr, marmonna Sara.

Je la dévisageai d'un air pensif, puis énonçai une question qui me taraudait depuis un moment :

— Tu l'aimes ?

— Je pourrais, oui, avoua-t-elle après réflexion. Je suis compliquée, moi aussi et, hélas, nos principes sont incompatibles. C'est pourquoi nous sommes juste amis.

Une explosion nous fit soudain sursauter. Les vitres se mirent à trembler.

— D'après toi, que vont devenir les partisans du ghetto ? m'enquis-je en pensant à Andrzej et Roman.

— Ce sera un véritable bain de sang, dit-elle, les yeux embués de larmes. Cela m'étonnerait qu'ils tiennent un jour de plus, mais ils tomberont dans l'honneur et la dignité. Je suis fière d'eux et tu devrais l'être aussi.

21

Roman

DES JOURS DURANT, les Allemands tentèrent de s'imposer dans le ghetto. Tous les matins, quand le soleil se levait, je me disais que je ne le verrais pas se coucher. Ce rappel incessant de ma mortalité m'aidait à supporter les nuits sans sommeil et mon travail frénétique dans la fabrique de bombes incendiaires. Quand je ne remplissais pas des bouteilles de produits chimiques, je sautais de toit en toit avec mon unité pour défendre des maisons ou guider des familles vers les bunkers souterrains. Enfin, à bout de forces, je me retirais dans un abri pour dormir, trop fatigué pour rêver.

Je n'avais plus la notion du temps. La fatigue, l'adrénaline, la panique… mon esprit me jouait des tours. Quand Andrzej me fit remarquer que quinze jours s'étaient écoulés depuis la Pâque, je n'en revins pas.

— C'est impossible.

Assis à côté de moi, Chaim nettoyait son fusil.

— Le temps passe vite quand on s'amuse, railla-t-il avec un sourire las.

Si le soulèvement du ghetto se déroulait mieux que prévu, il n'avait rien de glorieux ou de triomphal. Les premiers jours, la riposte nous avait fait du bien et j'appréciais l'humiliation que nous infligions aux Allemands. Par moments, lors des affrontements ou des rondes de reconnaissance, la liberté me semblait à portée de main, sans que je puisse la saisir. J'espérais atteindre le point où j'aurais l'impression d'avoir vengé les miens. Au fil des morts, la paix m'échappait. Devrais-je tuer un nombre spécifique d'hommes ? Ou bien les tuer d'une façon particulière ?

Chaim et moi conduisions des dizaines de familles dans les abris souterrains que nous avions construits. Je regardais dans les yeux ces mères, ces pères, ces enfants, ces grands-parents qui avaient subi les plus terribles traumatismes. Le pire, c'était que ces malheureux vivaient leurs derniers jours. Même si nous parvenions à repousser les Allemands, le ghetto était coupé du monde extérieur. Le peu de vivres qui nous maintenait en vie ne nous parvenait plus. Nous n'avions aucun projet à long terme car nous savions dès le départ que nous n'en avions pas besoin.

— Gorka, tu es bourru, mais tu es l'un des types les plus futés que j'aie rencontrés. Je ne sais pas comment j'aurais survécu à l'année qui vient de s'écouler sans toi, me dit Chaim un soir.

Nous étions allongés dans un bunker, dans le noir, trop agités pour dormir.

— Pareil pour moi, bougonnai-je.

Il rit et se tourna vers moi.

— Si la guerre s'arrêtait demain et si tu étais libre, qu'est-ce que tu ferais ?

J'avais posé la même question à Elzbieta et je repensais à cette conversation chaque fois que je regardais le poing qu'elle m'avait dessiné.

— Je lutterais encore pour la justice, répondis-je. Je lutterais jusqu'à ce que nous soyons égaux et libres. Il n'existe pas de plus grande cause, dans la vie.

— Moi, je braquerais une banque, je me trouverais une superbe petite amie et je m'achèterais un château en Écosse, avoua Chaim d'un ton nostalgique.

— Vous avez vraiment besoin de sommeil, vous deux, intervint Andrzej en se levant.

Il gagna le fond de la pièce pour échapper à nos rires.

Il fallait s'y attendre, les Allemands n'appréciaient guère cette insurrection. Face à l'échec, ils changèrent de méthode. Nous étions plus rapides dans les rues et nous avions transformé des logements en bunkers. Hélas, même ceux-ci étaient vulnérables aux incendies. Après l'échec des bombardements et des balles, ils optèrent pour le feu.

Ils brûlaient des pâtés de maisons entiers et attendaient aux issues pour abattre ceux qui tentaient de s'enfuir. Les familles réfugiées dans les bunkers se retrouvaient prises au piège et suffoquaient dans la fumée. À l'odeur de chair en décomposition qui flottait déjà dans le ghetto venait s'ajouter une fumée noire et toxique omniprésente. Les maux de tête que me donnaient mes bombes incendiaires artisanales n'étaient rien comparés à ceux que provoquait cette fumée. Jour et nuit, des bâtiments se consumaient dans un vacarme d'explosions, de cris et de coups de feu.

Je croyais avoir connu l'enfer sur terre… j'avais tort. L'humanité pouvait sombrer encore plus bas et les souffrances se révéler encore plus intenses. Je m'étais endurci, mais aucun être humain ne pouvait se préparer à ce que j'avais vu lors des dernières semaines. Plus d'une fois, j'avais vu des familles se jeter d'un immeuble en feu et se faire tirer dessus avant même de toucher le sol. J'avais vu des brûlures, des blessures et des infections qui auraient affolé les médecins les plus chevronnés. J'avais fouillé les ruines fumantes en quête de nourriture ou de survivants pour ne trouver que des innocents ayant péri dans les flammes.

— Je n'arrête pas de penser aux gens pris au piège dans les bunkers, m'avoua Chaim un matin.

Nous avions les traits tirés et, à mesure que nous perdions du terrain, nous dormions de plus en plus mal. Chaim ne parvenait pas à se débarrasser d'une vilaine toux.

— Mourir tandis que l'immeuble brûle au-dessus de leurs têtes est terrible, ajouta-t-il.

— Je ne veux pas y penser, répondis-je. Je t'en prie, ne m'en parle pas.

— Je n'en reviens pas qu'on soit toujours en vie, murmura-t-il en levant soudain les yeux vers moi. Roman, j'espère que tu parviendras à t'échapper.

— M'échapper ? répétai-je avec un rire amer. Depuis le début du soulèvement, j'attends la mort. À présent, je commence à l'espérer.

Nous nous battions sans cesse, même quand les munitions et les composants de nos bombes artisanales vinrent à manquer. Même quand il devint manifeste que nous n'avions aucune chance contre leurs incendies. Faute de balles et de moyens de nous défendre, les rues étaient silencieuses dans la journée. Mon unité se cachait dans l'arrière-salle du centre pour la jeunesse où nous dormions à tour de rôle. L'un de nous montait la garde près de l'entrée et un autre dans la ruelle. Quand les Allemands décideraient de brûler notre immeuble, nous serions impuissants et ce serait la fin. Nous montions la garde non pour sauver notre peau, mais pour nous battre jusqu'au bout.

La nuit, nous parcourions les rues tels des rats. Lors de ces patrouilles, nous tentions de nuire le plus possible aux Allemands avec nos maigres ressources. Les membres de notre unité moururent un par un, jusqu'à ce qu'il ne reste qu'Andrzej, Chaim et moi. Nous n'avions plus aucun contact avec les autres unités depuis des jours.

Perchés sur les toits, nous voyions les Allemands avancer sur les quelques grands bunkers qui restaient, traquant les survivants à l'aide de chiens et de détecteurs de son. Ils avaient coupé l'eau et nous n'avions plus rien à manger. Les rues autrefois si animées du quartier juif n'étaient plus que mort et destruction. La fin était proche.

— Nous avons été dignes de nos ancêtres qui peuvent être fiers de nous, déclara Andrzej. Tu sais depuis combien de temps on tient, Roman ?

Chaim et lui se moquaient toujours de moi, car j'avais perdu la notion du temps.

— Deux semaines ?

— Deux semaines la dernière fois que je t'ai posé la question, railla-t-il. Devine !

— J'espérais qu'on tiendrait trois semaines.

— Vingt-sept jours ! Je doute qu'il y ait déjà eu un groupe de personnes aussi courageuses que nous et aussi pleines de ressources que nous. On va entrer dans l'Histoire en tant que héros.

— Tu crois ? fis-je, trop fatigué pour rire.

— Tu en doutes ?

— Si je doute qu'on soit des héros ? Oui. Comment des héros pourraient-ils perdre la bataille ?

— On s'est battu pour nos valeurs jusqu'au bout, Roman. On a fait preuve de courage et de conviction. On a défendu le bien, voilà ce qui fait de nous des héros.

— Même si c'est vrai, tu sembles oublier qu'il ne reste personne pour raconter ce qui est arrivé ici. Les Allemands vont sûrement gagner la guerre et, même dans le cas contraire, aucun d'entre nous ne s'en sortira. Les Polonais de l'autre côté du mur n'auront aucune idée de notre bravoure et de nos petites victoires.

Je poussai un long soupir en écartant mes cheveux trop longs de mon visage.

— Non, Andrzej. L'Histoire nous oubliera, alors pour ce qui est d'être des héros…

— Je reconnais bien là cet optimisme que nous aimons tous, chez toi, railla Chaim en me lançant un bouchon.

Pas un mot ne fut prononcé sur ce qui nous portait à croire que la fin était proche. À quoi bon ? Il ne nous restait qu'une grenade que Chaim avait trouvée dans la poche d'un combattant de l'OJC abattu. Nous allions tenter de gagner la rue Franciszkańska où nous espérions trouver une autre unité dans un bunker. Et même si nous arrivions à destination, qu'allions-nous trouver ? C'était une mission quasi impossible car des patrouilles allemandes sillonnaient les rues. Ils étaient de plus en plus agressifs tandis que nos attaques étaient plus rares. Andrzej espérait que les patrouilles seraient moins nombreuses le soir venu, mais les Allemands ne cessaient d'affluer, au contraire.

— Le temps où on pouvait courir sur les toits me manque, avoua Chaim.

— C'est normal, Pigeon, répondit Andrzej, vidé de son entrain. De toute façon, les immeubles incendiés n'ont plus de toit. Il va falloir marcher dans la rue.

Ce qui restait de nos chaussures fut enveloppé de lambeaux de tissus pour faire moins de bruit sur les pavés. Dans la rue, je n'osais respirer trop fort, de peur de trahir notre présence. Ce manque d'oxygène me donnait le tournis. Si je perdais connaissance, serait-ce ma fin ?

Le bruit d'un moteur nous parvint, droit devant. Soudain, des phares illuminèrent la rue. Un coup de feu retentit, suivi d'un autre, et un autre encore. Je fus momentanément aveuglé par les phares. Je ressentis une douleur vive dans le bras droit. Mon corps entier sursauta. La balle suivante serait fatale. Je m'y préparai sans angoisse. Je soufflai. Enfin, la tension de l'attente se dissipa.

Elle arrive, la paix. La paix, enfin.

Mais j'ai survécu si longtemps.

— Par ici ! Il y a un passage dans la ruelle ! siffla Andrzej.

Chaim, plaqué contre le mur, à ma gauche, disparut de ma vue. Je les suivis, aveuglé par la douleur, ma conscience ne tenait plus qu'à un fil. Je perçus d'autres détonations et soudain, devant moi, Andrzej trébucha et s'écroula face contre terre. À mon approche, un phare de la voiture l'éclaira. Il avait pris une balle dans le crâne.

Je n'avais pas le temps de me lamenter. Chaim courait encore et je le suivais tant bien que mal dans la ruelle sombre. Si les phares ne nous avaient pas suivis, nous n'étions pas tirés d'affaire pour autant. Des voix, des rires résonnèrent derrière nous, renvoyés par les murs de la ruelle.

Les Allemands nous acculaient. Les secondes s'éternisèrent. S'ils ne tiraient plus, c'était parce qu'ils voulaient jouer avec nous ou, pire encore, nous capturer vivants et nous torturer.

— Ta grenade, rappelai-je à Chaim.

Il courait toujours et j'essayais de rester à sa hauteur. Notre heure était venue et je trouvais naturel que nous quittions ce monde ensemble.

Derrière nous, j'entendais un bruit de bottes, des bottes bien solides, contrairement à nos chaussures en lambeaux.

J'arrive, Maman. Samuel, j'arrive. Andrzej, sers-moi une vodka. On va trinquer au succès de ces dernières semaines.

Chaim s'arrêta soudain. Je l'entendis gémir sous l'effort tandis qu'il soulevait la plaque de la bouche d'égout.

— Vas-y le premier.

Agacé par mon hésitation, il plaqua ma main gauche sur ma blessure. Puis il me poussa dans les égouts. Mes pieds trouvèrent une plateforme. L'espace était si exigu que je dus m'allonger. La puanteur me fit monter les larmes aux yeux. En contrebas, j'entendais de l'eau couler.

Tout à coup, j'entrevis le visage sombre de Chaim, au-dessus de moi, dans l'encadrement de la bouche d'égout. Je décelai à peine ses dents.

— Ne la gaspille pas, me dit-il simplement avant de se détourner.

— Quoi… ?

Lorsque je voulus protester, Chaim referma la bouche d'égout. Je tentai de l'en empêcher, de l'attirer à l'abri, avec moi, mais je ne sentis que le bitume de la ruelle. J'avais si mal au bras que j'étais incapable de réfléchir.

Dès que la trappe se fut refermée, j'entendis Chaim provoquer les Allemands. Il s'efforçait d'attirer les soldats afin de pouvoir les tuer tous à l'aide de sa seule grenade, afin qu'ils ne me suivent pas dans les égouts.

— Non ! criai-je faiblement en grattant le dessous de la plaque de ma main valide. Arrête, Chaim ! Ne fais pas ça ? J'ai besoin de toi…

Les soldats étaient au-dessus de moi. Je les entendis s'adresser à Chaim, qui éclata d'un ultime rire de triomphe. Il riait si souvent que je l'imaginais, la tête rejetée en arrière, la bouche ouverte, le corps secoué de spasmes de joie.

Avant même que ce rire ne s'éteigne, une explosion se produit et je perdis connaissance.

*

À mon réveil, j'avais mal partout. J'avais chaud et je sentis un vertige avant même de me redresser pour m'asseoir. À l'autre extrémité de la plateforme, je sentis un mouvement. En reprenant un peu mes esprits, je compris que ces bruits stridents et ces trottinements venaient des rats. Je les chassai à coups de pied et m'efforçai de retrouver mon équilibre. Je regrettai aussitôt de ne pas m'évanouir à nouveau.

L'explosion, la balle logée dans mon bras, le cauchemar de ces dernières semaines, la mort de tous les autres…

Je songeai à tomber dans la canalisation afin d'être emporté par le cloaque. Que se passerait-il si je laissais la nature faire son œuvre ? Ma blessure s'infecterait inévitablement et, vu mon état de faiblesse, il ne faudrait guère de temps pour que l'infection achève le travail des Allemands.

Et pourtant, je ne m'étais pas battu avec un tel acharnement pendant si longtemps pour mériter cette mort passive. À tâtons, je cherchai l'issue de la trappe et, au prix d'efforts surhumains, je parvins à soulever la plaque donnant sur la ruelle. Une odeur de sang et de poudre m'assaillit, plus forte encore que la puanteur des égouts.

Le sang de Chaim. Pourquoi m'avait-il sauvé ?

Il faisait nuit. Je cherchai des yeux la silhouette du camion, mais il était parti. La rue était déserte et silencieuse.

Je dus m'y reprendre à plusieurs fois pour m'extirper de la bouche d'égout. Mon bras gauche n'était pas assez solide pour supporter tout le poids de mon corps. Je n'avais pas le choix : impossible de rester dans les égouts. Je préférais mourir en me rendant utile ou, du moins, affronter l'ennemi avec panache.

Quand je me retrouvai enfin à la surface, la pénombre fut un soulagement car la ruelle était jonchée de cadavres déchiquetés, dont celui de Chaim. Je ravalai un sanglot et me mis en marche, tremblant à la fois de chaud et de froid. Je ne savais plus très bien où j'étais. Quelles étaient mes options, à présent ?

En vingt-huit jours, ce quartier que j'avais sillonné de long en large pendant des années n'était plus le même. Parmi les bâtiments calcinés ou détruits, privé de mes points de repère, je me mis en quête de la rue Franciszkańska pour trouver l'autre bunker, comme Andrzej et Chaim l'avaient prévu.

J'atteignis le mur sans même m'en rendre compte. J'étais tellement perdu que j'étais parti dans la mauvaise direction. Je me retrouvai du côté de la place Krasiński, à l'autre extrémité du ghetto. Furieux, je tournai les talons.

Je remarquai alors un tas de décombres. J'hésitai un instant avant de m'en approcher. Je voulais me cacher derrière, le temps de réfléchir à la suite. Je me rendis vite compte qu'un bâtiment incendié s'était écroulé et qu'un pan de la structure était tombé sur le mur, créant une brèche.

Prudemment, je fis quelques pas de plus, m'attendant à entendre des coups de feu de l'autre côté du mur. Je dressai l'oreille. Pas un son. Le souffle court, je jetai un coup d'œil dans la brèche. La place Krasiński m'apparut dans toute sa splendeur et totalement déserte.

Je m'écroulai à terre, adossé au mur, pantelant, pour remettre de l'ordre dans mes pensées.

Chaim est mort. Andrzej est mort. Je suis en vie. Chaim m'a sauvé. Pourquoi ?

Pourquoi un soldat allemand ne m'attend pas de l'autre côté du mur avec une mitrailleuse ?

À mesure que les battements de mon cœur se calmaient, un scénario se profila dans mon esprit. Naturellement, les Allemands ne s'empressaient pas de monter la garde ou de réparer le mur. Il ne restait presque plus personne à l'intérieur et très peu étaient en état de s'échapper.

Il me suffirait peut-être de sortir par la brèche. Mais pour aller où ? Tous mes proches étaient morts. Tous ceux qui se souciaient de moi étaient morts.

Elzbieta.

Son visage m'apparut avec le souvenir d'une conversation que nous avions eue dans l'arrière-salle du centre. Je savais qu'elle vivait rue Miodowa et elle m'avait décrit sa maison avec tant de précision que j'étais certain de la trouver. Sara y vivait aussi et elle était infirmière. Elle avait des relations susceptibles de m'aider.

J'observai tour à tour la place et le ghetto. Toute évasion était si improbable que je n'en avais même pas rêvé. Et voilà que je me retrouvais à la croisée de deux chemins : la vie, place Krasiński, ou la mort.

Je me faufilai dans la brèche pour émerger sur la place, puis je me mis à courir. Mon regain d'énergie m'étonna. Ce n'est qu'après avoir traversé la place que je compris ce qui me faisait avancer : l'espoir.

Je n'avais pas ressenti cette émotion depuis si longtemps que je ne la reconnus pas immédiatement. Grâce au destin et à l'acte généreux de mon meilleur ami, j'avais survécu et j'étais passé de l'autre côté.

Je n'eus guère de mal à trouver un immeuble qui correspondait à la description d'Elzbieta : trois étages et des travaux visibles à la hauteur des soupentes.

J'ignorais si le couvre-feu était en vigueur dans le reste de la ville, mais les rues étaient désertes, donc ce devait être le cas. En été, les jours étaient longs, à Varsovie. Les premières lueurs de l'aube naissaient déjà. Il devait être près de quatre heures.

Je ramassai un caillou dans le massif de fleurs, près de l'entrée, et le lançai vers l'une des deux fenêtres du dernier étage. Raté. À la quatrième tentative, la pierre heurta la vitre et retomba vers le trottoir. Pas un signe de vie.

Pire encore, les premiers rayons de soleil commençaient à poindre.

À tout moment, la ville s'éveillerait, les travailleurs envahiraient les rues et les Allemands commenceraient leurs patrouilles du matin. Cela faisait des années que je n'avais pas pris un bain et je saignais abondamment. Ma chemise était imbibée de sang. J'avais les cheveux hirsutes, la barbe broussailleuse. Je n'aurais pu attirer l'attention davantage.

Je poussai la porte de l'immeuble et, prenant mon courage à deux mains, je gravis les marches. Arrivé au troisième étage à bout de souffle, je vis deux portes. Elzbieta m'avait raconté qu'elle habitait en face de chez Sara, non ? Ma mémoire me jouait des tours. Je tenais à peine debout.

Je frappai à la première porte. Un homme l'entrouvrit et me dévisagea derrière ses lunettes à monture métallique.

— Oui ?

— Est-ce… ici que vit Elzbieta ?

Je reculai d'un pas pour éviter de l'incommoder par mon odeur.

— Qui êtes-vous ?

— Je suis son ami.

Il me toisa longuement, puis revint à mon visage.

— Je suis…

Je voyais trouble. J'agrippai le chambranle, sachant que cela ne suffirait pas. Je m'efforçai d'amortir ma chute, mais l'homme ouvrit la porte en grand et m'attrapa sous les bras.

22

Emilia

ROMAN GISAIT, inconscient, sur notre canapé, entre plusieurs couches de serviettes et de couvertures posées à la hâte. Lorsque oncle Piotr vint me chercher, je sentis l'odeur du malheureux avant de le voir.

De maigrichon il était passé à un état squelettique. Sa barbe et ses cheveux trop longs étaient crasseux. Les coups qu'il avait frappés à la porte nous avaient tous réveillés, mais oncle Piotr nous avait ordonné de rester tranquilles pendant qu'il allait voir. Roman était si inerte et frigorifié que je faillis tourner de l'œil en le reconnaissant.

J'avais eu très peur pour lui. À chaque explosion, je redoutais qu'il n'ait perdu la vie. Pas une seconde je n'aurais imaginé qu'il survive.

Je n'osais croiser le regard des membres de ma famille qui m'observaient. Je ressentais leur confusion, leur peur et leur colère. Nous étions tous en danger, désormais, et par ma faute. Cependant, j'étais presque aussi intriguée qu'eux. Comment Roman avait-il réussi à me trouver ? En dépit des risques, je m'en réjouissais. J'étais heureuse et soulagée, même si sa présence dans notre appartement compliquait tout.

— Nous en discuterons plus tard, dit soudain Truda.

En l'observant à la dérobée, je ne vis que du trouble et de l'inquiétude sur son visage.

— Pour l'heure, il faut l'aider. Sa blessure au bras saigne encore et je crois qu'il est déshydraté. Regardez ses lèvres.

Elles étaient sèches et gercées. Ses commissures dissimulées par ses poils de barbe étaient fendues.

— Avant de perdre connaissance, il t'a réclamée, déclara oncle Piotr, hésitant. Sara le connaît aussi ?

— Oui.

— S'il te plaît, va la réveiller, murmura Truda. Je vais chercher de quoi le soigner.

En traversant le palier, je songeai à cette nuit où j'avais surpris Sara avec les orphelins dans la chambre du haut. Mon cœur se serrait chaque fois que je pensais à eux. Ils avaient sans doute péri. Heureusement, d'autres avaient été sauvés, comme Icchak et Eleonora.

Roman était blessé, chez moi, et ma famille était en danger, mais il était vivant ! Un miracle. Je ne voyais pas d'autre explication. Mes prières avaient été exaucées.

— Sara ? fis-je en frappant à la porte de sa chambre. Désolée de te réveiller, c'est urgent.

— Qu'est-ce qui se passe ?

— Roman est là, blessé.

— Hein ?

— Il est chez nous. Il a perdu connaissance.

— Comment nous a-t-il trouvées ?

— Je n'en sais rien, avouai-je.

Sara enfila vite un peignoir et prit sa trousse d'infirmière.

— Tu es consciente des conséquences, j'espère. Il va falloir avouer la vérité à tes parents.

— Je sais.

— Ils vont me tuer, reprit Sara avec un soupir.

— Moi aussi.

Sans un mot de plus, elle me suivit. Au salon, la table basse se trouvait désormais collée au divan, avec un seau d'eau savonneuse et des serviettes, ainsi qu'un verre d'eau et une cuillère. Nos fauteuils avaient été poussés vers la fenêtre pour accorder à Sara la place de travailler.

— J'ai essayé de lui faire absorber un peu d'eau, expliqua Truda en désignant la cuillère.

— Il me faut des ciseaux, répondit vivement Sara.

Elle s'agenouilla près de Roman et repoussa ses cheveux de son visage avec douceur.

— Mon pauvre garçon, murmura-t-elle, au bord des larmes. Qu'as-tu donc vu et enduré ces dernières semaines ?

Un jour, Sara m'avait demandé de prier pour elle car elle n'avait plus le cœur de le faire. En la voyant soigner Roman, j'eus envie de prier avec une ferveur décuplée.

J'étais fière de faire partie de cette famille. J'étais une pièce rapportée très chanceuse. Arrachée à une famille altruiste pour être placée dans une autre qui l'était tout autant. Oncle Piotr avait beau bougonner, il n'était venu à l'idée de personne de rejeter Roman. Bien des familles auraient réagi autrement, par indifférence ou peur des conséquences. Certains auraient alerté la Gestapo.

Truda tendit une paire de ciseaux à Sara, qui découpa la chemise du blessé pour exposer sa plaie au bras.

— Il a reçu une balle, déclara-t-elle. Ce n'est pas très beau. Il est passé par les égouts. Il a besoin d'une intervention chirurgicale.

Elle réfléchit un instant, puis se mit à nous donner des ordres :

— Elzbieta, emporte ça dans la salle de bains, l'eau savonneuse, les serviettes, les ciseaux, et va chercher d'autres serviettes. Étale-les un peu partout. Mateusz, quand elle aura fini, porte Roman dans la baignoire. Truda, tu as bien fait de lui donner de l'eau mais il va en falloir davantage pour le réhydrater. Va chercher du sel et du sucre et porte-les dans la salle de bains.

— Et moi ? fit oncle Piotr.

— Habille-toi, répondit Sara d'un ton sans réplique. Tu vas nous trouver un chirurgien.

Dans la salle de bains exiguë, il n'y avait pas de place pour tout le monde. Sara me demanda de l'aide, mais Truda tint à s'en charger. Je n'insistai pas. Truda ne savait rien de ce que j'avais vu dans le ghetto et redoutait sans doute que je ne sois choquée par la vue du sang.

Elles se mirent à l'œuvre pour rincer la peau de Roman et nettoyer la plaie au mieux. Elles lui firent avaler un peu d'eau en le redressant. De temps à autre, il criait de douleur et elles tentaient frénétiquement de le faire taire.

Par chance, l'immeuble était petit et notre appartement était attenant à celui de Sara. Cependant, il y avait quatre logements aux étages inférieurs. Il ne fallait pas faire trop de bruit.

Mateusz et moi patientions dans le couloir. Nous avions fermé la porte pour limiter le bruit, mais le silence était pesant.

— Tu vas devoir t'expliquer, me dit-il au bout d'un moment.

— Je sais…

— Il faut le soigner et le faire sortir d'ici. Ensuite, Truda, toi et moi devrons discuter…

— Je sais, répétai-je.

— Comment diable peux-tu savoir… ?

Il s'interrompit et poussa un profond soupir.

— Il fallait que je fasse quelque chose, bredouillai-je.

Affligé par cet aveu, Mateusz ferma les yeux.

— Une occasion s'est présentée et je l'ai saisie. Je n'aurais pu me regarder dans une glace autrement.

— Et qu'est-ce que tu as fait, au juste ? Qui est ce jeune homme ? Comment a-t-il obtenu notre adresse ?

— Je…

Des larmes se mirent à couler sur mes joues sans que je puisse les retenir. J'étais folle d'angoisse à l'idée que Truda et Mateusz découvrent l'ampleur de mes mensonges.

Sara et Truda émergèrent de la salle de bains en s'essuyant les mains sur une serviette. Sara était pâle, la mine grave. Je m'essuyai les yeux.

— Comment va-t-il ? demandai-je d'une voix brisée.

— La balle est logée assez profond. Je crois qu'elle a touché l'os. Pour l'instant, je ne peux rien faire de plus jusqu'à l'arrivée d'un chirurgien. Roman a perdu beaucoup de sang, ce qui est encore plus préoccupant car il est déshydraté et dénutri… Elzbieta, reste avec lui pour l'encourager à boire le mélange d'eau sucrée et salée que je lui ai préparé. Mets-en une cuillerée dans sa bouche et masse-lui la gorge pour l'aider à avaler. Il faut absolument le réhydrater. C'est notre priorité.

— Tu t'en vas ? demandai-je avec angoisse.

— Non, mais tes parents méritent des explications, répondit-elle en se tournant vers Truda et Mateusz. J'endosse l'entière responsabilité de tout cela et c'est à moi de leur parler.

— Viens, soupira Truda. Je vais préparer du thé.

Roman gisait dans la baignoire, inerte, sous une couverture, le bras droit posé dessus. La blessure saignait encore à travers le pansement. Jamais je n'avais vu Roman aussi propre. Sa tête reposait sur une serviette pliée en guise d'oreiller. Son visage était tourné vers moi, les yeux fermés et la bouche entrouverte.

— Je suis tellement heureuse que tu sois en vie, dis-je en m'asseyant au bord de la baignoire.

Je pris la cuillère.

— Nos conversations m'ont manqué… *tu* m'as manqué, murmurai-je.

Dans une autre pièce, les adultes discutaient et j'attendais leur verdict. Le couperet allait bientôt tomber. Après avoir écouté Sara, mes parents auraient envie de hurler, mais ils ne pourraient pas de peur d'alerter les voisins. Néanmoins, je n'échapperais pas à leur colère, leur déception.

— Il faut que tu te réveilles, chuchotai-je à Roman.

Je fis tomber quelques gouttes d'eau sucrée et salée dans sa bouche en inclinant sa tête en arrière. Je recommençai encore et encore, même si j'avais l'impression que c'était futile, car l'eau dégoulinait sur son menton et tombait sur la serviette. Je n'avais rien d'autre à faire que d'écouter les voix étouffées. Truda haussa le ton. Je redoublai d'efforts pour faire boire le blessé.

— Je t'en prie, réveille-toi et bois…

Quand le verre fut vide, je m'écroulai sur le carrelage et me pris la tête entre les mains. Au bout d'un long moment, je tendis mes jambes engourdies. Soudain, Roman remua et battit des paupières. Je me redressai aussitôt et pris sa main.

— Elzbieta ? murmura-t-il en ouvrant les yeux avec difficulté.

— Je suis là.

Je m'empressai de remplir le verre d'eau.

— Tu es très déshydraté. Tu veux bien boire quelques gorgées ?

Roman se redressa en grimaçant de douleur. Il but avidement le verre entier et s'adossa à nouveau sur les serviettes. Il avait le teint grisâtre. Soudain, il parut affolé.

— Je crois que je vais…

Je lui tendis le seau au moment où il fut pris d'une violente nausée qui attira l'attention de Sara.

— Tu es réveillé, dit-elle, ravie. Le chirurgien ne va pas tarder. Il te réhydratera grâce à une perfusion. En attendant, tu dois boire des gorgées de ce mélange. Elzbieta, va demander à Truda de lui en préparer.

Je faillis protester car mes parents adoptifs m'impressionnaient, mais Sara s'en moquait. Elle prenait déjà le pouls avant de lui éponger le front à l'aide d'une serviette humide. Je me levai avec un soupir. En entrant dans la cuisine, je trouvai Truda et Mateusz enlacés. Je toussotai pour signaler ma présence.

— Sara a besoin du mélange pour l'hydratation.

Mateusz relâcha Truda et ils posèrent sur mon un regard indéchiffrable. Néanmoins, consciente de les avoir déçus, je baissai la tête.

— Vous vous rappelez le jour de la mort de mon père ? demandai-je d'une petite voix.

— Bien sûr, répondit Mateusz.

— Imaginez qu'Alina m'ait amenée chez vous. Vous m'auriez fermé la porte au nez en refusant de m'aider ?

— Impossible ! s'emporta Truda.

Les entrailles nouées, je me forçai à soutenir leur regard.

— Je croyais devenir une héroïne, accomplir des prouesses pour être digne de mon héritage familial. Je ne pensais qu'à moi et je tenais absolument à faire quelque chose pour suivre l'exemple que vous m'avez donné en me recueillant. Sans oublier celui de mon père, mon frère, voire d'Alina.

Ma voix se brisa et mes yeux s'embuèrent de larmes.

— Vous m'avez élevée au sein d'une famille courageuse. Je sais que je n'aurais pas dû vous mentir et que j'ai mal agi. J'étais tiraillée entre ma foi et mon respect envers vous en tant que parents. Je vous demande pardon.

Mateusz me prit dans ses bras et me serra si fort que je les sentis trembler. Il m'embrassa sur le front et s'écarta pour me regarder droit dans les yeux.

— Nous en reparlerons plus tard, quand ton ami aura été évacué, dit-il, les yeux brillants.

Je savais qu'il finirait par me pardonner mes mensonges. Pour Truda, ce serait plus difficile. Elle m'observait les bras croisés, le regard soupçonneux.

— Pour le reste de mes jours, je ferai des cauchemars sur tes visites dans ce lieu, Emilia, m'assena-t-elle.

Mon vrai prénom résonnait étrangement dans sa bouche.

— Plus tard, quand tout sera terminé, je t'étranglerai de mes mains. Et je hurlerai de colère à cause des risques stupides que tu as pris. En attendant…

Elle soupira et prit le sucrier.

— Viens ici que je te prépare ce mélange pour Sara.

23

Roman

J'ignorais si c'était le jour ou la nuit, mais ce flou était différent de ce que j'avais vécu dans le ghetto. Je flottais dans un océan de douleur sans savoir si j'étais réveillé ou si j'hallucinais. Un inconnu apparut à plusieurs reprises, me laissant l'impression de l'avoir déjà rencontré, sans que je me rappelle son nom ou ce qu'il faisait là. Je sentis des injections dans mon bras valide, puis une douleur aveuglante, intense dans le bras droit. Je suffoquai car quelqu'un avait posé une main sur ma bouche.

Ensuite, j'émergeai un moment, puis la fièvre s'installa et je dérivai à nouveau dans un océan de délire. Chaim vint s'asseoir sur le bord de mon lit et plaisanta en affichant son large sourire. Plus tard, Andrzej passa à son tour, puis ma famille. Si mes amis étaient pleins de vie, ma mère resta au bout du lit, floue, en noir et blanc, telle une photographie. Dawidek lui tenait la main. Je les entendais murmurer en yiddish, mais ils ne s'adressaient pas à moi, en dépit de mes efforts pour capter leur attention. Samuel patientait sur le pas de la porte, hors d'atteinte. Enfin, il s'approcha pour me caresser la joue.

— Je suis fier de toi, me dit-il avant de disparaître.

Certains cauchemars étaient féroces : des soldats allemands me pourchassant dans les égouts, des cadavres en décomposition autour de moi et la faim qui me tordait les entrailles... Je ne pouvais garder les yeux ouverts que quelques minutes à la fois. Elzbieta, ses parents ou les inconnus présents dans l'appartement me réveillaient pour me faire boire de l'eau ou du bouillon, puis je me rendormais.

À l'issue de cette tempête, je me réveillai pour de bon. Un soleil radieux brillait derrière les voilages d'une fenêtre ouverte, dans une pièce qui m'était vaguement familière, sauf que c'était la première fois que je la voyais clairement. J'étais allongé dans un lit, entre des draps propres, sur un matelas moelleux. Je n'avais pas porté de vêtements aussi beaux depuis notre installation dans le ghetto. Je me redressai prudemment et palpai mon bras droit. Bien qu'il soit protégé par un épais bandage et une attelle, la moindre pression me faisait un mal de chien. Mes doigts étaient rouges et enflés. Dans mes souvenirs, mon bras avait été dans un état bien pire.

J'étais si faible que je ne parvenais pas à quitter le lit pour soulager un besoin naturel, ce qui raviva un autre souvenir : Sara et la mère d'Elzbieta m'avaient aidé à utiliser un bassin. Mes joues s'empourprèrent de honte. Je ne pourrais sans doute plus les regarder dans les yeux. Je n'eus pas à m'interroger longtemps car j'entendis des pas derrière la porte. Sara apparut.

— Tu es réveillé ! s'exclama-t-elle.

Elle m'apportait un plateau. En sentant des effluves de soupe, mon estomac se mit à gargouiller.

— Je me sens bien mieux. Comment vous remercier ?

— Tu nous remercieras en guérissant.

Elle posa le plateau près de mon lit et m'examina de près. Je rougis de plus belle.

— Oui, tu as meilleure mine. Il va falloir te remplumer un peu.

— Je suis là depuis combien de temps ?

— Un peu plus de deux semaines. Tu as été très malade, Roman. Le chirurgien et moi avons même cherché un moyen de t'amputer.

Face à mon expression alarmée, elle esquissa un sourire.

— À ce stade, c'était apparemment une question de vie ou de mort. Tu as dû nous entendre en discuter car ton corps a lutté contre l'infection.

Je baissai les yeux vers ma main en essayant d'agiter les doigts. Aussitôt, une douleur fulgurante me parcourut le bras. Je ne pus retenir un grommellement. Sara me regarda avec compassion.

— La balle a endommagé l'os. La guérison sera lente. Tu devras être patient et te ménager. À propos, c'est l'heure de la soupe. Tu penses y arriver seul ou tu as besoin d'aide ?

— Je vais me débrouiller, affirmai-je.

Mon estomac gargouilla de plus belle. Sara plaça un oreiller dans mon dos avant de poser le plateau sur mes genoux. Deux petits pains et une assiette de bouillon dans lequel flottaient des légumes. Je vis trouble.

— Cela fait des années que je n'ai pas dégusté un tel festin.

— J'ai cherché à te redonner des forces, expliqua Sara. Ton estomac va mettre du temps à se réhabituer à des repas substantiels. Je suis sûre que tu as faim. Contente-toi de quelques bouchées et repose-toi. On réchauffera la soupe cent fois s'il le faut. Il vaut mieux que tu grignotes au fil de la journée. Si tu manges trop et trop vite, tu seras malade.

Je portai une première cuillerée à ma bouche. C'était succulent, à la fois salé, riche et réconfortant. Sara se mit à rire.

— Je ne suis pas réputée pour mes talents de cuisinière ! Ça fait plaisir de voir quelqu'un apprécier mon plat.

— C'est délicieux, incroyable...

Les paroles de Sara résonnaient dans mon esprit. Mon corps réclamait de la soupe en quantité, il voulait tout manger d'une traite. Gaspiller tant de nourriture aurait constitué un crime. Je résistai donc à la tentation de me gaver. Au bout de quelques bouchées, je m'abstins à regret.

— Ce fut le meilleur repas de ma vie, mais je vais m'arrêter là pour l'instant.

— C'est bien, commenta Sara. Tu es en bonne voie.

Elle reposa le plateau sur la table et me dévisagea.

— J'imagine que, en t'évadant du ghetto, tu avais un projet en tête.

Soudain gêné, je baissai les yeux.

— Je te suis reconnaissant pour ton aide et regrette de te mettre ainsi en danger...

— Inutile de t'excuser. Je suis soulagée de te voir en vie. Cependant...

Elle se racla la gorge et croisa les mains sur ses genoux.

— Roman, ce que j'ai à te dire est très délicat. Je sais que tu es encore faible, mais il faut qu'on parle. Ces dernières semaines, je t'ai aidé à faire ta toilette... j'ai remarqué que tu n'étais pas circoncis.

J'avais survécu à des années de ghetto, à la violence du soulèvement, perdu presque tous mes proches, tout cela pour mourir de honte face à cette femme qui évoquait mon anatomie.

— Mon père était catholique, marmonnai-je, incapable de croiser son regard. Il est mort quand j'étais petit. Ma mère et lui avaient décidé de m'élever dans sa religion. Alors...

— Cela ne change rien pour moi et cela signifie que tu as davantage de chances pour la suite. Piotr a des contacts... il t'obtiendra de faux papiers.

— Je n'ai pas d'argent.

— Ne t'en fais pas pour ça.

— Pourquoi ?

Elle posa sur moi un regard plein de pitié.

— Simplement parce qu'il existe encore des gens animés par la bonté.

Les yeux embués de larmes, je me détournai. Sara posa une main sur mon bras valide.

— Reste avec moi. On dira que tu es mon cousin venu en ville après une blessure à la ferme. Ce sera logique car les gens savent que je suis infirmière. Cela justifiera aussi les allées et venues du chirurgien, au cas où certains les auraient remarquées. Tu pourras ainsi poursuivre ta vie, et, quand tu seras guéri, je te trouverai peut-être un emploi.

— Je ne comprends pas pourquoi tu fais tout ça pour moi.

— La jeune Elzbieta a essayé de me convaincre que ta survie est un miracle, mais je ne crois pas aux miracles. Après ce que tu as subi et accompli, je suppose que tu n'y crois pas non plus. Ta survie est une preuve de ta force de caractère et de tes ressources. Quoi qu'il se passe désormais dans ce pays, avec la guerre, l'occupation, cette nation aura besoin de jeunes gens résilients. On ne se connaît pas très bien, tous les deux, mais sache que je ferai mon possible pour protéger la jeune génération car elle représente notre avenir.

— Je trouverai du travail, promis-je. Et je te rembourserai au centuple.

— Tu me rembourseras en te reposant et en guérissant.

*

Plus tard dans la journée, j'eus la visite d'Elzbieta. Elle portait une pile de livres si haute qu'elle devait tendre le cou pour voir par-dessus.

— Tu es réveillé ! s'exclama-t-elle avec entrain. Je n'en croyais pas mes oreilles quand Sara m'a annoncé la bonne nouvelle. Comment tu te sens ? Et ton bras ? Tu as bien mangé ? Je t'ai apporté des livres. Je ne connais pas tes préférences, alors il y a le choix. Tu as besoin de repos et tu risques de t'ennuyer. Tu m'as raconté que tu aimais la lecture et que tu voulais devenir avocat.

Elle se tut enfin et posa les ouvrages sur la table, puis elle m'adressa un large sourire. Elle avait changé et je mis un moment à comprendre pourquoi. Lors de ses visites dans le ghetto, elle avait les cheveux lâchés sur les épaules avec quelques mèches relevées sur le haut de la tête. Son regard était plus vif, plus enjoué. Elle portait une tresse. Ses jupes et ses corsages trop sérieux avaient fait place à une robe légère à fleurs.

— Tu n'étais pas aussi bavarde…

Cette réflexion la fit rougir.

— Désolée, je suis enthousiaste.

— Ne t'excuse pas. C'est merveilleux, dis-je en riant malgré moi.

Moi aussi, j'étais heureux de la voir, ravi d'avoir sa compagnie, cette occasion de la remercier. En regardant la pile de livres, j'étais aussi impatient qu'elle s'en aille afin de pouvoir lire. Cela faisait des années que je n'avais pas lu un nouveau livre. En prenant le premier, j'eus la surprise de constater que c'était la Bible.

— Sara… m'a appris que tu étais catholique, bredouilla Elzbieta, les joues écarlates.

— En réalité, je ne me situe pas d'un seul côté, admis-je en examinant la couverture de l'ouvrage. Ma mère était juive et mon père catholique.

— Pourquoi ne nous l'as-tu pas dit ?

Perplexe, je levai les yeux vers elle.

— Vous dire quoi ? Que j'étais entre deux religions ?

— Eh bien… que tu n'étais pas juif.

— Je le suis ! Ma mère était juive, donc je le suis aussi.

— Je… tu vois très bien ce que je veux dire, Roman.

— Cela aurait-il fait une différence ?

— Pas pour moi, déclara-t-elle. Toutefois… nous aurions pu t'aider à t'échapper si nous avions su que tu pouvais circuler de ce côté du mur.

Comment m'expliquer ? Je lui désignai mon bras blessé.

— Tu étais présente, le premier matin, quand je suis arrivé ici, n'est-ce pas ?

— En effet.

— Tu as vu mon sang.

— Oui.

— Si tu avais vu le sang de ma mère, il aurait eu le même aspect. C'est son sang qui coule dans mes veines. Du sang juif. Pour les Allemands, cela suffit à faire de moi un être sans valeur. Pourtant, je sais que ce qu'il peut y avoir de bon en moi, je le tiens de ma mère. En reniant son héritage, je renie le mien. Plutôt mourir. Mes parents ont décidé de m'élever dans la foi catholique. J'ai fréquenté un lycée catholique, j'ai fait ma communion, je me suis confessé. Je suis donc à l'aise avec mes papiers d'identité de catholique. Mais si le seul moyen de les obtenir avait été de renier mes parents... j'aurais préféré affronter la mort avec dignité.

Elzbieta m'écouta avec attention.

— Je respecte tes principes.

— Je suis tellement content de te voir ! repris-je en riant malgré moi. J'ai été très triste que tu aies cessé tes visites.

— C'est une longue histoire, répondit-elle en se détournant. Un jour, je te ferai peut-être mourir d'ennui en te la racontant.

— Que faisais-tu de ton temps puisque tu ne venais plus dans le ghetto ?

— Je lisais, je tricotais, je cuisinais, je dessinais, soupira-t-elle. Ton arrivée a été un grand choc. Je suis consignée à cet étage jusqu'à ce que mes parents me fassent à nouveau confiance, surtout depuis le soulèvement du ghetto. Les Allemands semblent redouter que les autres Polonais s'en inspirent et tentent eux aussi une insurrection. Ils sont plus implacables que jamais et mes parents ne me quittent pas des yeux. Je suis soulagée qu'ils connaissent la vérité. C'était dur de leur mentir.

— Pourquoi nous as-tu aidés ?

— Les personnes qui m'ont servi d'exemple, dans la vie, en auraient fait autant. De plus, je ne comprends pas que les chrétiens détournent le regard. Ma conscience me dictait de m'engager.

En me voyant bâiller, elle sourit.

— Tu as besoin de repos.

— Tu reviendras me voir ?

— Rien ne me ferait plus plaisir.

Sur ces mots, elle prit congé, laissant derrière elle sa douceur et sa lumière. Devenir le voisin d'Elzbieta promettait de ne pas être désagréable du tout...

24

Emilia

GRÂCE AU RÉSEAU D'ONCLE PIOTR, Roman obtint de faux papiers. Cela faisait des années qu'il n'avait pas été libre. Désormais, seule sa santé le retenait prisonnier.

À plusieurs reprises, il sembla aller mieux et commença à se déplacer dans l'appartement de Sara, pour, hélas, rechuter quelque temps plus tard. L'infection de son bras parut disparaître, sa plaie se refermait et, du jour au lendemain, elle enflait à nouveau. Avec ses papiers, il aurait pu se rendre à l'hôpital, mais Sara redoutait des questions sur l'origine de sa blessure. Elle appelait donc un ami médecin qui débridait la plaie, une opération douloureuse. Si Sara essayait de le remplumer en le réaccoutumant aux aliments solides, il avait encore des problèmes digestifs qui le contraignirent à revenir aux bouillons.

— Pourquoi est-ce aussi long ? demandai-je un jour à Sara.

Roman était alité après une nuit agitée.

— Il est arrivé ici à l'agonie, Elzbieta. On ne se remet pas d'un tel traumatisme physique en quelques jours… de même pour les traumatismes psychologiques, ajouta-t-elle tristement. Ne l'oublie pas.

Je percevais la frustration de Roman d'avoir la liberté à portée de main et d'être entravé par son propre corps. Il ne se plaignait jamais et, parfois, il était difficile de lui faire reconnaître qu'il souffrait.

— Comment tu te sens, aujourd'hui ? lui demandais-je quand il avait le teint verdâtre ou quand Sara m'apprenait qu'il avait souffert.

— Ça va…

En dépit de ces épreuves, ces mois furent pour moi une parenthèse enchantée. Dehors, la guerre faisait rage, mais dans la chambre d'amis de Sara désormais occupée par Roman, tout était tranquille, à part les battements de mon cœur et le rythme de nos conversations.

— Tu es tellement intelligent !

Il n'avait pas fermé l'œil de la nuit parce qu'il avait lu un manuel de médecine entier. Il connaissait un tas de choses sur le vaccin contre le typhus et le rôle du savon dans la prévention de la transmission des maladies. Il possédait une capacité surnaturelle à assimiler les informations rien qu'en parcourant un texte une fois.

— Toi aussi, me répondit-il.

— Je ne suis pas aussi cultivée que toi.

— Je travaillais bien à l'école.

— Tu as arrêté quand ?

— À treize ans. Je finissais ma seconde.

— Ah oui ! Tu es vraiment érudit.

— J'ai sauté plusieurs classes, expliqua-t-il avec nonchalance. Et toi, tu as arrêté en quelle classe ?

— En primaire, avouai-je, honteuse. Ensuite, ma mère a essayé de me faire l'école à la maison. Malheureusement, ses propres connaissances étaient limitées.

J'appelais toujours Truda et Mateusz par leurs prénoms mais Roman ignorait encore qu'ils n'étaient pas mes vrais parents, de sorte que je me forçais à dire « ma mère » ou « mon père » en sa présence.

— Qui t'a appris à dessiner aussi bien ?

— Là où nous vivions, il n'y avait guère de distractions. Ma mère et sa sœur me donnaient du papier et des crayons. Tu aimerais voir d'autres dessins que j'ai réalisés ? fis-je, hésitante.

En une année, depuis que Sara m'avait offert ces carnets, j'avais accumulé des dizaines de croquis au fusain. Je retins mon souffle pendant que Roman les examinait.

— Ce sont pour la plupart des scènes du ghetto, commenta-t-il.

— C'est la raison pour laquelle je ne pouvais pas les montrer.

Il observa plus particulièrement une représentation du centre pour la jeunesse, dont il effleura l'entrée du bout du doigt.

— Quand je suis parti, l'immeuble tenait toujours debout, mais le reste du ghetto a été incendié ou presque.

— Je crois qu'ils ont achevé le travail pendant que tu te remettais, lui déclarai-je, hésitante.

Il parut surpris.

— Il n'y a plus que des décombres. Il ne reste plus rien. Même le mur est presque détruit. La grande synagogue a disparu. Les SS l'ont fait exploser en représailles du soulèvement.

— Je ne regrette pas notre rébellion.

— C'était comment ?

— Je pensais avoir le sentiment d'avoir vengé ma famille, les souffrances des miens. Hélas, ça n'a pas suffi.

Il effleura à nouveau le dessin avant de demander :

— Pourquoi avoir dessiné le ghetto ? Le paysage n'était pas vraiment bucolique.

Roman s'intéressa à une autre scène de ce quartier dans lequel il avait été confiné. J'avais représenté un cadavre, sur un trottoir, une femme aux bras levés au-dessus de sa tête, cherchant un secours qui n'était jamais venu.

— Tu espérais que la vengeance t'apaiserait, répondis-je. Je crois chercher la même chose en dessinant. Tu connais cette sensation ? Quand tes pensées sont si floues qu'elles n'ont aucun sens ? Dans ces moments-là, je dessine. En dessinant ce à quoi je pense, je parviens à lâcher prise. Quand je suis submergée, je dessine et je prie.

— Comment arrives-tu à capturer une scène ? me demanda-t-il en désignant les ombres du visage de la femme. Comment sais-tu quelle épaisseur donner à un trait ? Où tracer une ombre ?

— Je le sens, fis-je en glissant un doigt juste sous le sien. L'ombre et la lumière se livrent à une danse perpétuelle. Les ombres changent avec la lumière, qui éclaire différentes parties d'un objet et mettent en relief différentes choses. Capturer une telle image, c'est percevoir cette danse en moi avant de la capturer sur le papier.

Il posa sur moi un regard pensif.

— Tu as de la chance de posséder ce talent. Et d'avoir un exutoire.

— Et toi, quel est ton exutoire ?

Il haussa les épaules.

— Je vais devoir le trouver, avoua-t-il.

Nos chambres n'étant séparées que par une cloison, j'entendais parfois ses cris d'angoisse, lors de ses cauchemars. Je me réveillais en sursaut, le cœur battant. J'avais envie d'aller le voir. Je priais pour lui. Souvent, quand les cris se prolongeaient, j'entendais les marches craquer car Sara montait le rassurer.

Plus je passais du temps avec Roman, plus Truda et Mateusz s'inquiétaient de la bienséance de nos entrevues.

— Laisse la porte ouverte et ne t'assieds pas sur le lit avec lui. Ne le touche pas, me serinait Truda chaque fois que je longeais le couloir.

Mateusz était tout aussi anxieux.

— Je t'en prie, ne lui révèle pas la vérité sur toi, me dit-il.

— On peut lui faire confiance, répondis-je d'un ton léger. Il ne peut pas quitter la maison, dans l'immédiat. Il est trop faible. Et même s'il le pouvait, il ne me trahirait pas.

— Nous ne voulions le dire qu'à Piotr, au départ, souviens-toi. À présent, Sara est au courant. Si tu inclus Roman dans ce cercle, où celui-ci s'arrêtera-t-il ? Autant peindre ton vrai nom sur la façade.

— Cela fait plus d'un an ! m'emportai-je. Personne ne me regarde !

— Tu n'en sais rien. Si personne ne te regarde, c'est peut-être parce que tu es passée sous les radars. Imaginons que ton ami guérisse et regagne le monde extérieur. Il deviendrait une bombe à retardement, Emilia, soupira Mateusz. Tu crois vraiment qu'il fera profil bas quand il ira mieux ? Il a le cœur si tourmenté qu'il s'attirera des ennuis. S'il s'engage à nouveau dans la Résistance et s'il est capturé et torturé, il ne pourra trahir un secret qu'il ne connaît pas. Promets-moi de ne pas lui révéler la vérité sur toi ou bien nous devrons vous séparer.

Il ne me laissait pas le choix. Je lui donnai ma parole de mauvaise grâce. Le temps passé avec Roman m'était trop précieux pour que j'y renonce.

25

Roman

— C'EST TROP RISQUÉ. Tu ne penses pas sérieusement à l'installer ici.

Je lisais un roman dans ma chambre quand ces paroles me parvinrent depuis la salle de séjour. Il était tard. J'aurais dû être endormi depuis longtemps, mais j'étais captivé par mon livre et je me sentais un peu mieux. Ma porte demeurait entrouverte car j'avais eu la flemme de me lever. Intrigué, je fermai mon ouvrage et dressai l'oreille.

— Tu refuses de prendre des risques quand ça t'arrange, c'est ça ? persifla Sara. Je me doutais que ce serait un problème quand j'ai dû te harceler pour que tu lui obtiennes des papiers. Il n'y a pas d'argent à gagner sur son dos alors tu t'inquiètes !

Je me levai pour mieux entendre.

— Sara, je m'inquiète pour toi, répondit Piotr. Il est juif. C'est…

— C'est un catholique issu d'une famille juive, corrigea-t-elle.

— Pour les Allemands, c'est la même chose et tu le sais bien !

— De toute façon, ça m'est égal. Je suis ici chez moi et il restera.

— Et si tu es arrêtée ? S'il est arrêté aussi ?

— Si je suis arrêtée pour cette broutille, je serai au moins soulagée de ne pas avoir été capturée pour mes autres activités.

— Je n'arrive pas à croire que tu aies emmené la petite dans cet endroit, s'emporta soudain Piotr.

— Tu reviens là-dessus ? Tu sais bien que je n'étais pas au courant, pour ses faux papiers ! Tu ne m'avais rien dit.

— Et toi, tu m'avais caché que tu te rendais dans ce maudit ghetto avec elle !

— Ce qui me fascine, c'est que tu aies ouvert ton cœur à cette enfant-là, sans en tirer le moindre intérêt personnel, et que l'idée d'en faire autant pour Roman te rende fou.

Un silence pesant s'installa, puis Piotr marmonna :

— Dès qu'ils sont arrivés ici, je l'ai aimée. C'est pour cette raison que je la protège. J'ai toujours voulu être père et je regrette de ne pas avoir eu d'enfants. Dieu m'a accordé une chance d'aimer quelqu'un. C'est la raison pour laquelle je t'en veux d'avoir mis sa vie en péril.

— Toi, tu prends des risques au quotidien, objecta Sara.

— C'est mon problème. C'est ainsi que je gagne assez d'argent pour les entretenir tous.

— Piotr, tu pourrais liquider ton entreprise, comme tu dis, et les emmener à Łódź dès demain. Vous y vivriez confortablement.

— Ce n'est pas un crime de gagner de l'argent.

— Tu me reproches de prendre des risques alors que, toi, tu exploites les faibles !

— Il y a de l'argent à se faire, Sara, reprit-il avec impatience.

Ils semblaient avoir eu cette conversation des milliers de fois et en être lassés.

— Je fais des économies pour que, à la fin de la guerre, on puisse avoir une belle vie.

Sara grommela de frustration.

— Je t'ai déjà dit que je ne voulais pas t'épouser, pas tant que tu tremperas dans ces... affaires.

— Si tu refuses de m'épouser, c'est parce que tu es indépendante et têtue, fit Piotr d'un ton plus conciliant.

Sara ne se laissa pas amadouer.

— Non ! Je refuse de t'épouser parce que mon premier mari était un homme bien, plein de compassion, avec des valeurs. M'unir à un homme de ton genre serait déshonorer sa mémoire. Sors d'ici. Va-t'en !

J'entendis la porte claquer, puis le bruit de la clé dans la serrure. D'un pas lourd, Sara regagna sa chambre et s'y enferma.

— Que fait ton oncle dans la vie ? demandai-je à Elzbieta le lendemain.

Ma santé s'améliorait et je passais mes journées dans l'appartement de Sara. J'avais tellement besoin de compagnie que je n'avais pas avoué à Elzbieta qu'il ne me semblait pas correct d'être alité, à bavarder pendant des heures avec la plus jolie fille que je connaisse.

– Mon père et lui ont hérité d'usines textiles de leur père. Celle d'oncle Piotr se trouve à Łódź. Un gérant s'en occupe depuis que nous sommes à Varsovie où il s'est lancé dans une autre entreprise. Je n'en connais pas vraiment les détails. Il m'a dit qu'il était négociant. Je ne sais pas trop ce que cela signifie. Il semble obtenir ce qu'il veut, tes nouveaux papiers, par exemple.

— C'est une entreprise légale ? demandai-je, hésitant.

— Comment ça ? fit-elle, perplexe.

— Oh, laisse tomber.

— Il trempe parfois dans le marché noir, comme tout le monde.

— Je sais. Mais il n'est pas… enfin, il ne fait pas que du marché noir, n'est-ce pas ?

Elle arqua les sourcils, soucieuse.

— Je ne crois pas… mais… cela expliquerait certaines choses. Sara a suggéré qu'elle tenait à lui, bien qu'ils n'aient pas les mêmes valeurs. Enfin… s'il fait du marché noir, je suis sûre que c'est pour aider les autres. Il t'a aidé en te fournissant des papiers, non ?

— Et… les tiens ?

Elzbieta fronça les sourcils.

— Quoi ?

— J'ai entendu Sara se disputer avec lui. Elle a parlé de tes papiers.

Elzbieta baissa les yeux et déglutit nerveusement.

— Je t'en prie, ne me pose pas de questions. J'ai promis à mes parents de ne rien te dire. J'ai déjà rompu tant de promesses. Je dois au moins en tenir une.

Je fus piqué au vif. Je croyais que Truda et Mateusz m'appréciaient. J'affichai un sourire forcé.

— Pendant la guerre, chacun a ses secrets, non ? fis-je d'un ton qui se voulait enjoué.

— Je ne te le fais pas dire… souffla-t-elle.

Une idée me vint soudain.

— Et… est-ce que tu es en danger ?

Elle haussa les épaules.

— Pas autant que toi.

Je voyais bien qu'elle n'était pas disposée à se confier.

— D'accord, fis-je à regret. On n'en parle plus.

— Merci.

J'examinai ses traits délicats, ses yeux verts si pétillants et ses cheveux dorés que je brûlais de caresser. Que ressentirais-je si je tendais la main vers elle pour saisir quelques boucles entre mes doigts ? Ils avaient l'air si doux. Parfois, quand elle me croisait, je sentais son parfum dans son sillage. C'était ma meilleure amie et elle était en train de s'insinuer dans mon intimité comme personne ne l'avait fait, pas même Chaim. Plus encore, elle me changeait les idées et me permettait de m'évader.

Quand j'étais seul, il m'arrivait de me perdre dans mes pensées, dans le tourbillon de violence que j'avais connu et dans ma mission, que je n'avais pas encore accomplie. Mon corps m'imposait le repos mais, quand il serait rétabli, je devrais trouver un moyen de reprendre la lutte.

En revanche, quand j'étais seul avec Elzbieta, des pensées contradictoires m'assaillaient. Qu'il était bon de bavarder avec elle, de se rapprocher d'elle ! Notre amitié était une évidence. Je m'émerveillais de dériver vers une forme de paix. J'en étais troublé. Hélas, il me restait tant de choses à faire dans cette guerre et j'y laisserais sans doute ma peau.

Avec Elzbieta, j'avais envie de faire comme si je vivais dans un monde différent. Un monde dans lequel j'avais un avenir.

26

Roman

1er août 1944

J'ignorais le totem du scout qui frappa à la porte, à l'aube. Sara lui ouvrit et monta me réveiller.

— On te demande, Pigeon ! annonça-t-elle d'un ton enjoué.

Dans ma hâte, je faillis chuter dans l'escalier. Quand j'avais rejoint les Szare Szeregi, les « rangs gris », dix mois plus tôt, Sara m'avait soutenu. Certaines de nos traditions l'amusaient, notamment nos totems. Au début, ces surnoms souvent inspirés d'un animal m'avaient plu, à moi aussi, jusqu'à ce que notre chef m'ordonne de m'en trouver un.

— Pigeon, avais-je répondu d'instinct.

Soudain, ce nom de code devint un honneur pour moi.

Sur le palier, je découvris un garçon déguenillé qui ne devait pas avoir plus de douze ans. Impossible de savoir s'il s'agissait d'un déguisement ou s'il vivait vraiment dans la rue.

— Heure W, ce soir, cinq heures, récita-t-il, impatient de courir vers sa prochaine mission.

— Tu es sûr d'avoir bien compris ? lui demandai-je, intrigué.

J'attendais ce message avec impatience, mais l'heure W était censée être à l'aube. Cinq heures du soir ne rimait à rien.

— C'est bien ça. Cinq heures ce soir. Bien reçu ?

Dès que je hochai la tête, le garçon fila sans demander son reste pour gagner la maison suivante. Je savais que de nombreux scouts sillonneraient les rues de la ville, ce jour-là, pour transmettre le message à des milliers de combattants.

L'heure W était un code, le W correspondant au polonais *wybuch*, éruption. Il s'agissait du déclenchement de l'opération. L'Armia Krajowa, l'armée de l'intérieur, avait prévu une série d'actions contre les Allemands afin de reprendre le contrôle de Varsovie. Le soulèvement se préparait depuis des mois et nous n'attendions plus que le feu vert des responsables de l'AK. Il fallait faire diversion et fortifier leurs positions en prévision de l'avancée de l'Armée rouge.

Les Soviétiques m'inquiétaient. À mesure que les Allemands perdraient du terrain, nous serions pris en étau entre deux ennemis puissants. Je n'étais qu'un fantassin, un membre du Grupy Szturmowe, le groupe d'assaut du mouvement. Comme tous les autres scouts de plus de dix-sept ans, je venais de passer dix mois à me préparer pour ce grand soulèvement. Je n'avais qu'à effectuer les tâches qu'on me confiait, me fier aux responsables qui avaient une vision d'ensemble de la situation.

Dans la cuisine, Sara buvait son café, prête à partir travailler.

— C'est pour aujourd'hui ? me demanda-t-elle.

Le projet d'insurrection de Varsovie était un secret de Polichinelle. Certaines rumeurs suggéraient même que les Allemands s'y attendaient. J'étais particulièrement fier que l'action de mes frères et sœurs juifs ait inspiré et motivé le reste de la ville.

— Je pensais que nous aurions plus de temps. Quelques jours, quelques semaines, peut-être. Nous ne sommes pas vraiment prêts…

J'étais tendu. Mon groupe se battrait avec le bataillon Wigry de l'Armia Krajowa et nous serions stationnés à quelques rues de l'appartement. Nous manquions d'armes et elles étaient cachées dans toute la ville. Elles ne seraient pas faciles à récupérer rapidement sans attirer l'attention.

— Sois prudent, dit Sara en m'embrassant.

— Je ferai de mon mieux, promis-je.

Je ne mentais pas. J'étais prêt à mourir pour la Pologne. Lors de chaque réunion, je répétais mon serment : *Je m'engage à servir les « rangs gris », à garder les secrets de l'organisation, à obéir aux ordres sans hésiter à sacrifier ma vie.*

J'étais sincère, mais je tenais à ce que ma vie soit utile. N'était-ce pas ce que Chaim m'avait ordonné ? Ses ultimes paroles avaient été : *ne la gaspille pas.* J'avais une seconde chance de mourir pour ma patrie, un sacrifice qui aurait un sens. Si nous reprenions Varsovie, le reste de la nation aurait meilleur moral.

Cela ne m'empêchait pas d'avoir peur. La perspective de retourner au combat me rendait malade. Les souvenirs du soulèvement du ghetto étaient encore vivaces, même un an après. Une poussée d'adrénaline me parcourut. J'observai Sara avec une tendresse filiale qui me donna presque envie de rester à l'abri chez elle.

— Toi aussi, lui dis-je, hésitant, avant d'ajouter : si seulement tu pouvais partir pour Łódź avec Piotr.

Leur relation était chaotique. Un jour, je les surprenais enlacés sur le canapé et, le lendemain, ils se parlaient à peine. Ils étaient manifestement très attachés l'un à l'autre même si leurs priorités étaient peu compatibles. Pour Piotr, la guerre était une occasion de faire fortune. Sara voyait en l'occupation un drame humanitaire et se sentait une obligation morale de faire de son mieux pour aider les autres.

Alarmé par les rumeurs de soulèvement, Piotr avait décidé de mettre le marché noir de côté pour emmener Truda, Mateusz et Elzbieta dans son appartement de Łódź. Naturellement, Elzbieta était furieuse car elle voulait rester et se rendre utile. J'étais soulagé de la savoir bientôt en sécurité. Si seulement Sara pouvait les rejoindre !

— Il ne me viendrait pas à l'idée de m'enfuir, dit-elle soudain. Je vais me rendre à l'église Notre-Dame au lieu d'aller au bureau.

Il s'agissait de l'église de notre quartier, au coin de la rue.

— Les sœurs du couvent de la rue Hoza ont évacué leurs orphelins au cas où les choses tourneraient mal. Celles qui restent organiseront un dispensaire au sous-sol. Elles ont beaucoup œuvré pour les enfants juifs au fil des années, donc je vais les aider. Si toi et tes amis avez besoin de moi, vous saurez où me trouver.

Je l'embrassai sur le front et m'éloignai. Au moment de sortir, j'eus une hésitation. Matylda avait été arrêtée six mois plus tôt. Pendant un mois, Sara et moi avions retenu notre souffle chaque fois que quelqu'un frappait à la porte de peur de voir débarquer la Gestapo. Matylda avait été exécutée. Pas un membre de son équipe n'avait été inquiété. Cette perte frappa Sara de plein fouet, d'autant qu'elle avait hérité du poste de Matylda au bureau des services sociaux… et de son travail non officiel de gardienne de l'identité de plus de deux mille cinq cents enfants juifs dispersés dans toute la Pologne. Après la mort de Matylda, j'interrogeai Sara sur ma sœur.

— Matylda a laissé des dossiers. Il n'est pas facile d'y accéder, m'avait-elle répondu tristement. Quand la guerre sera finie, je les remettrai aux autorités juives qui réuniront les familles séparées… dans la mesure du possible. La nouvelle identité d'Eleonora se trouve dans des archives qu'il vaut mieux ne pas ouvrir.

Tout avait changé depuis cette conversation, intervenue quelques mois plus tôt. Pour moi, la guerre risquait de prendre fin à dix-sept heures et je ne voulais pas mourir sans nouvelles de ma sœur. Je m'attardai donc sur le seuil et pris mon courage à deux mains.

— Sara ?

— Oui ?

— Tu peux me dire quelque chose à propos d'Eleonora ?

— Je me doutais que tu me poserais la question, alors je me suis renseignée. Eleonora va bien. Elle est en sécurité à Częstochowa, dans sa nouvelle famille.

Je sentis monter des larmes de gratitude.

— Merci, Sara. Merci pour tout.

Elle était au bord des larmes, elle aussi. Pendant un long moment, plusieurs non-dits planèrent entre nous.

— File ! gronda-t-elle dès qu'elle fondit en sanglots. Fais ce que tu as à faire.

Je frappai à la porte d'Elzbieta. Piotr m'ouvrit en se frottant les yeux.

— Qu'est-ce qui se passe, fiston ? grommela-t-il, les sourcils froncés.

Il avait fini par m'apprécier et par accepter ma présence chez Sara. Il avait même fourni des armes à mon groupe, contre une coquette somme, toutefois.

— C'est aujourd'hui, Piotr. Il faut leur faire quitter la ville avant cinq heures ce soir.

— Je vois... ça nous laisse peu de temps. J'ai un travail à finir...

— Je dirai à l'AK de patienter pour que tu puisses te faire encore un peu d'argent, raillai-je, ce qui me valut un regard furibond. Bon, il faut que j'y aille. Elzbieta est réveillée ?

— J'en doute.

— Ah bon ? Excuse-moi, mais...

— Entre, soupira Piotr.

Il me conduisit à la cuisine en s'arrêtant au bas des marches.

— Elzbieta ! Tu as un visiteur !

Puis il marmonna dans sa barbe qu'il allait préparer du café.

Je m'installai au salon. Elzbieta apparut, enfilant sa robe de chambre sur son pyjama, les cheveux relevés et les yeux gonflés de sommeil. Mon cœur se serra.

Si une seule personne m'avait donné envie, cette personne aurait été Elzbieta Rabinek. Je l'aimais passionnément, même si je ne le lui avais jamais dit. Lui avouer mon amour aurait été une promesse d'avenir et nous n'avions aucun avenir ensemble. Au cours de l'année écoulée, nous avions passé des heures à bavarder. Elle aimait s'allonger sur le sol du salon de Sara pour dessiner pendant que je lisais. Me trouver dans la même pièce qu'elle me rendait heureux. L'insurrection ne pouvait que nuire à notre amitié et j'avais fait de mon mieux pour la préparer.

— Je ne veux pas aller à Łódź, déclara-t-elle de but en blanc. Je veux rester ici. Il y a des unités d'auxiliaires chez les scouts féminines. Aide-moi à trouver un contact dans la journée. Elles auront besoin de bras, c'est certain.

J'entendis Piotr soupirer dans la cuisine.

— Elzbieta, ce n'est pas notre bataille...

Elle me foudroya du regard.

— C'est une bataille pour la souveraineté polonaise, non ? Ne suis-je pas polonaise ? fit-elle, incrédule.

— Si. La Pologne aura besoin de personnes brillantes et créatives telles que toi pour se reconstruire.

— Et de toi aussi, rétorqua-t-elle, contrariée.

J'avais compris la profondeur de mes sentiments pour elle en réalisant à quel point je trouvais ses moues adorables.

— Je n'aime pas t'entendre parler comme si tu étais déjà mort.

— Je suis venu te dire au revoir, avouai-je, la gorge nouée.

Le troisième étage de cet immeuble était devenu mon foyer, entre les appartements des Rabinek et de Sara. Mon départ se révéla plus douloureux que prévu, mais il fallait que je parte. Mon groupe, ma ville et ma nation comptaient sur moi. Je fis quelques pas vers Elzbieta.

— Va à Łódź et prends soin de toi.

— Viens avec nous, murmura-t-elle.

Nous avions eu cette conversation plusieurs fois au cours des semaines écoulées.

— Tu sais bien que c'est impossible.

Elle enroula les bras autour de ma taille. Je savourai un instant son étreinte, mais m'en dégageai vite.

— Tu diras au revoir et merci à tes parents de ma part, murmurai-je en voyant des larmes couler sur ses joues.

— Tu leur diras toi-même quand on se reverra.

Je hochai la tête et m'éloignai.

— Au revoir, Piotr !

— Au revoir, fiston. Rends-nous fiers.

— Roman ? fit Elzbieta au moment où j'allais ouvrir la porte.

Je fis volte-face. Le visage inondé de larmes, elle m'envoya un baiser. Je fis mine de l'attraper et de le glisser dans ma poche, puis je filai avant de changer d'avis.

À huit heures du matin, j'atteignis notre quartier général, rue Długa. Notre objectif était de prendre le contrôle du secteur de Śródmieście, qui couvrait les alentours de la vieille ville, dont la rue Miodowa.

J'étais le plus jeune de mon groupe de vingt et un membres. Les autres avaient tous plus de dix-huit ans, mais j'étais aussi le seul à avoir connu des affrontements. Lors des préparatifs de l'insurrection, j'avais l'impression d'être le vétéran. Mes camarades étaient enjoués, impatients d'en découdre.

— Je vais tuer tant d'Allemands que je serai célèbre dans tout le Reich. Leurs jeunes recrues apprendront à se méfier du redoutable Sabre ! proclama l'un d'eux.

Le dénommé Sabre était un petit maigrichon au visage poupin, qui semblait avoir treize ans à peine. Seule sa taille hors du commun indiquait qu'il était en réalité un adulte.

— J'en tuerai un pour chaque membre de ma famille ayant péri, déclara Vodka.

— Tu sais compter jusque-là ? railla Char.

— Je peux toujours compter sur mes doigts.

— Tu crois que tuer des Allemands te fera du bien, n'est-ce pas ? demandai-je.

Je venais de ranger une caisse de munitions et leurs plaisanteries me faisaient fulminer de rage. Les autres se tournèrent vers moi, sans doute étonnés par mon intervention. Je ne m'étais lié d'amitié avec personne de peur de commettre la même erreur cruelle qu'avec Chaim.

— Bien sûr que cela me fera du bien ! affirma Char. J'ai vu ma mère se vider de son sang. Je vais enfin la venger.

— Mauvaise nouvelle : ça ne te fera aucun bien. Tu ne te sentiras pas vengé. Il n'y a pas de justice dans cette guerre, seulement de la souffrance. Et si je dois écouter une bande d'imbéciles en plaisanter une minute de plus, je risque de vous abattre moi-même !

— Pigeon ! lança Aiguille, notre chef. Viens ici tout de suite !

Avec un regard noir pour mes camarades, je le rejoignis.

— Oui, chef.

— Ce sont des abrutis, des naïfs, mais ils sont enthousiastes. Dès les premiers coups de feu, ils se calmeront et se rendront compte de la gravité de la situation. Laisse-les dans leurs illusions, Pigeon. Le moment venu, il faudra qu'on soit présents pour les recadrer. En attendant, qu'ils profitent de leurs dernières heures d'innocence. Ils ne les revivront plus.

— À vos ordres.

— Tu peux disposer, Pigeon.

Même s'il avait raison, j'avais du mal à supporter leurs enfantillages alors qu'ils allaient vivre les pires moments de leur existence.

Personne ne tint jusqu'à dix-sept heures. Un autre groupe transportait des armes dans une charrette, rue Nowomiejska, à une rue de notre QG, quand une patrouille allemande l'arrêta. Peu après treize heures, une rafale de détonations retentit, suivie d'un silence inquiétant.

— Mettez vos brassards ! hurla le chef.

Nos brassards rouge et blanc indiquaient que nous combattions du côté polonais. En émergeant dans la rue, je pointai mon fusil sur les bâtiments voisins en pensant à Elzbieta.

Je fais ça pour toi, pour notre pays, pour que tu puisses être libre.

En foulant les pavés de la rue Długa, je portai mon regard vers notre immeuble de la rue Miodowa en priant pour Elzbieta et sa famille. Pourvu qu'ils aient quitté la ville à temps...

27

Emilia

Oncle Piotr avait établi un plan détaillé pour notre fuite vers Łódź. Truda, Mateusz et moi devions rester à la maison pour faire les bagages pendant qu'il se rendait à un dernier rendez-vous d'« affaires ».

— C'est vraiment nécessaire ? lui demandai-je dans le couloir, tandis qu'il mettait son chapeau.

Il vérifia son apparence dans le miroir et m'adressa un clin d'œil.

— C'est un rendez-vous important, Elzbieta.

— Je ne pensais pas à cela, oncle Piotr, mais à notre départ pour Łódź.

J'avais fini par me faire à l'idée que mon gentil tonton était un vautour qui engrangeait des biens pour les revendre le plus cher possible. Plus d'une fois, je voulus mettre en doute la moralité de ses activités. Hélas, il ne voyait en moi qu'une gamine dont les opinions n'avaient guère d'importance.

— Nous pourrions rester pour voir s'il y a quelque chose à faire. Roman a des relations au sein de l'AK et Sara connaît des médecins et des infirmières. Je suis sûre que l'on pourrait…

— Elzbieta ! intervint Truda d'un ton ferme, les lèvres pincées. Nous partons, et le plus vite possible. Piotr, tu dois vraiment conclure cette vente ? Pourquoi tarder davantage ?

— Je serai de retour à trois heures avec une voiture et un chauffeur. Les insurgés passent à l'action à cinq heures. Ça nous laisse huit heures ! On aura largement le temps de quitter la ville.

Il se tourna vers moi et me tapota la joue.

— Tu vas adorer Łódź. Mon appartement est deux fois plus spacieux que celui-ci et je connais des restaurants.

Je n'avais que faire des palaces ou des restaurants. J'avais le cœur gros à l'idée de quitter Varsovie et surtout Roman.

En un an, notre relation n'était jamais allée au-delà de l'amitié même si, par moments, j'avais l'impression que nous glissions vers autre chose. Quand nos regards se croisaient, c'était fascinant et délicieux. Plus d'une fois, j'avais contemplé ses yeux noisette, ses cheveux bouclés. Il m'attirait physiquement. Qu'aurais-je ressenti en posant la tête sur son torse ? À écouter les battements de son cœur, à respirer son parfum ? Parfois, la nuit, allongée dans mon lit, je posais une main sur la cloison qui séparait nos chambres. Sa présence me réconfortait.

Et pourtant, quelque chose me retenait : son côté sombre que je comprenais même s'il m'effrayait. Roman était mû par une force irrépressible. À peine remis de sa blessure, il avait cherché des contacts parmi les « rangs gris ».

— Tu devrais attendre encore un peu, lui avais-je conseillé.

Il avait secoué la tête comme si ma suggestion était insensée.

— Un soulèvement se prépare ! J'ai besoin d'y prendre part. Je ne veux pas gâcher cette seconde chance.

— Je ne dis pas qu'il ne faut pas lutter. Plus tu seras fort, plus tu seras utile.

— Je peux aussi rester au lit et mourir de vieillesse. Si tout le monde en fait autant, la Pologne ne sera jamais libérée. Personne ne viendra nous sauver, tu sais.

Il lui arrivait aussi d'évoquer son martyre avec une lueur étrange dans les yeux, une forme de nostalgie, de manque. Roman n'était pas seulement disposé à sacrifier sa vie pour notre pays. Il était déterminé à le faire.

— La mort ne te fait pas peur ?

— Je l'ai déjà côtoyée de près au point de la sentir. Je connais son odeur, son rythme. Presque tous ceux que j'ai aimés m'attendent de l'autre côté. Pourquoi aurais-je peur ?

À mes yeux, sa colère était légitime. Où le mènerait son côté sombre ? Je n'osais m'unir à quelqu'un qui voulait se détruire. J'avais observé de près la relation de Sara avec Piotr et je savais qu'elle refusait de s'engager parce qu'ils n'avaient pas les mêmes priorités dans la vie.

Je ressentais un lien avec Roman. Nous étions destinés l'un à l'autre, mais je devais maîtriser l'évolution de notre relation. Pour être honnête, au plus profond de moi, je voulais un avenir avec lui. Hélas, même quand nos regards se croisaient longuement, même quand nos mains se frôlaient, quand nos conversations nous entraînaient vers nos sentiments réciproques, je ne parvenais pas à franchir le pas. Roman semblait réticent, lui aussi. J'étais pourtant certaine qu'il ressentait plus que de l'amitié pour moi.

Aucun de nous n'était désireux d'affronter ce qui s'était passé entre nous durant cette année. Désormais, je ne pouvais que prier pour lui et j'avais l'intention de le faire de toutes mes forces.

Les premiers coups de feu retentirent juste après treize heures, pas très loin de notre immeuble. Le bruit fut assez fort pour nous faire sursauter. Mateusz nous ordonna de nous coucher à terre.

— Ce n'est pas dans notre rue, nous dit-il en regardant par la fenêtre. Ne bougez pas. On ne sait jamais, une balle perdue…

— Il est bien trop tôt, répondis-je. Ils devaient commencer à cinq heures…

— C'est mal parti, fit Truda en se mordillant les lèvres. Mon Dieu, Piotr est dehors. Et Sara ! Elle est au bureau.

— Sara avait prévu d'installer un dispensaire à l'église, lui rappela Mateusz. Quant à Piotr, il est intelligent et débrouillard.

— Qu'est-ce qu'on fait ? murmurai-je.

Affolés, les oiseaux s'étaient enfuis dans le ciel limpide. Si j'avais pu me boucher les oreilles, cette journée d'été aurait été idéale pour un trajet en voiture vers Łódź.

— On n'a pas le choix, soupira Mateusz. Piotr devait récupérer la voiture auprès de son contact de Żoliborz. On ne peut pas partir sans lui.

Une nouvelle fusillade nous interrompit.

— Ce n'est pas le moment de traverser la ville, grimaça-t-il.

Une heure durant, plaqués au sol, nous eûmes des sueurs froides, à écouter les cris et détonations. Soudain, la sonnerie stridente du téléphone retentit. Mateusz rampa vers l'entrée pour décrocher. Il réapparut, la mine grave.

— C'était Piotr. Il dit que les affrontements ont démarré également dans le secteur de Żoliborz. Pour l'instant, il reste là-bas et tentera de revenir si la situation se calme.

— Et sinon ? s'enquit Truda.

— Il y a trop d'incertitudes pour prévoir quoi que ce soit, chérie. Piotr nous conseille de rester ici à moins que cela ne devienne dangereux. Il a parlé à quelques insurgés. Ils sont certains de reprendre la ville en quelques jours. L'Armée rouge a accepté de les soutenir. Si Dieu le veut, Varsovie sera bientôt sous contrôle polonais.

— Donc nous serons en ville pendant l'insurrection, se lamenta Truda. C'est ce que tu voulais, non, Elzbieta ?

— Je n'avais aucune envie d'être plaquée au sol au milieu des coups de feu, maugréai-je.

— Au moins, nous sommes ensemble, déclara Mateusz, anxieux.

Je tendis une main vers la sienne.

— C'est une consolation, confirmai-je.

— Surtout ne levons pas la tête, conclut Truda. Restons ici en attendant.

Le soir du premier jour, les tirs partaient dans toutes les directions, se mêlant au vacarme des cris de douleur, de peur, au hurlement des sirènes, aux vrombissements sporadiques de moteurs d'avion. Les explosions faisaient trembler les vitres. À chaque alerte, il fallait se précipiter au sous-sol et rejoindre nos voisins dans l'abri. Dès la fin de l'alerte, nous remontions en courant.

Je pensais à nos proches qui étaient absents, surtout à Roman. Je n'oubliais pas pour autant oncle Piotr et Sara, pour qui je priais avec ferveur. J'avais toutefois la sensation que ces deux-là seraient assez raisonnables pour fuir les affrontements. Roman, en revanche, devait s'être jeté dans la bataille à corps perdu.

Le troisième jour, des cris de victoire s'élevèrent dans la rue, en bas de chez nous. En regardant par la fenêtre, je vis des membres de l'AK et des civils déambuler librement sur la chaussée en agitant des drapeaux rouge et blanc, aux couleurs de la Pologne.

— Je peux les rejoindre ? demandai-je.

— Pas encore, répondit Mateusz. Et écarte-toi de la fenêtre !

Notre existence demeura en suspens pendant une journée de plus. Nous ne mangions pratiquement rien pour ne pas épuiser nos réserves. J'étais alors plus frustrée qu'apeurée en entendant la liesse générale tandis que nous étions enfermés.

Le quatrième jour, peu après l'aube, oncle Piotr réapparut sain et sauf. Il s'amusa de nos larmes de soulagement.

— Ne vous mettez pas dans cet état, commenta-t-il. Je suis increvable, vous le savez bien. À Żoliborz, les combats sont féroces. Il valait mieux se cacher en attendant que ça passe. Vous n'allez pas me croire, mais je suis tombé sur des armes que j'ai vendues avec un beau bénéfice.

Même Mateusz en fut irrité, quoique trop soulagé pour s'attarder sur les magouilles de Piotr.

— Comment es-tu revenu ? lui demandai-je.

— J'ai croisé des soldats formidables. Ils étaient ravis de me raccompagner moyennant finance. Il y a des secteurs sous contrôle polonais dans toute la ville. C'est formidable !

Intrigué, il nous dévisagea tour à tour.

— Attendez... pourquoi vous terrez-vous ici alors que les rues n'ont pas été aussi sûres depuis des années ?

— Je n'en suis pas si certain, Piotr, répliqua Mateusz en se tournant vers la fenêtre d'un air méfiant. Il y a un tas de choses qu'on ne sait pas.

— Les drapeaux polonais dans les rues, les soldats polonais enfin maîtres chez eux... j'ai l'impression que c'est le début de la fin ! À présent, on va trouver à manger et de la vodka pour fêter ça !

— Attends une minute, coupa soudain Truda. On devait aller à Łódź. On était d'accord pour dire que ce serait plus sûr qu'à Varsovie. Tout se passe bien pour les insurgés, mais rien ne garantit que cela va durer. On devrait essayer de partir, non ?

— Les bastions de l'AK sont encore dispersés. On contrôle certains secteurs, sans couloir sécurisé qui nous permette de sortir. On est coincés ici dans l'immédiat, Truda. Tu verras, tout va s'arranger. C'est une question de quelques jours.

Ces quelques jours se muèrent en une semaine. Sara demeurait invisible. Mateusz m'interdisant de sortir de la maison, seul Piotr alla la voir dans le dispensaire installé au sous-sol de l'église.

— Ce n'est pas beau à voir, me dit-il avec une moue.

— Comment ça ?

— Le sang, les blessures... c'est terrible. Enfin, tu connais Sara. Elle est dans son élément. Elle va bien.

— Tu as vu Roman ? m'enquis-je, hésitante.

— Non. Sara non plus. On a des nouvelles de son bataillon. La majeure partie de son secteur est sous le contrôle de l'AK. Tu devrais être fière de lui.

— Je le suis, même si je m'inquiète.

— Son QG se trouve près de l'église. Si les choses s'emballent toujours et que nous restons sans nouvelles de lui, j'irai me renseigner de ta part, d'accord ?

— Je pourrai venir avec toi ?

— Voyons d'abord comment se déroulent les prochains jours, fit-il avec un sourire.

Si les bastions des alentours tenaient bon, il était manifeste que quelque chose avait changé au-delà de ce secteur. Les bombardements s'intensifiaient et, à chaque alerte, il fallait descendre, ce qui se produisait plusieurs fois par jour et même la nuit. À partir de la première semaine d'août, les explosions furent incessantes et je remarquai un type différent de tirs groupés, comme si des dizaines de mitrailleuses faisaient feu en même temps. Durant vingt-quatre heures, j'eus l'impression de tirs permanents, si nourris qu'un bourdonnement sinistre résonnait dans la ville entière.

— De quoi s'agit-il ? demandai-je lors du petit déjeuner.

Les scènes de liesse avaient cessé et un silence tendu et perplexe régnait autour de la table.

— Ce ne sont peut-être pas des tirs, suggéra Truda. Pourquoi mitrailleraient-ils autant ? On dirait que toute l'armée allemande s'y met. Ils ont peut-être inventé une nouvelle arme.

— Non, objecta Mateusz. Je crois que ce sont des coups de feu.

— J'ai une idée, fit oncle Piotr.

Il quitta l'appartement et réapparut une heure plus tard avec un poste de radio. Ces appareils avaient été prohibés en ville pendant un moment, même si de nombreuses personnes bravaient l'interdiction. Piotr alluma le poste et le régla sur différentes stations. Il tomba d'abord sur une station soviétique qui diffusait des nouvelles depuis la position de l'armée à l'est de Varsovie en promettant une libération prochaine et en encourageant les habitants de Varsovie à lutter pour repousser les Allemands.

— Ce vacarme viendrait donc des Soviétiques ? m'enquis-je.

— Non, il vient de l'ouest, murmura Piotr.

Il passa sur la station de l'AK, qui faisait le point sur l'actualité, les secteurs gagnés et perdus, mais ce fut le titre principal qui me glaça les sangs.

— ... les Allemands vont de logement en logement, à Wola, et font sortir les civils de tous âges dans la rue avant de les exécuter en représailles de l'insurrection. Le bilan est terrible, les cadavres s'accumulent sur la chaussée. D'après certains rapports, des dizaines de milliers de civils ont déjà été tués. On déplore notamment de lourdes pertes le long de la voie ferrée, rue Górczewska, et dans les usines de la rue Wolska...

— Ils ne sont qu'à quelques kilomètres de chez nous, souffla Mateusz.

Piotr tourna le bouton du volume si brutalement qu'il me fit sursauter. Le visage blême, il m'observa avec effroi.

— Nous aurions dû partir quand nous en avions l'occasion ! s'insurgea Truda, ivre de rage. Mais non, il a fallu que tu ailles à ce rendez-vous d'affaires ! À quoi nous servent tes *złotys* alors que les Allemands vont de maison en maison pour nous *assassiner* et que nous sommes enfermés ici ?

— Seigneur... souffla Piotr. Qu'est-ce que j'ai fait ?

— Qu'est-ce qu'on va devenir ? demandai-je.

— On est pris au piège, commenta nerveusement Mateusz. Il n'y a rien à faire. Il faut rester ici, on n'a pas le choix. Ils sont encore à quelques kilomètres et l'AK est bien présente entre Wola et Śródmieście, ce qui nous laisse un peu de temps. Vous avez entendu : les Russes arrivent. Il suffit de tenir bon.

Le soir venu, j'avais écouté le concert de fusillades pendant trente-six heures et je croyais entendre des cris également. Incapable de dormir, je me faufilai dans la salle à manger. Oncle Piotr était attablé dans la pénombre, avec une bouteille de vodka. En m'asseyant en face de lui, je remarquai aussitôt qu'il était saoul. Il porta le goulot à ses lèvres et but avidement.

— On peut faire quelque chose ? lui demandai-je.

— Je vous ai trahis.

— Oncle Piotr, il ne sert à rien de regarder en arrière. Ce qui est fait est fait. Je veux simplement savoir si on peut faire quelque chose pour s'en sortir.

— L'AK se sert des égouts pour le transport. Hélas, c'est risqué et, en principe, réservé aux soldats. Je vais me renseigner, d'accord ? Je vais essayer de trouver un moyen de partir.

— Merci.

— Si on gagne les abords de la ville, on partira pour Łódź, quitte à y aller à pied. C'est à un peu plus de cent kilomètres. On y arriverait.

— C'est vrai.

— Je m'inquiète pour notre jeune ami, tu sais. Si les Allemands massacrent des civils par milliers, ils n'hésiteront pas à exécuter les membres de l'AK, même les gamins comme Roman.

— Je sais, murmurai-je avec un pincement au cœur.

— Quand j'étais jeune, je croyais que la vie était juste, que chaque personne devait subir son lot de souffrances mais que, ensuite, la vie était facile. Je sais à présent que la souffrance frappe au hasard et que la vie est cruelle.

Je n'avais jamais vu mon oncle aussi abattu. En dépit de mon angoisse, je me sentais obligée d'être un peu optimiste.

— La vie peut quand même être belle, oncle Piotr.

— Elle offre des bonheurs inattendus, c'est sûr. Toi, par exemple. Ta joie de vivre m'a rendu si heureux... et je ne m'y attendais pas.

— Merci. Je peux en dire autant de toi.

— Depuis deux ans, j'aime Sara et elle m'a rejeté plusieurs fois parce que je suis égoïste et vénal.

Que répondre à cela ? Je l'observais dans le noir. Il avait les yeux rivés sur sa bouteille.

— Si seulement je l'avais écoutée... je regrette de ne pas avoir changé, de ne pas avoir été un homme meilleur afin qu'on puisse être ensemble. Je pensais que, dans la vie, il y avait les gagnants et les perdants. J'en étais certain, même en temps de guerre. Je voulais être un gagnant. J'étais persuadé qu'elle m'attendrait et que, quand j'aurais accumulé un tas d'argent, je tournerais la page et on se marierait.

— C'est encore possible...

— Je veux l'épouser. Je pense sans cesse à notre jeune ami. Si un quota de souffrance existait, il l'aurait atteint depuis longtemps. Or il souffre encore.

— C'est injuste.

— C'est un homme bien, Emilia. Sara voit en lui ce qu'elle aimerait voir en moi.

— Tu peux changer, non ?

— Je veux faire quelque chose pour Roman. Tu te rappelles ta réticence à partir pour Łódź ?

— Bien sûr, fis-je avec un rire nerveux. Cela ne remonte qu'à deux semaines.

— J'ai l'impression que c'est bien plus vieux.

— Moi aussi.

— J'aurais dû insister pour qu'il vienne avec nous. J'aurais dû lui dire qu'il avait déjà fait preuve d'héroïsme et qu'il ne devait plus rien à ce pays. Tu savais que je les ai vus entrer dans le ghetto ?

— Qui ça ? Sa famille ? m'étonnai-je.

— Probablement. Je ne sais pas. J'ai regardé des milliers de Juifs passer devant moi, escortés par les Allemands. J'ai trouvé mille raisons de ne pas m'engager persuadé que tout irait bien. À présent, je me demande… si j'étais un homme meilleur, Sara m'aurait-elle dit la vérité sur ses activités ? De temps à autre, elle me demandait des papiers ou des vivres, mais je n'avais aucune idée de l'ampleur de son action. Si j'avais su, aurais-je fait quelque chose ? Si une occasion s'était présentée, aurais-je eu le courage de m'engager ? De risquer ma vie comme tu l'as fait ?

— Oncle Piotr, murmurai-je en posant une main sur la sienne.

En le voyant ravaler ses larmes, j'eus le cœur brisé.

— Tu es un homme bien, même si tu n'es pas parfait. Tu as certainement sauvé Truda, Mateusz et moi.

— Bien sûr, admit-il amèrement. Mon frère m'appelle à l'aide et je réponds présent. Puis je l'enferme avec sa famille dans une ville qui s'écroule autour de lui.

Il ôta sa main de la mienne pour la passer nerveusement sur son visage.

— Va donc te coucher. Il est tard.

— Tu es sûr que ça va ?

— Je vais expier mes fautes, annonça-t-il dans un long soupir. Je ne sais pas encore comment, mais j'aiderai ton ami. Ensuite, je te sortirai d'ici avec tes parents avant qu'il ne soit trop tard.

Durant les jours suivants, Piotr s'activa. Il rendit visite à ses contacts dans tout le quartier pour trouver un moyen de franchir les barricades de l'AK qui nous protégeaient, puis les zones tenues par les Allemands.

— Je vous promets de vous faire sortir de la ville, ne cessait-il de répéter. Je sais que je vous ai déçus et je vais me racheter, c'est juré.

— Je sais, lui répondais-je, mal à l'aise face à sa contrition et son désespoir.

— Je persuaderai Roman de nous accompagner. Vous verrez !

Sur ces mots, il repartait chercher un passeur et un moyen de transport jusqu'à Łódź.

Depuis le début, ou presque, notre secteur se trouvait au cœur d'un bastion de l'AK. Le conflit enflant par vagues, les frontières changeaient en permanence. L'AK résistait et gagnait du terrain, puis les Allemands réprimaient cette avancée, massacraient des civils au hasard et détruisaient des bâtiments entiers pour le principe. Retranchée dans notre appartement, je voyais des colonnes de fumée s'élever çà et là. Du jour au lendemain, certaines toitures disparaissaient.

Mon pressentiment était de plus en plus oppressant. Même si oncle Piotr trouvait un passeur pour nous faire sortir par les égouts, nos chances étaient minces. Durant les semaines de l'insurrection, Mateusz et Truda s'étaient aventurés dehors pour chercher à manger. Ils avaient recueilli des témoignages de plus en plus glaçants. Les Allemands jetaient des grenades dans des bouches d'égout où s'étaient réfugiés des groupes entiers. Ils scellaient les plaques pour bloquer les issues. Notre meilleur espoir de salut était de ramper dans les égouts en priant pour ne pas recevoir une grenade sur la tête et pour que la bouche de sortie n'ait pas été scellée.

Le dimanche 13 août, oncle Piotr rentra à la maison en pleine exaltation. Il me serra dans ses bras et annonça triomphalement :

— J'ai trouvé ! Cela va me coûter presque tout l'argent qui me reste en ville mais ne vous en faites pas, on va s'en sortir !

— Quel est ton plan ? s'enquit Mateusz.

— Je vais t'expliquer, mon frère. Il faut parler à Sara et aller voir Roman. J'espère qu'il se trouve au QG de son bataillon.

Oncle Piotr se tourna vers Truda et moi.

— Faites les bagages. Un seul sac, et uniquement des vêtements faciles à laver. On va passer un moment dans les égouts. On s'installera dans mon appartement de Łódź, qui est bien plus agréable que ce taudis. J'ai une réserve d'argent, là-bas. Dès qu'on sera en sécurité, je remplacerai ce que vous avez perdu, c'est promis, et on vivra comme des rois.

28

Roman

DEUX SEMAINES après le début de l'insurrection, notre effectif était passé de vingt et un à six. Les rescapés ne fanfaronnaient plus. Ils faisaient leur possible pour survivre jusqu'au lendemain.

Sabre semblait décidé à devenir mon partenaire. Il me suivait partout en restant à l'écart du danger et en me laissant gérer les conflits qui se présentaient. Nous manquions cruellement d'armes, ce qui n'était pas une mauvaise chose pour Sabre. Il tremblait comme une feuille quand nous croisions des soldats allemands. Un jour, je l'avais trouvé recroquevillé dans un coin du dortoir à se balancer d'avant en arrière.

— Je ne pensais pas que ce serait ainsi, murmurait-il encore et encore.

Je ne voulais pas avoir de la peine pour lui. Après tout, je l'avais prévenu. Mais Sabre avait quelque chose d'enfantin.

— Quand arriveront les renforts ? demandait-il sans cesse à Aiguille.

— On devrait recevoir le soutien de l'Armée rouge aujourd'hui. Il suffit qu'on tienne sur la ligne de front, lui répondait-il.

Une autre journée s'écoulait, marquée par des effusions de sang, des victimes, des blessés et toujours pas de renforts. Les excuses commençaient à faire long feu, notamment celle voulant que les Soviétiques guettent un tournant dans la bataille. Plus tard, ils annoncèrent à la radio qu'ils attendaient eux-mêmes des renforts. L'espace d'un instant, il y eut l'espoir d'un projet. Hélas, un groupe de l'AK nous transmit des rapports indiquant que des milliers de soldats et de véhicules de l'Armée rouge attendaient sur la rive opposée de la Vistule, regardant la ville brûler.

Une fois encore, je livrais une bataille perdue d'avance. Cette insurrection bénéficiait de bien plus de ressources que notre modeste soulèvement du ghetto. En revanche, la routine était la même : se réveiller, prendre une vie, trouver à manger, prendre une autre vie, essayer de dormir, essayer de ne pas mourir.

J'eus vent d'exactions qui, en temps normal, auraient capté mon attention : à quelques rues d'ici, dans le quartier de Wola, les Allemands avaient pillé l'Institut du radium, agressant et tuant les patients et le personnel. Des bâtiments civils étaient fermés et incendiés avec leurs occupants. Dans le feu de l'action, je n'avais pas le temps de les assimiler parce que chaque journée était une lutte pour rester en vie. Même sans espoir, j'étais déterminé à me battre jusqu'à mon dernier souffle. C'était la seule existence que je connaissais.

Un jour, en portant un soldat blessé dans le dispensaire de fortune installé au sous-sol de l'église, je trouvai Sara. De but en blanc, elle m'apprit une nouvelle terrible.

— La famille Rabinek est toujours là.

— Ils devaient partir ! Je leur ai parlé de l'heure W… Ils savaient ce qui se préparait.

— Piotr a retardé leur départ, m'expliqua-t-elle amèrement. Et les affrontements ont commencé plus tôt que prévu. Ils se cachent dans leur appartement. Piotr m'a dit qu'il cherchait un moyen de les faire partir… et il veut que tu t'échappes avec eux.

— Je ne pourrais pas même si je le voulais. Une désertion est passible de la peine de mort. Je ne peux pas m'enfuir. Je dois…

Je revis Chaim me poussant dans la bouche d'égout. *Ne la gaspille pas.*

— J'ai des comptes à rendre.

— J'ai répondu à Piotr que, selon moi, tu n'accepterais pas, mais il est têtu. Ne t'étonne pas s'il vient te voir.

Irrité, je soupirai. Je n'avais ni le temps ni la patience d'écouter Piotr et ses magouilles.

— Il faut que j'y retourne. Prends soin de toi. Tu as entendu parler du massacre de Wola ?

— Oh oui.

— Sara, si tu as l'occasion de partir avec lui…

— J'y songe.

— Vraiment ? m'étonnai-je.

— Je suis fatiguée, Roman, avoua-t-elle. Regarde ça… Et pour quoi ? Pour libérer notre patrie ? Qui est gagnant ? La mort, la souffrance… j'ai besoin de respirer à nouveau.

Ses paroles me rassuraient. Apprendre que Sara et Elzbieta seraient bientôt en sécurité était la meilleure nouvelle que j'aie entendue depuis des semaines.

— Prends soin de toi, répétai-je en l'embrassant.

— Toi aussi.

Un dimanche matin, de bonne heure, un groupe du bataillon Wigry captura un char allemand d'allure étrange. Le QG était en ébullition, comme si cette prise pouvait être le tournant de l'insurrection de Varsovie. J'étais si agacé que, bien qu'étant de garde, je restai dans le dortoir pour éviter cette liesse que je trouvais irrationnelle. J'avais les yeux fermés, l'esprit en émoi, envahi d'images des derniers jours.

— Pigeon.

Je n'avais pas entendu Sabre s'approcher, mais il était au pied de mon lit, à portée de main.

— Quoi ? m'emportai-je.

— On te demande dehors.

Je ne fus guère étonné de découvrir Piotr et Mateusz sur le seuil. Si Piotr semblait particulièrement animé, Mateusz avait les mains dans les poches et les yeux baissés.

— Viens avec nous, déclara Piotr en guise de bonjour. On part à l'aube. On sera à Łódź avant demain soir.

— J'aimerais pouvoir vous accompagner, répondis-je avec sincérité.

Gagner Łódź avec Elzbieta et sa famille était un rêve merveilleux.

— Hélas, c'est impossible. J'ai juré de me battre jusqu'à la mort pour libérer la Pologne, et je tiendrai parole.

J'entendis des acclamations. Le char allemand longeait lentement la rue Długa. Jamais je n'avais vu un tel véhicule. Il était blindé comme un char ordinaire, mais sans tourelle et plus proche du sol. Quelqu'un avait installé un drapeau polonais à l'avant. Des enfants étaient montés sur la plateforme et une foule s'était amassée tout autour. Certains essayaient même de toucher le char pour se porter bonheur.

— À quoi sert-il que de brillants jeunes gens tels que toi se sacrifient pour une bataille perdue d'avance ? s'enquit Piotr.

— Je veux croire que cela fait sens. Sinon, j'aurai perdu presque tous ceux qui m'étaient chers pour rien.

— C'est délicat, admit Mateusz. On ne résout pas ces problèmes dans le feu de l'action, Roman. Prends du recul, viens avec nous.

— Pourquoi ? Pourquoi me le proposez-vous ? m'étonnai-je. Votre famille a été très généreuse avec moi depuis le départ.

— Tu as tes défauts, dit Piotr, mais…

La suite fut noyée par le rugissement du moteur du char qui se dirigeait vers la barricade, au bout de la rue. Tous le suivirent du regard, attendant que le vacarme s'atténue pour reprendre la parole. La foule enflait à vue d'œil. Des familles entières se déversaient des immeubles voisins et les combattants quittaient le QG.

— Qu'est-ce qu'il fabrique ? s'enquit Piotr.

— Le char ? Un tour d'honneur, je crois.

Au bout de la rue, le véhicule s'arrêta devant une barricade de fortune de près de deux mètres, constituée de meubles provenant de logements du quartier. La foule se mit à la démanteler afin que le char puisse passer. Celui-ci disparut de notre vue tant il y avait de monde. On ne voyait plus que le drapeau polonais, à l'avant, qui battait au vent.

— Ces regroupements ne sont pas raisonnables, marmonna Piotr. C'est dangereux. Et si les Allemands envoyaient un obus sur le quartier ? Et si un avion passait et remarquait tous ces gens sur la chaussée ?

— Hé, Pigeon ! lança Sabre, plus agité que jamais, en courant vers le char. Tu viens voir ?

Je secouai la tête tandis que Piotr se dirigeait vers Sabre.

— Hé, petit ! Reviens ! Retourne à l'intérieur et dis à ton chef de faire évacuer la rue.

— Désolé ! cria Sabre par-dessus le grondement de la foule, qu'est-ce que vous dites ?

Piotr marcha à sa rencontre et, alors qu'ils discutaient à quelques mètres de nous, je me tournai vers Mateusz. Il semblait épuisé, comme si l'exubérance soudaine de son frère était aussi fatigante que le combat l'était pour moi. Il s'était glissé derrière un pilier, le dos contre la pierre, les chevilles croisées, tourné vers l'entrée du QG.

— Qu'est-ce qu'il a ? lui demandai-je à propos de Piotr. En général, il n'est pas aussi soucieux des autres.

— C'est sa conscience, soupira Mateusz en levant les yeux vers le ciel. Il s'en veut d'être allé conclure une transaction au moment où on aurait dû partir. Le sort des gens de Wola et notre vulnérabilité à tous l'ont rendu un peu fou. Il tient absolument à te convaincre de venir avec nous…

J'avais assisté à de nombreuses explosions, mais celle-ci n'eut rien à voir avec les autres. Il y eut un éclair blanc si lumineux que je fus momentanément aveuglé. Juste après, la détonation m'assourdit. Ensuite vint la violence de l'onde de choc qui me fit chuter.

Je ne perdis pas conscience, hélas. J'étais en état de choc, gisant sur les pavés, ne sachant si j'étais mort ou vivant. Quand je retrouvai peu à peu la vision et l'audition, il régnait un silence total. Étais-je devenu sourd ? En me redressant, je vis que le char avait disparu, avec les bâtiments alentour, les enfants, les badauds en liesse, les soldats. Il n'y avait plus rien qu'une horreur absolue dont je ne saisissais pas l'ampleur.

J'étais trempé de sang… ce ne pouvait être uniquement le mien. Je ressentais une douleur de plus en plus intense au niveau du visage. En portant une main à ma joue, je sentis que j'avais été touché par des éclats du front jusqu'au menton et je souffrais atrocement.

Deux mains se posèrent sur mes épaules. J'avais un bourdonnement dans les oreilles et l'esprit embrumé, comme si je n'étais pas bien réveillé. En me tournant, je vis Mateusz, couvert de sang et de débris. Je l'observai en quête de blessures, mais je ne vis qu'une petite plaie au cou. Ses lèvres remuaient sans que je comprenne ses paroles.

Je crois avoir murmuré « Piotr » en essayant de me tourner vers le char. Mateusz me secoua par les épaules pour capter mon attention en prononçant un seul mot.

Parti.

Cette fois, je vis le corps de Piotr, si abîmé qu'il ne pouvait avoir survécu, face contre terre. Sabre était vivant, appuyé contre un mur. Mateusz m'aida à me relever et je me dirigeai vers lui en chancelant.

Sabre était hystérique, les yeux rivés sur son pied sur lequel un bloc de ciment était tombé. J'entendais de mieux en mieux, ce que j'aurais voulu éviter car je percevais les cris désespérés de ceux qui cherchaient leurs proches.

— Mateusz ! hurlai-je.

Je vis ses lèvres bouger sans rien comprendre de ses paroles.

— Emmène mon ami voir Sara. Il a besoin de soins, bredouillai-je.

Mateusz désigna mon visage, puis posa doucement son index sur mon torse.

Toi aussi, lus-je sur ses lèvres. Je voulais rester pour secourir les gens, mais ma douleur était intolérable.

— Je crois que je vais m'évanouir, soufflai-je.

Mateusz glissa un bras autour de Sabre et l'autre autour de moi, puis il nous traîna tant bien que mal vers le dispensaire, au coin de la rue.

29

Emilia

Oncle Piotr et Mateusz étaient partis depuis moins d'une heure quand une terrible explosion fit trembler la ville entière ou presque. Les détonations n'étaient pas rares, mais elles n'étaient jamais d'une telle intensité. Je ressentis l'onde de choc dans tout mon corps. La fenêtre de la cuisine fut brisée et les casseroles accrochées au-dessus du fourneau tombèrent à terre.

— Qu'est-ce qui se passe ? murmurai-je, couchée sur le sol, à côté de Truda.

Nous pensions à la même chose.

Piotr. Mateusz. Roman. Sara.

Plusieurs minutes après la détonation, il régna un silence étrange. Même les coups de feu incessants se turent. La curiosité l'emporta vite sur la peur. Je rampai vers la fenêtre du salon. La rue était déserte. Nos voisins n'osaient pas sortir.

Vingt minutes plus tard, quelqu'un martela la porte.

— J'y vais, proposai-je.

Truda me foudroya du regard.

— Assieds-toi ! ordonna-t-elle, impatiente.

Je lui emboîtai tout de même le pas. Sur le seuil, il y avait une petite fille de onze ou douze ans peut-être. Elle portait un brassard rouge et blanc et un uniforme de scout déchiré.

— Madame Rabinek, dit-elle, pantelante.

Truda hocha lentement la tête.

— J'ai des nouvelles pour vous, du dispensaire de l'église de la rue Długa.

Elle lui tendit un message avant de filer sans demander son reste. Les messagers des « rangs gris » étaient partout, courant d'une mission à l'autre, plus efficaces et discrets que le téléphone.

— L'explosion que nous avons entendue…

Truda s'appuya contre le mur comme si ses jambes menaçaient de se dérober, les yeux rivés sur le bout de papier.

— Elle avait peut-être eu lieu rue Długa…

— Lis-le ! implorai-je.

Faute de réaction de sa part, je lui pris le message des mains et le lut à voix haute. *Truda, viens au dispensaire avec Elzbieta. Je vais bien. Bises, Mateusz.*

Truda n'était pas rapide en temps normal, mais je dus presque la traîner jusqu'au couvent. À mesure que nous approchions, nous croisions des scènes de plus en plus alarmantes. Les abords du dispensaire étaient en ébullition. Des brancardiers amenaient des blessés. Hommes, femmes et enfants patientaient sur le trottoir, en larmes, couverts de sang.

Je m'arrêtai plusieurs fois pour demander des explications à des gens assourdis ou hébétés, incapables de s'exprimer. Au couvent régnait le chaos. L'odeur de sang et de poussière était si entêtante que je me couvris la bouche pour contenir une nausée. Les soignants couraient en tous sens. C'était d'ailleurs le seul moyen de les distinguer des patients.

— Mateusz Rabinek ? demandions-nous aux personnes valides que nous croisions.

La plupart ne nous prêtaient aucune attention.

J'avais le cœur battant, les entrailles nouées. Très vite, je me mis à trembler et je suffoquai. Truda me prit par les épaules pour tenter de capter mon attention.

— Écoute, il faut que tu tiennes le coup jusqu'à ce qu'on le trouve. Ensuite, je te sortirai d'ici, d'accord ? On récupère Mateusz, on s'en va, et tu pourras t'écrouler. Je te promets de te ramasser et de m'occuper de toi, mais pas tout de suite.

Je me ressaisis soudain et hochai la tête. Tandis que nous déambulions au sous-sol, je gardai les yeux rivés sur le dos de Truda. Soudain, au milieu des cris, des plaintes et des sanglots, j'entendis une voix que je ne connaissais que trop bien.

— Truda ! m'écriai-je en désignant ma gauche.

— Il faut que j'y retourne ! clamait Roman. Il faut que j'y retourne ! Laissez-moi partir !

Torse nu sur un brancard, Roman se disputait avec Mateusz, qui le maintenait de force à sa place. Un jeune homme très grand sanglotait devant le brancard, blessé au pied. En m'approchant de Roman, je ne pus retenir une exclamation d'effroi. On aurait dit que quelqu'un avait jeté une couverture en flammes sur sa tête et son cou. Des lambeaux de chair semblaient se détacher de son visage. Un côté de sa chevelure était brûlé, ainsi que le peu qui restait de sa barbe.

Jamais je n'avais vu une blessure aussi repoussante. Mille émotions se bousculaient dans ma tête : révulsion, peur, amour et inquiétude se mêlèrent pour me donner envie à la fois de le serrer dans mes bras et de m'enfuir pour faire comme s'il ne s'était rien passé. Truda me prit la main pour m'entraîner vers eux.

— Mateusz, tu ne comprends pas, disait Roman, dont l'expression exprimait plus de frustration que de douleur. Il faut que je retourne auprès de mes camarades. Certains étaient sur le balcon. Je n'ai pas vu où ils étaient partis. Je dois trouver Piotr.

— Je t'ai dit que Piotr était mort ! Tu es en état de choc, désorienté. Tu n'as rien à faire dans la rue ! rétorqua Mateusz.

Je ne me rendis compte que j'avais poussé un cri que lorsqu'ils se tournèrent vers moi. Mateusz se décomposa et lâcha Roman pour s'approcher de moi, plein de regret.

— Pardonne-moi, bredouilla-t-il. Pardonne-moi, j'ignorais que tu étais là. Il y a eu une explosion et...

— Il est vraiment mort ? murmura Truda.

— Pardon, répéta Mateusz en me prenant dans ses bras pour me serrer contre lui.

Il attira également Truda contre moi.

— Je n'ai pas entendu les avions, murmurai-je. C'était un obus ?

— Non. L'AK a pris un char que les Allemands avaient bourré d'explosifs...

Il relâcha Truda et prit mon visage entre ses mains.

— Écoute, Emilia, il faut que je parle à Roman. Il doit absolument voir un médecin. Hélas, ce n'est pas une urgence vitale. Il ne sera pas examiné de sitôt. Tu dois le persuader de rester ici. Il n'est plus rationnel.

Roman se disputait à présent avec une infirmière. Sa brûlure était affreuse, rouge et grise. J'eus le cœur gros car je savais que mes paroles ne changeraient rien. Pour la première fois, je parvins à mettre des mots sur les sentiments que j'avais pour lui.

Je l'aime et peu importe ce que je lui dirai, je le perdrai de toute façon.

30

Roman

COMMENT RETROUVER un semblant d'équilibre ? Quoique désorienté, j'étais déterminé à quitter ce maudit dispensaire. Il fallait que je sache ce qu'il restait de mon groupe, que je trouve un fusil et que je nous venge.

Il ne s'agissait pas uniquement de l'horreur de l'explosion, mais aussi de Piotr, encore un proche dont la barbarie me privait. Sa mort m'avait fait franchir un seuil. Ma rage était si intense que j'avais atteint le point de non-retour.

Depuis deux ans, Elzbieta était mon havre de paix. Sa présence m'apaisait. Et pourtant, en la voyant s'approcher, j'eus envie de l'écarter de mon chemin, car elle n'était qu'une barrière de plus entre moi et mon combat.

Cette pensée me porta à réfléchir. Lors de notre rencontre, ma colère lui avait fait peur et je m'étais juré que cela ne se reproduirait plus.

— Je t'en prie, reste ici, sanglota-t-elle. Je t'en supplie, j'ai peur pour toi. C'est trop dangereux.

— Justement, c'est pour ça que je dois y retourner, lui répondis-je, au désespoir.

J'avais toutes les peines du monde à contrôler ma fureur. *Tu n'es pas en colère contre elle. Ne te défoule pas sur elle. Ne lui fais pas peur. Elle mérite mieux que cela.*

— Tu ne peux nier que c'est perdu d'avance, fit-elle d'une voix brisée.

Ses grands yeux verts embués de larmes étaient implorants. Elle posa les mains sur la peau intacte de mon torse, sa paume gauche sur mon cœur.

— Tu n'as pas vu… insistai-je, frustré. Tu n'as pas vu ce qu'ils ont fait dans cette rue. Ton oncle est mort, Elzbieta ! Il est mort !

— Je sais. Je refuse d'y penser. Pour l'heure, ce que je sais, c'est que je ne veux pas te perdre, toi aussi. Je ne le supporterai pas. Tu comprends ?

— Oui, mais…

— Alors reste ici. Qu'un docteur puisse au moins t'examiner.

Elle effleura ma joue intacte avec tristesse.

— Roman, c'est grave. Tu dois beaucoup souffrir… Laisse-moi t'aider !

— Je ne peux pas… ça va aller, je t'assure.

Elzbieta baissa la tête. J'aurais tant voulu lire dans son regard l'approbation, l'admiration, la fierté que j'avais coutume de voir. J'ôtai doucement son autre main de mon torse. Ma blessure était en feu. La douleur était intolérable, ce qui ne devait pas m'empêcher d'agir.

Je ne pouvais m'arrêter tant que la Pologne ne serait pas libérée.

Lorsque je voulus me redresser, Elzbieta posa la main à la lisière de ma brûlure dans le cou. Je poussai un cri de douleur. Elle me repoussa sur le brancard et plaça la main sur mon épaule avant d'approcher son visage du mien, le regard féroce, plus déterminé que jamais.

— Je ne te laisserai pas partir tant que tu ne m'auras pas écoutée, s'emporta-t-elle. Le moment viendra de reprendre les armes. Pour l'heure, tu vas te reposer et attendre le médecin. Si tu meurs, tu ne serviras plus à rien.

— Tu ne comprends pas ! rétorquai-je en repoussant ses mains plus brutalement que la première fois.

Si j'admirais sa détermination, je savais qu'elle ne me comprenait pas. Comment pouvait-elle comprendre ?

— Ils ont assassiné ma famille, dis-je.

— Moi aussi, j'ai perdu ma famille.

Je ne pus masquer mon irritation. Son deuil récent ne pouvait se comparer au mien. J'écartai mes jambes de Sabre, qui pleurait encore comme un bébé, et je fis mine de me lever.

— Je sais que tu étais proche de Piotr.

— Non. Ma *vraie* famille.

Elzbieta prit une profonde inspiration, la mine grave.

— Tu te doutais que j'avais des secrets, non ?

Ma combativité s'évapora et je m'écroulai à nouveau sur le brancard. Tenaillée entre ma douleur physique et ma souffrance mentale, je me tus.

— Mon vrai nom est Emilia Slaski. Juste après l'invasion du pays, les occupants ont exécuté mon père sous mes yeux. Ils ont tué mon frère parce qu'il aidait des Juifs. C'est pourquoi je vis sous une fausse identité, au cas où je serais recherchée à cause de ses activités. Sa petite amie, ma meilleure amie, a dû fuir, elle aussi. Elle est sans doute en Angleterre. Quant à ma mère, elle est morte en me mettant au monde.

Si sa voix tremblait, elle avait le regard implacable.

— Je n'ai plus personne, Roman, à part Truda et Mateusz. Tu n'es pas le seul en Pologne à avoir perdu tous ceux qu'il aimait.

J'étais abasourdi, incapable de détourner les yeux. Sa douleur était si palpable qu'elle me coupa le souffle. J'avais envie de pleurer pour elle. Elle me disait cela pour me choquer dans un ultime effort pour me convaincre de rester. L'espace d'un instant, cette tactique se révéla efficace. Je fus prêt à ignorer la guerre, à prendre Elzbieta dans mes bras pour la protéger de tout chagrin.

— Pourquoi ne m'as-tu rien dit ?

— Je voulais t'en parler, mais Truda voyait en toi… *ça*, justement. Elle savait que tu retournerais te battre à la première occasion et que, si tu connaissais la vérité, tu la révélerais sous la torture, en cas d'arrestation.

— Jamais je ne ferais une chose pareille, murmurai-je en soutenant son regard. Plutôt mourir que de te trahir.

— Tu es mon meilleur ami, Roman, fit-elle, hésitante. Quand je pense à l'avenir… mon avenir… je te vois aussi. Tu comprends ?

— Si on ne lutte pas, il n'y aura pas d'avenir.

— Donc tu voudrais que je me joigne au combat, moi aussi ?

Cette perspective me terrifiait. Elzbieta avait beau être forte et endurante, il m'était intolérable qu'elle puisse voir ce que j'avais vu.

— Bien sûr que non !

— Si tu refuses que j'y aille et que je prenne les armes, c'est que tu tiens à moi. Tu ne peux donc pas comprendre que je ressens la même chose que toi ?

Elle poussa un long soupir frustré.

— Pauvre imbécile ! Tu ne vois donc pas que j'ai pour toi plus que de l'amitié ! m'assena-t-elle.

J'en eus le souffle coupé. Elle aussi, comme si elle avait parlé malgré elle.

— Ne le dis pas, murmurai-je. Mieux vaut que tu ne le dises pas, parce que, quand je serai parti, tu…

— Je t'aime, coupa-t-elle avec un regard féroce. Et ne me parle pas de « quand tu seras parti ». J'ai besoin que tu survives. Pour moi.

Je lui pris la main et la portai à ma joue intacte. Après ces paroles, j'étais sur un petit nuage, mais j'étais rongé de culpabilité à la perspective de lui briser le cœur.

— Moi aussi, je t'aime.

Je le savais depuis le début. Dès que j'avais commencé à m'attarder dans l'arrière-salle du centre pour la jeunesse.

Je remarquai Truda et Mateusz, derrière elle. Ils étaient en larmes, penchés l'un vers l'autre, à tenter de se réconforter et de faire des projets. Elzbieta et moi partagions ce lien, du moins aurions-nous pu le partager, dans un monde différent.

— Quand la guerre sera finie, nous pourrions être ensemble, reprit-elle à voix basse. Fonder une famille. Tu ferais des études pour devenir avocat comme ton père. Moi, je ferais de la peinture, je m'occuperais de notre foyer et de nos enfants. Nous aurions une grande famille et notre maison serait pleine de vie et nous en serions ravis car le bruit nous rappellerait que nous avons survécu. Tu imagines ?

— Très bien, avouai-je.

Ce tableau idyllique me tentait tellement que j'en eus le cœur serré, car ce n'était pas l'avenir qui m'attendait. Si seulement les choses avaient été différentes ! Hélas, je ne pouvais ignorer la réalité. L'Armée rouge était au bord de la Vistule et il était de plus en plus évident qu'elle n'irait pas plus loin. L'insurrection était condamnée.

Il n'y aurait pas de fin heureuse pour Elzbieta et moi, car il n'y aurait pas de fin heureuse pour notre pays.

— Reste, répéta-t-elle. Reste pour moi.

— J'aimerais bien. Elzbieta… Emilia… j'aimerais tant !

Je me redressai et, cette fois, elle ne fit rien pour m'en empêcher. Au contraire, elle posa sa main sur ses genoux et baissa la tête, trop déçue pour la redresser.

— Elzbieta…

Sa douleur manifeste me torturait. Je lui caressai la joue, un geste intime et spontané. Enfin, elle releva les yeux vers moi.

— J'ai tellement peur pour toi…

— Il ne faut pas, lui dis-je.

— Tu te berces d'illusions si tu espères survivre dans la rue. Tu es grièvement blessé… tu mets ta vie en péril, dit-elle vivement, avant de baisser d'un ton. Tu négliges mon cœur, Roman.

Je me penchai pour effleurer ses lèvres des miennes. Je n'avais jamais embrassé une fille. Au fil de nos conversations, Elzbieta m'avait avoué qu'elle n'avait jamais embrassé un garçon. Ce premier baiser furtif embrasa mon âme et mon cœur.

— Si tu t'obstines à partir, promets-moi de veiller sur ta sécurité comme si c'était la mienne, implora Emilia, avec douceur. De veiller sur ta propre vie comme si c'était la mienne.

Je n'hésitai qu'une fraction de seconde. En plongeant dans son regard, je me sentais incapable de refuser alors qu'elle me demandait l'impossible.

— C'est promis.

Elle hocha la tête, au bord des larmes.

— Je t'en prie, ne pars pas, Roman.

Je l'embrassai encore avant de m'éloigner. Je la laissai en pleurs dans ce dispensaire, malgré les protestations de ses parents et du personnel médical, pour émerger dans la rue.

31

Emilia

CETTE NUIT-LÀ, je pleurai toutes les larmes de mon corps. À mon réveil, j'avais les yeux rougis et gonflés. Dans la cuisine, Truda et Mateusz étaient attablés en silence et buvaient du thé, aussi accablés que moi.

Nous n'avions pas évoqué la mort d'oncle Piotr. Chacun s'était replié dans sa prison de chagrin. En parler aurait ravivé la douleur et je redoutais la conversation inévitable sur notre avenir.

Nous étions à l'aube de notre premier jour sans oncle Piotr et nous ne pourrions pas repousser l'échéance éternellement. Mateusz se leva pour me verser une tasse de thé.

— On peut encore quitter la ville ? demandai-je d'une voix rauque.

Cette guerre avait suscité en moi une large gamme d'émotions, rarement positives, mais je n'avais jamais été désespérée à ce point. Nous avions perdu oncle Piotr, Roman semblait décidé à mener une mission suicide et la ville se refermait sur nous.

— C'est compliqué, hélas, me répondit Truda. Piotr nous avait organisé un passage dont nous ignorons les détails.

Je me tournai vers Mateusz.

— Il allait vous le dire…

— Il était distrait… si agité, déclara Mateusz, le cœur gros. Il tenait à convaincre Roman de venir avec nous. Il avait l'impression de t'avoir trahie et il était soucieux de se racheter… et de se racheter auprès de Roman, aussi.

— Je n'arrive pas à croire qu'il ne soit plus là.

— Nous non plus, soupira Truda. Ce qui soulève notre autre problème, Emilia. Piotr avait dit à Mateusz que les passeurs et les véhicules lui coûteraient presque tout l'argent qu'il avait à disposition, or nous ignorons où se trouve cet argent. Hier soir, j'ai fouillé sa chambre, ainsi que la cave. Nous n'avons que quelques centaines de złotys alors qu'il nous en faudrait sans doute des dizaines de milliers.

— Donc nous sommes pris au piège ?

— J'ai entendu dire que les Allemands avaient arrêté le massacre à Wola, avança Mateusz. Désormais, ils prennent des prisonniers et non…

Sa voix se brisa, puis il se reprit :

— Ce que j'essaie de vous dire, c'est que nous ne serons pas… enfin, il est peu probable que…

— Quand ce quartier tombera, ce qui est inévitable, nous nous rendrons en espérant nous en sortir au mieux, coupa Truda.

— Et en attendant ? fis-je en acquiesçant.

— Tant que nous aurons des vivres et de l'eau, nous ne bougerons pas.

En quelques semaines, il n'y eut plus rien à manger dans le quartier. Des dizaines de milliers de personnes seraient mortes de faim si l'AK n'avait pas pris le contrôle d'une brasserie de la rue Ceglana. Chaque jour, ils distribuaient des sacs d'orge aux civils vivant dans les rues avoisinantes. Les gens réduisaient les céréales en poudre grâce à leur moulin à café et les faisaient bouillir pour obtenir une pâte qui prit le nom de *pluj-zupa* : soupe au crachat.

Nous avions eu de la chance. En fouillant la chambre de Piotr en quête d'argent, Truda avait trouvé une réserve de haricots et de lait en poudre sous son lit. Nous avions partagé ce butin avec Sara uniquement. Elle passait chaque jour chez nous pour manger et se reposer. Lors de sa première visite, nous avions aussi pleuré pour Piotr et pour Roman.

— Tu l'as vu ? lui demandai-je.

— Il est passé faire nettoyer sa blessure.

— Elle s'est infectée ?

— Pas trop, mais il gardera une affreuse balafre.

— S'il survit...

— S'il survit, me confirma-t-elle dans un soupir.

Chaque jour, j'oscillais entre la terreur que m'inspirait la situation et un ennui mortel. Je n'arrivais pas à me concentrer suffisamment pour lire. De toute façon, j'avais déjà lu tous les livres à ma disposition.

Désespérée par cette oisiveté, je pris mes crayons et mes fusains, puis ôtai mes dessins du mur de ma chambre avant de déplacer les meubles pour obtenir un mur totalement vide, une toile vierge. Assise près de la fenêtre pour observer le paysage urbain, je scrutai les détails de la vieille ville. Une dame étendant son linge, une jeune mère cultivant des herbes et des fleurs, la vitre fissurée d'un appartement abandonné.

Sans oublier l'architecture spectaculaire, les rangées de maisons datant parfois du XIIe siècle et qui avaient résisté aux aléas de l'Histoire.

Les parents désemparés faisaient de leur mieux pour leurs enfants. Les personnes âgées s'installaient sur le pas de leur porte et affirmaient à qui voulait les entendre que la ville résistait avec courage et que la Pologne survivrait à cette épreuve comme elle l'avait toujours fait. Malgré leurs uniformes en lambeaux, les combattants de l'AK ne baissaient pas les bras.

Je dessinai avidement tout cela. Je passais plusieurs heures par jour sur ma fresque. Chaque matin, je prenais mes crayons et je m'affairais. Il le fallait. J'avais besoin de capturer le moindre détail de Varsovie tant que c'était encore possible.

Depuis le toit, je voyais d'autres quartiers en feu. Je ne parvenais pas à chasser cette impression d'assister aux ultimes jours de la ville. Comment savoir combien d'entre nous survivrait à la guerre ? À l'insurrection ?

Je voulais témoigner, même si l'immeuble était destiné à être détruit.

Ces semaines d'affrontements confirmèrent que l'art n'est pas toujours destiné au spectateur. Un acte de création pouvait aussi sauver l'artiste.

L'été fit place à l'automne. Il n'y avait plus d'eau courante. Nous allions aux toilettes directement dans les canalisations. Nous survivions grâce à l'eau de pluie. Hélas, même les éléments semblaient déterminés à mettre fin à l'insurrection, car il n'avait pas plu depuis des jours. La brasserie ayant épuisé ses réserves d'orge, les riverains étaient au bord de la panique. Pire encore, l'AK était à court de munitions. La ville était à l'agonie.

Les soldats allaient de porte en porte pour nous informer qu'un accord de capitulation avait été rédigé.

— Selon cet accord, Varsovie doit être vidée de ses civils, nous expliqua un soldat. Je suis désolé, mais vous devez partir. Sinon, vous serez arrêtés. Ne vous inquiétez pas, il stipule aussi que les civils seront bien traités.

— Où vont-ils nous emmener ? s'enquit Truda.

— D'abord dans un camp de transit à Pruszków. Soyez prêts avec vos bagages pour demain matin. Quand ils viendront vous chercher, descendez dans la rue.

Plus tard dans l'après-midi, Sara frappa à la porte. Elle avait une mine épouvantable et les mains très sales, les ongles noirs.

— Je suis revenue faire un peu de rangement et vous dire au revoir, déclara-t-elle en me voyant intriguée.

— Nous capitulerons demain, de toute façon, intervint Mateusz. Attends ici et viens avec nous.

— Non. J'ai des patients qui comptent sur moi au dispensaire et je dois rester avec les sœurs. Elles appréhendent la capitulation et je voudrais les soutenir.

Elle embrassa d'abord Mateusz et Truda, puis se tourna vers moi.

— Je suis fière de toi, Elzbieta.

— Tu vas me faire pleurer…

Elle me reprit dans ses bras.

— Tu l'as vu ? m'enquis-je une dernière fois.

— Pas depuis quelques jours.

— Sois prudente, conclus-je, les larmes aux yeux.

— Quand ce sera terminé, où que je sois, je reviendrai à Varsovie. Je n'ai pas terminé mon travail.

— Je te retrouverai, promis-je.

Le lendemain, à quatre heures du matin, les Allemands étaient dans notre rue, à hurler dans un haut-parleur que nous devions être prêts à être évacués pour neuf heures.

J'étais levée depuis longtemps pour préparer mon sac. Assise par terre, face à ma fresque, j'essayais d'en graver chaque détail dans ma mémoire.

Juste avant l'heure du départ, je pris mes crayons et m'empressai d'ajouter deux personnages : une fille aux boucles blondes et aux yeux verts qui regardait amoureusement un garçon brun aux yeux noisette… un garçon en uniforme de scout.

32

Roman

Si la défaite était inévitable, elle n'en était pas moins cruelle. Nous avions au moins tenu plus de deux mois au lieu des quelques jours prévus et perdu des dizaines de milliers de camarades, dont des milliers d'enfants issus des « rangs gris ». Lorsqu'on nous ordonna de nous rendre, Sabre et moi étions les seuls survivants de notre groupe.

Durant ces soixante-trois jours, j'avais vu et fait des choses auxquelles je n'étais pas préparé. Quand la capitulation fut officielle, je me retrouvai en terrain inconnu : j'étais un prisonnier de guerre.

En marchant dans la ville sous bonne garde allemande, je vis des civils emmenés par des soldats triomphants souvent moqueurs. Je ne parvenais pas à regarder ces civils. En dépit de nos efforts, nous les avions déçus. Je m'efforçai aussi de ne pas remarquer les ruines. Des dizaines de bâtiments avaient été réduits en poussière.

Les nazis n'avaient pas seulement pris notre peuple et nos foyers, ils allaient aussi nous priver de notre culture. Je gardai le moral en songeant non pas à ce que nous avions perdu, mais à ce que j'avais réussi.

Contre toute attente, j'avais survécu pour Emilia Slaski. J'avais appris à réprimer mon instinct suicidaire qui m'incitait à me jeter à corps perdu dans n'importe quelle bataille. J'avais appris à m'interroger : comment faire preuve d'intelligence dans cette situation précise ? Comment sauvegarder ma vie et la sienne pour tenir ma promesse ?

Grâce à ce changement d'état d'esprit et pas mal de chance, j'étais encore de ce monde à l'issue de l'insurrection de Varsovie.

Depuis l'explosion, j'avais surmonté plusieurs infections malgré la faim et le manque d'eau. J'étais défiguré, mais je souffrais beaucoup moins.

Sabre n'avait pas eu cette chance. Une couche de peau rose et luisante s'était formée sur sa plaie au pied et ses os étaient déformés. La douleur était permanente et il boitait. J'avais récupéré une paire de bottes et d'épaisses chaussettes en laine sur le cadavre d'un soldat allemand. J'avais néanmoins l'impression que, quand nous aurions enfin l'occasion de nous faire soigner, il serait amputé.

J'aurais eu moins de compassion si je n'avais pas découvert ses secrets, après l'explosion. Sabre se nommait Kacper Kamiński et il n'avait pas vingt ans, mais quinze.

— Pourquoi as-tu menti ? Tu aurais été intégré quand même.

Les « rangs gris » de quinze ans faisaient partie de l'École de combat et menaient des opérations mineures de sabotage et de reconnaissance au lieu de participer au combat en première ligne.

— Je me voyais en héros et on me donne plus que mon âge à cause de ma taille, invoqua-t-il avec un rire amer. Je pensais avoir de la chance de passer pour un adulte.

— Et tes parents ?

— Je leur ai dit que je rejoignais les scouts sans leur parler du projet d'insurrection. Nous habitions à Żoliborz. Je n'ai pas eu de leurs nouvelles depuis la veille de l'insurrection. Ils me croient sans doute mort. Peut-être sont-ils morts...

Comment ne pas le prendre sous mon aile ? Et maintenant que nous marchions vers une destination inconnue en tant que prisonniers de guerre, je savais que mon devoir de protection ne faisait que commencer.

Notre marche dura une journée entière jusqu'à un camp de transit. Le soir, on nous servit un repas, un bouillon maigre dans lequel flottaient quelques légumes, puis on nous conduisit vers une salle pour dormir par terre, sans couverture. Les autres en furent troublés.

— L'accord stipulait que la convention de Genève serait respectée, dit un soldat. On est supposés avoir des repas comparables à ceux des Allemands en qualité et en quantité. Ils doivent aussi nous héberger dans des conditions de sécurité et de confort.

— Tu comptes te plaindre de l'absence de caviar ou je m'en charge ? raillai-je non sans sarcasme.

— Ils sont tenus de nous traiter avec dignité ! On a beau être leurs ennemis, on est des êtres humains.

Par la suite, je les ignorai pour chercher une position supportable pour dormir.

— Tu as vu les combats dans le ghetto, me dit Kacper. Aiguille me l'a raconté.

— C'est vrai.

— Tu es juif ?

— C'est compliqué, répondis-je d'un ton las.

— Il paraît que c'était dur, dans le ghetto.

— Ce n'est rien de le dire.

— Pire que l'insurrection ?

— C'était un autre genre d'enfer.

— Tu crois qu'ils vont nous tuer ?

— Si telle était leur intention, ils l'auraient déjà fait. Ils vont sans doute nous faire travailler.

Après tout ce que j'avais vu, je n'en étais pas certain, mais je n'avais pas oublié les paroles de Samuel qui me réconfortaient. Je n'avais pas grand-chose à offrir à ce garçon qu'un peu d'espoir, même un faux espoir.

— Si on se remet en marche demain, on n'ira certainement pas aussi loin.

Lors de la dernière heure, il trébuchait presque à chaque pas.

— Je t'aiderai de mon mieux, lui promis-je.

Malgré ma fatigue, je ne trouvai pas le sommeil, perturbé par ma promesse. Je savais d'expérience qu'il était illusoire d'espérer un peu d'humanité de la part des barbares. Pourvu que je sois assez alerte pour aider Kacper.

À notre réveil, on nous conduisit directement vers une gare ferroviaire. Je perçus le soulagement de Kacper, que j'étais loin de partager. Le spectacle de ces wagons à bestiaux m'inspirait une terreur viscérale. Sur le quai, je tremblais de la tête aux pieds.

— Roman ? fit Kacper quand la file avança devant nous.

Je ne bronchai pas.

— Je ne peux pas monter dans ce train, murmurai-je.

Des images défilaient dans ma tête. Samuel se hissant à bord, puis aidant ma mère à monter, Dawidek entre eux deux. Le train serpentant vers Treblinka, le quai, à l'arrivée, avec l'orchestre, les pancartes de bienvenue, une façade qui dissimulait un destin funeste.

Quelqu'un me poussa brutalement dans le dos. Je basculai en avant, les mains sur le bord de la plateforme du wagon. Irrité, je me tournai vers Kacper, derrière moi.

— Allez, soldat ! fanfaronna-t-il malgré son air apeuré. Tu n'es pas arrivé aussi loin pour laisser tomber maintenant.

Si je refusais de monter, je serais sans doute exécuté et Kacper se retrouverait tout seul. Il le savait aussi bien que moi, ce qui expliquait sa terreur.

Avec un soupir, je grimpai et me tournai pour l'aider à me rejoindre.

33

Emilia

Mars 1945

— Les troupes soviétiques sont aux portes de la ville, annonça Mateusz.

De retour du marché, à Łódź, il posa son panier de légumes sur la table. Je me figeai en pleine vaisselle, les mains dans l'eau savonneuse. Le tintement des aiguilles à tricoter de Truda se tut.

Après notre marche pour quitter Varsovie, nous avions rejoint des dizaines de milliers de civils dans le camp de transit surpeuplé de Pruszków. Ces deux semaines d'internement nous semblèrent interminables, à chercher en vain Roman et Sara. Finalement, il apparut que Roman avait sans doute été emmené dans un des nombreux camps de prisonniers de guerre. En revanche, le destin de Sara demeurait un mystère. On disait que certains civils étaient relâchés dans la campagne avec interdiction de revenir à Varsovie. D'autres étaient envoyés en Allemagne pour du travail forcé, tandis que d'autres encore partaient pour les camps de concentration.

Le quinzième jour, Mateusz fut convoqué dans le bureau d'un administrateur allemand pour connaître notre assignation. Il en ressortit sans un *złoty* en poche mais il avait réussi à nous faire relâcher à la campagne.

Le lendemain, après avoir montré nos papiers à la grille du camp, il nous fallut marcher pendant trois jours pour parcourir les cent vingt kilomètres qui nous séparaient des environs de Łódź. L'appartement d'oncle Piotr étant occupé par un officier allemand et sa femme, Mateusz nous emmena à l'usine de son frère. Quoique spacieux, le site manquait de chaleur. Le bureau nous servit de logement temporaire. Mateusz vendit ce qui restait dans l'usine pour acheter des biens essentiels, dont des matelas, des couvertures et du bois de chauffage. L'hiver fut particulièrement rigoureux et les conditions inconfortables, mais nous avons survécu.

Et voilà que cette nouvelle nous parvenait. À certains égards, nous la redoutions.

— Il y a des drapeaux polonais dans les rues, poursuivit Mateusz. Des gens font la fête.

Cela faisait un moment que les troupes soviétiques avançaient. Il y avait du changement dans l'air. En novembre, les Allemands étaient venus à l'usine pour réquisitionner le matériel lourd et l'acheminer vers l'Allemagne. Début janvier, des soldats nazis commencèrent à fuir la ville tels des rats quittant le navire. En apprenant que les derniers étaient partis, Mateusz s'était précipité à l'appartement de Piotr. Hélas, il avait déjà été pillé. Même les vitres avaient disparu.

La semaine précédente, l'Armée rouge avait pris le contrôle de ce qui restait de Varsovie. La ville n'était plus que poussière, disait-on, mais je peinais à l'imaginer.

Je ressentais l'instabilité de la situation dans tout mon être. Si certains brandissaient des drapeaux polonais dans les rues, d'autres se terraient chez eux, conscients qu'une avancée soviétique signifiait que nous n'étions pas encore libérés. La présence de l'Armée rouge serait-elle une bénédiction ou une épreuve pire encore ?

Je m'essuyai les mains sur mon tablier. Truda pleurait. Mateusz nous observa d'un air méfiant.

— Quoi qu'il arrive, on s'en sortira, assura-t-il.

— Tu crois vraiment qu'on en supportera davantage ? souffla Truda.

— Dieu ne nous imposera pas de souffrances que nous ne puissions surmonter.

— Va dire ça aux Juifs, maugréai-je.

— J'ai peur, avoua Truda.

— Moi aussi.

— On s'en est sortis jusqu'à maintenant, insista Mateusz. Envers et contre tout et on est ensemble. Le monde entier observe les Soviétiques. Ils permettront peut-être au gouvernement en exil de revenir pour la reconstruction.

— Si tel était leur projet, ils n'auraient pas patienté au bord de la Vistule pour assister à l'échec de l'insurrection, objecta Truda en se ressaisissant. Mais tu as raison, nous devrions nous estimer heureux et se plaindre n'avance à rien. Cela ne nous dira pas quoi faire, en tout cas.

— Il faut regagner Varsovie, dis-je.

— Nous sommes à l'abri, ici, et nous avons certaines ressources.

— Nous devons retrouver Sara et Roman. Ils nous cherchent, eux aussi, et ils vont retourner à Varsovie.

— Emilia, fit Truda en levant les yeux au ciel, tu vas nous tuer ! J'espère que tu t'en rends compte.

— C'est triste que tu penses cela, marmonnai-je en la foudroyant du regard.

— Ce que Truda veut dire, c'est qu'il faut parfois attendre et voir comment évolue une situation, temporisa Mateusz. Imaginons que tu nous aies convaincus et que nous quittions Łódź dès aujourd'hui. Nous avancerions face aux troupes soviétiques vers une ville dévastée. Qu'est-ce qui nous attendrait là-bas ? La recherche d'un abri, de nourriture, d'eau ? Ici, nous avons au moins un toit au-dessus de la tête et, avec le printemps, la vie sera plus confortable.

— Mais nos amis…

Truda me coupa la parole :

— Si, contre toute attente, ils ont survécu à ces derniers mois, ils tiendront bien quelques semaines de plus.

— Si c'était moi qui étais perdue…

— Ce serait différent. Tu es saine et sauve, à nos côtés, et nous sommes à l'abri. Désolé, Emilia, mais Truda a raison. Ce n'est pas le moment de partir. Restons ici et attendons la suite des événements.

Et c'est ce qui se déroula, à mon grand dam. Dans la coquille vide qu'était l'entrepôt d'oncle Piotr, nous attendions des nouvelles. Les journées me semblaient longues tandis que mes parents guettaient un signe qu'un retour à Varsovie était possible. Il semblait évident que ce n'était pas raisonnable. Cela ne signifiait pas pour autant que nous devions rester à Łódź, où nous étions également en danger, maintenant que nous croisions des soldats de l'Armée rouge à tous les coins de rue.

Très vite, des rumeurs circulèrent : les soldats soviétiques réquisitionnaient les biens polonais, comme l'avaient fait les Allemands. On parlait aussi de brutalités et d'emprisonnements. Un jour, Truda rentra du marché visiblement secouée.

— Je n'irai plus seule, annonça-t-elle. Emilia, tu ne sortiras plus seule, tu m'entends ? Tu ne franchiras pas cette porte sans Mateusz.

— Qu'est-ce qui t'a mise dans cet état, chérie ? s'étonna Mateusz. Il t'est arrivé quelque chose ?

— La femme qui m'a vendu ces œufs... elle m'a recommandé de ne pas me promener seule. À quelques rues d'ici, dans la même maison, trois générations de femmes ont été agressées depuis l'arrivée des Soviétiques, en janvier, bredouilla Truda en rougissant.

— Agressées ? Encore des brutalités ? fis-je, étonnée de la voir aussi bouleversée par ces exactions notoires.

— Non, pas des coups ! s'impatienta-t-elle. Des agressions contre des femmes, Emilia. D'après elle, il y a un village à l'est d'ici où toutes les femmes ont été...

Elle se tut pour chercher un terme acceptable, en vain.

— Elles ont été violées, soupira-t-elle. Même les plus âgées et les plus jeunes. Ces soldats sont différents des Allemands. De nouveaux dangers sont apparus pour les femmes.

— Nous ferons attention, promit Mateusz. Je t'accompagnerai quand tu iras faire les courses.

— Raison de plus pour retourner à Varsovie, puisque Łódź n'est pas plus sûr, intervins-je.

— Pas encore, Emilia ! persista Truda, furibonde.

— Nous restons encore un peu, renchérit Mateusz.

Je n'avais plus qu'à prendre mon mal en patience...

Parfois, j'avais l'impression que les murs de notre logement de fortune se refermaient sur moi. Dans ces moments-là, Mateusz m'emmenait faire les courses avec lui. Ces sorties visaient à me distraire quand Truda et moi nous crêpions le chignon. Ce fut le cas le jour de mes dix-sept ans. Je m'étais demandé s'ils me feraient la surprise de m'annoncer notre départ pour Varsovie. Ils n'en firent rien, ce qui me déçut terriblement.

— Cela fait des mois que nous attendons ! Combien de temps encore cela va-t-il durer ?

— Tu as dix-sept ans, avait rétorqué Truda. Il est temps que tu cesses de te comporter comme une enfant. Nous faisons de notre mieux pour…

— Allons au marché, avait coupé Mateusz pour la faire taire.

En me voyant croiser les bras d'un air furieux, il m'avait souri, plein d'espoir.

— Viens, Emilia. Prends ton manteau. Allons t'acheter des fruits frais pour ton repas d'anniversaire.

Une brise soufflait, annonçant le printemps. Enfin, nous allions mieux manger et dormir sans avoir les pieds gelés.

— Sois un peu patiente, Emilia. En dépit de ta force et ton talent, ce n'est pas ta qualité première.

— La diplomatie non plus, marmonnai-je.

— Je sais, s'esclaffa-t-il. Le plus drôle, c'est que Truda a exactement le même problème. Tu l'as sans doute remarqué…

— Oh oui…

— Sois un peu indulgente avec elle. Réfléchis à sa situation. Parfois, tu es si altruiste que tu es prête à te jeter dans la gueule du loup pour aider quelqu'un. Je te dois la moitié de mes cheveux blancs. Pour les autres, c'est Truda. Elle est si courageuse et forte, mais elle a le cœur brisé. Elle n'a plus que toi et moi et tu ne cesses de vouloir jouer avec ta vie en oubliant que tu es ce qu'elle a de plus précieux.

J'étais heureuse de cette sortie, qui était l'occasion de prendre un bol d'air et de discuter avec Mateusz. Néanmoins, ce commentaire me refroidit. Je gardai le silence tandis que nous parcourions les étals. Ravi, il me montra les premières pommes. Je me contentai d'un sourire forcé alors que je n'avais pas mangé un fruit frais depuis des mois. Tandis qu'il marchandait avec le primeur, j'observai les marchandises en songeant à Truda.

Malgré nos prises de bec, je l'aimais et j'éprouvais de la gratitude envers elle. Il fallait que je trouve un moyen de l'exprimer et d'être un fardeau moins lourd à porter.

J'ignore à quel moment je perdis Mateusz de vue. J'étais distraite et le marché était bondé en cette belle journée. Au bout de quelques minutes, je me dis que je m'étais sans doute aventurée trop loin et je revins sur mes pas. Mateusz ne se trouvait plus devant l'étal de pommes.

Après avoir scruté la foule en vain, je m'adressai au commerçant.

— Savez-vous dans quelle direction mon père est parti ? Un monsieur assez grand, barbu, portant une casquette. Il a discuté avec vous du prix de vos pommes.

— Je m'en souviens. Il m'a affirmé que c'était votre anniversaire. C'était une blague ?

— Non ! m'esclaffai-je. C'est la vérité.

— Eh bien, dans ce cas, bon anniversaire, dit-il en me tendant une belle pomme rouge.

— Merci !

Ravie, je mordis dans le fruit à belles dents.

— Elle est délicieuse, commentai-je en savourant sa chair acidulée.

— Je sais... il est parti par là.

Il désigna la direction d'où je venais, justement. Nous avions pu nous croiser sans nous en rendre compte. Je remerciai le vendeur de pommes et revins sur mes pas en cherchant Mateusz des yeux. Pas un signe de lui.

Pour la première fois, je me sentis vraiment vulnérable. C'était précisément le scénario que nous tenions à éviter face aux rumeurs d'exactions de l'Armée rouge. Étant une jeune fille seule, je m'exposais à un tas de dangers.

En l'absence d'alternative, je me remis en route vers l'usine.

Jamais je n'oublierai certains détails étranges de cette journée. Je marchais d'un bon pas car je voulais retrouver Mateusz au plus vite. Je me gardais toutefois de courir pour ne pas attirer l'attention. La brise faisait voleter mes cheveux sur mon visage. Devant une boulangerie, une odeur de pain chaud fit gargouiller mon estomac. Pourvu que Mateusz ait acheté des pommes. Je gardais sur mes lèvres la saveur sucrée de celle que je venais de déguster.

Je portais des chaussures plates à lacets que Sara m'avait données quand je travaillais aux services sociaux. Hélas, je devais me contenter des quelques vêtements apportés de Varsovie. Ma chaussette gauche était trouée et je m'étais promis de la repriser quand j'en aurais le courage. Ma façon de procrastiner rendait Truda folle.

Ma jupe grise était un peu trop grande pour moi et glissait sur mes hanches. Je ne cessais de la remonter. Je portais aussi un pull gris à col rond sur mon corsage blanc. J'adorais ce tricot, même si la laine me grattait un peu.

Derrière moi, j'entendis quelqu'un m'interpeller en russe. Je ne compris pas les mots mais mon cœur s'emballa. Mateusz ignorait quelles étaient les règles concernant les papiers d'identité depuis que les Soviétiques étaient là. Nous nous attendions à voir des affiches de propagande fleurir sur les murs pour nous indiquer ce que l'on attendait de nous. Depuis si longtemps, les papiers d'identité étaient une question de vie ou de mort, de sorte que j'avais toujours les miens sur moi. Je me tournai vers la voix en glissant une main dans ma poche pour sortir mes papiers.

Je vis trois soldats soviétiques, un jeune d'environ vingt-cinq ans flanqué de deux autres plus âgés. Celui de gauche était en surpoids. Sa bedaine tombait sur sa ceinture. Il avait le visage rubicond et le nez bulbeux. Celui de droite était le plus vieux des trois. Tous avaient les joues glabres.

Ils avançaient vers moi, affichant un genre de colère étrange que je ne savais comment interpréter.

Apeurée, j'évitai de les dévisager, me concentrant sur leur uniforme, leurs épaulettes rouges, leur ceinturon de cuir et leurs grandes bottes noires. Ils étaient assez proches pour ne plus crier. Je sentis leur haleine chargée de vodka. Ils étaient ivres et bien nourris, en plein après-midi, dans un pays affamé depuis des années.

— Tu sais depuis combien de temps je suis loin de ma femme ? demanda l'homme au nez bulbeux.

Il s'exprimait dans un polonais approximatif et tenait à ce que je comprenne ses propos. Je fis un pas en arrière, un seul, sans chercher à m'échapper.

— Trois ans, dit-il en fulminant. Cela fait trois ans que je me bats pour ces terres sans valeur. Maintenant qu'on vous a libérés, bande de salauds, il est temps de nous remercier.

Les gens durent les voir m'entraîner dans la ruelle. Je ne leur en voulais pas de leur passivité. Les Allemands nous avaient habitués à être indifférents. De plus, les Soviétiques avaient des armes, des couteaux, un sentiment d'impunité et une rage à peine contenue. Nous nous étions soulevés et nous avions échoué, encore et encore. Et même libérés, nous affrontions de nouvelles violences.

Il ne nous restait plus rien. Il ne *me* restait plus rien. Ces moments sur les pavés furent les plus humiliants de ma vie. Je m'enfermai en moi-même, en un lieu dont j'ignorais l'existence, et j'y restai jusqu'à ce que ce soit terminé.

Je gisais ensanglantée et contusionnée dans la ruelle, aussi épuisée que si j'avais couru pendant des jours, des années. Je tremblais de froid, j'étais en état de choc. Cette haine dont j'avais été le témoin s'était imposée à moi. Terrorisée, j'avais envie de m'enfuir et je n'avais même pas la force de me lever. Je me retournai pour vomir sur les pavés. Lorsque mes cheveux se plaquèrent sur ma bouche, je sentis la sueur de quelqu'un d'autre.

Cette fois, une nausée secoua mon corps tout entier.

— Allez, ma chérie, murmura une femme à mon oreille en posant doucement les mains dans mon dos. On va te sortir de là. Mon mari va te porter. Tu ne risques plus rien.

Elle se tut puis reprit, plus lentement :

— Tu ne risques plus rien.

Je sentis d'autres mains sur mon corps. Aveuglée par la terreur, je cédai à la panique. Non ! Assez ! Je me mis à gesticuler dans tous les sens, mais la voix douce de la femme reprit :

— Voici mon mari, Wiktor. Il ne te fera aucun mal, ma belle. On t'emmène à l'abri.

Je me concentrai sur ma respiration pour tenter de me calmer, de retrouver mes esprits. Cet homme était aussi fort que les autres et, s'il m'agressait, je serais impuissante. J'étais sur le point de défaillir.

— Doucement, murmura la femme en écartant gentiment mes cheveux de mon visage. Ça va aller.

Je fermai les yeux. Étais-je en plein délire ? Tout était flou et je venais de vivre le pire des cauchemars.

Ils me firent gravir un escalier, puis une porte se ferma. J'ignorais où j'étais et avec qui. L'homme me déposa délicatement sur un canapé et la femme me couvrit d'une matière douce. Elle posa une compresse humide sur mon front et porta un verre à mes lèvres.

De la vodka. Non.

L'alcool provoqua un haut-le-cœur. Le verre disparut, puis réapparut, plein d'eau, cette fois. J'en bus une gorgée avant de m'écrouler en arrière.

— Où se trouve ta maison, chérie ? demanda la femme.

Excellente question. Que lui répondre ? D'abord, je ne m'en souvins pas. Ensuite, je ne sus comment l'expliquer.

— Dans une usine. On habite dans l'usine de mon oncle.

— Avec tes parents ?

— Oui.

— Tu te rappelles quelle usine ? Mon mari ira les chercher.

Je m'efforçai de décrire les lieux, les bureaux, en vain. Je fus bientôt secouée de tremblements. La femme me fit allonger à nouveau et posa la compresse sur mes yeux.

— Repose-toi. On va retrouver tes parents.

J'aurais aimé m'endormir à jamais, ne plus me réveiller. En fermant les yeux, je revis aussitôt les trois soldats soviétiques marcher vers moi, le regard plein de haine. Affolée, je me redressai vivement.

— Et s'ils revenaient ? fis-je, les yeux enfin inondés de larmes.

Je me tournai vers la femme et la regardai pour la première fois. Un foulard coloré couvrait ses boucles grisonnantes. Ses yeux noisette exprimaient une profonde compassion.

— Ils ne reviendront pas, me promit-elle en désignant l'extrémité de la pièce.

Son mari plaça une chaise près de la porte et s'assit lourdement. Un fusil était appuyé contre le mur. L'homme le ramassa et le posa sur ses genoux, les yeux rivés sur la porte.

— Et s'ils reviennent, ils ne s'approcheront pas de toi.

*

Je dormis un peu, à moins que je n'aie sombré dans le même état de torpeur que durant l'agression. Pendant un moment, je n'eus pas conscience de la douleur… mais en me levant, c'est ce qui me frappa le plus. De mes cuisses à ma taille, j'étais à vif, meurtrie.

J'imaginais ce que j'avais subi concrètement. J'avais refoulé la majeure partie de l'agression et certaines blessures ne faisaient aucun sens. Mon œil gauche était si tuméfié qu'il était fermé. J'avais mal au bras et à l'épaule droite, ainsi qu'au talon droit.

— Comment t'appelles-tu, ma belle ?

— Emilia.

— Tu veux un verre d'eau ? À manger, peut-être ?

La femme aux cheveux grisonnants était toujours assise près de moi et son mari montait encore la garde à la porte. Son fusil toujours sur les genoux, il lisait à la lueur du plafonnier. En balayant la pièce du regard, je me rendis compte qu'il s'agissait d'un foyer cossu.

— Un peu d'eau, s'il vous plaît, murmurai-je d'une voix rauque.

Je ne me rappelai pas avoir crié alors que c'était peut-être le cas. J'avais les lèvres gercées. L'eau que me fit boire la femme me piqua un peu.

— Une goutte de vodka ? me proposa-t-elle.

Cette simple pensée me donnait envie de vomir. Je portai une main à ma bouche et secouai négativement la tête.

— Comment retrouver tes parents ?

— L'usine…

Ayant les idées un peu plus claires, je parvins à lui fournir quelques détails.

— Elle appartenait à mon oncle, Piotr Rabinek. Une usine de textile, très grande, à plus d'un quart d'heure à pied du marché…

— Dans la zone industrielle, bougonna son mari en croisant mon regard, avant de se détourner, gêné.

Ce gentil couple avait-il tout vu ? Pensaient-ils que c'était ma faute ?

Oh non… était-ce ma faute ?

Avais-je fait quelque chose pour attirer l'attention de ces soldats ? Je n'aurais pas dû quitter le marché, marcher seule.

— Tu peux nous en dire plus sur cette usine ? insista la femme. Les usines ne manquent pas. Mon mari va partir à la recherche de tes parents, mais tu dois nous en dire plus.

— Il y a des géraniums rouges dans une immense jardinière, sous l'auvent, à l'entrée des bureaux. D'après mon père, il y en avait aussi des blancs qu'ils ont dû détruire parce que…

Le drapeau. Le drapeau polonais était rouge et blanc. Les Allemands n'auraient pas toléré cette manifestation de patriotisme.

— Il est grand, cet auvent ? s'enquit le vieil homme sans me regarder. Et il y a une rangée de chênes, devant.

— Oui ! Les chênes...

Il se leva doucement.

— Ferme la porte à clé derrière moi, Maria. Je connais cet endroit.

Après son départ, Maria m'emmena dans la salle de bains. Dans le miroir, je ne vis qu'une inconnue, les lèvres enflées. Comment était-ce possible car aucun de ces hommes n'avait tenté de m'embrasser ? Puis je me rappelai une main sur ma bouche, tandis que je respirais difficilement par le nez. Hélas, j'avais le nez bouché à force de pleurer. J'avais cru mourir étouffée.

Mon œil au beurre noir présentait des nuances vertes, jaunes et violacées sur les bords. Je n'avais plus de culotte. Je ne me rappelais pas qu'ils me l'avaient enlevée. Le dos de ma jupe était ensanglanté, plus encore que si mes règles étaient arrivées par surprise pendant la nuit. Mes cuisses étaient dans le même état que mon œil. Quand je voulus soulager ma vessie, la douleur fut telle que je préférai me retenir.

Je retournai devant le miroir, incapable de croiser mon propre regard tant j'avais honte. Je me débarbouillai sommairement avant de rejoindre Maria en claudiquant. Sur une table, elle avait posé une tasse de thé et un bol de bouillon de poule.

— C'est gentil, mais je ne peux rien avaler...

— Assieds-toi.

Elle trempa la cuillère dans le bouillon et la porta à ma bouche. Je n'eus pas la force de résister.

— Cela nous est arrivé souvent, tu sais. Le mépris que les Allemands avaient pour nous était une forme de protection. Ils aimaient nous tuer, nous torturer, nous faire crever de faim. En revanche, ils ne nous considéraient pas comme des humains. Donc ils étaient moins enclins à nous violer.

Le viol. Je ne m'étais pas autorisée à penser à ce mot. À présent, il était gravé dans mon esprit et je ne pouvais penser à rien d'autre. *Les soldats m'ont violée. J'ai été violée par les soldats. J'ai été violée. Ce matin, je n'avais encore jamais été violée. Je ne pourrai plus le dire. Je ne suis plus la même. Suis-je anéantie ? Déshonorée ?*

Ignorant ce monologue intérieur, Maria reprit :

— Les Soviétiques sont différents. Certains de leurs officiers les encouragent à faire ça. Ils affirment que leurs hommes ont besoin de sexe car ils sont séparés de leurs femmes depuis longtemps. Ils leur disent qu'ils ont le droit. Et qui en paie le prix ? Nous, soupira-t-elle. Une fois de plus, les Polonais sont sacrifiés, après tout ce que ce pays a déjà subi.

Le viol. J'ai été violée, comme beaucoup de mes compatriotes. Ont-elles aussi envie de mourir ? Y aura-t-il une génération entière de Polonaises trop honteuses pour se regarder dans une glace ?

— Tu ne me croiras peut-être pas, mais tu t'en remettras, tu verras.

Je ne lui répondis pas. J'en étais incapable. Elle avait été si bienveillante… je ne voulais pas lui dire que je savais déjà qu'elle avait tort.

*

Une heure plus tard, j'entendis quelqu'un frapper à la porte. Maria empoigna le fusil avant même que je puisse réagir. Ce petit bout de femme avait quelque chose de rassurant. Elle semblait prête à affronter l'Armée rouge.

— Qui est là ? demanda-t-elle.

— C'est moi, répondit la voix étouffée de Wiktor. Ne tire pas, chérie, railla-t-il d'un ton plus taquin.

Dès que Maria ouvrit la porte, Wiktor entra en compagnie de Truda et Mateusz. Je pensais que j'irais mieux en les voyant. Il n'en fut rien. Je ne ressentis que de la honte et de la culpabilité, surtout en découvrant les larmes de Truda. Même Mateusz avait les yeux rougis.

— Pardon, balbutiai-je, les lèvres gonflées. Je suis vraiment désolée. Je t'ai perdu au marché et je ne t'ai pas retrouvé. J'ai voulu rentrer et…

— Non, coupa Mateusz, horrifié. Je suis fautif. J'aurais dû t'attendre plus longtemps. Je t'ai cherchée et… je croyais te retrouver sur le chemin de la maison…

Une larme coula sur sa joue. Il l'essuya si vite que je crus avoir rêvé. Truda et lui m'entourèrent, mais j'étais incapable de les regarder. Je me pris le visage dans les mains avant d'éclater en sanglots.

— Pardon, pardon…

Nous étions tous en train de nous demander pardon alors qu'aucun d'entre nous n'avait de raison de s'excuser.

34

Emilia

D'ORDINAIRE, Truda et Mateusz ne toléraient guère que l'on s'apitoie sur soi-même. Et pourtant, au cours des semaines qui suivirent, ils redoublèrent d'attentions, ce qui me permit de céder à la complaisance. Je passais mes journées au lit pour me remettre physiquement. Sur le plan psychologique, j'avais sombré dans une forme de torpeur. Je ne mangeais que si Truda m'y obligeait. Incapable de me regarder dans un miroir, je le couvrais d'une serviette chaque fois que j'entrais dans la salle de bains. J'étais certaine de ne plus jamais ressentir la moindre joie.

Ces soldats s'étaient insinués en moi pour me dépouiller de mon âme, ne laissant qu'une coquille vide. Mes plaies finirent par cicatriser, mais je voyais le monde à travers un filtre de tristesse et de confusion. Moi qui, naguère, m'intéressais tant à l'occupation soviétique et à ses conséquences pour notre nation, je ne supportais plus cet uniforme, de sorte que je ne quittais pas l'usine. Je n'échangeais plus avec personne. Je ne parvenais pas à me concentrer sur la lecture d'un livre. Mateusz avait acheté un poste de radio. Un jour, la station de Łódź diffusa l'hymne national polonais. Auparavant, j'aurais versé des larmes de bonheur et de fierté. Désormais, la musique me semblait assourdissante. Ni Truda ni Mateusz ne protestèrent quand je me levai pour éteindre le poste.

Les jours se suivirent, moins d'une semaine ou plusieurs mois, je n'aurais su le dire. Un soir, allongée dans mon lit à fixer le plafond, je sentis Truda et Mateusz entrer dans ma chambre.

— Emilia, il faut qu'on reparte à Varsovie.

Cette phrase qui aurait dû m'enchanter m'était insupportable. La perspective d'affronter Sara et Roman m'épouvantait. Roman me manquait désespérément, or je ne pourrais plus le regarder dans les yeux.

— Je ne peux pas, répondis-je.

— Il le faut, insista Truda. Nous devons chercher nos amis. De plus, tôt ou tard, l'industrie va repartir et quelqu'un viendra réquisitionner cette usine. Nous devons construire notre propre foyer. Il existe une allocation pour ceux qui retournent en ville.

— Quelle allocation ?

— Cinq cents *złotys* par personne.

Face à mon regard vague, elle reprit :

— Ce n'est pas grand-chose, certes, mais cela nous aidera à nous loger et à manger si les dégâts sont aussi importants qu'on le dit. De plus, Emilia… nous commençons à manquer d'outils à vendre dans l'usine. Nous n'aurons bientôt plus d'argent et aucun moyen d'en gagner. Il faut que Mateusz trouve du travail, ce qui ne manque pas dans une ville en pleine reconstruction.

— Non, je ne peux pas.

— Tu refuses de quitter Łódź ? me demanda-t-elle avec douceur.

Je la dévisageai. Cette douceur ne lui était pas coutumière, mais je ne l'appréciais guère. Je préférais la Truda franche, directe et authentique, celle avec qui je me chamaillais. Cette femme mesurée m'était inconnue.

— Je n'irai pas, persistai-je.

Loin de céder à ma provocation, elle se contenta de tourner la tête.

— Très bien, chérie, déclara Mateusz.

Au moment de s'éloigner, Truda se ravisa et revint vers moi.

— Je ne sais pas comment t'aider, avoua-t-elle, la mine soucieuse. Je vais être honnête avec toi, Emilia. Nous avons besoin de Sara. Elle peut t'aider. Et je crois qu'on va…

Elle s'interrompit et baissa les yeux.

— On a besoin de Sara, conclut-elle.

— Elle n'est sans doute plus de ce monde, rétorquai-je amèrement. Elle doit être morte ou dans un camp.

— Il faut au moins essayer de la trouver. Et Roman aussi.

— Je ne veux pas le voir !

Elle parut surprise. Je m'empourprai, submergée par la honte. Parviendrais-je un jour à vivre avec ?

— Je ne peux pas… Je ne veux pas qu'ils me voient, ni l'un ni l'autre.

— Emilia… fit-elle en posant une main sur mon bras. Tu n'as aucune raison d'avoir honte.

— Qu'est-ce que tu en sais, toi ? Tu n'étais pas là.

Elle retint son souffle et crispa les doigts sur mon poignet.

— Je n'étais pas là pour toi et je ne me le pardonnerai pas. Mais je suis là maintenant et je tiens à ce que tu t'exprimes. Comment peux-tu te sentir coupable ?

Sa voix tremblait de fureur ou de frustration sans que je sache vraiment pourquoi. Cependant, cette rage me faisait du bien. Je la laissai m'envelopper comme si elle était dirigée contre moi.

— Je ne me suis pas enfuie, murmurai-je.

— Mais encore ? demanda-t-elle vivement.

— Je n'ai pas appelé à l'aide.

— Et ?

— Je n'ai même pas essayé de… je les ai laissés… je n'ai pas cherché à me débattre…

Truda lâcha mon poignet pour mieux me prendre par les épaules. Toujours furieuse, elle plongea dans mon regard.

— Si tu t'étais enfuie, ils t'auraient tiré dessus. Si tu avais appelé à l'aide, ils t'auraient exécutée, si tu t'étais débattue, ils t'auraient tuée. Tu n'avais aucune chance ! Tu ne leur as rien autorisé, tu ne leur as rien proposé. Tu étais impuissante ! Tu as eu la malchance de croiser le chemin de ces barbares. Je refuse d'écouter de tels propos, je refuse de t'entendre culpabiliser de la sorte. Où est passée l'Emilia qui m'a toujours rendue folle par sa volonté de se battre ? Tu dois lutter contre ta honte, car de l'autre côté, il y a la fierté et la guérison.

Elle me secoua légèrement. Voyant que je ne la regardais toujours pas, elle haussa le ton.

— Tu m'entends ? Nous irons à Varsovie et nous trouverons Sara et Roman. Et toi, ma fille, tu vas redevenir celle qui m'a toujours impressionnée et terrifiée à la fois par sa volonté. Ces monstres ne te voleront pas cela ! Nous avons fait trop d'efforts pour te maintenir en vie pour que la cruauté de ces sales types t'abatte.

Un long silence s'installa, puis Truda me relâcha pour m'attirer dans ses bras.

J'avais les yeux secs, le cœur battant. Il faudrait que je réfléchisse aux paroles de Truda, que je les retourne dans ma tête, que je décortique chaque mot pour séparer le vrai du faux, ce que je pouvais croire et ce que je devais ignorer. J'avais besoin de temps, de beaucoup de temps, or mes parents me forçaient à déménager. À en juger par leurs propos, ils voulaient partir sans tarder. J'entendais Mateusz préparer nos affaires.

— Je ne veux pas regagner Varsovie à pied, finis-je par murmurer.

Mon corps avait guéri. Néanmoins, je songeais aux mises en garde de Mateusz, qui avait déclaré que nous croiserions une vague de soldats soviétiques. Comment parcourir plus de cent kilomètres face à une marée d'uniformes ?

— Mateusz va payer quelqu'un qui nous emmènera, sans doute en charrette, peut-être en camion. En quelques heures tu seras de retour à la maison.

— Et si notre immeuble a disparu ?

— Être chez soi n'est pas une question d'immeuble, Emilia. Ton foyer n'a jamais été un immeuble ou même une ville. Ton foyer, c'est ta famille. Et tu avais raison : notre meilleure chance de trouver notre famille est à Varsovie.

Mateusz avait fait appel à un paysan aussi aimable qu'opportuniste qui possédait un camion rouillé. En échange de nos dernières économies, il nous conduisit dans la capitale. En constatant un ralentissement, je crus que nous étions perdus.

À Łódź, nous avions eu vent de rumeurs selon lesquelles Varsovie était un champ de ruines, mais ce n'est qu'aux abords de la ville que cette expression prit tout son sens. Les Allemands étaient allés de maison en maison, de rue en rue pour détruire presque chaque bâtiment.

— Je ne peux pas vous emmener plus loin, annonça le paysan, hésitant.

C'était évident. La chaussée était jonchée de débris, de blocs de béton, de briques, de bris de verre, sous une épaisse couche de poussière. Nous avions quitté cette ville début octobre. Si les bombes incendiaires avaient déjà provoqué de nombreux dégâts, on ne voyait désormais que des décombres à des kilomètres à la ronde.

— Il ne reste plus rien… murmurai-je.

— Il y a quelques bâtiments, objecta Mateusz, avec un optimisme peu convaincant qui ne parvenait pas à masquer son désarroi.

— On n'aurait pas dû venir, commentai-je. C'était une mauvaise idée. Je sais que vous espériez me remonter le moral, mais c'est peine perdue. Comment voulez-vous qu'on retrouve Sara et Roman ? Encore faut-il qu'ils soient en vie. Et notre ancien immeuble ?

— Il faut qu'on y arrive, persista Truda.

Elle ouvrit la portière grinçante de la cabine sous mon regard incrédule.

— Truda, comment ?

— Descends de ce camion, Emilia ! m'ordonna-t-elle, les lèvres pincées.

Mateusz et le paysan se saluèrent d'un regard.

— En route, fit Mateusz. On a encore du chemin à parcourir pour traverser la ville.

— Si on reste, où dormira-t-on ce soir ? demandai-je avant d'ajouter avec une pointe de sarcasme : vous croyez qu'on trouvera un hôtel ? Ou un manoir inoccupé où on pourrait s'installer ?

— Il faut trouver Sara. Et Roman. On ne pensait qu'à cela avant…

Truda s'interrompit brutalement, de peur que la simple mention de mon agression me traumatise davantage. Ces précautions me rendaient folle.

— Avant quoi ?

Truda baissa les yeux.

— Il faut les retrouver. Ce sera difficile mais ne nous laissons pas abattre. Naguère, tu m'aurais dit la même chose, non ?

Mateusz me poussa doucement vers la portière. Avec un soupir d'impatience, je cédai. Si je ne voulais pas descendre, je ne tenais pas à retourner à Łódź non plus. Nous allions devenir des vagabonds errant dans les ruines d'une ville dévastée. Truda semblait si déterminée que je ne pus résister, surtout dans mon état.

— Nous avons besoin de Sara, persifla-t-elle. Je ne sais pas encore comment te l'expliquer, mais tu dois me faire confiance. Nous avons une bonne raison de revenir, alors descends de ce camion et allons-y !

Je foulai le bitume jonché de débris et de poussière et fis un premier pas de mauvaise grâce.

— C'est bien, déclara Truda. Va chercher ton sac à l'arrière du camion. Plus vite on se mettra en marche, plus vite on trouvera un abri pour ce soir.

Mateusz me lança mon bagage et, l'air furibond, je suivis mes parents.

Six heures plus tard, dans un silence pesant, nous étions prostrés devant ce qui avait été notre immeuble. S'il s'en était mieux sorti que la plupart de ceux que nous avions croisés, les dégâts étaient considérables. L'appartement de Sara avait disparu, sans doute détruit par une bombe. Son côté de l'étage et celui du dessous s'étaient volatilisés, ne laissant qu'un grand vide.

Notre logement était toujours là, sans fenêtres, et le rez-de-chaussée avait subi un incendie. Maigre consolation, aucun cadavre n'était visible dans les décombres. Sur le chemin, j'avais passé mon temps à réprimer de violentes nausées. L'hiver avait préservé les dépouilles mais, avec l'arrivée du printemps, elles se décomposaient.

En traversant la ville, nous avions croisé des dizaines de piétons qui rebroussaient chemin, préférant repartir d'où ils étaient venus. Je n'étais pas de taille à lutter contre Truda et Mateusz. Je tenais à peine debout.

— Qu'est-ce qu'on fait, maintenant ? m'enquis-je.

Truda essuya une larme qui coulait sur sa joue maculée de poussière. Elle ne parvint qu'à laisser une traînée grisâtre sur sa peau. La nuit commençait à tomber.

— Je vais examiner la structure de l'immeuble pour voir si elle résiste, annonça Mateusz.

— Tu n'es pas ingénieur ni architecte, soupirai-je.

— Je vais voir si les encadrements des portes sont droits et l'escalier assez solide pour que l'on puisse accéder aux étages. Ensuite, je reviens vous chercher, les filles.

— Et si c'est dangereux ? demandai-je.

Sans me répondre, il franchit le seuil de l'immeuble. La porte d'entrée était défoncée. Il vérifia l'issue donnant sur la cour avant de gravir les premières marches.

— Il reste peut-être à manger dans le cellier, hasardai-je, pleine d'espoir.

— J'en doute, répliqua Truda. Tu crois vraiment qu'il reste quoi que ce soit de valeur dans ce champ de ruines ?

— Je voulais retourner à Łódź, confessais-je.

Elle pinça les lèvres sans un mot de plus.

Au bout de dix minutes, Mateusz redescendit et nous fit signe d'entrer. À notre approche, il sourit.

— Le hall est très endommagé. Sinon, l'immeuble n'a pas trop souffert. Les vitres sont brisées, certains meubles aussi, mais nos lits sont là. Une fois nettoyés, ils serviront à nouveau. On dirait que les pilleurs ne sont pas montés jusqu'en haut. M. Wójcik est toujours au deuxième et il a recueilli de l'eau de pluie. Il va nous en donner pour ce soir et, demain, j'irai en puiser dans le fleuve. Cela vous convient ?

— Et la nourriture ? fit Truda.

— Il reste des boîtes de conserve sous le lit de Piotr ! Vous voyez ? On a de la chance !

— Quelle chance, maugréai-je.

Le vide qui remplaçait l'appartement de Sara me donna des frissons d'effroi. En entrant chez nous, je vis d'abord l'escalier menant à ma chambre. Je gravis les marches quatre à quatre et me précipitai vers le mur opposé à la fenêtre. J'époussetai le mur à mains nues pour révéler ma fresque.

Si la ville était détruite, ma fresque était encore là et capturait un moment figé dans le passé. Je m'écroulai à terre près du couple que j'avais dessiné à la dernière minute. Du bout de l'index, j'effleurai la silhouette du garçon. Mes personnages étaient désormais des inconnus dont j'étais jalouse.

Pour le dîner, Mateusz alluma du feu grâce à des débris de bois ramassés dans la rue, ce qui nous permit de réchauffer une boîte de haricots. À cette hauteur, la puanteur de la ville était plus supportable et je pus digérer mon repas sans être prise de vomissements. Truda avait fait de son mieux pour débarrasser nos lits. Ils avaient installé le mien dans leur chambre, juste à côté du leur.

Je voulus protester et leur rappeler que je n'étais plus une enfant, mais je ne me sentais en sécurité nulle part. Le chaos qui régnait à Varsovie ne faisait qu'intensifier ce sentiment. Nous avions croisé de nombreux soldats soviétiques en traversant la ville et je refusais de rester seule.

Dès la fin du repas, je me mis au lit et fixai longuement le plafond. Soudain, il me revint à l'esprit que, quand je vivais dans cet appartement, je priais chaque soir. Or je n'avais pas prié une seule fois depuis mon agression. Pour la première fois, je fermai les yeux et les mots me vinrent.

Merci, mon Dieu, d'avoir épargné notre appartement. Veille sur Roman et Sara. Qu'ils soient heureux, en bonne santé et en sécurité.

— Elle semble aller moins bien au lieu d'aller mieux, entendis-je Mateusz déclarer.

Son angoisse perceptible me submergea d'une vague de culpabilité.

— Il faut trouver Sara.

— Tu crois vraiment qu'elle l'aidera mieux que nous ?

— Je le sais.

— Pourquoi ?

— Elle sait des choses sur… sur les femmes, répondit Truda d'une voix mal assurée.

Un long silence s'installa, puis elle reprit, en baissant d'un ton :

— Je n'arrive pas à aborder ce sujet avec elle.

— Demain, je commencerai à sillonner la ville et si elle est là, je la localiserai. As-tu pensé à ce qu'on fera dans le cas contraire ? Il est fort possible qu'elle ne s'en soit pas sortie en vie.

Je me retournai et me couvris les oreilles pour ne plus les entendre.

Durant les jours qui suivirent, Truda et moi nous affairâmes du matin au soir à remettre l'appartement en ordre. Nous ne sortions que pour nous rendre à pied sur les quais de la Vistule pour remplir des seaux d'eau. Mateusz nous accompagnait chaque matin et remplissait un seau supplémentaire. Ensuite, il s'en allait pour la journée. Il avait postulé pour recevoir l'allocation versée aux habitants de retour, puis il était parti en quête de Sara et d'un emploi.

Au fil du temps, je trouvai un certain réconfort, ce à quoi je ne m'attendais pas. Au départ, cela semblait impossible, mais la vie reprenait ses droits au milieu des ruines. Je ressentis les premiers signes d'une renaissance : le retour d'une famille, une vieille femme déterminée à élever des poules dans une cour, un homme ramassant des briques sur la chaussée pour les empiler sur le trottoir afin de rendre la chaussée praticable. Chacun de ces gestes avait son importance. Je cessai peu à peu de me concentrer sur ce qui avait disparu pour m'intéresser à ces nouveaux signes de vie. Ils me donnaient un étrange espoir.

Assise dans l'encadrement vide d'une fenêtre, j'observai la rue quand une idée me frappa soudain.

— Truda ! appelai-je en descendant de mon perchoir.

— Oui ? Il y a un problème ?

Inquiète, elle surgit de la cuisine. Parfois, je ne ressentais rien. Parfois, encore je ressentais tout à la fois. En cet instant, mon irritation était si intense que je faillis tomber à la renverse. Je me rendis compte que, durant les douze semaines écoulées depuis l'agression, je n'avais pas passé un instant seule. Je retrouvai soudain des forces.

Si Varsovie était capable de guérir, je le pouvais aussi.

— Je sors prendre un bol d'air.

— Un bol d'air ? répéta-t-elle, sceptique, en regardant vers la fenêtre dont je venais de m'écarter.

— Je veux voir ce qui reste de la cour, avouai-je.

Son regard s'adoucit. Elle s'essuya les mains sur son tablier et l'enleva.

— Bien, allons…

— Truda, coupai-je doucement. Je veux y aller seule.

— Ah…

— Il n'y a aucun danger. Je n'ai qu'à descendre l'escalier.

— Mais… avec les décombres… bredouilla-t-elle, désemparée. Qu'est-ce que tu fabriquerais en bas ?

— Je ne sais pas. J'ai juste envie de sortir.

— Je ne crois pas que ce soit une bonne idée, Emilia.

— Si tu t'inquiètes vraiment pour moi, tu n'as qu'à sortir dans le couloir et me surveiller par le trou qui remplace l'appartement de Sara.

— C'est bon, soupira Truda. Ne t'absente pas trop longtemps.

Je poussai prudemment la porte donnant dans la cour, mais elle ne bougea pas. J'essayai de l'ébranler d'un coup d'épaule.

— Qu'est-ce que tu fais là, Elzbieta ? me lança M. Wójcik.

— J'essaie de sortir dans la cour, monsieur Wójcik ! La porte est coincée.

— Attends une minute, je viens t'aider.

Il descendit les marches en boitillant muni de sa boîte à outils. Il la posa à terre et en sortit un burin. Je le regardai s'affairer quelques minutes sur la serrure en maugréant quelques jurons. Alors qu'il allait baisser les bras, il poussa un cri de triomphe : la porte s'ouvrit.

— Voilà ! dit-il d'un air satisfait.

Il jeta un coup d'œil dans la cour et grimaça.

— Il sera beaucoup plus difficile de réparer les dégâts, ici.

— Merci, monsieur Wójcik.

J'escaladai les débris qui obstruaient en partie l'issue. Au moment où je parvenais de l'autre côté, les nuages s'écartèrent et la cour se trouva baignée dans une douce lumière dorée. Je vis les lieux tels qu'ils étaient naguère et tels qu'ils étaient devenus. Mon regard se posa sur le pommier. D'un côté, il était sain, avec des branches vertes couvertes de pousses et de fleurs blanches. De l'autre, il était calciné. Et pourtant, des bourgeons surgissaient çà et là.

Ce spectacle de désolation me serra le cœur et renforça ma détermination. Puisque chaque habitant de Varsovie avait un rôle à jouer dans la reconstruction, je décidai de commencer sur-le-champ. Bris de verre, vaisselle cassée, métal tordu et bouts de bois brûlé, meubles, vêtements, lambeaux de tissus jonchaient le sol. Faute de tout dégager, je me sentais capable de réhabiliter cet espace.

Je m'assis au pied du pommier, adossée au tronc, et levai les yeux vers notre immeuble meurtri et le ciel d'un bleu limpide. Je fermai les yeux pour humer le parfum des fleurs. Pour la première fois depuis l'agression, j'étais heureuse d'être en vie.

Au bout d'un moment, en posant les mains à terre pour me relever, je sentis sous ma paume un objet froid et lisse en partie enfoui. Intriguée, je me mis à racler la terre.

À l'intérieur du bocal en verre crotté, je distinguai des bouts de papier à cigarette. Des centaines, voire des milliers de feuilles pliées avec soin.

Je m'essuyai les mains sur mon chemisier pour dévisser le couvercle et je sortis un premier papier. L'écriture bien identifiable de Matylda m'apparut :

Ala Skibińska
Sauvée le 7 juillet 1942
Transférée à l'orphelinat franciscain, rue Hoza
Placée chez Walter et Zenobia Buliński, Szydlowiec

Le cœur battant, je repliai le document avec soin et en lut plusieurs autres. Chacun était une piste qui permettrait à un enfant juif de retrouver le chemin de sa maison ! Je me rappelai le soir où Sara était venue nous dire au revoir. J'avais remarqué ses ongles noirs. Elle avait enterré les archives de Matylda au cas où son appartement serait détruit.

Si la ville avait pratiquement été rayée de la carte, le pommier avait survécu, lui. Et ce fragile bocal en verre était intact. La terre et les gravats l'avaient protégé. Un miracle.

Et si je montais le bocal chez nous ? Ma méfiance vis-à-vis de l'Armée rouge m'en dissuada. Je creusai davantage le trou, au pied du pommier, et y enterrai le précieux bocal que je recouvris avec soin. Je le retrouverais aisément. Une fois que j'aurais localisé Sara, elle transmettrait ces archives aux autorités juives. Les sœurs du couvent pourraient aussi nous aider car certains enfants sauvés s'y trouvaient peut-être encore…

Soudain, une idée me vint. Si Sara avait été arrêtée, elle aurait été libérée, depuis le temps, et elle serait revenue à Varsovie. Et si elle n'avait nulle part où dormir, je connaissais un groupe de femmes qui l'auraient hébergé sans hésiter.

Le lendemain, Truda et Mateusz insistèrent pour m'accompagner à l'orphelinat de la rue Hoza.

— Le couvent n'existe peut-être plus, prévint Truda. Et même dans le cas contraire, Sara ne s'y trouve peut-être pas.

— Je sais, répondis-je. Je veux simplement en avoir le cœur net.

— Et si on ne la trouve pas, que fera-t-on du bocal ? s'enquit Mateusz.

— Laissons-le à sa place, affirmai-je. On ne sait pas encore à qui se fier.

Si de nombreuses églises avaient été rasées, j'avais l'intuition que Dieu avait sauvé le bocal. Il avait aussi veillé sur les femmes ayant aidé Matylda et Sara à le remplir. En débouchant dans la rue Hoza, je poussai un soupir de soulagement. La façade de l'orphelinat était encore debout.

— J'en étais sûre ! m'exclamai-je en courant vers l'entrée.

Je n'avais pas ressenti un tel enthousiasme depuis des mois. Devant la porte, des sœurs distribuaient du pain aux passants. Je n'en reconnus aucune. Elles m'offrirent une miche que je refusai d'un geste.

— Sara est là ? Sara Wieczorek ?

La sœur désigna la porte.

— Je crois qu'elle est en cuisine pour préparer le repas.

En me ruant à l'intérieur, je faillis bousculer une autre sœur. Les yeux embués de larmes, je lui demandai le chemin de la cuisine. Truda et Mateusz me suivaient de près.

Sara épluchait des légumes en compagnie d'une jeune sœur. Étonnée de me voir entrer en trombe, elle lâcha son couteau et se leva d'un bond avec un cri de joie.

— Tu es en vie ! lança-t-elle avant de poser les yeux sur Truda et Mateusz. Vous êtes tous vivants ! Dieu soit loué !

Je me jetai dans ses bras et fondis en larmes. Aussitôt, elle murmura quelques paroles de réconfort. Les sœurs qui l'entouraient nous firent de la place sur le banc. Sara se rassit et m'enlaça comme une enfant. Je pleurais si fort que je n'entendis rien de la conversation entre elle et mes parents. La guerre m'avait fait mûrir trop vite. Serrée contre Sara, je redevenais une petite fille submergée par le chagrin et la peur.

— Il faut que ça sorte, Emilia, murmura-t-elle en me caressant le dos. C'est bien, défoule-toi. Tout va bien se passer, tu verras.

La cuisine se vida peu à peu, jusqu'à ce qu'il ne reste que Mateusz, Truda, Sara et moi. Truda entreprit de nous préparer du café. Mateusz me tendit son mouchoir.

— Notre petite futée a déniché ton bocal dans la cour, hier soir, raconta-t-il à Sara.

Elle m'observa d'un air surpris, presque hésitant.

— Il est…

— Il est intact ! Sous le pommier.

— À la bonne heure !

Elle sourit et poussa un long soupir de soulagement.

— Lors de mon retour à Varsovie, je suis passée dans notre immeuble mais je n'ai pas réussi à ouvrir la porte de la cour.

— La serrure était endommagée, lui expliquai-je. M. Wójcik a dû m'aider avec ses outils.

— Qu'as-tu fait du bocal ?

— Je l'ai enterré un peu plus profond parce qu'il était en partie exposé. J'ai ajouté des débris par-dessus. Il est en sécurité, sauf si tu veux que je l'apporte ici.

— Merci, fit-elle avec un sourire nostalgique. Je dois d'abord en parler à plusieurs personnes pour savoir quels membres de la communauté juive ont survécu. Ils nous aideront à trier les informations. J'ignore combien de familles pourront être réunies… la tâche est vaste. Plus vite nous nous y mettrons, mieux cela vaudra.

Lors d'un déjeuner à quatre au réfectoire, chacun évoqua les mois écoulés depuis l'insurrection. Au camp de transit de Pruszków, Sara avait appris qu'elle serait envoyée en camp de concentration.

— Ils m'ont fait monter dans le train. Je me suis alors dit que je n'étais pas arrivée aussi loin pour crever dans un maudit camp. Certaines femmes de mon wagon ont trouvé le moyen d'ouvrir la porte et, au milieu de la nuit, on a attendu que le train ralentisse avant un virage pour sauter.

— Où as-tu atterri ? demandai-je, admirative.

— Dans une flaque, s'esclaffa-t-elle. Je me suis cachée dans les bois pendant un moment. Ensuite, j'ai eu la chance de rencontrer un paysan et sa femme qui m'ont hébergée en échange d'un peu de travail à la ferme. Je ne suis de retour en ville que depuis quelques semaines.

Après le repas, Truda me demanda de débarrasser la table. En revenant de la cuisine, je trouvai Sara debout, la mine grave.

— Viens dans ma chambre, nous allons discuter, me dit-elle doucement.

Truda et Mateusz venaient de la mettre au courant. Ils fuyaient mon regard pour ne pas affronter ma colère.

— Non. Restons plutôt ici et profitons de ces moments partagés. Il ne sert à rien de parler en privé.

Sara me prit par le bras. Avec un soupir frustré, je la suivis.

— Truda pense que tu te confieras peut-être à moi, déclara-t-elle en s'asseyant sur son lit.

Voyant que je m'obstinais à rester sur le seuil, elle me fit signe de prendre place à côté d'elle.

— Je n'ai pas besoin d'en parler. Merci quand même.

— Emilia, ils sont très inquiets.

— Je commence à me sentir mieux, répondis-je en toute sincérité. Cette journée a été la meilleure depuis très longtemps.

— Pour moi aussi. Je suis tellement heureuse de te revoir… écoute, Emilia, il y a autre chose… Comment te sens-tu ? Physiquement ?

— Mieux, m'empressai-je d'affirmer. Je ne…

— Chérie, Truda redoute que tu ne sois enceinte.

Je me tournai vivement vers elle.

— Quoi ? Non ! Pourquoi pense-t-elle... ?

Je me rendis alors compte que je n'avais pas eu mes règles depuis l'agression. Je m'écroulai sur le lit. L'insistance de Truda à revenir à Varsovie faisait enfin sens. Incapable d'avoir une conversation directe sur l'anatomie, Truda ne pouvait me parler de cette possibilité. Quant à savoir que faire…

— Je ne peux pas… bredouillai-je, affolé. C'est impossible…

J'étais incapable de prononcer le mot. Je l'aurais su, non ?

— Je peux t'examiner ? demanda Sara. C'est arrivé il y a trois mois, c'est ça ? Fin mars ?

J'acquiesçai, un peu tendue. Elle me fit allonger sur le lit et me palpa l'abdomen. Au bout d'un moment, sa main s'immobilisa sur mon ventre.

— Tu te souviens de nos conversations sur mes manuels de médecine ? Je t'avais expliqué que l'on pouvait mesurer la hauteur du fond utérin pour déterminer le stade de la gestation ?

— Oh non, murmurai-je, abasourdie.

Sara posa le doigt sur mon bas-ventre.

— Le sommet de l'utérus est ici, ce qui indique une grossesse d'environ douze semaines.

— Je veux qu'on me l'enlève ! dis-je en me redressant.

Je repoussai ses mains. Je tremblais de tout mon corps, ce qui ne m'était pas arrivé depuis le jour de l'agression. J'avais envie de m'éventrer. Je me sentais aussi violée que quand je gisais sur les pavés, ce jour-là.

— Chérie, je ne peux rien faire. Tu vas devoir...

— Trouve-moi quelqu'un qui puisse m'aider ! implorai-je. Il doit bien y avoir quelqu'un en ville qui... un moyen d'arrêter ça. Je ne peux pas... tu ne peux pas...

Sara posa les mains sur mes épaules et me regarda dans les yeux.

— Emilia, tu es forte. Tu t'en es sortie jusqu'ici. Tu peux y arriver.

— Je ne peux pas... gémis-je. C'est trop dur...

Une autre pensée me vint soudain. Je ravalai ma nausée.

— Les gens vont le savoir, Sara ! Les gens vont le voir ! Que diront-ils ?

Enfin, je fondis en larmes, à nouveau submergée par la honte.

— Je ne sais pas ce qui est le pire... que les gens me prennent pour une traînée ou qu'ils sachent que... je ne le suis pas.

— On te trouvera un endroit, dit-elle posément. Un lieu sûr. Les sœurs nous aideront... tu te réfugieras quelque part jusqu'à l'accouchement et tu repartiras de zéro. Personne n'en saura rien.

— Je ne peux pas, hoquetai-je. Je t'en prie, Sara. Aide-moi ! Il doit y avoir un moyen d'arrêter ça !

— Toi et moi avons traversé bien des épreuves, Emilia. C'est pourquoi je sais que tu peux y arriver.

Ce jour-là, en quittant l'orphelinat, j'avais un projet. Je partirais pour le couvent franciscain de Marki où les sœurs m'accueilleraient jusqu'à la naissance du bébé.

— Et ensuite ? avais-je demandé à Sara.

— Ensuite nous trouverons des parents adoptifs pour l'enfant et tu pourras retourner à Varsovie, chez Truda et Mateusz, pour réfléchir à la suite.

35

Roman

L'ÉCHEC DE L'INSURRECTION remontait à presque six mois. Je traçais une encoche sur la couchette de mon dortoir pour chaque jour qui passait dans le Stalag XIII-D, un camp de prisonniers de guerre, sur les terres nazies de Nuremberg.

— Je ne comprends pas comment tu peux être dans d'aussi bonnes dispositions, marmonna Kacper.

Cette réflexion me fit rire.

— Tu es le premier à me dire ça !

Kacper et les autres avaient été choqués par les baraquements crasseux, les vitres brisées, l'absence de chauffage, les matelas usés et les cafards. Certains se plaignirent des latrines et des auges d'eau froide qui nous servaient de lavabos, jugeant ces conditions inacceptables. Pour ma part, après ce que j'avais subi dans le ghetto, le camp de Nuremberg était une partie de plaisir. La colère des Allemands étant concentrée sur les prisonniers soviétiques, je compris rapidement que, en faisant profil bas, en travaillant dur dans l'usine de munitions où l'on m'avait affecté, j'avais des chances raisonnables de survivre.

Cela étant dit, la libération du camp par les Américains, en avril 1945, fut la bienvenue. Nous avions eu vent de rumeurs. Voir les Allemands détaler à leur approche fut jouissif. Tandis que mes camarades étaient fous de joie, je brûlais d'avoir des nouvelles de mon pays.

— Que se passe-t-il en Pologne ? demandai-je à un interprète.

Il travaillait avec les Américains pour nous guider vers la Croix-Rouge qui nous fournirait nourriture et assistance médicale.

— L'Armée rouge a libéré la Pologne, me répondit-il avec un large sourire.

— Libéré ? répétai-je, incrédule, le cœur serré. Autrement dit, nous avons battu les Allemands pour nous retrouver sous domination soviétique ?

— Le gouvernement en exil est sûr de pouvoir reprendre le contrôle du pays par la négociation.

— Les Soviétiques ont occupé la moitié de la Pologne les premières années de la guerre ! Ils n'ont perdu ce territoire qu'à cause de l'avancée allemande. Ils ont regardé l'insurrection échouer alors qu'ils auraient pu intervenir en renfort. Maintenant qu'ils ont chassé les Allemands de la Pologne, vous croyez qu'ils vont s'en aller comme ça ?

Son sourire s'effaça.

— D'après ces soldats américains, des pays du monde entier proposent d'accueillir des réfugiés polonais, précisa-t-il. Vous n'êtes pas obligé de retourner là-bas.

— Comment ? La Pologne est mon pays ! Vous croyez que j'ai survécu aux horreurs de cette guerre pour renoncer à mon pays ? Et puis ma copine m'attend là-bas.

Malheureusement, je ne m'étais pas trompé à propos du pied de Kacper. Le médecin de la Croix-Rouge voulait l'amputer mais, vu le nombre d'urgences médicales, il devait attendre son tour.

Terrifié, le pauvre garçon essaya d'obtenir le droit de regagner la Pologne pour se faire soigner. En voyant des photos de ce qui restait de Varsovie, dans un journal, il se rendit compte que ce serait impossible.

— Tu vas rester ? demanda-t-il. Ils refusent de me laisser partir avant la cicatrisation du moignon.

— Je dois chercher mes amis.

— Je t'en prie, Roman, murmura-t-il d'une voix tremblante. Je ne veux pas rester ici tout seul.

— Tu m'enquiquines depuis le moment de notre rencontre, maugréai-je.

Néanmoins, je ne pouvais le laisser affronter seul une telle épreuve. Je pris un poste à la buanderie du camp et m'installai dans un dortoir avec des dizaines d'autres Polonais. La plupart envisageaient d'émigrer dans le premier pays qui les accueillerait, car ils se sentaient incapables de rentrer chez eux. Contrairement à moi. Là-bas, il y avait Emilia et je savais qu'elle me cherchait. Il fallait que je trouve un moyen de l'informer que j'étais en vie.

Je crus d'abord que ce serait facile, qu'il suffirait de lui envoyer une lettre à son ancienne adresse de Varsovie. Hélas, un agent de l'administration du camp m'apprit que le service des postes ne fonctionnait pas à Varsovie.

— Vous n'avez pas vu les photos ? fit-il avec une moue. Trouver une adresse est quasiment impossible. La meilleure chose à faire est de vous inscrire ici en espérant que votre petite amie se soit elle aussi inscrite au bureau de la Croix-Rouge à Varsovie.

J'ajoutai le nom de Kacper et le mien à la liste des Polonais recherchant leur famille. L'agent me promit de me tenir au courant. Au bout de quelques semaines, les parents de Kacper lui adressèrent un message : ils étaient sains et saufs et vivaient avec son oncle dans un centre pour réfugiés installé dans une école de Varsovie. Ils guettaient son retour avec impatience.

Je passai quatre mois dans le camp de la Croix-Rouge à attendre des nouvelles d'Emilia qui ne vinrent pas, l'opération de Kacper et, enfin la cicatrisation de son moignon.

Fin septembre, quand vint le moment de partir, deux pensées m'obnubilaient : reprendre contact avec la Résistance et construire l'avenir qui nous tenait tant à cœur, à Emilia et moi.

36

Emilia

D'APRÈS SARA, le bébé était prévu pour la période de Noël, de sorte que je devrais passer au moins cinq mois au couvent. En me déposant là-bas, elle m'assura que c'était la meilleure solution.

— La vie bien réglée des nonnes fera passer le temps plus vite, me promit-elle.

Truda nous avait accompagnées à Marki et était restée deux nuits sur place pour m'aider à m'installer.

— Tu es sûre de vouloir rester ? me demanda-t-elle au moment de me quitter.

Elle balaya l'entrée du couvent d'un regard inquiet, telle une mère poule guettant le danger.

— Je m'en veux de t'abandonner ici.

— C'est mieux ainsi, répondis-je le cœur gros. Je reste.

Je baissai les yeux. Comment lui expliquer que mon empressement venait d'un besoin irrépressible d'éviter

Roman ? Il me manquait terriblement et je savais qu'il en était de même pour lui. Il ferait son possible pour me retrouver. En restant dans l'appartement, je risquais de le trouver un jour sur le pas de la porte et de lire de la douleur et de la colère dans son regard. Cela dit, j'avais également honte à l'idée que notre voisin M. Wójcik voie mon ventre arrondi. Et comment repartir de zéro, ensuite, si tout le quartier était au courant de ma grossesse ? Pour passer à l'étape suivante de cette épreuve, je ne pouvais que me cacher.

Au couvent, les horaires étaient immuables. Je me réveillais à sept heures, je rangeais ma chambre, je faisais ma toilette, puis une promenade de santé avec les sœurs dans la cour. Ensuite, nous prenions le petit déjeuner avant les prières du matin.

Les sœurs étudiaient les Écritures. Au vu des circonstances exceptionnelles, j'étais encouragée à poursuivre ma scolarité. Sœur Agnieszka Gracja avait été enseignante et, dès notre rencontre, elle m'avait proposé de m'aider à rattraper mon retard scolaire.

— Si tu travailles bien, quand ce sera terminé, tu pourras peut-être obtenir ton diplôme. Qui sait ? Si la Pologne se reconstruit, les Soviétiques rouvriront peut-être les universités.

Je me plongeai donc dans les livres, les mathématiques, les sciences. Je faisais semblant de me trouver dans ce couvent uniquement pour reprendre mes études. Et quand mes vêtements furent trop serrés, je me persuadai que j'abusais de la nourriture pourtant fade des sœurs.

Les religieuses cherchaient à aider la communauté locale. La plupart tricotaient des bonnets pour les enfants. Au départ, je récupérai la laine de vêtements endommagés, comme avec Sara. En apprenant que j'aimais peindre et dessiner, sœur Renata me procura un carnet, des crayons, de vieux pots de peinture et des planches de bois. Pendant que les sœurs tricotaient dans un silence religieux, je peignais.

Coucher sur le papier les détails du couvent m'était d'un grand réconfort. Je peignis aussi le cloître, les voûtes, émerveillée par les jeux de lumière sur ces murs anciens, selon l'heure de la journée. Je dessinai une main de sœur Walentyna maniant une aiguille à tricoter, avec ses rides, ses taches brunes. Je peignis une coupe en porcelaine vidée de ses pommes sur une table, puis à nouveau avec les pommes.

Si je n'étais pas prête à accepter la réalité de ma situation, créer atténuait mes angoisses. Le dessin et la peinture étaient la voix de mon âme. Au cours de ces mois, je trouvai le salut dans les attentions des religieuses qui m'aimaient uniquement parce que j'étais une enfant de Dieu, par les arts graphiques qui me permettaient de voir le monde à travers les yeux d'une enfant et par le souvenir de Roman. Dans les pires moments, je tenais bon en pensant à lui.

J'ignorais si nous nous reverrions et quand. Parfois, je me forçais à envisager sa mort. Ces doutes ne duraient pas longtemps. Il était trop plein de vie, trop déterminé ! Il avait certainement trouvé un moyen de survivre après l'insurrection.

Cette relation qui me semblait si pure, naguère, connaissait bien des entraves et des complications. Roman ne quittait pas mes pensées et, du fond de mon couvent, je pouvais rêver pendant des heures de ces mois merveilleux que nous avions partagés. Nos âmes étaient liées et, jusqu'à ce que nous construisions notre vie ensemble, je me languirais de son retour.

Si je m'inquiétais pour lui, je redoutais aussi nos retrouvailles. Comment lui parler de cette journée funeste à Łódź ? Que dirait-il en voyant mon ventre arrondi ?

Mon anxiété fit vite place à de la terreur quand je me rendis compte que, chaque fois que j'imaginais ces moments, je ne voyais qu'une seule conclusion : Roman ivre de colère, prêt à tout casser.

En dépit de mon amour, j'étais incapable d'affronter cette rage.

Se rendre au couvent depuis Varsovie n'était pas simple. Il fallait parfois deux ou trois heures aller-retour. Truda, Mateusz et Sara se rendaient généralement à pied à la sortie de la ville, là où les routes étaient dégagées, et tentaient de monter dans une charrette ou une voiture de passage. Ils venaient toutefois le plus souvent possible. Les sœurs ne regardaient pas mon ventre qui s'arrondissait, ce qui m'aidait à l'ignorer aussi. En juin, lorsqu'il commença à se voir, mes parents ne parvenaient pas à arracher leur regard de sa protubérance.

Depuis mon adoption, nous n'avions jamais été séparés et ils me manquaient terriblement. Je comptais les heures qui précédaient chaque visite. Une fois qu'ils étaient là, j'étais oppressée par le malaise ambiant.

— Vous êtes venus ici uniquement pour *le* regarder ? lançai-je un jour à Truda.

Elle sursauta et eut l'air coupable, comme si je venais de la prendre en flagrant délit de péché mortel.

En revanche, Sara gardait son humeur enjouée même lorsqu'il s'agissait de ma grossesse. Sans détour, elle me demandait comment je me sentais, si je mangeais bien, si j'étais encore fatiguée, si j'avais besoin de vêtements plus amples, d'informations supplémentaires, sans évoquer le fait que j'étais enceinte.

Pour qualifier ma situation, je n'employais jamais ce mot et je refusais de penser à la conclusion du processus.

J'étais fatiguée, réfugiée dans un lieu qui ne m'était pas familier et, un jour, je retournerais à Varsovie.

La ville se relevait lentement, malgré la présence constante de l'Armée rouge dans les rues. D'après mes visiteurs, les incertitudes des premiers temps de l'occupation soviétique faisaient place à une réalité plus prévisible. Les soldats soviétiques étaient moins nombreux qu'au départ, comme si les deux parties avaient accepté tacitement la prise de contrôle des communistes. Tout le pays avait admis que ces soldats feraient partie du paysage encore longtemps, j'en étais malade. Il me faudrait m'y résoudre à mon tour.

Mateusz trouva du travail au sein d'une équipe de déblaiement des rues afin que les engins et les véhicules puissent se déplacer. Truda avait redécoré l'appartement de son mieux, compte tenu de l'absence de vitres.

— Ne t'inquiète pas, me dit-elle en jetant un coup d'œil à la dérobée sur mon ventre. À ton retour, ce sera l'hiver. D'une façon ou d'une autre, le problème des fenêtres sera réglé.

Un soir de septembre, allongée sur mon lit, dans ma cellule spartiate, les yeux rivés sur le crucifix. C'était la pleine lune et la pièce était inondée de lumière. Je n'arrivais pas à trouver une position confortable. Quand retrouverais-je l'impression que mon corps m'appartenait à nouveau ? Alors que j'étais immobile, les mouvements se poursuivirent, sauf que ce n'était pas moi qui bougeais. Ces mouvements se produisaient dans mon ventre.

Plus de deux mois s'étaient écoulés depuis que Sara m'avait annoncé que j'étais enceinte et, pour la première fois, j'étais confrontée à la réalité. J'allais avoir un bébé qui ne serait jamais le mien. Je ne pouvais pas affirmer que cet enfant était à moi. Autant prétendre que la destruction de Varsovie était une bonne chose.

Je me risquais à effleurer mon ventre de mes doigts. Je l'avais évité jusque-là mais, à présent, je m'autorisais cette exploration d'une contrée inconnue. En le sentant bouger de plus belle, je tentais de m'imaginer un bébé.

Des images surgirent à mon esprit. En revoyant la haine féroce de ces inconnus en uniforme de l'Armée rouge, j'eus des sueurs froides. Je roulai sur le flanc et me recroquevillai non pas pour protéger mon ventre, mais pour me protéger contre lui. Un enfant conçu dans la violence ne pouvait être qu'affreux et destructeur, non ?

Le lendemain, je me fabriquai un calendrier. Sara m'avait indiqué que l'enfant naîtrait durant la période de Noël. Je traçai donc une case pour chaque jour.

Cent onze jours. Il fallait que je survive encore cent onze jours avant de récupérer mon corps. Je me promis que, quand tout serait terminé, je ne penserais plus à ce bébé.

— Vous avez des nouvelles de Roman ? demandai-je un jour à mes parents.

Ils n'avaient plus parlé de lui depuis mon arrivée au couvent. Cherchaient-ils à me cacher sa mort ?

— S'il y a un problème, vous pouvez me le dire. Je préfère savoir.

— Emilia, je te jure qu'on ne sait rien, mais je ne crois pas qu'il faille t'inquiéter, répondit Mateusz. La plupart des insurgés sont partis dans des camps en Allemagne. Sans doute cherche-t-il un moyen de rentrer à Varsovie. Au vu des dégâts, il mettra un certain temps à refaire surface.

— S'il me retrouve... s'il vous retrouve...

Je pris une profonde inspiration et fermai les yeux.

— Vous pouvez lui raconter ce qui s'est passé. En revanche, je ne veux pas le voir, pas encore. Ne lui révélez pas où je suis.

En rouvrant les yeux, je les vis échanger un regard, puis ils se murèrent dans le silence, avant de reprendre la parole en même temps :

— C'est à toi de décider, déclara Mateusz.

— Tu devrais accepter qu'il te rende visite. Il voudra t'aider.

— Il aura autant que moi envie d'arracher cette chose de mon ventre, rétorquai-je à Truda. Tu l'as vu perdre la tête au dispensaire. Il était ivre de rage. J'aime Roman, mais il ne peut s'empêcher de se battre et sa réaction serait trop agressive. Or je suis incapable de contrôler sa colère et la mienne en même temps.

Truda se pencha vers moi.

— Dans ce cas, Emilia, dis-moi ce que tu veux qu'on lui dise, à son retour, déclara-t-elle.

— Dites-lui la vérité. Dites-lui que je l'aime, mais que j'ai besoin de remettre de l'ordre dans ma tête.

37

Roman

KACPER ÉTAIT DE RETOUR DANS SA FAMILLE. Ayant assisté aux retrouvailles chargées d'émotion avec ses parents, j'étais plus que prêt à vivre la même chose. Devant la porte de l'appartement de Piotr, j'observai le vide laissé par mon ancien logement. Quelques pas de plus m'auraient directement précipité dans la cour encombrée de débris autour d'un pommier étonnamment résistant.

Au moment de frapper, j'entendis du bruit à l'intérieur et, soudain, Mateusz apparut, vêtu d'un uniforme inconnu. D'abord surpris de me trouver sur le pas de la porte, il m'étreignit en me tapant dans le dos et m'attira à l'intérieur.

— C'est bon de te revoir, fiston !

— Moi aussi, je suis content, répondis-je en cherchant Emilia des yeux.

— Elle n'est pas là mais elle est en vie, dit Mateusz.

Je perçus dans le ton de sa voix une note sombre. Aussitôt, je fus parcouru d'une poussée d'adrénaline. Alors que j'allais m'asseoir sur le divan, je demeurai figé.

— Que s'est-il passé ?

— Je vais chercher la vodka. J'ai à te parler.

Je le vis fouiller le placard de la cuisine en maugréant contre la réorganisation de Truda. Je fus vite à bout de patience.

— Dis-le-moi, Mateusz. Parle !

Il se tourna vers moi et s'adossa au mur de la cuisine, l'air désespéré.

— Roman, elle est enceinte, murmura-t-il.

Si j'avais eu de nombreuses craintes, pas une fois je n'avais envisagé qu'elle rencontre un autre garçon. La jalousie qui s'empara de moi était un sentiment nouveau. Je me levai d'un bond, prêt à tout casser.

— Assieds-toi ! ordonna Mateusz d'une voix brisée. Assieds-toi et écoute-moi.

Je m'écroulai et fermai les yeux.

— Non, soufflai-je. Non…

— Nous étions à Łódź. C'étaient des soldats de l'Armée rouge. Ils étaient…

Il poussa un long soupir et secoua la tête.

— C'est affreux, Roman. Elle ne va pas bien.

— Où est-elle ?

— Elle se cache jusqu'à la naissance de l'enfant. Sara lui trouvera une famille adoptive.

— Quand pourrai-je la voir ?

— Roman, tu ne peux pas. Elle ne veut pas te voir et, pour être honnête, je ne comprenais pas vraiment pourquoi jusqu'à maintenant. Elle ne peut supporter ta colère tant qu'elle n'a pas remis de l'ordre dans ses idées. Tu es dans un tel état de rage… je n'ose imaginer la peur que tu lui inspirerais. Elle est si vulnérable… si renfermée. Elle a pris la bonne décision dans l'immédiat.

Comment exprimer mon besoin de me précipiter auprès d'elle pour la réconforter ? Je savais que je pourrais la guérir si j'avais la possibilité de la voir.

— Mais je…

— Non, persista Mateusz. Tu dois respecter sa volonté. Je ne te dirai pas où elle est.

Je réprimai donc ma colère qui fit place à un autre sentiment, plus effroyable encore : le chagrin. J'avais envie de pleurer et je refusais de le faire devant Mateusz.

Lorsque je croisai à nouveau son regard, j'y lus de la compréhension.

— Reste avec nous. Tu peux dormir dans sa chambre aussi longtemps que tu le voudras.

— Je suis fatigué, répondis-je d'une voix à peine audible, au bord des larmes.

Heureusement, Mateusz se détourna, ce dont je lui fus reconnaissant.

— J'ai besoin de repos. La route a été longue.

— Bien sûr.

Au sommet des marches, je ravalai un sanglot. En découvrant la fresque qui couvrait un mur entier de la chambre, je fus aussitôt attiré par une scène pleine d'amour et d'espoir dans le coin inférieur droit. Elle représentait cet avenir commun pour lequel j'avais choisi de vivre.

Je refermai la porte et m'assis par terre, contre la fresque, avant de pleurer à chaudes larmes comme un enfant.

— Tu n'as pas idée de ce que cette pauvre fille a subi, me déclara Truda.

En cette fin de journée, elle faisait mon lit contre la fresque. Ses mouvements étaient brusques. Elle lissa vivement le drap.

— Tu es le bienvenu ici aussi longtemps que tu voudras, à condition que je ne t'entende plus insister à propos d'Emilia. Elle a exprimé son souhait et elle a suffisamment de problèmes pour que tu n'en rajoutes pas. Et je ne veux pas que tu me parles d'elle à tout bout de champ, c'est compris ?

— Oui, c'est compris.

Je ne fermai pas l'œil de la nuit. Quand Truda et Mateusz furent couchés, je pris ma lampe et me rendis dans l'ancienne chambre de Piotr pour trouver de quoi écrire.

Chère Emilia,

Je suis affligé d'apprendre ce que tu as subi et ce que tu endures à présent.

Je suis hébergé par tes parents qui m'ont très clairement fait comprendre que tu n'étais pas prête à me voir. Naturellement, je respecte ton choix. Sache toutefois que je rêve toujours d'un avenir avec toi. Quand tu seras à nouveau prête à rêver, je serai là, à t'attendre.

Pour l'instant, je dors dans ta chambre. Je ne me lasse pas d'admirer ta fresque. Grâce à ton talent, la ville disparue revit. Sa puissance et sa beauté sont à couper le souffle. J'aime la façon dont tu nous as représentés. Je lis de l'amour dans tes yeux.

Prends ton temps, Emilia. Tu te rappelles l'image que tu as peinte pour moi, et tes paroles, ce jour-là, au dispensaire ? Une famille, un foyer. Je trouverai le moyen de faire des études, de devenir avocat comme mon père. Tu élèveras les enfants, tu tiendras la maison et tu peindras.

Notre avenir vaut la peine d'attendre et de se battre.

Pour l'heure, mon projet est de gagner ma vie et de contacter la Résistance. Tu sais mieux que quiconque que cette guerre n'est pas terminée pour nous. Elle ne le sera que lorsque nous serons libres. J'espère que tu me sais engagé dans ce combat et que tu me rejoindras le moment venu.

Avec tout mon amour,

Roman

Samedi, alors qu'ils se préparaient à un long trajet pour rendre visite à Emilia, je confiai ma lettre à Truda et Mateusz.

— Je ne sais pas si c'est une bonne idée, objecta Mateusz.

— Vous pouvez la lire. Il n'y a rien de secret. Je veux simplement lui faire savoir que je suis de retour et que je l'aime. Je comprends même qu'elle refuse de me voir.

Truda m'arracha la lettre des mains.

— Je la lirai en chemin. Si je la juge convenable, je la lui donnerai.

À leur retour, en fin d'après-midi, Truda me rejoignit dans la chambre d'Emilia.

— Elle a accepté ta lettre. Elle refuse de te répondre.

38

Emilia

À CHACUNE DE LEURS VISITES, Truda et Mateusz m'apportaient une lettre de Roman. Je les lisais, même s'il me fallait parfois plusieurs jours pour en trouver le courage.

Chère Emilia,

Dans ta chambre, je ne cesse d'admirer ta fresque. Quel talent ! Chaque jour, je m'émerveille devant de nouveaux détails. Chaque jour, j'observe la danse de l'ombre et de la lumière et j'ai l'impression que tu es avec moi…

Chère Emilia,

Bonne nouvelle, j'ai trouvé du travail dans la même équipe que Mateusz. Je suis impatient de te raconter tout ça. Varsovie reprend des couleurs. On déblaie, on reconstruit ce qu'on peut. La tâche est d'ampleur et le combat n'est pas terminé, mais c'est bon d'aider les gens à retrouver une maison…

Chère Emilia,

Mateusz a fait une demande de subvention pour ouvrir une nouvelle usine de textile. Il va certainement t'en parler. Je l'aide à régler les formalités. Tu m'as demandé un jour si je voulais être le genre d'avocat qui se contente d'établir des contrats ennuyeux. Je devrais peut-être y songer car je semble plutôt doué. Tu me manques et je suis impatient de te revoir. J'espère que tu es de plus en plus forte. La Pologne a besoin de toi et moi aussi.

— On peut cesser de te les apporter, proposa Truda, hésitante.

Mi-octobre, elle était venue me voir seule, un jour de semaine, car Mateusz travaillait.

— Je doute qu'il renonce à t'écrire, ajouta-t-elle, mais si tu refuses ses lettres, rien ne nous oblige à te les apporter.

Comment lui expliquer que je les attendais tout autant que ses visites ? Je les relisais encore et encore pour m'imprégner de son amour.

— Il peut m'écrire, répondis-je prudemment. Je ne suis simplement pas prête à le voir ou à lui répondre.

Je connaissais la vivacité de sa plume et le sens de ses mots, qui parlaient de manque, de tendresse, de sentiments inchangés en dépit de ce que j'avais subi. Ils me faisaient souvent pleurer. Penserait-il la même chose si je lui permettais de me rendre visite ou bien serait-il repoussé par mon ventre monstrueux et cette fatigue qui ne me quittait pas ?

Roman concluait toujours ses lettres par une sorte de cri de guerre :

... tant qu'ils arpenteront nos rues, nous ne serons pas libres. Le combat ne fait que commencer.

... les gens se résignent à l'occupation de la Pologne. Moi, je ne l'accepte pas.

... je fais des rencontres, je prends contact, je cherche un moyen de mobiliser les forces.

Ces professions de foi me rappelaient la violence qui sommeillait en lui, sa soif de vengeance et de liberté, son désespoir. C'était compréhensible, après ce qu'il avait vécu et tout ce qu'il avait perdu. Peut-être même aimais-je cette soif de justice et de liberté pour son pays autant que le reste.

Je n'étais simplement pas certaine de contenir son agressivité. Si seulement j'étais plus forte ! Nous pourrions nous revoir...

Pour trouver la paix, il me fallait accepter que ma vie ne serait plus jamais la même. Il en sera peut-être ainsi pour mon pays. Je devrai suivre la voie que Roman avait choisie car il n'aurait de repos que lorsque notre pays serait gouverné par des Polonais.

Le reste de cette visite de Truda se déroula comme d'habitude. Elle ne pouvait s'empêcher de regarder mon ventre et me mitraillait de questions à la fois apaisantes et irritantes.

— Comment tu te sens ? Je peux faire quelque chose ?

— Non merci.

— Tu manges bien ? Tu dors bien ? Les sœurs s'occupent bien de toi ?

— Truda, je t'assure que ça va, répondis-je en déployant des trésors de patience.

— Tu as une petite mine.

— Je suis fatiguée. Il ne cesse de bouger, marmonnai-je en me massant le bas du dos.

J'avais l'impression d'être réveillée en permanence. Le bébé veillait à ce que je ne l'oublie pas, ne serait-ce que pour un instant de tranquillité, comme s'il avait décidé de me torturer par sa seule existence.

Pire encore, j'avais enfin compris que, même après l'accouchement et l'adoption, je ne l'oublierais pas. Parfois, je posais une main sur mon ventre en essayant de lui envoyer des pensées bienveillantes. Cela l'aiderait peut-être à devenir une bonne personne. Hélas, mon autre main se crispait en un poing rageur. Cet équilibre précaire entre l'amour et la haine pour cet intrus était épuisant. Au terme de cette grossesse, nul doute que je serais tiraillée entre soulagement et chagrin. La vie n'avait pas fini de me jouer des sales tours.

Sara revint me voir pleine d'enthousiasme car elle avait trouvé un poste d'infirmière à l'hôpital de Varsovie. Grâce à ces revenus stables, elle avait pu louer un petit appartement.

— Sara, que sont devenues les archives concernant les enfants sauvés du ghetto ?

— Je suis allée récupérer le bocal juste après t'avoir accompagnée ici. Une dénommée Miriam Liebman est responsable du programme de restitution des enfants à leurs familles. Elle est veuve. Son mari était un rabbin très respecté mort pendant la guerre. Je l'appelle toutes les deux ou trois semaines. Pour l'heure, elle n'a réussi à réunir que quelques familles. Toi et moi savons que les déportés ne reviendront pas, hélas.

— Et… Eleonora Gorka ?

Sara esquissa un sourire.

— Roman m'a interrogé sur elle dès son retour. Miriam a essayé d'entrer en contact avec la famille d'accueil d'Eleonora, en vain. On pense qu'ils ont déménagé.

Face à mon air affolé, Sara s'empressa de me rassurer.

— Cela ne signifie pas qu'Eleonora est perdue. Il faudra juste un peu plus de temps pour la localiser.

Après un moment de silence, elle m'annonça qu'elle devait s'en aller pour être rentrée avant la nuit. En partant, elle me tendit une lettre. Je sus qu'elle était de Roman. Je la glissai dans la poche de ma robe de grossesse sans l'ouvrir. Soudain, mes yeux s'embuèrent de larmes et je me détournai de Sara.

— J'aimerais bien que tu restes.

— Il ne te reste plus que deux mois, répondit-elle doucement.

— Cinquante-sept jours.

— Tu sais que les bébés ne naissent pas quand on le veut. Il peut arriver n'importe quand entre mi-décembre et mi-janvier.

J'émis un grommellement frustré.

— Mi-janvier ? Bon sang, ça ne finira donc jamais…

— Tu me sembles perturbée, aujourd'hui.

— C'est vrai, soupirai-je. Je n'ai même pas envie de voir Truda et Mateusz. Je ne sais pas comment leur demander de ne plus venir.

— Pourquoi ? Ils s'inquiètent beaucoup pour toi.

— Ils ne cessent de regarder mon… Truda a les yeux rivés sur mon…

Je fermai les yeux, cherchant mes mots, puis je me contentai de désigner mon ventre.

— Elle n'arrête pas de le regarder et elle me bombarde de questions. Pourquoi suis-je tiraillée, Sara ? Je déteste le bébé et je m'inquiète pour lui, aussi. Truda me manque désespérément, mais je ne supporte pas ses visites.

Je rouvris les yeux et m'efforçai de sourire à Sara.

— Je sais, je n'arrête pas de me plaindre, ces derniers temps, repris-je.

— Une grossesse est difficile à vivre dans ces circonstances. Laisse-moi te parler de Truda. Elle a été mariée à

Mateusz la moitié de sa vie et n'a pas réussi à se retrouver enceinte malgré son désir d'enfant. Et voilà qu'il t'arrive ce drame atroce et que tu dois subir une grossesse non désirée. Tu imagines combien c'est dur pour elle ?

— Elle est jalouse ?

— Non, pas jalouse. Personne ne voudrait être à ta place. Cependant… ne sois pas trop sévère avec elle, c'est tout ce que je te demande. La seule expérience dont elle a toujours rêvé s'est imposée de force à la personne qu'elle aime le plus au monde.

Je n'avais pas vu les choses sous cet angle.

Je ne dormis pas de la nuit. Après des mois à me poser en victime, je reprenais pied. Au lieu d'éviter de penser au bébé, il fallait que j'affronte certaines questions.

Je suis enceinte. Je vais mettre au monde un enfant conçu dans la violence lors du pire moment de ma vie. Ce bébé m'oblige à renoncer à mon propre corps. Toutefois, ce n'est pas sa faute et il est aussi une moitié de moi. Même quand il aura quitté mon ventre, il aura une place dans mon cœur. Comment vivre sans savoir s'il va bien ? Comment être certaine de l'avoir confié aux bonnes personnes ? En Pologne, qui a les moyens de s'occuper d'un bébé de nos jours ? Sara m'a promis de trouver la famille idéale… existe-t-elle, au moins ?

Ces pensées qui se bousculaient dans ma tête, je les retournais dans tous les sens pour essayer de trouver ma voie. Un soir, torturée par une insomnie, je me rendis à la chapelle. La nuit, il faisait très froid au couvent. J'étais en robe de chambre mais mon ventre en dépassait. Je marchais d'un pas lent, me disant que, à la fin de l'hiver, je serais séparée du bébé et je ne le reverrais jamais.

Dans la chapelle, j'allumai un cierge et m'agenouillai pour prier.

Je ne sais pas pourquoi vous m'avez infligé cette épreuve, Seigneur. Ni comment vous avez fait naître une vie de cette horreur. Donnez-moi la sagesse car je ne sais que faire ou comment survivre.

J'entendis la porte de la chapelle s'ouvrir et sœur Agnieszka Gracja apparut. Elle s'agenouilla à son tour devant l'autel et alluma un cierge. Lorsque je me relevai, elle en fit autant.

— Pour quoi priez-vous à cette heure indue ? lui demandai-je tandis que nous regagnions nos cellules.

— J'ai demandé au Seigneur d'apaiser tes tourments.

Le lendemain, un samedi, Truda revint seule. Pendant une heure, notre conversation tourna autour de sa semaine, les repas qu'elle avait préparés, son ménage, les rideaux qu'elle avait l'intention de coudre à partir de chutes de tissus…

— Mateusz termine son dossier de création d'entreprise, mais je sais qu'il regrette de ne pas te voir. Il peut venir demain si tu veux bien.

— Pourquoi êtes-vous si bons avec moi ? m'enquis-je soudain.

Intriguée, Truda réfléchit un instant avant de répondre.

— Tu es la réponse à plus de dix années de prières, Emilia. Tu es le rayon de soleil des années les plus sombres de notre existence.

— Tu adopterais ce bébé ? demandai-je vivement de peur de changer d'avis.

Aussitôt, toute tension se dissipa. Ma prière était exaucée et celles de sœur Agnieszka Gracja aussi. Truda eut un mouvement de recul.

— Quoi ? Pourquoi cette question, Emilia ?

— Je veux le meilleur pour lui, fis-je d'une voix tremblante. Mateusz et toi êtes les meilleurs.

— Cela implique que tu le verras, objecta Truda, prudente. Je ne peux t'imposer cela. Il vaut mieux que le bébé aille dans un autre foyer afin que tu puisses l'oublier.

— C'est aussi ce que je pensais, mais je ne l'oublierai jamais. Malgré les circonstances de sa conception, je tiendrai toujours à cet enfant.

Je m'interrompis et baissai les yeux avant de reprendre dans un murmure :

— De plus, je veux que tu sois mère. Tu as attendu si longtemps…

— Allons, soupira-t-elle. J'ai prié pour avoir un enfant pendant la moitié de ma vie et le ciel m'a envoyé une petite chipie de onze ans, bavarde et curieuse, qui me rend folle depuis six ans. Je suis mère. Ne fais pas cela pour moi. Emilia, si tu aimes cet enfant, tu dois l'élever toi-même.

— Il est le fruit d'un viol. Comment l'aimer suffisamment ?

— La prochaine fois que tu sortiras d'ici, regarde attentivement les enfants que tu croiseras, déclara Truda. Vois si tu es capable d'identifier ceux qui sont nés d'un viol et les enfants de l'amour. Dans ce pays, il y aura une génération entière de jeunes non désirés. Les plus chanceux grandiront néanmoins dans l'amour.

Face à mon hésitation, elle me prit la main.

— Ne vois pas en lui un enfant de la guerre, Emilia. Un nouveau-né est innocent et tant qu'il est élevé dans une famille aimante, les circonstances de sa conception n'ont plus d'importance. Tu es capable de relever le défi si tu veux élever ce bébé toi-même.

— Je veux que Mateusz et toi…

— Ne fais pas cela uniquement pour nous.

— Je crois que je fais cela pour moi, admis-je, au bord des larmes. Je ne peux pas l'élever, Truda. Je ne suis pas prête. Je dois guérir. Je sais que cet enfant ne quittera pas mes pensées pour le reste de mes jours, que je l'aie sous les yeux ou non. Je l'aime assez pour savoir que je ne peux pas l'élever et je l'aime trop pour le donner à quelqu'un d'autre. Et toi, saurais-tu l'aimer autant que s'il était le tien ?

Ma voix s'éteignit car je connaissais la réponse. Elle m'avait adoptée en une fraction de seconde, comme si j'avais toujours vécu dans son cœur, même en pleine tourmente. Alors que le monde entier était bouleversé, la force de son amour pour moi n'avait pas faibli. Pas une fois.

Truda n'était pas toujours douce et chaleureuse, mais son amour était constant.

— Tu sais bien que je le pourrais, dit-elle doucement.

— Je t'en prie ! Sois la mère de ce bébé !

— Si tu es sûre que c'est ce que tu veux…

— J'en suis sûre. Tu veux bien en parler à Mateusz ?

— Je connais déjà sa réponse, murmura-t-elle. Tu peux toujours changer d'avis, tu sais. Ce projet est envisageable. Cependant, si tu préfères le garder…

— Truda, je suis sûre de moi.

Au moment de la raccompagner, j'eus un instant d'hésitation.

— Qu'est-ce que tu as ? me demanda-t-elle.

— J'ai une faveur à te demander… j'aimerais l'annoncer moi-même à Roman.

39

Roman

— QUAND LA VILLE SERA OUVERTE, commence donc par chercher un emploi chez un avocat, me conseilla Mateusz tandis que nous déblayions une ruelle.

En cette fin novembre, il nous arrivait de travailler sous la neige ou la bruine.

— La guerre est finie, il est temps de reprendre une vie normale.

— La guerre n'est pas finie ! m'emportai-je. Nous sommes entrés dans une nouvelle phase, voilà tout. La guerre ne sera finie que lorsque l'Armée rouge sera partie.

— Ils vont instaurer un gouvernement communiste, Roman. Et fais attention quand tu exprimes ce genre d'idées. La prison de Mokotów est déjà pleine de dissidents potentiels. Tu devrais faire profil bas.

— Je ferai profil bas quand nos rues seront libres. En attendant, le combat continue.

J'essayais de reprendre contact avec la Résistance, mais je n'avais guère de succès dans cette ville en plein désarroi. Truda et Mateusz réprouvaient ma frustration. Un soir, lors du dîner, je ne pus m'empêcher de leur dire ce que j'avais sur le cœur.

— La plupart des responsables de l'AK ont péri lors de l'insurrection. C'est exactement ce que les Soviétiques espéraient. Ils ont attisé la rébellion avec de belles promesses puis se sont contentés d'assister les bras croisés au bain de sang. Vous saviez que les responsables de l'AK ont reçu l'ordre de signaler les combattants de retour à Varsovie ? J'ai eu de la chance de séjourner à Berlin chez mon ami et de revenir quelques mois plus tard que les autres. Sinon, je figurerais sur cette liste. Ils ont tous été torturés et exécutés. Les Soviétiques répriment toute révolte bien avant qu'elle ne se mette en place. Allons-nous les laisser prendre la Pologne sans rien dire ? C'est de la folie !

— Nous n'avons pas le choix, déclara Truda. Il n'y a pas d'avenir possible pour un mouvement de résistance. Nous sommes éparpillés et ils ont déjà trop de pouvoir.

— Je ne cesserai pas le combat ! persistai-je. Pas tant que la Pologne ne sera pas libre et quoi qu'il m'en coûte.

— Quand je t'entends parler ainsi, je me dis qu'Emilia a raison de garder ses distances, marmonna Truda en me fusillant du regard. Si elle t'accepte à nouveau dans sa vie, tu ne seras pas le seul à payer en cas d'arrestation.

— Elle voudra se battre à mes côtés.

— Tu ne l'as pas vue, intervint Mateusz. Ce n'est plus la même.

— Elle a toujours été dans le camp du bien, insistai-je. Œuvrer pour la libération de notre pays lui permettra de se sentir à nouveau elle-même.

— À moins qu'elle ne soit brisée par ces années de lutte, comme le reste du pays, s'impatienta Truda. Certains d'entre nous veulent la paix. Certains d'entre nous sont prêts à accepter cette nouvelle réalité, aussi imparfaite soit-elle, car elle est préférable à un conflit.

Je refusai même d'y réfléchir. À l'approche d'une visite du couple à Emilia, je déversai mes frustrations dans une lettre.

Chère Emilia,

S'il y a une chose que j'ai apprise, c'est qu'il faut veiller sur son esprit. Les envahisseurs cherchent toujours à priver la nation occupée de son âme. Or n'est-ce pas notre âme qui nous incite à lutter même quand notre corps nous appelle à reculer ? Pourquoi les Allemands ont-ils détruit une grande partie de notre culture, à Varsovie ? Nos musées, nos bibliothèques, nos monuments ? Pour nous démoraliser.

J'espère que tu restes combative, Emilia. Après ce que tu as subi, j'espère que tu es toujours dans un esprit de lutte.

En vérité, j'ai peur pour la Pologne. Je ne ressens aucune pugnacité à Varsovie, cette ville rebelle par nature, si attachée à la liberté.

Ils peuvent nous réprimer mais pas nous briser, pas tant que nous aurons la volonté de nous dresser contre eux. Sache que je me battrai jusqu'au bout pour la souveraineté du peuple polonais. Je le ferai pour notre pays, pour moi-même et aussi pour toi.

J'espère que tu me rejoindras dans la lutte.

Avec tout mon amour,

Roman

Quand Mateusz revint de sa visite à Emilia et m'annonça qu'elle avait lu ma lettre et qu'elle était enfin prête à me voir, je crus avoir obtenu gain de cause…

40

Emilia

Cela faisait plus d'un an que je n'avais pas vu Roman. Grâce à ses lettres et à mes échanges avec Truda et Mateusz, j'avais une idée de son parcours depuis l'insurrection. Son image demeurait gravée dans ma mémoire, sans les cicatrices et les signes visibles de traumatisme. Dès qu'il franchit le seuil du couvent, je fus frappée par son apparence.

Il était plus musclé et avait un bras légèrement difforme, séquelle de sa blessure subie dans le ghetto. La partie droite de son visage et de son cou présentait d'affreuses traces de brûlure. Si son corps racontait son histoire chaotique, c'était son regard hanté le plus impressionnant, un aspect de lui que j'avais presque oublié.

Roman avait tant souffert que ses souvenirs le poursuivraient toute sa vie. Ils ressurgiraient de temps à autre pour ébranler les fondations de son existence. Dans la poche de ma robe, je caressai sa dernière lettre pour me rappeler pourquoi je devais être forte.

— C'est si bon de te revoir, murmura-t-il.

Il ne chercha pas à me toucher. Il se contenta de me toiser longuement avant de s'attarder sur mon visage. Ses yeux me posèrent mille questions auxquelles je n'aurais su répondre. Je pris ses mains dans les miennes et les serrai très fort, puis j'effleurai ses lèvres d'un baiser. Derrière nous, sœur Walentyna toussota. Je m'écartai en réprimant un sourire. À son tour, il sourit et son visage s'illumina, dissipant toute tension.

Je n'avais pas prévu de l'embrasser. Je redoutais d'être brisée et incapable de toucher de nouveau un homme, or Roman m'attirait toujours.

Je l'aimerais toujours.

— Je ne sais pas à quoi je m'attendais, avoua-t-il tandis que nous nous rendions dans la bibliothèque. Sara, Truda et Mateusz ne cessent de me répéter que tu as changé, mais…

— J'ai changé. Je ne serai plus jamais la même.

Il ne me répondit pas.

Je l'entraînai vers la table que nous occupions lors des visites de mes proches. Sœur Renata entra en silence et prit place à l'autre extrémité de la pièce. Il n'y avait pas de chaperon quand je recevais mes autres visiteurs. Peu m'importait. J'appréhendais cette entrevue et je me réjouissais de la présence d'une alliée dans la salle.

— Merci de m'avoir écrit, dis-je à Roman. Tes lettres m'ont été précieuses ces derniers mois. Je suis désolée d'avoir été dans l'incapacité de te répondre.

— Ce n'est pas grave. J'étais prêt à attendre le temps qu'il faudrait.

Il hésita un instant avant de reprendre :

— Je suis prêt à attendre.

Je pris une profonde inspiration et posai les mains sur mon ventre, sous le regard attentif de Roman. Ce n'était pas le même regard que Truda. Une lueur presque menaçante traversa son visage.

— Alors tu te prépares à lutter contre le régime soviétique.

— Naturellement ! Et je crois que je progresse enfin. La semaine dernière, j'ai rencontré un combattant de l'AK qui s'est engagé dans des actions de sabotage. Jeudi prochain, je participerai à une réunion de son groupe.

— Cette occupation-là est différente, Roman. Même quand on avait l'impression que les Allemands avaient gagné, leur présence ne semblait pas définitive et leur victoire n'a jamais paru inévitable. Cette fois, c'est autre chose.

Visiblement frustré, il fronça les sourcils.

— La Pologne devrait être gouvernée par son peuple !

— Dans un monde idéal, bien sûr que je serais d'accord avec toi. Les Soviétiques vont simplement instaurer un gouvernement procommuniste loyal envers Staline. Ce n'est pas une guerre, Roman. Notre vie est ainsi, désormais.

— Je ne peux l'accepter.

— Je sais et je n'attends pas cela de toi, répondis-je doucement.

Il semblait si désemparé que j'en eus le cœur brisé.

— Je ne connais personne qui soit aussi engagé que toi pour la justice. Tu te battras jusqu'au bout, quitte à y laisser ta peau.

Soucieux, il hocha lentement la tête.

— Pour moi, c'est différent, repris-je. J'aime mon pays et je veux y construire quelque chose de beau, mais je refuse de m'engager dans la Résistance Je n'ai plus envie de me battre. J'ai vu assez de conflits, assez de violence. J'ai ressenti cette violence dans ma chair. Lors de la prochaine étape de ma vie, je veux m'adapter et trouver la paix.

Roman se renfrogna davantage.

— Emilia, il faut que je…

— Je ne t'ai pas demandé de venir pour te convaincre de renoncer à te battre. Je voulais te dire de vive voix que nous ne pouvons être ensemble.

Il écarquilla les yeux et, l'espace d'un instant, je crus qu'il allait protester. Contre toute attente, il se contenta d'un soupir.

— Bien des fois j'ai songé à baisser les bras. Cette tentation m'est familière. Je sais ce que tu ressens. Il semble plus facile d'accepter son destin. Ce n'est pas toi, Emilia ! Et ce n'est pas ainsi qu'on retrouvera notre pays !

— Je vais mettre longtemps à me remettre de ce que j'ai traversé cette année. Ensuite…

Je fermai les yeux, incapable de le regarder en face pour lui faire part de mes intentions pour l'enfant.

— Ensuite, je m'habituerai à être la grande sœur de ce bébé, car j'ai demandé à Truda et Mateusz de l'élever.

Roman se pencha sur la table qui nous séparait.

— Le mieux à faire est de confier ce bébé à une famille, loin de nous, souffla-t-il avec fougue. Sinon, tu te rappelleras ce qui t'est arrivé chaque fois que tu poseras les yeux sur lui ! En faisant entrer cet enfant dans ta famille, tu feras aussi entrer ces monstres !

Je me crispai mais me contentai de regarder monter sa frustration. Comment aurait-il pu savoir que chacune de ses paroles me confortait dans ma décision ?

— Pour que nous soyons ensemble, il faudrait que j'accepte l'enfant de ton violeur et tu veux que je reste sans rien faire, que je laisse les Soviétiques s'emparer de la Pologne ?

— Roman, j'aimerais qu'on soit ensemble, murmurai-je tristement. Hélas, j'ai besoin de paix et tu ne cherches que la tourmente. Il n'y a pas de compromis possible, bien que tu fasses partie de ma famille.

Je soutins son regard pour m'exprimer d'un ton plus affirmé :

— Ce que je suis en train de te dire, Roman, c'est que si tu as envie de rester dans notre famille, il te faudra trouver un moyen d'accepter ce bébé.

Un silence pesant s'installa entre nous. Seul le bruissement des pages que tournait sœur Renata se faisait entendre.

— J'ai besoin de réfléchir, dit-il enfin.

Lorsqu'il voulut me prendre la main, je l'écartai lentement.

— Laisse-moi réfléchir, insista-t-il avec un soupir d'impatience.

— Parfois, il existe des compromis et parfois non, chuchotai-je, la gorge nouée. Toi et moi savons que c'est le cas ici.

Je le raccompagnai à la porte, sœur Walentyna sur les talons. Cette fois, elle n'eut pas à déplorer le moindre contact entre nous. Roman et moi étions séparés par un gouffre de chagrin. Au désespoir, il ne chercha pas à me toucher. Au moment de me quitter, il se ravisa.

— Comment régler ce problème ? Il doit bien exister une solution.

— Tu ne peux pas régler ce problème, répondis-je doucement.

Il était tendu, prêt à en découdre, mais je n'avais pas peur de lui. Après notre première rencontre, je n'avais plus eu peur de lui. Au contraire, sa posture me confortait dans ma décision.

— Prends soin de toi, Roman, je t'en prie.

Je savais qu'il n'en ferait rien.

Truda était incapable de cacher son enthousiasme. Elle tricota de la layette pour le bébé et sillonna la ville pour trouver des vêtements et des couvertures. Mateusz avait construit un berceau qui était déjà installé dans leur chambre.

— À moins… à moins que tu ne préfères l'avoir dans ta chambre, hésita-t-elle.

— Pourquoi prendrais-je votre bébé dans ma chambre ?

Cette arrogance me donnait l'impression d'être à nouveau une adolescente au lieu de l'enveloppe corporelle que j'étais devenue. Le bout du tunnel était en vue et, après la naissance du bébé, je repartirais de zéro. D'ici là, il me suffisait de patienter en espérant que le travail démarre au plus vite.

Noël fut célébré sobrement au couvent, avec les nonnes, Mateusz, Truda et Sara. Roman était absent. Il avait poliment décliné l'invitation, d'après mes parents. Il avait trouvé un logement ailleurs. Mateusz le voyait encore au travail mais ne me rapportait rien sur ses autres activités.

Roman me manquait. C'était devenu une habitude, sauf que, désormais, je devais renoncer à l'avenir que j'envisageais avec lui. Parfois, je rêvais de nos retrouvailles comme si elles n'avaient pas déjà eu lieu.

Quoi qu'il en soit, j'étais fière de ma décision, qui n'avait pas été facile. J'étais assez forte pour savoir ce qui était bon pour moi.

Sara et Truda s'installèrent au couvent pour les ultimes semaines de l'année dans l'attente de mon accouchement. Sara seconderait sœur Teodora, une ancienne sage-femme qui, à plus de quatre-vingts ans, n'avait pas officié depuis longtemps. Le couvent retenait son souffle. Quant à moi, je commençais à me demander si le bébé arriverait un jour. J'avais dépassé la date de Noël et chaque journée supplémentaire me semblait irréelle. Parfois, en marchant, j'avais l'impression que l'enfant allait simplement tomber de mon ventre, tant il était lourd. J'étais irritable au possible, même envers les sœurs, malgré leur hospitalité et leur bienveillance.

Pour la Saint-Sylvestre je ne pus avaler une bouchée. Couchée de bonne heure, je ne trouvais pas le sommeil. Il faisait un froid glacial. La ville était couverte d'un manteau blanc. Et pourtant, j'avais trop chaud en arpentant les couloirs.

— Allez, bébé, viens vite, marmonnais-je en massant mon ventre tendu. Ta maman est impatiente de te rencontrer.

Depuis que je le considérais comme l'enfant de Truda, mes sentiments pour lui n'étaient plus ambigus. L'enthousiasme de Truda donnait un sens à ma souffrance et j'y trouvais un certain réconfort.

Au détour d'un couloir, je fus soudain transpercée d'une douleur si intense qu'elle me coupa le souffle. La contraction débuta dans mon dos avant de se diffuser dans tout mon abdomen. J'eus soudain l'impression d'être écorchée vive. Jamais je n'avais rien ressenti de tel, même si la douleur fut de courte durée. En retrouvant mon souffle, je me remis en route mais, quelques minutes plus tard, je fus projetée contre un mur par une nouvelle contraction.

Cette fois, je poussai un cri. Une porte s'ouvrit, puis une autre. Une nuée de sœurs accoururent, suivies de Sara et Truda. Sœur Agnieszka tapa dans ses mains avec enthousiasme.

— Emilia !

Elle baissa les yeux et se précipita vers moi.

— Ôte-toi de ce tapis au cas où tu perdrais les eaux dessus !

Les contractions étaient si rapprochées que j'avais à peine le temps de reprendre mon souffle. Truda ne me quitta pas un instant. Je lisais dans ses yeux qu'elle partageait ma douleur. Elle soufflait avec moi lors des moments de répit et criait avec moi. Elle ne supportait pas de me voir souffrir seule.

Cette nuit-là, nous n'aurions pu être plus proches, telles une mère et sa fille souffrant ensemble pour donner la vie. Au lever du soleil sur la ville enneigée, le fils de Truda émergea dans le monde. Sœur Teodora l'enveloppa dans une couverture et voulut me le donner, mais je secouai la tête.

— Non. C'est à sa mère de le tenir avant moi.

En voyant l'amour illuminer le visage de Truda, sa gratitude, je me rendis compte que de ce viol qui me marquait au fer rouge était né un bonheur inattendu.

Truda s'était montrée patiente, généreuse et courageuse. Elle avait tant prié et patienté ! Et malgré la guerre et la tragédie, ses prières étaient enfin exaucées.

41

Roman

Juin 1946

MATEUSZ OBTINT UNE PETITE SUBVENTION de la ville pour créer son entreprise de textile. La somme étant insuffisante, il fit un emprunt pour compléter son apport. Le temps de démarrer, je serais son bras droit. Ensuite, nous étions convenus que je chercherais un autre emploi car, si j'aimais l'aspect administratif, je n'avais aucune connaissance dans le domaine du textile.

Les locaux commerciaux étaient denrée rare car les efforts de reconstruction se concentraient sur le logement. Pendant nos recherches, nous avions élu domicile dans une boutique abandonnée. Mon bureau était une porte brûlée posée sur des briques empilées. Lorsqu'il pleuvait, des cendres et de la poussière tombaient par les trous du plafond. Il aurait été plus sage de nous installer dans l'ancien bureau de Piotr, dans l'appartement de Mateusz, mais il ne l'avait pas suggéré.

Emilia ne quittait pas mes pensées. Je ne l'avais pas revue et je n'avais pas rencontré le petit Anatol, dont Mateusz me rebattait les oreilles. Il ne semblait pas se rendre compte que, chaque fois qu'il évoquait le bébé, je détournais la conversation. Il était fou de son fils. Le premier sourire d'Anatol, sa précocité, d'après Sara, ses babillages. Mateusz était persuadé de l'avoir entendu prononcer « Papa ». Je ne comprenais pas comment cette famille avait pu accueillir ce bébé né du viol d'Emilia. Je me réjouissais de n'avoir jamais vu Anatol Rabinek, car je me sentais incapable d'affection pour lui.

Durant ces mois, je fus aussi taciturne que Mateusz était volubile. J'avais un projet dont j'étais très fier. J'avais intégré un petit groupe d'insurgés de l'AK et nous nous lancions dans une série d'actes de sabotage. Nous tentions d'éveiller les esprits à une résistance plus large même si, au vu de nos maigres moyens, nous devions nous contenter de peindre des slogans prodémocratie sur les murs qui tenaient encore debout ou de distribuer des outils de propagande rudimentaires poussant à la rébellion.

Je m'étonnais encore de nos difficultés à rallier la population à notre cause. J'avais participé à deux soulèvements et nous n'avions pas manqué de volontaires. Varsovie semblait se résigner à son sort.

— Le référendum populaire approche, déclara Mateusz avec entrain tandis que nous visitions une usine, un jour de mai. Tu vois ? On aura notre mot à dire !

— Populaire ? m'esclaffai-je en donnant un coup de pied dans une brique calcinée. Une mascarade, oui !

Ce référendum posait une série de questions sur le Sénat, la frontière, la nationalisation des biens mais, en réalité, il pouvait se résumer à : le peuple accepte-t-il le régime communiste ? Les procommunistes appelaient les gens à répondre par l'affirmative. Les démocrates, eux, étaient en faveur du « non ».

Mon unité de résistants était certaine que les jeux étaient faits. Staline était aux commandes et entendait enraciner les factions communistes locales afin que nous ne puissions plus les déloger. Tant que le Kremlin contrôlerait nos dirigeants, la Pologne ne serait pas libre. Emilia non plus, qu'elle en soit ou non consciente. J'étais certain qu'elle ne guérirait pas tant que les Soviétiques ne seraient pas exclus de notre pays.

— Il faut viser la souveraineté, dis-je à Mateusz qui avait déjà baissé les bras. La guerre ne sera pas finie tant que les Polonais ne gouverneront pas.

Il eut un sourire triste et désigna la rue. Des hommes et des femmes démolissaient des ruines et déblayaient les gravats afin que de nouveaux bâtiments soient érigés. Le bruit des marteaux avait remplacé celui des balles et des bombes.

— Nous reconstruisons, dit-il. La guerre est finie.

— Nous reconstruisons une version soviétique de la Pologne, maugréai-je. C'est inacceptable.

— On ne sera jamais d'accord, conclut Mateusz.

Il leva les yeux vers un trou béant dans la toiture de l'usine et soupira.

— Ce local ne convient pas, une fois de plus…

— On poursuit les recherches, admis-je en secouant la tête.

42

Emilia

Les premiers mois d'Anatol furent jalonnés de bons et de mauvais moments. Un jour, en descendant boire un verre d'eau, je trouvai Truda au salon, les yeux rivés sur le bébé. À côté d'elle, sur le divan, Mateusz la dévisageait. Cette scène exprimait une telle adoration que j'en eus les larmes aux yeux.

Quelques semaines plus tard, Truda chantonnait doucement, Anatol dans les bras. Soudain, Truda, s'illumina et se tourna vers moi, en larmes.

— Tu as vu ? Il m'a souri ! Il n'y a rien de plus beau…

— C'est vrai, admis-je.

Sauf que nous ne parlions pas du même sourire.

Dans ces moments-là, j'oubliais mon rôle dans la conception et la naissance d'Anatol. Il était mon petit frère, un don du ciel aux parents que j'aimais.

Il y eut aussi des situations difficiles. Je devais allaiter Anatol faute d'alternative. Avec le temps, cet acte devint plus facile physiquement. En revanche, sur le plan psychologique, il restait éprouvant.

Parfois, quand il s'accrochait à mon sein, je fermais les yeux en m'imaginant ailleurs. Si j'étais terrifiée à l'idée de m'attacher à lui, je redoutais aussi de reconnaître les traits de son géniteur. De temps à autre, je fouillais ma mémoire en essayant de me rappeler le visage de ces soldats. Le père d'Anatol était-il le plus jeune ? L'homme au nez bulbeux ? Ou encore le plus vieux ?

— Emilia, tu veux bien surveiller Anatol quelques minutes le temps que j'aille acheter des légumes pour le dîner ? me demanda Truda un jour.

— Tu ne peux pas l'emmener ? fis-je, affolée à l'idée de rester avec lui.

Intriguée, elle se tourna vers la fenêtre flambant neuve.

— Il pleut.

— Alors j'y vais.

— J'en ai pour cinq minutes, Emilia. Tu t'en sortiras.

Elle noua un fichu sur sa tête et s'en alla sans me laisser le temps de protester. J'assis Anatol sur sa couverture, dans un coin de la pièce, et m'affairai à épousseter une étagère qui n'en avait pas besoin. Au bout d'un moment, il se mit à chouiner. Je savais qu'il n'avait pas faim car je l'avais allaité une heure plus tôt. D'abord, je l'ignorai, mais ce n'était pas très gentil. Agacée, je traversai la pièce pour le prendre dans mes bras.

Il se calma aussitôt et m'observa d'un air curieux si émerveillé que je me surpris à soutenir ce regard.

— Ne sois pas comme eux, murmurai-je. Je t'en prie, deviens un homme bon.

Il glissa son petit poing dans sa bouche, le menton plein de bave. Avec un soupir, je me mis à le bercer en portant mon attention sur la fenêtre.

La prudence était de mise pour éviter de m'attacher à lui au point de ne plus pouvoir le lâcher.

Roman et Mateusz travaillaient sur une nouvelle entreprise. Mateusz s'inquiétait pour les activités illicites de Roman, surtout à l'approche du référendum.

— Il est obsédé, me dit-il. Chaque fois que le sujet est abordé, j'ai l'impression qu'il est sur le point d'exploser. J'ai peur qu'il ne se fasse tuer.

— Moi aussi...

La présence soviétique à Varsovie me faisait horreur. Chaque fois que je croisais un uniforme, j'avais envie de me révolter. J'avais appris à reconstruire au lieu de détruire et à me concentrer sur la paix relative de cette occupation et non sur l'occupation elle-même.

Certains jours, Roman me manquait tellement que je regrettais de l'avoir repoussé. En revanche, je n'aurais pas surmonté l'arrivée d'Anatol si j'avais été tourmentée par les risques insensés que prenait Roman.

— Comment tu te sens, Emilia ? me demanda soudain Mateusz.

C'était un dimanche matin et nous allions à la messe. Truda ouvrait la marche, poussant Anatol dans un landau que nous avions rafistolé.

— Bien.

— Que comptes-tu faire de ta vie ?

— Quand Anatol sera plus grand et que Truda aura moins besoin de moi, je chercherai du travail. J'ignore encore lequel, mais quelque chose de créatif. Oncle Piotr m'a dit un jour que l'art était généreux et j'ai envie de toucher les gens par mes créations.

Mateusz sourit et me prit par les épaules pour me serrer furtivement contre lui.

— Cela me semble très bien.

C'était une belle matinée d'été, sous un ciel bleu limpide, et le soleil brillait. J'étais en vie et je me sentais en vie. L'avenir s'ouvrait devant moi, une longue route solitaire dont je n'avais pas peur. J'étais presque prête à entamer un nouveau chapitre.

43

Roman

DEUX JOURS AVANT LE RÉFÉRENDUM, je travaillais dans la boutique abandonnée avec Mateusz, à essayer de faire durer l'argent de son emprunt le plus longtemps possible, quand quelqu'un frappa à la porte. Un homme entra sans y avoir été invité.

— Je peux vous aider ? s'enquit Mateusz avec son entrain coutumier.

Mon cœur s'emballa. Je cherchai des yeux une issue. C'était peine perdue, car l'homme était accompagné de trois autres.

Ils n'étaient pas en uniforme et ne se présentèrent pas comme des membres de l'Urząd d Bezpieczeństwa ou UB, le « bureau de sécurité », le service de renseignement et la police secrète du régime communiste. Il suffisait de voir leur regard implacable, leur posture agressive.

J'avais frôlé la mort plus souvent que je n'aurais su le dire, mais jamais je n'avais eu aussi peur. S'ils m'avaient abordé dans le taudis qui me servait de chambre, je me serais préparé à me battre. S'ils s'étaient garés à côté de moi sur le trottoir tandis que je rentrais du bureau, je les aurais provoqués. S'ils avaient fait une descente lors d'une réunion des insurgés de l'AK, j'aurais apprécié cette confrontation.

Mais ces hommes avaient débarqué dans notre bureau de fortune, en présence de Mateusz. En une fraction de seconde, je compris qu'Emilia avait bien fait de m'exclure de sa vie. Si les choses s'étaient déroulées selon mes souhaits, nous aurions été fiancés et elle aurait peut-être été témoin de mon arrestation.

— Je vous suis de mon plein gré, déclarai-je avant que Mateusz ne tente de me défendre. Cela n'a rien à voir avec lui.

L'un d'eux m'empoigna et tordit mon bras meurtri dans mon dos jusqu'à ce que je sente mon épaule se déboîter. Un autre m'agrippa les cheveux et me traîna vers la porte. Je n'avais que faire d'être arrêté et sans doute sur le point d'être interrogé. Tout ce à quoi je tenais était derrière moi. J'entendis des coups de poing. Mateusz cria de douleur en les implorant de ne pas le tuer.

— Je vous en prie, laissez-le tranquille, soufflai-je. Il n'a rien à voir avec ça.

Comme s'ils ne m'avaient pas entendu, les agents de l'UB me poussèrent à l'arrière de l'une des deux voitures garées dehors. Lorsqu'elle s'ébranla, je regardai par la vitre. Mateusz tentait de se protéger le visage des coups que lui assenaient les deux autres hommes.

44

Emilia

SOIXANTE-DIX POUR CENT DES POLONAIS avaient voté « oui » à toutes les questions du référendum, ainsi que les communistes le leur avaient demandé. Dans notre appartement, Sara, Mateusz, Truda et moi étions attablés dans la salle à manger. Ce résultat était le cadet de nos soucis.

Mes parents et Sara buvaient de la vodka comme si c'était de l'eau. Si mon dégoût viscéral s'était atténué, je n'en supportais toujours pas le goût. J'en étais à ma troisième tasse de thé. Anatol dormait dans un couffin, inconscient des débats tendus. Nous avions l'électricité depuis une semaine et l'ampoule baignait la pièce dans une lueur dorée après des mois d'éclairage à la bougie.

— Il faut le sortir de là, murmurai-je.

— Il n'y a qu'une solution, Emilia. Tu le sais. J'ai parlé aux gardiens de la prison et le pot-de-vin qu'ils exigent pour le libérer est au-dessus de nos moyens.

Mateusz parlait d'une voix douce. Il avait perdu une dent lors de son agression. Son visage tuméfié commençait à guérir, mais j'avais le cœur brisé chaque fois que je le regardais.

Si nous parvenions à faire libérer Roman, je risquais de l'étrangler de mes mains.

— Nous ne paierons pas ce pot-de-vin, ajouta Truda.

Je croisai son regard furibond et elle leva les bras au ciel.

— Après ce qu'on a traversé, reprit-elle, nous avons enfin une chance de retomber sur nos pieds et Emilia veut qu'on renonce à cette chance pour la vie d'un garçon déterminé à devenir un martyr.

Mateusz soupira et m'implora du regard.

— Truda a raison. Même si on le sauvait aujourd'hui, il est bien capable de refaire une bêtise dès demain et d'être à nouveau emprisonné. Ce serait injuste pour tout le monde.

— Si c'était moi, dans cette cellule de prison, vous me sauveriez ? demandai-je.

— Tu sais bien que oui, répondit Mateusz.

— Il n'a pas la chance d'avoir des parents. Sa famille, c'est nous.

— Tu ne l'as pas vu depuis des mois, Emilia, lui rappela Sara avec gentillesse. Ce n'est pas pour rien.

— Je tiens toujours à lui et je sais que vous aussi. S'il est impulsif et entêté, c'est un être spécial.

Sara évita mon regard.

— Surtout toi, Sara, insistai-je. Fais-leur entendre raison !

— L'idée qu'il souffre me rend malade, avoua-t-elle, mais je ne peux pas demander à tes parents de sacrifier leur avenir pour lui. Truda a raison : Roman a toujours eu une passion déraisonnée pour son pays. Imagine que ton père dépense l'argent qu'il a emprunté pour sauver Roman au lieu d'ouvrir son usine. Que ferions-nous la semaine prochaine, à la prochaine arrestation de Roman ? Vous n'auriez pas d'usine, pas d'argent et un emprunt à rembourser sans revenus. Et le résultat serait le même.

Malgré mon envie de pleurer, je comprenais la logique de leurs propos. Depuis que nous avions appris que Roman était interrogé à la sinistre prison de Mokotów, je désespérais. L'issue la plus probable était la mort.

En prenant mes distances, je croyais que je parviendrais à continuer s'il était emprisonné ou pire encore. Hélas, le drame s'était produit et je n'avais qu'une idée en tête, le sortir de là.

— Vous pensez vraiment qu'il faut le laisser où il est ? demandai-je, incrédule. Il fait partie de la famille !

— Désolé, Emilia, murmura Mateusz. Nous n'avons pas le choix.

Le lendemain matin, après avoir allaité Anatol, je le tendis à Truda comme d'habitude, mais au lieu de me lancer dans mes tâches ménagères, je lui annonçai que je sortais.

— Pour aller où ? fit-elle, méfiante.

— Je vais chercher de l'aide pour Roman.

Par où commencer mes recherches ?

— Emilia... c'est une très mauvaise idée ! Tu avais raison depuis le départ. Tu dois le laisser partir...

La porte de l'appartement s'ouvrit soudain et Mateusz entra en trombe.

— Qu'est-ce que tu fais là ? s'exclama Truda.

Il se précipita vers leur chambre.

— C'est Roman ! lança-t-il.

Je lui emboîtai le pas. Il s'était agenouillé près du lit.

— Qu'est-ce que tu fais ? s'impatienta Truda, Anatol dans les bras.

Il sortit une valise de sous le lit et la jeta sur le matelas. Truda blêmit.

— N'y pense même pas !

Voyant qu'il soulevait le couvercle de la valise, elle me tendit Anatol et se posta face à lui.

— Mateusz, non !

— Ce matin, je suis passé devant la prison pour négocier avec le gardien un pot-de-vin raisonnable, raconta-t-il en l'écartant.

Il vida la valise de ses vêtements.

— Il m'a dit qu'ils lui avaient cassé les jambes. Les interrogatoires n'ont rien donné et ils ne l'ont gardé en vie que parce qu'ils pensaient que je reviendrais avec l'argent.

Truda et moi en demeurâmes sans voix. Mateusz sortit son canif et se mit à déchirer la doublure de la valise. Il en extrait une enveloppe bien remplie.

— Tu vas payer ? murmurai-je.

Il acquiesça en silence. Truda poussa un juron et reprit Anatol dans ses bras. Furieuse, elle se dirigea vers le salon.

— Pourquoi ? demandai-je à Mateusz.

— Hier, tu avais raison en nous rappelant que Roman fait partie de la famille, soupira-t-il.

Il glissa l'enveloppe dans la ceinture de son pantalon et me regarda droit dans les yeux.

— En restant les bras croisés, je pourrais vivre avec le poids de ma culpabilité, mais pas en lisant la déception dans ton regard.

Je me jetai à son cou.

— Mateusz… *Tato*…

Jusqu'à présent, je ne l'avais appelé Papa qu'en présence de personnes ignorant qu'il n'était pas mon vrai père. En sentant ses bras me serrer contre lui, je sus que Mateusz et Truda méritaient les titres de père et mère.

— Merci…

Il m'embrassa sur le front avant de relâcher son étreinte.

— Je vais essayer de récupérer ce garçon. Reste ici et prépare un lit sur le canapé.

— Le canapé ? m'étonnai-je. Il vaut mieux l'installer dans un lit, non ?

— Oh non, sa place sera à l'hôpital, je pense. Le canapé, c'est pour moi. Après ça, je ne suis pas près de retrouver le lit conjugal avant un bon moment.

45

Roman

À MON RÉVEIL, la douleur était intolérable et je nageais dans une torpeur distillée par les calmants. À mesure que le brouillard se dissipait, je balayai les lieux du regard. Des lits d'hôpital jalonnaient les murs de part et d'autre d'une salle étroite. En face de moi, une infirmière prenait le pouls d'un patient âgé.

Où diable me trouvais-je ? Mon dernier souvenir était celui-ci d'une masse heurtant mon tibia. Par chance, je m'étais évanoui.

À présent, j'avais les deux jambes dans le plâtre. La gauche était surélevée par un système de câbles et de poulies. Soudain, je constatai la présence d'Emilia. Elle plia son journal et pinça les lèvres.

— Combien de fois vais-je devoir veiller à ton chevet, Roman Gorka ?

— Qu'est-ce que tu fais là ?

Elle n'avait plus cette maigreur de la guerre. Ses joues étaient rebondies et elle avait le teint rose. Ses cheveux lui arrivaient désormais à la taille.

— Je ne pouvais pas rester à distance, dit-elle.

Elle semblait beaucoup moins heureuse que moi, en cet instant.

— Nous avons perdu le référendum, déclarai-je en découvrant la une du journal. Il faudra se ressaisir, ajoutai-je pour moi-même.

L'interrogatoire avait été bien plus brutal que je ne m'y attendais. Je n'avais dénoncé aucun insurgé de l'AK mais aurais-je fait preuve du même courage si j'avais connu leurs véritables identités ? C'est précisément l'intérêt des noms de code.

— Tu sais comment Mateusz t'a fait sortir de prison ? me demanda franchement Emilia.

— Mateusz ? répétai-je, intrigué.

J'étais encore trop groggy pour me poser la question. Soudain, la panique s'empara de moi. Je revis les agents de l'UB le tabasser au moment de mon arrestation.

— Il va bien ?

— Il a perdu quelques dents mais ses hématomes se résorbent, répondit-elle, un peu brusque. Dieu seul sait combien de temps il restera intact car Truda est sur le sentier de la guerre. Elle risque de l'étrangler. Il a pris l'argent emprunté pour l'usine et s'en est servi pour te sortir de prison.

Soudain, une vague de culpabilité faillit m'engloutir. Je savais à quel point Mateusz était tributaire de cet argent dont dépendait son futur gagne-pain. L'espace d'un instant, la honte me rendit muet. J'en vins à regretter qu'il ne m'ait pas laissé crever en prison.

— Je le rembourserai…

— Tu te rappelles le premier dessin que je t'ai offert ? reprit Emilia.

— Le poing crispé ? Bien sûr.

— Et la légende inscrite en dessous ?

— La quête de la justice vaut toujours la peine que l'on se batte...

— Tu as oublié la partie la plus importante, Roman. Il y a de nombreuses façons de se battre. Nous voulions que la guerre s'arrête et elle a cessé pour le reste du monde mais... qu'en est-il pour nous ? La Pologne vient d'entrer dans une nouvelle phase qui va durer des années. Les balles et les bombes nous ont trahis. Tu as besoin d'une nouvelle stratégie.

Depuis son agression, elle avait changé. Si sa souffrance me donnait envie de tout casser, Emilia ne semblait pas en colère. En vérité, au cours des mois écoulés depuis notre entrevue au couvent, elle avait pris de l'assurance.

Emilia Slaski ne cessait de m'étonner.

— Cette violence, ce sang, ces morts, ces souffrances ! Et pour quel résultat ? lança-t-elle, frustrée. Ni justice ni liberté ! Je comprends ton envie de continuer la lutte et, crois-moi, je comprends le désir de vengeance, mais c'est un combat perdu d'avance, Roman. Quand tu abats un monstre, un autre prend sa place. Il faut combattre les idées qui les animent.

Emilia n'avait rien perdu de son esprit bienveillant. Elle avait dépassé son désir de vengeance, ce dont j'avais été incapable.

— Tu n'obtiendras jamais justice, déclarai-je.

Elle chassa ses larmes et hocha la tête.

— Et pourtant, tu regardes vers l'avenir. Comment fais-tu ? demandai-je.

— Quand tu tuais des Allemands, pendant la guerre, tu te sentais apaisé ?

— Tu sais bien que non.

Emilia posa une main sur la mienne.

— Il est peut-être temps de changer de voie.

Ne la gaspille pas, m'avait dit Chaim en me poussant dans cette bouche d'égout, dans le ghetto.

En posant les yeux sur nos mains liées, je compris que je m'étais mépris sur cette ultime volonté. M'avait-il sauvé pour que je meure un autre jour pour notre cause ? Ou bien pour que je puisse *vivre* ?

— Je ne sais pas vivre autrement, murmurai-je à Emilia.

Elle me caressa le dos de la main de son pouce et m'adressa un sourire à couper le souffle.

— Tu n'as pas à répondre à toutes les questions aujourd'hui, Roman. Nous aurons tout le temps de comprendre ensemble.

46

Emilia

ROMAN RESTA HOSPITALISÉ DES MOIS, les jambes dans le plâtre, tributaire des autres, sans rien à faire à part réfléchir. À sa sortie, Sara l'accueillit chez elle. Son nouvel appartement était situé non loin de l'hôtel de ville, deux pièces spartiates au troisième étage d'un immeuble restauré à la hâte. Roman se déplaçait encore en fauteuil roulant, de sorte qu'il ne pouvait emprunter l'escalier. À cause des horaires irréguliers de Sara à l'hôpital, il passait ses journées avec pour seule compagnie la radio ou les livres que nous lui trouvions.

— Tu te souviens du temps où les bibliothèques existaient encore ? me demanda-t-il un jour d'un ton nostalgique. Des bâtiments entiers pleins d'ouvrages. Tout a disparu. Je n'ai pas su apprécier ce privilège.

— On reconstruira des bibliothèques, promis-je. S'il le faut, nous les reconstruirons nous-mêmes.

À la maison, l'argent manquait. Mateusz peinait à rembourser l'emprunt contracté et à subvenir à nos besoins. Il avait trouvé du travail dans le bâtiment et restait philosophe.

— J'ai sauvé la vie de Roman et je pense que c'est ce que j'ai fait de mieux dans ma vie, affirma-t-il.

Truda était moins indulgente.

— Il a intérêt à ne pas nous laisser tomber, prévint-elle. Je ne lui accorderai pas ma confiance de sitôt.

Anatol était presque sevré. Je ne l'allaitais plus que matin et soir et il commençait à manger des aliments solides. Enfin libre de mes journées, je devins réceptionniste dans les locaux d'un journal. Chaque *złoty* contribuait à la vie de ma famille. Pour la première fois depuis longtemps, je me sentais utile et autonome. Le soir, en rentrant du travail, je passais voir Roman pour lui apporter le journal.

Enfin, il n'y avait plus de couvre-feu et les rues étaient plus sûres. Je pouvais rester dehors aussi longtemps que je le voulais, discuter à loisir des dernières nouvelles à mesure que le pays évoluait. Toujours contrarié de voir le régime communiste au pouvoir, Roman se montrait moins virulent dans ses attaques. Au lieu de fulminer, il se concentrait sur la vie qui l'attendait.

— J'ai réfléchi à ce que tu m'as dit, ce jour-là, à l'hôpital, sur la nécessité de s'engager sur une autre voie, déclara-t-il. Je crois que la solution, c'est la politique. Ce ne sera pas facile mais si l'on réunit les principes que nous ont enseignés les insurrections – mobilisation, organisation, entente – pour en faire des moyens de pression et changer les choses, nous parviendrons peut-être à libérer pacifiquement ce pays, un jour.

— L'idée me plaît, répondis-je. Quel serait le point de départ ?

— D'abord, je dois guérir, répondit-il en désignant ses jambes. Ensuite, j'attends la réouverture des universités pour passer une licence de droit.

— Comme ton père.

Il acquiesça en souriant.

— C'est ce que j'ai toujours voulu.

— Quel plaisir de te voir, dit-il un jour en m'accueillant.

Il était dans la cuisine, debout mais en équilibre précaire, appuyé sur une canne, devant le fourneau. Il était rouge et un peu perdu.

— Qu'est-ce que tu fabriques ?

— J'essaie de préparer le dîner pour Sara.

La cuisine était sens dessus dessous. Des saucisses brûlées dans une poêle, des pommes de terre coupées en morceaux irréguliers sur une planche. Il avait même réussi à trancher maladroitement une miche de pain.

— Je sais, c'est raté, admit-il, penaud. Tu veux bien me donner un coup de main ?

Je ris et entrepris de réparer les dégâts. Assis dans son fauteuil roulant, il me regarda travailler.

— J'ai des progrès à faire dans ce domaine, marmonna-t-il. Je n'ai jamais appris à cuisiner.

Je m'interrompis. Il avait de bonnes raisons de ne pas savoir cuisiner. Confiné dans le ghetto avec sa famille, il avait dû se contenter de maigres rations. Sans doute n'avait-il aucun souvenir du temps où sa mère préparait des repas normaux.

— Ne t'en fais pas, je vais t'apprendre, dis-je.

S'il peinait à supporter son manque d'autonomie et à se remettre physiquement, ses progrès psychologiques étaient spectaculaires. Toute agressivité avait disparu pour faire place à une certaine vulnérabilité. Je savais que je pouvais avoir confiance en ce Roman nouvelle version.

Si notre relation était platonique depuis que je l'avais à nouveau accepté dans ma vie, nous nous rapprochions de jour en jour.

— Nous devrions organiser un déjeuner dominical ici, proposa-t-il un jour. Nous cuisinerions ensemble.

Je ris doucement.

— Je veux bien t'aider, répondis-je, même si mes compétences sont limitées.

— Sara sera là.

— Bien sûr.

— Et… j'aimerais que tu invites aussi ta famille, Emilia.

— Pourquoi ?

Je retins mon souffle. Le moment était venu, celui que j'attendais, et ce geste venait de son cœur.

Roman soutint mon regard.

— Mateusz est venu me voir et je l'ai remercié en personne, mais je n'ai pas vu Truda et il faut que je fasse la connaissance d'Anatol.

— Tu es certain d'être prêt ?

Il se pencha pour poser une main sur ma joue avec une telle tendresse que j'en eus le cœur serré.

— C'est l'étape suivante, chérie, murmura-t-il. Il y a un tas de choses que je dois faire, et c'est la prochaine.

Le dimanche suivant, Roman et moi réussîmes à servir un repas à base de pommes de terre rôties et de légumes. Sara avait préparé un gâteau aux pommes pour l'occasion.

Mateusz fut le premier à entrer. Il serra chaleureusement la main de Roman et nous embrassa, Sara et moi. Truda apparut ensuite, portant Anatol. Elle balaya la pièce du regard avant de s'attarder sur Roman. Il s'approcha, les observant tour à tour. Du haut de ses dix mois, Anatol gigotait, désireux d'explorer ce nouvel univers palpitant. Truda demeura sur le seuil, à fixer Roman, affichant une expression indéchiffrable. Il poussa un soupir et tendit la main. Truda la serra prudemment.

— Bien, fit-elle en asseyant l'enfant sur le sol avant de gagner la cuisine. Voyons un peu ces pommes de terre ! Emilia ne les fait jamais assez cuire. Je veux m'assurer que ta cuisson est suffisante.

Après ce démarrage délicat, le repas se déroula dans une atmosphère détendue. Autour de la table étaient réunies les personnes que j'aimais le plus au monde, saines et sauves, fortes. Seul manquait Piotr. À cet instant précis, Mateusz leva son verre de vin et déclara :

— À Piotr !

Je ressentis la présence de mon oncle. Au terme d'un silence poignant, Roman croisa mon regard et me sourit.

— Je n'aurais pas cru que nous aurions la chance d'être attablés ensemble pour partager un succulent repas arrosé de vin, dans un bel appartement, dans une ville en paix.

— Succulent est peut-être un peu excessif, mais j'approuve tout le reste, s'esclaffa Mateusz.

Son commentaire déclencha une hilarité générale qui enchanta mon âme.

Pendant que Truda et Sara faisaient la vaisselle, Roman et moi étions assis par terre. Un peu timide avec les inconnus, Anatol avait fini par adopter Roman. Il essayait de mettre sa canne dans sa bouche.

— Il te ressemble beaucoup, murmura Roman.

— C'est vrai, admis-je.

— Je ne m'attendais pas à une version miniature de toi. Tu ne regrettes pas de l'avoir confié à Truda et Mateusz ?

Je secouai négativement la tête.

— C'est inexplicable. Mon amour pour lui n'est pas celui d'une mère. C'est mon frère. Si je pouvais revenir en arrière, je serais restée à côté de Mateusz, ce jour-là, au marché. Rien ne serait arrivé. Mais il est impossible de revenir en arrière, alors je préfère voir en Anatol un miracle. Le destin a donné à Truda l'enfant qu'elle a toujours espéré. Quant à moi, j'ai un autre frère. C'est la meilleure façon de voir les choses.

— Alors je verrai les choses ainsi, moi aussi, concéda Roman en tendant une main vers l'enfant. Salut, mon grand ! Tu veux changer le monde avec moi ?

— Qu'il apprenne à marcher et à parler avant de s'engager en politique.

— Commencer de bonne heure ne fait pas de mal, Emilia. La prochaine génération de Polonais aura du pain sur la planche.

— À nous d'éduquer nos enfants, annonçai-je.

Surpris, il arqua les sourcils, puis son visage s'illumina d'un sourire.

— Nos enfants… répéta-t-il en me prenant la main. Il me faudra du temps pour rembourser Mateusz et je dois passer ma licence de droit avant de m'installer. En attendant, je te promets que j'œuvrerai chaque jour de ma vie pour te rendre heureuse.

Je me sentais légère, libre, pleine d'espoir pour la première fois depuis des années, depuis avant la guerre.

— J'en ferai autant pour toi, promis-je.

Si notre passé était jalonné de drames, l'avenir s'ouvrait à nous, plein de défis à relever, de possibilités et d'espoir.

Enfin, Roman et moi étions prêts à avancer d'un même pas pour voir où la vie nous mènerait.

47

Roman

Je trouvai un poste d'employé chez un avocat ayant connu mon père et je décrochai une bourse pour démarrer ma licence de droit à l'université de Varsovie. Je passais tous mes moments libres avec Emilia.

Je brûlais de la demander en mariage mais je préférais attendre d'être diplômé et de gagner ma vie. Sans oublier l'argent que je devais à Mateusz. S'il gérait l'usine de textile d'un autre et semblait bien s'en sortir, je n'aurais la conscience tranquille que quand j'aurais réglé ma dette. J'avais prévenu Emilia que nos noces n'auraient pas lieu avant des années.

— Nous avons le temps, avait-elle répondu avec un sourire, ses yeux verts pétillant de joie.

Un soir, alors que je travaillais sur la table de la cuisine, Sara tricotait en face de moi.

— J'ai reçu un appel de Miriam Liebman aujourd'hui, dit-elle sans préambule.

— Elle a trouvé Eleonora ?

Sara baissa les yeux, pensive.

— Quoi ? insistai-je alarmé.

— Miriam a retrouvé sa trace, en effet. La mère d'accueil d'Eleonora est morte l'hiver dernier. Son père étant incapable de s'occuper d'elle, elle a été placée dans un orphelinat. Elle semble avoir des problèmes de santé, sans doute les séquelles de la malnutrition.

Je fermai lentement mon manuel de droit.

— Va-t-elle trouver une nouvelle famille ?

— C'est peu probable, murmura Sara. Depuis la guerre, les orphelinats sont bondés et les enfants malades sont rarement choisis. Ce n'est pas impossible mais, à mon avis, elle va rester longtemps là-bas.

— Je peux aller la voir ?

— J'hésitais à t'en parler, admit Sara en baissant les yeux. Tu as une vie bien remplie et je ne voulais pas la compliquer davantage.

— Elle et moi sommes les derniers survivants de notre famille. Si elle a besoin de moi, je trouverai un moyen de l'aider.

J'empruntai une voiture à mon patron et, le lendemain, à l'aube, Emilia et moi quittâmes la ville pour les trois heures de route qui nous séparaient de Częstochowa.

— Que comptes-tu faire ? s'enquit Emilia.

— Aucune idée.

— Quelle que soit ta décision, je suis avec toi.

Eleonora était assise par terre dans le bureau du directeur de l'orphelinat, entre deux imposants fauteuils en cuir. Cela faisait cinq ans que je n'avais pas vu ma petite sœur. À l'époque, elle était si minuscule que je pouvais la tenir d'une main. Elle demeurait menue et nageait dans son tricot et sa jupe. Elle avait des rubans rouges dans les cheveux. Lorsqu'elle se tourna vers moi, je lui trouvai une telle ressemblance avec Dawidek que je crus défaillir.

— Eleonora, voici M. et Mme Gorka, déclara sœur Irena.

— Nous ne sommes pas mariés, précisa Emilia.

— Pas encore, renchéris-je vivement. Nous sommes fiancés et nous comptons nous marier au plus vite.

— La semaine prochaine, ajouta Emilia avec sa vivacité d'esprit habituelle.

Si je n'avais pas déjà été fou d'elle, je serais tombé amoureux. Je lisais déjà de l'affection dans le regard qu'elle posa sur Eleonora. Elle s'accroupit près d'elle et sortit de sa poche un caramel.

— Bonjour... je m'appelle Emilia. Je suis contente de te rencontrer.

Eleonora observa la friandise, puis Emilia, sans réagir. Imperturbable, Emilia s'assit sur le tapis et ôta l'emballage du caramel qu'elle tendit vers la bouche de l'enfant. Eleonora l'accepta et le renifla d'un air méfiant. Elle le lécha une fois avant de le glisser entre ses lèvres. Elle écarquilla les yeux et sourit enfin.

— Nous avons fait de notre mieux avec cette petite, déclara sœur Irena tristement. Elle est arrivée chez nous très maigre et elle ne prend pas de poids malgré ce que nous lui donnons à manger. Elle attrape toutes les maladies qui traînent. Elle ne parle pas beaucoup mais semble connaître l'alphabet. Elle est intelligente. J'espère que sa santé s'améliorera si elle trouve un foyer stable.

Je n'écoutais que distraitement les propos de la nonne car mon attention était fixée sur Eleonora et Emilia. Durant ces années, je n'avais pas osé penser à ma famille. Cela me faisait trop mal de me remémorer ce que j'avais perdu. En les regardant faire connaissance, je revis ma mère, Samuel et Dawidek dans la chaleur d'un foyer qui allait de soi, à l'époque.

Je m'étais fixé pour mission la reconstruction de la Pologne, et elle commençait par la reconstruction d'une famille pour Eleonora, Emilia et moi. Je m'assis sur le tapis à mon tour et je souris à ma petite sœur. Elle nous dévisagea avec méfiance.

Malgré ce que j'avais perdu et subi, la vie me réservait encore de grands bonheurs. Je pensai à Chaim, comme souvent dans mes bons moments. Où qu'il soit, je voulais qu'il sache combien je lui étais reconnaissant. *Chaim, je ne gaspillerai pas une seconde de ma vie.*

— Coucou, Eleonora. Tu ne te souviens pas de moi, mais je ne te quitterai plus jamais…

NOTE DE L'AUTRICE

En hiver 2018, je fus invitée à m'exprimer dans un club de lecture non loin de chez moi. Dès mon arrivée, je me joignis à une conversation sur les histoires familiales, un thème majeur du roman dont j'étais venue discuter, *Tout ce que le cœur n'oublie jamais.* Un membre du club me raconta l'histoire d'un enfant extrait clandestinement d'un ghetto hongrois dans une valise. Je fus fascinée car, en préparant *Tout ce que le cœur n'oublie jamais,* j'avais envisagé une intrigue différente mettant l'accent sur Emilia (qui finalement devint un personnage secondaire). Je la voyais quitter son village natal pour participer au sauvetage d'enfants du ghetto de Varsovie, à l'image d'Irena Sendler, héroïne de la Résistance polonaise dans la vraie vie. Lors de l'esquisse de ce roman, j'ai senti que je devais axer l'intrigue sur Tomasz et Alina. J'ai donc retravaillé la structure et supprimé cette intrigue secondaire.

Dans ce club de lecture, j'ai repensé à cette idée. Lors du déjeuner, une femme me demanda si je songeais à rédiger une suite à *Tout ce que le cœur n'oublie jamais.* Ce n'était pas la première fois que l'on me posait cette question. Je fis donc ma réponse habituelle : non, car je pensais avoir bouclé la boucle avec l'histoire de Tomasz et Alina.

— Mais qu'est devenu Emilia ? insista-t-elle. Vous pourriez raconter son histoire.

L'inspiration prend parfois des formes étranges. Avec le recul, si je n'ai pas pu en raconter davantage sur Emilia dans *Tout ce que le cœur n'oublie jamais,* c'est parce qu'elle méritait d'être l'héroïne d'un roman.

Je remercie donc Lou Hoffman, Wendy, Sue, Lisa, Sonya, Tina et Jane de m'avoir invitée dans leur club de lecture, avec un merci particulier à Marina Wood pour cette conversation qui m'a inspiré ce roman.

D'après une étude récente menée par la Jewish Material Claims Against Germany, une organisation basée aux États-Unis et dont le but est de défendre les victimes du nazisme et les rescapés de la Shoah, presque deux tiers des jeunes Américains ignorent que l'Holocauste a tué six millions de Juifs. Plus de dix pour cent des personnes interrogées croyaient même les Juifs *responsables* de l'Holocauste. Comment les jeunes peuvent-ils ignorer ces années sombres, la haine inimaginable qui animait certains il y a soixante-quinze ans ? Je ne crois pas que les romans historiques aient pour fonction d'éduquer leurs lecteurs. Les romanciers commettent forcément des erreurs et prennent parfois certaines libertés dans l'intérêt de l'intrigue. Je pense néanmoins que les romans historiques se doivent de susciter la curiosité des lecteurs et leur donner envie de se cultiver. Ainsi, chaque fois que j'ai pu, je me suis efforcée journaux, des photographies, des carnets de rationnement et des récits personnels, plus de vingt-cinq mille pages au total. Peu après la destruction du ghetto, le groupe Oyneg Shabbos, le nom de ces archivistes menés par Ringelblum, enterra sa collection dans trois cachettes différentes, dont une ne fut jamais retrouvée. Les deux autres furent mises au jour en 1946 et 1950. Le courage, la volonté et le dévouement du groupe Oyneg Shabbos ont donné aux futures générations un aperçu de la vie au sein du ghetto.

Diverses expositions du musée de l'Insurrection de Varsovie et du musée POLIN sur l'histoire des Juifs polonais ont étoffé mes connaissances sur certains thèmes évoqués dans mon roman, de même qu'un article de Joanna Ostrowska et Marcin Zaremba dans la revue *Polityka,* qui traite des violences sexuelles subies par les Polonaises durant l'occupation soviétique.

J'ai éprouvé beaucoup de plaisir à écrire ce roman et j'espère que vous en avez eu autant à le lire. N'hésitez pas à rédiger un commentaire en ligne, sur Goodreads.com ou le site de votre achat. Vos critiques sont d'une grande importance car elles aident d'autres lecteurs à découvrir mes ouvrages. J'aime recevoir les avis de mes lecteurs. Pour me contacter, rendez-vous sur mon site, www.kellyrimmer.com.

Bien à vous,
Kelly

d'écrire ce qui aurait pu se passer et j'espère que vous aurez envie de vous renseigner sur certains événements évoqués dans ce livre. Il faut honorer la mémoire de ceux qui ont péri et de ceux qui ont survécu, non seulement pour eux-mêmes, mais pour que ces horreurs ne se reproduisent pas.

Irena Sendler était infirmière et assistante sociale. Au sein d'une équipe de femmes polonaises, elle a contribué au sauvetage de plus de deux mille cinq cents enfants juifs du ghetto de Varsovie. Je me suis intéressée à elle après avoir lu *Les Mille Vies d'Irena*, de Tilar J. Mazzeo et *La Vie en bocal, le projet Irena Sendler*, de Jack Mayer. Irena et son groupe m'ont inspiré les activités de résistance d'Emilia, ainsi que les personnages de Matylda et Sara. Comme Matylda, Irena fut arrêtée par la Gestapo et interrogée. Cependant, elle fut sauvée secrètement juste avant son exécution. Dans toute la ville, des affiches annoncèrent son exécution. Irena vécut sous une fausse identité et poursuivit ses activités. Comme Sara, Irena œuvra dans un dispensaire durant l'insurrection de Varsovie. Et comme elle, elle gardait des archives dans un bocal plein de bouts de papier précisant le parcours de chaque enfant sauvé. Elle avait enterré le bocal sous un pommier avant de le remettre aux autorités juives dans l'espoir de réunir des familles.

Lors de mes recherches, je me pris aussi de passion pour un autre héros polonais, l'historien Emmanuel Ringelblum. Si son histoire n'est pas évoquée dans ce roman, je n'aurais pu le rédiger sans ses travaux. Enfermé dans le ghetto avec sa famille, Ringelblum mena un projet secret pour témoigner de la réalité quotidienne. Avec une équipe d'historiens, de scientifiques et d'autres, il compila une collection extraordinaire de documents, dont des affiches, des avis, des articles, des

REMERCIEMENTS

J'adresse mes remerciements à Iga Fatalska, qui m'a assistée pour les éléments en langue polonaise de ce roman. Mindy, merci pour ton aide au cours de l'année écoulée. Merci à ma tante Lola de m'avoir persuadée de sillonner Varsovie malgré la chaleur accablante de cet été 2017. J'ai peut-être un peu râlé, surtout le jour où nous avons cumulé 40 000 pas, mais je n'aurais pas pu écrire ce roman sans les recherches effectuées lors de ce voyage. Finalement, sillonner la ville à pied fut très utile ! Merci à mes amies autrices, notamment Sally Hepworth, Lisa Ireland, Kim Kelly, Pamela Cook et Vanessa Carnevale. Chacune d'entre vous m'a soutenue par sa sagacité et ses encouragements lors de la rédaction de cet ouvrage. Merci pour votre amitié et votre soutien.

Dan, Maxwell et Violette, je suis désolée d'être aussi difficile à vivre quand j'écris. Ce roman fut particulièrement éprouvant. Merci de m'aimer quand même. Maman et papa, merci d'avoir gardé les enfants en urgence et merci pour les tasses de thé et les biscuits.

Merci à mon agent, Amy Tannenbaum, et à l'équipe de la Jane Rotrosen Agency. C'est un honneur de travailler avec vous. Amy, merci d'aller toujours plus loin. J'adresse ma gratitude à Susan Swinwood et à l'équipe de Graydon House, Harlequin et HarperCollins. Vous avez réalisé beaucoup de mes rêves et je suis heureuse de savoir mes romans entre de si bonnes mains.

Merci aux libraires et bibliothécaires qui font découvrir mes histoires aux lecteurs. Merci mille fois ! Je n'oublie pas non plus les blogueurs, les bookstagrammeurs, les critiques et quiconque a recommandé mes romans au fil des années. Merci de croire en mon travail et d'en parler.

Enfin, j'adresse ma gratitude à mes lecteurs. J'ai parfois l'impression de rêver. Merci à vous de m'accompagner au fil de ces récits !

La communauté Charleston a aimé !

Chez Charleston, nous sommes convaincus que loin d'être une aventure solitaire, la lecture est une invitation au partage. Nous échangeons constamment avec nos lecteurs et lectrices, et nous sommes fiers de la belle communauté d'amoureux des livres que nous formons tous ensemble. Chaque année, nous choisissons au sein de cette communauté vingt lectrices et lecteurs qui nous accompagnent tout au long de l'année et découvrent nos romans en avant-première. Voici leurs avis !

« Un énorme coup de cœur ! Quelle plume ! Je crois que je n'ai jamais autant tremblé qu'en tournant les pages de cette histoire marquante. Cette plongée dans l'enfer du ghetto de Varsovie restera longtemps dans mon cœur et dans mon esprit. »

@lalectricegourmande

« Une lecture coup de poing ! Kelly Rimmer nous plonge au cœur du ghetto.
Un roman qui parle de solidarité, d'humanité, et d'amour. »

@uninstantpourlire

« Un roman poignant, qui dépeint avec précision l'horreur de la Seconde Guerre mondiale. Un récit percutant. Un coup de cœur pour moi. »

@_leslecturesdemanon_

« Ce livre est un diamant à l'état brut ! L'histoire m'a touchée en plein cœur. Les personnages sont forts et généreux tout en se battant pour leur famille malgré les dangers qu'ils encourent. J'ai été vraiment conquise ! »

@sobookiful

« Un livre tiré d'une histoire vraie qui vous prend aux tripes. Un roman indispensable pour honorer la mémoire des victimes. Une vraie claque, à lire et partager absolument ! »

@mycosyreading

« Kelly Rimmer est une conteuse exceptionnelle ! Après Tout ce que le cœur n'oublie jamais, j'ai une nouvelle fois passé un excellent moment de lecture, riche en émotions. »

@coconlitteraire

Cet ouvrage a été imprimé en utilisant des papiers composés de fibres naturelles, renouvelables, recyclables et fabriquées à partir de bois issus de forêts qui adoptent un système d'aménagement durable. En outre, les fournisseurs de papier s'inscrivent dans une démarche de certification environnementale reconnue.

Achevé d'imprimer en novembre 2023
par CPI Bussière
À Saint-Amand-Montrond (18)
Deuxième tirage
Dépôt légal : juin 2023
N° d'impression : 2074971
Imprimé en France